KB160387

아내가 고른

양기화의 BOOK 소리

아내가 고른

양기화의 BOOK 소리

인문학적 책 읽기의 두 번째 이야기

양기화 지음

서문

2011년 라포르시안에 [양기화의 BOOK 소리]를 연재하면서 책으로 묶어보았으면 좋겠다는 생각을 하게 되었습니다. 하지만 실행에 옮기기까지 꽤 오랜 시간이 흘러야 했습니다. 2019년 가을에서야 이담북스의 배려로 『양기화의 BOOK 소리』를 세상에 내놓을 수 있었습니다.

초고를 준비하면서 [양기화의 BOOK 소리]에 발표된 원고 전체를 검토할 여유가 없었습니다. 그래도 초심을 바로 하자는 생각에서 주로 초반에 다룬 책들 가운데서 의학윤리, 철학, 역사, 문학 등의 네 가지의 범주에 속하는 것들을 먼저 고르게 되었습니다.

라포르시안에 발표된 초고를 검토하다 보니 문장이 어지럽기도 하고, 표현도 난해한 점도 많았습니다. 이런 점들을 바로잡는 데 적지 않은 시간이 걸렸습니다. 그런데도 책을 읽으신 분들로부터 너무 어렵다는 이야기를 들었습니다. 아무래도 얄팍한 앎을 바탕으로 독후감을 쓰다보니 이해하기 쉽게 정리하지 못했던 것 같습니다.

라포르시안에 [양기화의 BOOK 소리]의 연재를 시작하면서 독자 여러분들과 같이 인문학 공부를 시작해본다는 생각이었습니다. 아무래도 의학과 관련된 책들이 많았던 것 같습니다. 의료계의 선배님,

후배님들께서 관심을 많이 가져주신다는 이야기를 조금씩 들을 수 있었던 것도 연재를 이어가는 데 큰 힘이 되었습니다.

2020년 초에 내놓은 『양기화의 BOOK 소리』가 어렵다는 평이 많았습니다. 그럼에도 불구하고 독자 여러분들을 많이 만날 수 있었던 것 같습니다. 그래서 후속편을 내보겠다는 생각을 하게 되었습니다. 후속편은 아내의 도움을 받기로 했습니다. 후속편을 준비하는 과정에서 라포르시안에서 읽었던 책들을 모두 점검하였더니 숨어있던 독후감 세 편이 발견되었습니다. 그래서 라포르시안에 게재되지 않은 한 편을 포함하여 284권의 원고를 검토하였습니다.

이번에는 예술, 심리학, 수필 그리고 평전에서 각각 13편씩의 독후감을 골랐습니다. 그리고 제목도 『아내가 고른 양기화의 BOOK 소리』라고 정해보았습니다. 아내는 제목을 이렇게 정하는 것을 반대했습니다. 52권의 책을 모두 고른 것이 아니라는 이유입니다. 아내가 고른 책은 절반 정도입니다. 제가 쓴 원고를 읽고서 읽어보았거나 읽어보고 싶은 생각이 드는 책을 고른 것입니다.

사실은 『양기화의 BOOK 소리』에 실린 독후감 가운데는 예스24 누리사랑방 친구분들께서 골라주신 독후감을 일부 실었습니다.

혹시 책으로 엮을 기회가 있다면 어떤 책을 고르시겠느냐고 여쭈어 본 적이 있었습니다. 그리고도 오랜 세월이 흘렀습니다만, 그때 선정에 참여해주신 분들께는 감사의 뜻으로『양기화의 BOOK 소리』를 보내드렸습니다.

『양기화의 BOOK 소리』를 준비하면서도 라포르시안에 실렸던 독후감을 바탕으로 오해할 수도 있는 시점의 차이를 바로 잡고, 글 흐름이 모호한 부분을 정리하느라 시간이 오래 걸렸다는 말씀을 드렸습니다. 후속편을 준비하면서 같은 작업을 해야 했습니다. 이번에도 출간계약을 하고 초고를 준비하는 데 꼬박 3개월이 걸렸습니다. 결국 서문도 마감 시간에 임박하여 쓰게 되었습니다. 역시 원고는 마감에 쫓겨야 속도가 붙는 모양입니다.

이번에는 외래어를 우리말 순화어, 혹은 맞춤한 우리말로 바꾸었습니다. 책을 읽다보면 생소한 우리말을 만나실 것입니다. 생소하더라고 반복해서 사용하다보면 익숙해지는 것이 언어 아니겠습니까? 우리말을 사용하여 독자에게 전하는 것이 글을 쓰는 사람이 지켜야 할 금도라는 생각이 점점 굳어지고 있습니다. 다소 불편하시더라고 이해해주시기 바랍니다.

영화 혹은 문학 분야에서 전해오는 '전편보다 나은 속편이 없다' 라는 속설이 있습니다. 『아내가 고른 양기화의 BOOK 소리』도 그런 평가를 받지 않을까 걱정입니다. 그래도 전편을 읽은 독자들 가운데 의료 관련 분야를 전공하겠다는 꿈을 가진 젊은이들이 있다고 들었습니다. 그런 젊은이들과도 생각을 나눌 수 있으면 좋겠다는 생각을 해봅니다.

전편에서처럼 예술, 심리학, 수필 그리고 평전 등 네 분야에서 각각 13권의 책을 골라 모두 52편이 되도록 하였습니다. 전편에서처럼 제가 정리한 내용을 읽으시고 책을 구해 읽어보시게 되면 좋겠습니다. 저의 부족한 글이 제대로 된 책 읽기로 발전되는 기회가 된다면 제가 북소리를 울린 이유와 그 북소리들을 묶어 책으로 만들어낸 이유가 충분할 것 같습니다.

2020년 11월

양 기 화 배

목 차

서문 / 4

제1부 / 예술

1. 도쿄 미술관 산책(장윤선, 시공아트) 13
2. 베를린 천 개의 연극(박철호, 반비) 18
3. 탱고 인 부에노스아이레스(박종호, 시공사) 24
4. 키스 스캔들(윤향기, 이담북스) 30
5. 여자가 행복해지는 그림 읽기(정영숙, 이담북스) 36
6. 스페인 미술관 산책(최경화, 시공아트) 42
7. 사진예술의 풍경들(진동선, 문예중앙) 49
8. 그림으로 읽는 러시아(김은희, 이담북스) 55
9. 위대한 미술책(이진숙, 민음사) 61
10. 오주석의 옛 그림 읽기의 즐거움 2(오주석, 솔) 68
11. 서양미술사(EH 곰브리치, 예경) 75
12. 예술, 역사를 만들다(전원경, 시공아트) 81
13. 베르메르의 모자(티머스 브룩, 추수밭) 88

제2부 / 심리학

14. 믿음의 탄생(마이클 셔머, 지식갤러리) 97
15. 생각이 실체다(프렌티스 멀포드, 이담북스) 104
16. 숫자에 속아 위험한 선택을 하는 사람들
(게르트 기거렌처, 살림출판사) 111

17. 만들어진 생각, 만들어진 행동(애덤 알터, 알키) 118
18. 지금 생각이 답이다(게르트 기거렌처, 추수밭) 124
19. 사회적 뇌, 인류 성공의 비밀(매튜 D 리버먼, 시공사) 130
20. 아들러 심리학 입문(알프레드 아들러, 스타북스) 137
21. 생각은 죽지 않는다(클라이브 톰슨, 알키) 143
22. 코끼리 움직이기(조재형, 이담북스) 150
23. 심리학에 속지 마라(스티브 아얀, 부키) 157
24. 우리는 왜 위험한 것에 끌리는가(리처드 스티븐스, 한빛비즈) 163
25. 갈 곳 없는 남자, 시간이 없는 여자(미나시타 기류, 한빛비즈) 170
26. 혼자 있고 싶은 남자(선안남, 시공사) 176

제3부 / 수필

27. 아름다운 유혹의 시절(한스 카로사, 범우사) 185
28. 의학 가슴으로 말하다(황진복, 이담북스) 191
29. 마흔, 흔들리되 부러지지 않기를(노진서, 이담북스) 198
30. 프루스트가 우리의 삶을 바꾸는 방법(알랭 드 보통, 청미래) 205
31. 아흔 즈음에(김열규, 휴머니스트) 211
32. 인생의 아름다운 준비(새러 데이비드슨, 예문아카이브) 218
33. 인생의 맛(앙투안 콩파뇽, 책세상) 225
34. 눈물편지(신정일, 판테온하우스) 232
35. 나중에 온 이 사람에게도(존 러스킨, 아인북스) 239
36. 이주행렬(이샘물, 이담북스) 246
37. 숨결이 바람이 될 때(폴 칼라티니, 흐름출판) 253
38. 늙는다는 것은 우주의 일(조너선 실버타운, 서해문집) 259
39. 무엇이 가치 있는 삶인가(로버트 노직, 김영사) 266

제4부 / 평전

40. 스티브 잡스(월터 아이작슨, 민음사) 275
41. 소설과 소설가(오르한 파묵, 민음사) 281
42. 마키아벨리(김상근, 21세기북스) 288
43. 밀란 쿤데라 읽기(박성창 등, 민음사) 295
44. 새린저 평전(케니스 슬라웬스키, 민음사) 302
45. 덩샤오핑 평전(에즈라 보걸, 민음사) 309
46. 백석 평전(안도현, 다산책방) 316
47. 타인의 고통(수전 손택, 이후) 324
48. 세네카(조남진, 한국학술정보) 331
49. 청년 의사 장기려(손호규, 다산책방) 338
50. 젊은 스탈린(사이먼 시백 몬티피오리, 시공사) 345
51. 호세 무히카 조용한 혁명(마우리시오 라부페티, 부키) 352
52. 책과 밤을 함께 주신 아이러니(호세 카를로스 카네이로, 다락방) 359

제1부 / 예술

제1부 예술

1. 도쿄 미술관 산책(장윤선, 시공아트)
2. 베를린 천 개의 연극(박철호, 반비)
3. 탱고 인 부에노스아이레스(박종호, 시공사)
4. 키스 스캔들(윤향기, 이담북스)
5. 여자가 행복해지는 그림 읽기(정영숙, 이담북스)
6. 스페인 미술관 산책(최경화, 시공아트)
7. 사진예술의 풍경들(진동선, 문예중앙)
8. 그림으로 읽는 러시아(김은희, 이담북스)
9. 위대한 미술책(이진숙, 민음사)
10. 오주석의 옛 그림 읽기의 즐거움 2(오주석, 솔)
11. 서양미술사(EH 곰브리치, 예경)
12. 예술, 역사를 만들다(전원경, 시공아트)
13. 베르메르의 모자(티머스 브룩, 추수밭)

1 도쿄 미술관 산책(장윤선, 시공아트)

도쿄에서 꼭 누려야 할 눈의 즐거움!

학회 참석 등을 이유로 가끔 외국을 방문하던 시절이 있었습니다. 학회 기간에 일정을 맞추어야 하므로 여유시간은 별로 없었습니다. 그래도 비행기 시간을 맞추느라 생긴 자투리 시간, 혹은 관심을 둔 주제가 없는 시간을 활용하여 놓치면 아쉬울 만한 곳을 가보곤 했습니다. 저는 특히 역사적 유물, 미술관, 박물관 등을 챙기는 편입니다.

그렇다고 전시물을 제대로 감상할 수 있는 것도 아닙니다. 어쩌면 유명한 예술품을 직접 볼 기회가 있었다고 자랑(?)하려는 심리가 있는지도 모릅니다. 보통은 한국을 떠나기 전에 미리 챙기는 경우도 있습니다. 하지만, 현지에서 수소문하는 경우가 더 많습니다. 2011년에는 일본독성병리학회에 참석하기 위하여 도쿄에 갈 기회가 있었습니다. 출발 전에 장윤선 님의 『도쿄 미술관 산책』을 미리 읽을 수 있었던 것은 정말 우연이자 행운이었습니다.

"도쿄에서 꼭 누려야 할 눈의 즐거움!"이라는 광고 문구는 분명 미술품감상에 눈을 뜬 여행객에게 어울릴 법했습니다. 그런데도 저 같은 얼층이 미술관 방문객에게도 좋은 공부자료가 되었습니다. 광고 문구를 조금 더 인용해봅니다. "아침에 비행기를 타면 점심에는 구경할 수 있는 이웃 도시 도쿄, 그곳의 박물관, 미술관, 문화공간에서 유구한 전통의 멋과 최첨단 예술 트렌드를 함께 만끽하다." 학회일정과 비행기 사정을 맞추다 보니 한나절 정도 시간 여유가 생긴 제 경우를 말하는 것 같습니다.

『도쿄 미술관 산책』은 장윤선 님의 독특한 기획 의도가 담겨있습니다. 흔히 미술관 혹은 박물관에 관한 책이라고 하면 그곳에서 만날 수 있는 소장품에 대한 이야기가 담겨있을 것으로 기대하는 경향이 있습니다. 하지만 장윤선 님은 미술관 혹은 박물관에 대한 시시콜콜한 부분까지도 읽을거리로 만들었습니다. 소장품에 대한 이야기가 부족한 것 아닌가 하는 아쉬움이 남을 수도 있습니다. 하지만 저자의 눈을 따라 감상대상을 넓혀보는 즐거움 또한 특별한 것이었습니다.

예를 들면, 국립서양미술관을 입장하면서 만나는 2층에 이르는 경사로라던가 전시장 곳곳에서 만나는 계단과 그 아래 휴식공간, 조명시설 등은 저자가 아니었더라면 그냥 지나쳤을 것입니다. 또한 르코르뷔지에가 미술관을 설계했다던가 상설전의 작품들이 주식회사 가와사키의 초대사장 마쓰카타 고지로의 수집품으로 구성된다는 것, 마쓰카타가 이들 작품을 손에 넣게 된 과정도 읽을 수 있습니다.

동경에 산재한 문화공간을 우에노, 롯폰기, 아오야마 그리고 그 외 지역으로 크게 나누어 정리하였습니다. 우에노 지역을 우선 챙겨보기로 했습니다. 무작정 숙소를 나서 전철을 타고 우에노역에 도착했습니다. 출구를 안내하는 표지판을 따라 지상으로 올라서 우에노 공원에 들어서면 공원 안내도가 있습니다. 코스를 계산해서 전철역에서 제일 먼 곳에 있는 도쿄예술대학 미술관부터 시작해서 도쿄 국립박물관을 거쳐 국립서양미술관까지 보기로 하였습니다. 예술대학 미술관으로 가다 보니 동경 도립 미술관은 대대적인 보수공사 때문에 아예 폐관하고 있어 아쉬웠습니다. 그래도 도쿄를 다시 방문할 이유가 생긴 것으로 위안을 삼았습니다.

도쿄예술대학의 미술관에서는 마침 졸업생 작품전이 열리고 있었습니다. 입구에 설치되어 있는 조각작품을 카메라에 담았을 때는 별 생각이 없었습니다만, 내부에 설치된 회화작품과 설치예술품의 경우 촬영이 금지되어 있다는 안내인의 설명이었습니다. 아마도 젊은 예술가의 참신한 생각을 누군가 베껴갈지도 모른다고 생각한 것 아닐까요? 심지어는 미술관의 독특한 모습의 나선형 계단이나, 예술대학 아트 플라자에서 팔고 있는 공예품도 찍을 수 없었습니다. 사진 촬영이 안 된다는 직원의 굳은 표정을 보면서 '너무한 것 아니야?' 하는 생각이 들기도 하였습니다. 그런 관점에서 본다면 촬영을 금지한다고 표시된 전시물을 제외하면 플래시를 사용하지 않은 촬영이 가능한 국립박물관과 서양미술관의 경우와 비교된다고 하겠습니다.

국립박물관은 일본의 민속유물들을 볼 수 있고, 연결되는 헤이세이관에서는 일본에서 출토되었다는 석기유물을 전시하고 있습니다. 특히 세계 최고(最古)의 구석기유물이라는 표지에 '정말?' 하는 의구심이 들었다는 말씀을 드립니다. 전시물 가운데 유독 마음 한 구석이 불편해지는 곳은 도검류가 전시된 꽤 넓은 전시공간이었습니다. 예리하게 벼려진 일본도가 분해된 채로 혹은 칼집에 넣어진 채로 전시되어 있습니다. 공연히 등골에서 한기가 흘러내리는 느낌이 들었습니다. 일본문화에서 '칼'이 차지하는 부분이 얼마나 큰지 알 수 있었습니다.

효케이관과 동양관은 보수 등을 이유로 휴관 중이었습니다. 덕분에 아픈 다리와 시간에 쫓겨 서양미술관으로 향해야 하는 상황에 핑곗거리가 되었습니다. 호류우지 국보관에서는 주로 절에서 사용하던 생활용품으로부터 부처상에 이르기까지 다양한 유물을 전시하고 있습니다. 전시물보다는 건물의 중정에 해당하는 공간에 설치된 널따랗고 얕은 연못(?) 사이로 난 통로를 걸어 들어가야 하는 구조가 신기했습니다. 일본의 민속화가 우리의 것과는 다른 느낌을 주는 것과는 달리 이곳에서 전시되고 있는 불상들은 우리네 박물관에서 보는 모습과 너무나 닮았습니다. 한편으로는 설마 이 유물들이 한반도에서 건너온 것들이 아닐까 하는 의구심이 들었습니다.

저자가 소장품에 대하여 시시콜콜한 설명을 생략한 것은 미술품에 대한 사람마다 느낌이 다를 수 있다는 점을 배려한 때문이 아닐까 생각합니다. 하지만 저는 국립서양미술관에서 만난 로댕의 작품에 대한 이야기는 해야 하겠습니다. 제 기억에 로댕의 조각작품을 처음 대한 것은 미국 동부에 있는 로댕미술관에서였습니다. 그곳에서 『생각하는 사람』, 『지옥문』 등을 구경하고 뿌듯한 마음에서 슬라이드 사진을 만들었습니다. 귀국한 다음 어느 학술모임에서 자랑스럽게(?) 이 작품을 보았다고 소개했는데, 다른 장소에서 같은 작품을 감상했다는 분이 있어 놀랐던 기억이 새롭습니다. 조각가가 같은 작품을 여럿 제작하는 경우가 있다는 것을 알게 된 것입니다.

로댕의 조각작품은 그렇다고 치더라도 마쓰카타 수집품을 보면서는 시카고미술관을 처음 방문했을 적의 느낌이 들었습니다. 즉 예술적 허영심이 채워지는 느낌이 들었던 것입니다. 쿠르베의 『파도』는 금방 액자에서 넘쳐흘러 마루로 떨어질 것 같은 느낌이었습니다. 『덫에 걸린 여우』를 보면서는 인간의 탐욕으로 고통 받는 야생동물을 보호하는 운동에 참여해야 할 것 같았습니다. 그리고 너무나도 친숙한 모네의 『수련』, 피카소의 『남과 여』, 루벤스의 『잠자는 두 어린이』 등은 한나절에 돌아보기에 너무 짧은 시간이었습니다. 색조의 대비가 뚜렷하고 선이 단순한 중세기독교 예술작품으로부터 근세 인상파 화가들의 작품에 이르기까지 소장미술품들이 시카고미술관이나 필라델피아미술관과 비교하여 손색이 없었습니다. 연전에 방문한 부다페스트 미술관보다는 풍부하지 않나 싶습니다.

2박 3일의 짧은 여행길에 낸 짬이라서 제대로 감상하기에는 턱없이 부족한 시간이었습니다. 도쿄예술대학에서 구로다 세이키 기념관을 놓치고, 우에노 지역만 하더라도 국제어린이 도서관(공원 안내도에서 보지 못한 탓도 있습니다), 동경미술관, 옛 이와사키 저택 정원 등은 찾아가지도 못했습니다. 당연히 롯폰기, 아오야마는 물론 기타지역도 다음 기회로 미루어야 했습니다. 그러니 다음 번 방문길에서도 장윤선 님의 『도쿄 미술관 산책』이 함께할 것입니다.

저자는 미술관이나 박물관 도서관이 일본문화를 대변하는 유일한 곳이라 강변할 생각은 없다고 하였지만, 역사적 유물과 예술, 문화시설에서 그 나라의 문화를 큰 틀에서 볼 수 있을 것으로 생각합니다. 가까이 있어 방문기회가 많은 일본의 속살을 제대로 들여다볼 수 있는 안내서 『도쿄 미술관 산책』으로부터 많은 도움을 얻었다는 말씀과 함께 소개해드립니다. (라포르시안: 2012년 2월 6일)

2 베를린 천 개의 연극(박철호, 반비)

공연예술의 메카, 베를린 연극의 진수를 느낀다

제목이 주는 메시지가 아주 강렬했습니다. 학창시절 잠시 연극판을 기웃거렸던 옛 기억을 채어 올린 낚싯바늘이었던 모양입니다. 저자가 유럽에서 본격적으로 연극을 공부하면서 관람한 연극에 대한 감상들을 정리하여 소개한 책입니다. 우리의 시각으로 본 유럽 무대예술을 제대로 소개하는 첫 번째 시도가 아닌가 싶습니다.

연극연출가이자 비평가인 박철호 님은 애초에 경영학 석사과정을 밟으러 뉴욕에 갔다고 합니다. 그런데 영어를 먼저 익히려 신청한 연극수업이 계기가 되어 진로를 바꾸었다고 합니다. 연극수업을 통하여 뒤늦게 연극의 매력에 빠져든 것입니다. 그리고는 본격적으로 연극을 공부하기 위하여 유럽으로 향했습니다. 파리, 베를린, 그리고 마드리드 등에서 연극과 그 나라의 언어를 공부하였습니다. 예술을 하시는 분들 가운데 자신의 예술세계를 세우기 위하여 다른 이들의 작품을 외면하는 경우도 있습니다. 하지만 거꾸로 다른 작품들을 많이 감상하면서 다양한 시각을 배울 수 있는 장점도 있을 것 같습니다.

감히 저자와 비교하려는 생각은 아닙니다만 연극에 관한 저의 경험을 소개합니다. 제가 대학 연극동아리에 참여하게 된 것은 예과 2학년이 끝난 겨울방학이었습니다. 그즈음 가까이 지내던 친구들이 연극동아리에서 활동하고 있었습니다. 동아리가 신입생환영공연으로 준비하던 조해일 작 『건강진단』의 연습실을 찾은 의리(?)에 발목이 잡힌 것입니다.

지금으로부터 37년 전이니 서울에서도 볼 수 있는 연극공연이 많지 않을 때입니다. 그래도 극단에서 올리는 상업극에서 대학극에 이르기까지 기회가 되는대로 관람하러 다녔습니다. 무엇이든 배워 우리 무대에서 활용하려 노력했던 기억이 새롭습니다.

필자가 잠시 몸을 담았던 가톨릭의과대학의 연극부는 당시 종합대학교까지 포함한 대학연극부 가운데 세 손가락 안에 든다고 자부하던 시절입니다. 특히 셰익스피어, 몰리에르 등의 정통 희극작품들을 주로 올렸는데, 공연 때마다 장안의 대학생들 간에 화제를 모았습니다. 단원 가운데는 요즘의 인기 아이돌처럼 많은 팬들이 있어 공연 때마다 몰려들곤 했습니다. 당시 남산에 있었던 드라마센터에서 올린 작품의 경우는 몰려든 관객들로 인하여 유리창이 깨지는 불상사가 있었다는 전설도 있습니다. 저도 참여했던 『안티고네』의 경우도 공연을 보지 못하고 돌아가신 분들이 적지 않았습니다.

재능을 타고난 경우가 아니라면 다른 사람의 작품을 두루 섭렵하여 나름대로 표현방법을 세우는 것이 중요하다는 말씀을 드리려다 이야기가 샛길로 빠졌습니다. 저자는 유럽에서 연극을 공부하는 10년 동안 1,000편이 넘는 작품을 관람하고 느낌을 빠짐없이 기록했습니다. 그 가운데 엄선한 16편의 연극을 이 책에서 소개하고 있습니다. 베를린에서 관람한 연극들이다 보니 독일 작가들의 작품이 많습니다. 하지만 소재는 호메로스의 『일리아스』에서부터 현대에 이르기까지 시대적으로도 다양합니다. 심지어는 제작에 참여하는 사람들이 연습을 하면서 작품을 구성하여 작가가 따로 없는 아리안 무누슈킨 연출의 『레 제페메르(하루살이 같은 삶들)』도 있습니다.

연극은 같은 대본을 가지고도 연출자의 해석에 따라서 얼마든지 다른 느낌으로 표현되는 종합예술입니다. 그리고 같은 출연진의 공연이라도 매회 다른 느낌을 받을 수 있습니다. 같은 배우가 연기를 하더라도 매회 배우의 감정선이 다를 수 있기 때문입니다. 하물며 여러 사람의 배우가 같은 등장인물을 맡아 연기를 하는 요즈음이라면 당연히 배우에 따라 등장인물의 표현에서 차이가 날 수 있습니다.

우선 첫 번째 작품 곰브로비치의 『이본, 부르군트의 세자빈』을 읽은 느낌을 소개합니다. '이토록 흉측한 신데렐라'라는 표제를 달아 놓은 것처럼 우리가 알고 있는 신데렐라 이야기와는 전혀 다른 이야기입니다. 흉측하고 못생긴 이본이 산책길에서 우연히 만난 왕자의 손에 이끌려 왕궁으로 들어갑니다. 하지만 잘 먹고 잘살았다는 결론이 아니라, 모든 이들의 미움을 받고 결국은 왕자마저 등을 돌리고 말아, 죽게 된다는 것입니다.

저자가 이 작품을 맨 처음 소개하는 이유는 아주 단순한 것 같습니다. "오늘 처음으로 베를린에서 연극을 보게 되었다(19쪽)."라고 적고 있는 것으로 보아 베를린에서 처음 본 연극이라서 먼저 소개한 것 아닐까 싶습니다. 16편의 연극이 모두 나름대로 맛을 가지고 있으니 소개하는 순서가 작품의 우위를 따지는 것이 아니라는 점을 깨닫게 되면 첫 번째를 따지는 일 역시 의미가 없습니다.

첫 작품을 읽은 소감은 불쌍한 이본의 삶을 연출가가 어떻게 표현하더라는 것보다는 『베를린, 천 개의 연극』이라는 책을 쓴 박철호 님이 참 대단하다는 생각이 들었습니다. '단기 베를리너이자 이방인으로서의 저자의 일상이 생생하게 드러나 있어 베를린 사람들의 삶과 사회가 베를린의 현대 연극 무대가 선명하게 눈앞에 보이고 들리는 듯하다'라는 김철리 단장의 추천사에 공감되었기 때문입니다. 연극을 감상하던 날의 일상으로부터 공연장으로 들어가 연극을 감상하기까지 박철호 님과 시간을 함께하는 느낌이 들었습니다.

독일의 극단들이 제공했다는 질 좋은 공연 사진들을 곁들여, 작품과 등장인물을 소화한 배우들에 관한 이야기까지도 소개되어 있습니다. 그래서 박철호 님과 함께 베를리너 앙상블의 객석에 앉아 한 편의 연극을 감상하는 느낌이 들었습니다. 덧붙이는 이야기 역시 작품을 이해하는 데 많은 도움이 되었습니다.

"글재주가 뛰어나지 못한지라 하루의 일상을 이야기하는 식으로 편하게 풀어보았다(11쪽)."라고 했지만 지나친 겸양이었음은 첫 번째 작품을 다 읽지 않고서도 알 수 있었습니다. 즉 저자의 글솜씨가 결정적인 이유였습니다. '바로 짧게 끊어서 독자들에게 하고 싶은 말을 제대로 전할 수 있는 것'이 핵심이었습니다. 짧게 끊어 쓴 글은 읽는 사람을 참 편하게 해주는 것 같습니다.

저자가 연극을 공부하러 간 곳이 "왜 베를린이었는가?"도 궁금한 점이었습니다. 베를린에는 약 50개의 극장이 있는데, 베를린 연극의 특징은 레퍼토리극장을 통하여 알 수 있다고 합니다. 베를리너 앙상블, 도이체스테아터, 폴크스뷔네, 샤우뷔네 같은 유명한 레퍼토리극장이 베를린에 모여 있다고 합니다. 도이체스테아터는 연간

200편, 베를리너 앙상블은 연간 80편을 무대에 올린다고 합니다. 그러니 4개의 레퍼토리극장에서 올리는 연극만으로도 매일 다른 연극을 만날 수 있을 정도입니다. 앙겔라 메르켈 독일 총리는 "베를린은 아름답지는 않지만 정말 섹시하다"라고 말했습니다. 베를린을 세계 공연예술의 메카라고 부를 만하기 때문이었을 것입니다.

쉽게 책에 빠져든 또 다른 이유는 저자가 소개하는 16편의 연극들 가운데 『고도를 기다리며』, 『소포클레스의 안티고네』, 『파우스트』 그리고 『한여름 밤의 꿈』 등, 4편은 비록 국내에서지만 저도 이미 관람한 작품이기 때문입니다. 저자는 '이렇게 두어도 한 판의 바둑'이라는 바둑해설자가 흔히 하는 말을 인용하여 이야기를 풀어냅니다. 희곡작가의 대본을 바탕으로 하여 연출가가 해석하는 작품의 의미를 담아내는 것이 연극입니다. 그래서 '한 판의 바둑'이라는 비유가 참 적절하다고 생각합니다. 그리고 작품의 해석은 시대에 따라서 얼마든지 달라질 수 있다고 생각합니다.

사설이 길어지는 것은 『소포클레스의 안티고네』에 대한 제 생각을 말씀드리기 위해서입니다. 잘 아시는 것처럼 테베 왕국은 오이디푸스 왕이 성을 떠난 뒤 두 아들이 벌인 왕위쟁탈전으로 혼란에 빠집니다. 갈등 끝에 왕위는 동생 에테오클레스가 차지합니다. 왕위를 빼앗긴 형 폴리네이케스는 외부의 세력을 빌어 테베를 공격하다가 형제가 모두 죽음을 맞았습니다. 결국 오이디푸스의 처남 클레온이 테베의 왕이 됩니다. 클레온은 테베를 배신한 폴리네이케스의 시신을 벌판에 버려두고 누구든지 이를 매장하는 자를 사형에 처한다는 포고를 내립니다.

오이디푸스의 딸 안티고네는 사랑하는 오빠의 시신이 벌판에서

썩어가는 것에 분노합니다. 그리고 오빠의 시신을 매장하는데, 이는 클레온의 포고에 정면으로 맞서는 셈입니다. 아들 하이몬의 약혼자인 안티고네를 처형해야 하는 클레온의 처지도 딱하게 됩니다. 하지만 클레온은 국가경영이라는 차원에서 내린 결정을 뒤집을 수 없다는 것을 절감하게 됩니다. 결국은 안티고네를 처형하게 되고, 하이몬 역시 안티고네의 뒤를 따라 자결하고, 하이몬의 어머니 에루리디케 역시 자살하는 비극으로 극이 마무리됩니다.

『소포클레스의 안티고네』를 쓴 브레히트는 이 작품을 통해서 독일 제3 제국의 모습을 그려내고 싶었다고 합니다. "부당한 명령을 따르지 않고 정의로운 일을 감행한 뒤 마침내 죽음을 택한 안티고네와 부당한 명령을 수행하고도 자신들은 명령에 따랐을 뿐이라고 항변하는 전후 독일의 나치 군인들의 모습을 비교해 보여주고 싶었을 것(108쪽)"이라고 박철호 님은 설명합니다.

그리스 문학을 보면 신의 뜻을 매우 중요하게 생각하는 경향을 찾아볼 수 있습니다만, 신화에서 만나는 그리스의 신들이 항상 정의로운 것만은 아니었던 것 같습니다. 어찌 보면 인간들이 신의 뜻을 빌어 스스로의 입장을 세우려는 것은 아니었을까요? 그런 점에서 본다면 외세를 빌어 고국을 공격한 오빠를 묻어주어야 한다는 인륜을 내세운 안티고네의 무모함을 지나치게 미화한 것은 아닐까요? 세월이 가면 클레온이 그런 결정을 내릴 수밖에 없었던 것으로 새롭게 해석한 안티고네를 만날 수 있지 않을까 생각해봅니다. (라포르시안: 2012년 3월 12일)

3 탱고 인 부에노스아이레스(박종호, 시공사)

'영혼의 위로' 탱고에 한 걸음 다가서다

'탱고' 하면 역시 정열의 춤 아르헨티나 탱고가 퍼뜩 생각납니다. 저와 같이 근무했던 동료위원님께서 읽으시면 분명 '땅고'라고 바로잡아 주실 것이라 믿습니다. 그래도 아르헨티나 땅고를 추는 분들을 제외하면 대부분의 사람들은 탱고라고 하고 있으니 음악이나 사교춤으로서의 탱고는 '탱고'로, 본고향 아르헨티나 탱고는 '땅고'라고 적도록 하겠습니다.

탱고 하면 일본의 국민배우 아쿠쇼 코지가 주연한 1996년 작 『쉘 위 댄스』, 혹은 아널드 슈워제네거와 제이미 리 커티스가 장미꽃을 입에 물고 탱고를 추는 장면이 강렬하게 남는 1994년 작 『트루 라이즈』도 생각납니다. 장님 퇴역 장교로 나오는 알파치노와 식당에서 우연히 만난 가브리엘 던이 탱고를 추는 장면이 인상적인 1992년 작 『여인의 향기』도 꼽을 수 있습니다. 광고 음악으로 우리에게도 친숙한 『Por Una Cabeza, 포르 우나 카베자』가 흐르는 장면이 백미입니다. 춤추는 장면을 보면 가브리엘 던의 등 근육이 팽팽하게 긴장하는 모습을 볼 수 있는데, 땅고는 역시 어려운 춤이구나 싶었습니다.

Por Una Cabeza는 '머리 하나 차이로'라는 뜻을 가진 경마용어입니다. 가사의 내용은 사랑하는 이들 사이에 벌어지는 밀고 당기는 미묘한 감정, 그리고 사랑하는 이의 마음을 얻지 못해도 사랑할 수밖에 없는 심정을 경마에 비유한 것입니다.

사실 오래 전에 사교춤으로 탱고를 배울 기회가 있었습니다. 모시던 교수님들께서 해외연수 나가시기 전에 춤을 배워보자 하셨던 모양인데 1년 차 전공의였던 저도 따라오라 명을 받은 것입니다. 남산 아래 회현동 어디쯤 있는 호젓한 집의 거실에서 점심시간을 이용해서 2주일 동안 은밀하게(?) 사사 받았습니다. 지금은 어느 집이었는지 기억조차 할 수 없습니다. 하지만 임상 실습을 제대로, 충분하게 하지 않은 탓에 흐지부지 잊어버리고 말았습니다. 결국 2010년 헝가리 부다페스트에서 열린 유럽독성병리학회에서 개최한 선상 파티에서 솜씨를 제대로 보이지 못해서 많이 아쉬웠습니다.

탱고 하면 당연히 음악에 대해서도 이야기를 해야겠습니다. 박종호 선생님께서는 우리도 잘 아는 탱고 음악으로 『라 쿰파르시타』를 소개했습니다만, 저는 토종 탱고 음악이 먼저 생각납니다. 요즘에도 노래방에 가면 가끔 부르곤 하는 『서울야곡』은 현인 선생님 곡도 좋지만, 전영 씨 노래를 좋아하는 편입니다. 2절 가사 "보신각 골목길을 돌아서 나올 때에 찢어버린 편지에는 한숨이 흘렀다."라는 대목은 보신각 근처에 다니던 학교가 있었던 것 하며, 전하지 못하고 찢어버린 편지에 대한 추억 등이 아직도 노래를 잊지 못하게 하는 모양입니다.

사설이 너무 길어졌습니다. 본격적으로 박종호 선생님의 『탱고

인 부에노스아이레스』에 대한 이야기를 해보겠습니다. 고전음악에 조예가 깊으신 선생님께서 탱고 음악에 관심을 가지신 것은 어쩌면 숙명이었던 모양입니다. "탱고의 아련한 멜로디와 독특한 리듬은 들을 때마다 늘 내 심장을 벌렁거리게 만들었다(15쪽)."라는 고백에서도 엿볼 수 있습니다. 이 책을 기획했던 2008년에 우리나라에 탱고에 관한 책이 하나도 없다는 사실을 알고 아르헨티나 탱고를 배우러 2주간의 일정으로 떠났다는 것입니다. 특히 일본의 여류소설가가 부에노스아이레스에서 2주일간 머물면서 탱고에 대하여 느낀 점을 녹여낸 소설이 일본에서 커다란 반응을 일으키면서 탱고에 대한 일반의 관심을 불러냈다는 이야기에 용기를 냈다고 합니다. 하지만 2007년에 탱고 아카데미의 배수경 대표가 쓴 『탱고』라는 책이 나와 있었습니다.

저자는 탱고가 태어난 배경에서부터 발전해 내려온 발자취를 『탱고 인 부에노스아이레스』에서 잘 정리해 놓았습니다. 부에노스아이레스에서는 잘 알려진 탱고 바와 클럽을 찾아 탱고공연을 직접 관람하였습니다. 탱고와 탱고 음악을 느끼고 그 느낌을 탱고의 역사와 연결해서 이해할 수 있도록 합니다. 부에노스아이레스에서 탱고를 제대로 느낄 수 있는 장소에 대한 정보를 생생한 사진과 함께 자세하게 설명하고 있어 기회가 되면 쉽게 찾아볼 수 있겠습니다.

저자가 탱고 음악에 비중을 더 주고 있는 것은 음악에 조예가 깊은 반면 탱고는 출 줄 모르기 때문일 수도 있습니다. 하지만 자신이 탱고를 출 줄 모른다고 고백하면서도 탱고를 춤출 수 없다고 해서 탱고를 좋아할 수 없는 것은 아니라고 강변합니다. 한 걸음 더 나아가서, "탱고에 대해서 조금씩 알아 갈수록 그것은 춤이 아니고 음악이었다. 더 나아가서 그것은 음악이 아니라 시어(詩語)라는 것을 알게 되었다(15쪽).”라고 했습니다. 굳이 춤이 없다고 하더라도 탱고는 그 자체로 훌륭한 음악 장르이며 또한 문학을 가장 잘 표현하고 있는 노래라는 뜻입니다. 아마도 “탱고는 발로 하는 것이 아니라 귀로 하는 예술”이라는 아스토르 피아졸라의 말에 힘을 얻었는지도 모릅니다.

탱고는 19세기 말 고향을 떠나 이역만리 아르헨티나에 도착한 피 끓는 젊은 남자들이 외로움을 달래려고 추기 시작한 춤입니다. 그러니 음악보다 노래보다 춤이 먼저일 것 같고, 아무래도 탱고의 춤사위는 열정적일 수밖에 없었을 것입니다. “탱고의 춤사위는 그들의 몸부림이며, 탱고의 음악은 그들의 절규다. 섹스가 육체를 위로한다면 탱고는 영혼을 위로한다. 그래서 탱고는 슬프다. 섹스가 육체의 위안이라면, 탱고는 영혼의 섹스다(37쪽).”

탱고곡 『외로움』의 가사에 “우울한 그림자가 드리워져 있는 이 방에서 다시는 되돌아오지 않을 그녀의 발걸음을 기다리고 있지만…”이라고 쓴 것처럼, 탱고곡은 대체로 사랑, 특히 실연을 노래한 것이 많습니다. 그 실패한 사랑을 오히려 풍자적이고 냉소적으로 노래함으로써 실연으로 절망하지 않고 관조하는 입장에 서는 것입니다. 탱고곡의 이런 분위기는 우리나라 탱고 음악에도 전해진 것 같습니다. 젊어서 좋아하던 전영 씨는 『어디쯤 가고 있을까』에서, “그렇게 쉽사리 떠날 줄은, 떠날 줄 몰랐는데, 한마디 말없이 말도 없이, 보내긴 싫었는데, 그 사람은 그 사람은 어디쯤 가고 있을까”라고 노래합니다. “세상의 인간사야 모두다 모두다 부질없는 것, 덧없이 왔다가 떠나는 인생은 구름 같은 것, 그냥 쉬었다 가세요. 술이나 한잔하면서, 세상살이 온갖 시름 모두 다 잊으시구려."라고 노래한 방실이 씨의 『서울탱고』에서는 더 완숙한 경지를 보여줍니다. 우리나라의 탱고곡의 분위기는 우리네 정서와 잘 어울린다고 하겠습니다.

시인 김소월 님은 『진달래꽃』에서 "나보기가 역겨워 가실 때에는 말없이 고이 보내드리오리다. 영변(寧邊)에 약산(藥山) 진달래꽃 아름 따다 가실 길에 뿌리오리다. 가시는 걸음걸음 놓인 그 꽃을 사뿐히 즈려 밟고 가시옵소서"라고 이별의 슬픔을 꾹꾹 눌러 담았습니다. 하지만 가수 마야는 이 시를 가사로 하여 씩씩한 탱고풍으로 불렀습니다. 이별의 슬픔을 역설적으로 숨기려 한 것 같습니다.

춤으로서 탱고에 대한 저자 나름의 느낌도 담고 있습니다. 아쉽게도 박종호 선생님은 탱고 바나 탱고클럽에서 직업 무용수들이 공연으로서 추는 탱고를 감상하고 느낀 점을 적은데 그쳤습니다. 춤을 추려는 사람들이 모여드는 무도장, 밀롱가의 분위기를 느낄 수 없는 점을 아쉬워하는 독자들도 있을 것 같습니다. 특히 아르헨티나 땅고를 즐기시는 분들이 그러실 것 같습니다. 이런 분들은 이 땅에서 땅고를 배우고 땅고를 가르치는 라우 님이 쓴 『길을 잃은 후, 길을 찾다』를 읽으시면 좋을 것 같습니다. 땅고의 본고장 부에노스아이레스에서 석 달간 머물면서 촌각을 아껴 땅고를 배웠던 경험을 고스란히 풀어놓았기 때문입니다.

같이 일했던 위원님은 땅고 선생님으로부터 "왜 땅고를 추느냐"라는 질문을 받았다고 합니다. 그래서 "땅고를 시작한 것은 인생의 후반부에 접어들면서 취미로 아니면 그냥 여가선용으로 재미있는 삶을 위하여 시작하였으나, 지금은 배우면 배울수록 땅고는 인생인 것처럼 느껴진다."라고 답하셨다고 합니다. 땅고를 추기 위하여 상대를 안는 것, 즉 '안기'란 남녀가 가슴을 붙이고 안는 자세만을 지칭하는 것이 아니라 땅고의 에너지를 교환하는 행위라고 했습니다. 탱고 음악을 듣는 것만으로는 고향을 떠나 먼 이국에서 외로움 속에서 절망하는 이방인의 눈물과 한이 서린 감정을 제대로 느끼기에는 2% 부족했을 것이라는 말씀이기도 합니다.

박종호 선생님은 『탱고 인 부에노스아이레스』의 후기에서 "탱고 추는 남녀를 유심히 바라보면, 어느 순간에나 여자는 거의 한 발이며 그녀의 몸은 내내 남자에게 기대어 있는 것처럼 보인다(428쪽)."라고 적었습니다. "탱고는 두 개의 심장과 세 개의 다리로 추는 춤"이라고 할 수 있을까요? 남자와 여자가 짝을 이루고 평생을 살아가는 모습을 이렇게 비유한 것 같습니다. 그런데 저와 같이 일했던 위원님은 "탱고는 그 음악 속에서 네 개의 다리가 한 개의 심장이 되어 남녀가 서로 가슴을 맞대고 의지하여 추는 춤"이라고 했습니다. "음악 속에서 네 개의 다리가 한 개의 심장으로 움직이려면 서로의 한과 혼과 희로애락이 철저히 가슴과 머리에 합일이 되어야 한다"라고 하셨습니다. 관심이 어디에 있는가에 따른 차이일까요?

배수경 대표의 『탱고』에서 탱고의 역사, 탱고가 대중화되고 세계화되는 과정, 탱고의 구성요소 그리고 탱고가 춤으로 이루어지는 과정을 이해할 수 있습니다. 그리고 라우 님의 『길을 잃은 후, 길을 찾다』에서는 밀롱가를 중심으로 아르헨티나 땅고를 제대로 느낄 수 있는 길을 안내하고 있습니다. 춤으로서의 땅고에 대한 이해에 더하여 음악으로서의 탱고에 관한 이야기들과 더하여 보는 탱고를 즐기는 길을 안내하는 박종호 선생님의 『탱고 인 부에노스아이레스』가 서로 보완하는 역할을 할 것으로 생각합니다. (라포르시안: 2012년 7월 2일)

4 키스 스캔들(윤향기, 이담북스)

때론 날카롭게, 때론 부드럽게 '키스의 미학'

첫 키스를 기억하십니까? 그 첫 키스의 기억은 당신만의 비밀인가요? 아니면 당신 주위에 계신 분들도 모두 알고 있나요. 소중하게 간직할 사랑에 관한 내밀한 이야기를 마치 전리품처럼 떠벌이는 사람도 적지 않은 것 같습니다. 방송에서도 출연한 연예인에게 첫 키스는 언제 해보았느냐는 질문을 미끼로 던지는 세태입니다. 이 질문을 시작으로 상대가 누군지 등 그 사람의 애정행각을 본격적으로 탐색하는 순서로 진행되곤 합니다. 출연자들도 자신의 연애사를 거침없이 이야기하고, 이런 이야기들이 다음 날 아침 신문의 연예란에 주먹 만한 글자로 대서특필되기도 합니다. 그 상대방에게는 치명적인 상처를 주는 일이 될 수도 있을 터인데 사전에 허락은 받은 것일까 궁금합니다.

만해 한용운 님께서는 「님의 침묵」에서 "날카로운 첫 키스의 추억은 나의 운명의 지침을 돌려놓고 뒷걸음쳐서 사라졌습니다."라고 적었습니다. 첫 키스의 순간이 한 사람의 인생에서 차지하는 무게가 작지 않음을 가늠할 수 있습니다. 그렇다면 첫 키스의 추억도

두 사람만의 비밀로 소중하게 간직하는 것이 옳지 않을까요?

첫 키스를 화두로 삼은 것은 윤향기 시인의 『키스 스캔들』을 같이 읽어보기 위해서입니다. 누구라도 예쁘기만 한 아기 때 가족 혹은 친지로부터 받는 뽀뽀를 첫 키스라 하지는 않을 것입니다. 그렇다면 어떤 키스가 있는지 궁금해집니다. 윤향기 시인은 자신이 기억하는 키스의 종류가 참 다양하다고 했습니다. 이 책에서는 버드 키스, 크로스 키스, 햄버거 키스, 에어클리닝 키스, 슬라이딩 키스, 인사이드 키스, 프렌치 키스, 이팅 키스, 와이드 스페이스 키스 등 대표적인 9가지 형태만을 소개하였습니다. 뿐만 아니라 키스가 "때로는 따뜻하고, 때로는 차갑고, 때로는 단단하고, 때로는 부드럽고, 때로는 격정적이고, 때로는 잔혹한 사람이 나고 죽는 것보다 더 오래된 옹알이 소리가 그 속에는 들어있다(22쪽)."라고 적고 있어 종류와 느낌을 조합하면 같은 느낌의 키스는 없을 것 같습니다.

시인은 키스가 무의식적 본능에서 표출되는 하나의 기호로, "누군가에게는 환희의 기호로, 누군가에겐 더할 나위 없는 슬픔으로 표현되는 저항, 방어, 광기, 도취, 매혹만 있는 것이 아니라 치유와 통합, 회복의 힘이 옵션으로 들어있다."라고 적었습니다. 『키스 스캔들』은 저자의 남다른 흥미와 관심에서 출발하여 각고의 노력 끝에 빛을 보았다고 했습니다. 명화와 명시에 담긴 키스의 종류와 연원 그리고 의미변천을 생물학, 인류학, 문화심리학, 정신분석학적 분석을 감상해보는 것도 색다른 경험이 될 듯합니다.

독자들을 위하여 카르페디엠, 소울 푸드, 에로티시즘, 팜므파탈, 타나토스, 에로스 등 무려 열두 가지나 되는 키스의 성찬을 준비하였습니다.

먼저 키스를 소재로 한 에드바르 뭉크의 작품이 여러 점 소개되었습니다. 뭉크의 『절규』라는 작품은 미술에 문외한인 저도 알 정도로 잘 알려진 작품입니다. 『절규』가 탄생한 배경에는 다음과 같은 이야기가 있습니다. 1893년 어느 날 황혼 무렵 뭉크는 친구 두 명과 함께 길을 걷고 있었습니다. 마침 피오르가 내려다보이는 언덕 쪽으로 태양이 지고 있어 하늘이 핏빛으로 붉게 물들었습니다. 이 정경을 보는 순간 뭉크는 갑자기 알지 못하는 슬픔에 휩싸이면서 불안감이 엄습하여 그 자리에 얼어붙고 말았습니다. 난간에 기대어 검푸른 피오르와 거리 위로 낮게 깔린 불타는 듯한 구름을 바라보고 있는 그를 잠시 지켜보던 친구들은 다시 걷기 시작했습니다. 하지만 뭉크는 공포에 떨면서 그 자리를 떠날 수 없었습니다. 마치 언제 끝날지 모르는 자연의 날카로운 절규가 대기를 갈가리 찢는 듯 한 느낌 때문이었습니다. 이날의 강렬한 느낌에서 『절규』가 탄생하게 되었다는 것입니다. 뭉크의 『절규』는 오슬로에 있는 노르웨이 국립미술관에서 볼 수 있습니다. 사진 촬영도 가능하다고 하니 오슬로에 가실 기회가 있으시면 꼭 들러보시기를 권합니다.

뭉크의 작품은 대체로 어둡고 섬뜩한 느낌을 줍니다. 이는 우울증을 앓던 여동생을 비롯한 가족사를 비롯하여 세 살 연상의 유부녀와의 사랑이 실패하면서 생긴 정신적 상처와 연관이 있습니다. 뭉크가 명성을 얻기 전까지만 해도 전시회 때마다 혹평이 뒤따랐던 것도 영향을 미쳤습니다. 이 책에 인용된 "나는 매일 죽음과 함께 살았다. 나는 인간에게 가장 치명적인 두 가지 적을 안고 태어났는데, 그것은 폐병과 정신병이었다. 질병, 광기, 그리고 죽음은 내가 태어난 요람을 둘러싸고 있던 검은 천사들이었다(36쪽)."라고 한 뭉크의 말은 그의 작품세계를 이해하는 데 도움이 될 것입니다.

『질투』라는 작품에 대하여 작가는 이렇게 설명합니다. "이 방은 뭉크의 무의식이고, 뒤의 두 남녀는 마음속에서 일어난 상상을 그린 것이다. 에로스와 타나토스, 사랑과 미움, 선과 악의 경계에서 안주하지 못한 채 흔들거리는 사내가 한없이 무기력해 보인다. 그러나 그의 왼쪽 눈은 분노, 오른쪽 눈은 절망으로 이글거린다. 자기의 욕구를 만족시키기 위한 그녀의 포식본능을 새장 안에 가두고 싶어 하는 눈빛이다(40쪽)." 욕망 혹은 호기심이 바깥으로 향하는 연인을 붙들어 매려는 노력은 마르셀 프루스트의 『잃어버린 시간을 찾아서 9; 갇힌 여인』에서도 엿볼 수 있습니다. 마르셀과 알베르틴 사이에 벌어지는 숨바꼭질을 세밀하게 묘사한 것입니다. 책을 읽다 보면 남녀 간의 심리를 쉽게 이해할 수 있습니다. 그런데 화가의 제작 의도가 함축적으로 담기는 회화작품에서는 이해가 쉽지 않습니다. 제 눈으로는 『질투』에서 뭉크의 간절함을 제대로 읽어낼 수 없는 것 같아 안타깝기만 합니다.

'위험한 욕망의 키스'라는 제목의 글에서는 여성의 파멸적 키스를 논합니다. 자신의 구애를 거절한 세례 요한의 목을 끌어안고 키스를 퍼붓는 살로메를 그리고 있는 그림들과 오스카 와일드의 시 「살로메」가 눈길을 끕니다. "당신의 입술에서는 쓴 맛이 나는군. / 피 맛인가? 아니야! 사랑의 맛이겠지. / 사랑이 쓴 맛이라지." 오브리 빈센트 비어줄리의 『살로메』 연작이나 막스 클링거의 『율리우스 살로메』의 경우 섬뜩한 느낌을 줍니다. 하지만 뤼시앵 레비 뒤르메르의 『살로메』에서는 마치 잠든 연인에게 살짝 입을 맞추듯 한 느낌이 들었습니다. 아마도 파스텔화 특유의 분위기도 한몫을 한 것 같습니다. 그리고 세례 요한의 목을 다정하게 감싸는 듯한 살로메의 자세도 기여한 것 같습니다.

저자가 '불온한 쾌락의 키스'라는 범주에 넣은 이야기들은 딱히 불온하다 싶은 느낌이 들지 않습니다. 다만 한트 세발트 베함의 『키스』라는 작품은 예외입니다. 카미유 클로델의 작품 『사쿤달라』에는 카미유 클로델과 오귀스트 로댕 사이의 안타까운 사랑에 관한 이야기를 담았습니다. 고난을 겪은 남녀가 종국에는 사랑을 이룬다는 인도의 고전 희곡 『사쿤탈라』를 배경으로 제작된 것입니다. 카미유의 동생 폴의 작품해설을 보면 이해가 되실 것 같습니다. "남자는 무릎을 꿇었고, 욕망 덩어리에 지나지 않는 이 남자는 고개를 들고, 감히 잡을 수 없는 이 놀라운 존재를, 저 높은 곳에서 그에게로 추락한 이 신성한 육체를 열망하며 껴안는다. 눈멀고 귀 먼 이 여인은 사랑이라는 무게에 짓눌려 굴복하고 만다. 이보다 더 강렬하고, 동시에 정결한 작품을 본다는 것을 잃을 수 없다(49쪽)." 물론 이러한 해설에는 누이 카미유에 대한 위로가 포함되었다고 볼 수도 있겠습니다.

시인은 "키스는 성적 친밀감의 원초적 본능이다."라고 단도직입적으로 설명합니다. "키스를 통해 관능의 새로운 세계로 발을 들여놓을 때 제일 먼저 해야 할 일은 감각을 통해 세상을 경험하는 것"이라고 합니다. 저자가 풀어놓은 키스의 미학을 제대로 알려면 아무래도 미학에 관한 기본적 지식을 쌓아야 할 것 같습니다.

고대 그리스의 미학을 집대성한 아리스토텔레스는 "미(美)란 크기와 질서가 잡힌 배열에 근거한다(창홍 지음, 『미학 산책』 43쪽, 시그마북스)."라고 했습니다. 즉, 사물의 모든 부분이 조화를 이루고 있는 상태를 미적이라고 할 수 있습니다. 그렇기 때문에 미의 대상에 대한 별도의 설명이 없어도 보는 이가 마음으로 미를 느끼고 이해할 수 있다는 것이 고전적 개념의 미학입니다. 반면 뭉크의 예에서도 보는 것처럼 현대 화가들의 작품은 전문가의 설명이 곁들여지면 이해의 폭이 깊어진다는 생각을 하게 됩니다.

우리가 미학, 특히 현대 미학을 이해하는 데 있어 전문가들의 설명을 구하는 이유이기도 합니다. 다만 기억해 두어야 할 만한 점은 있습니다. 로저 킴볼은 예술사에 정치적 개입을 경계하면서도 예술 작품을 제대로 이해하는 데 온갖 종류의 문화적, 사회적, 역사적 요소들이 개입될 수 있다는 점을 인정합니다(『평론, 예술을 엿 먹이다』, 61쪽). 다만 생생한 기운의 중심은 작품 자체가 되어야지 그렇지 않으면 예술사가 아니라 일종의 자서전 혹은 정치적 설교가 되어버리고 말 것임을 강조하고 있습니다.

최근에 키스를 해보셨습니까? 혹시 너무 오래되어 키스하는 방법을 잊어버리신 것은 아닌가요? "당신이 일상에서 잊어버린 키스! 그러나 어쩌면 당신의 영혼이 아직 기억하고 있을 키스! 生의 에너지가 맞부딪치는 소리가 나는 키스에는 요란한 온도와 불빛이 있다. 그것은 때로 당신이 느낄 수 있는 것보다 훨씬 넓고 훨씬 신비롭다(53쪽)."라고 합니다. 그러니 하던 대로 사랑하고, 하던 대로 키스를 하라고 윤향기 시인은 조언하고 있습니다. 키스는 바로 치유인 동시에 휴식이기 때문입니다. (라포르시안: 2012년 10월 2일)

5 여자가 행복해지는 그림 읽기(정영숙, 이담북스)

예곤 실레의 눈빛과 피츠버그의 불꽃 나무

과천 국립현대미술관에 있는 회의실을 빌려 부서의 업무회의를 한 적이 있습니다. 공식일정을 마치고, 현대미술관에서 열린 윤명로 화백의 기획전 「정신의 흔적」을 감상한 것은 신선한 충격이었습니다. 시간 여유가 많지 않아 전시된 모든 작품을 꼼꼼하게 감상할 수는 없었습니다. 하지만 학예사로부터 윤명로 화백의 핵심작품마다 당시 화가의 삶이라던가 작품의 제작기법에 대한 설명을 들을 수 있었습니다. 작품마다 설명을 듣고 그 내용을 확인하면서 "아하! 그렇구나." 하는 생각이 들었던 것입니다. 역시 전문가의 압축된 설명이 그림을 이해하는 데 크게 도움이 되었습니다. 발품을 팔아야 그림을 감상하는 눈도 열리는 것이겠지요.

이 전시회를 전한 와이 뉴스의 송광호 기자는 "실험성이 돋보이는 '문신' 연작, 독자적인 표현방식을 모색한 '균열' 연작, 전통적인 사물에 행위를 결합한 '얼레짓' 연작, 자연의 거대한 에너지를 담아낸 '익명의 땅' 연작과 겸재에게서 추상을 본 '겸재 예찬' 시리즈는 그를 추상미술의 명인으로 끌어올렸습니다."라고 요약하고, '빈 공간에 최초의 한 획을 던지면 그 공간이 요동치고, 그 요동의 순간과 함께 호흡하면서 맞춰갔다'라는 윤 화백의 이야기를 인용하면서 "추상의 대가 윤명로 화백이 느낀 궁극의 추상은 결국 자연의 숨결이었습니다."라고 정리하였습니다.

이 글을 쓸 무렵 미술작품에 관한 책들을 읽을 기회가 많아진 것은 제임스 엘킨스 교수의 『그림과 눈물』 덕분이었습니다. 극작가 게오르크 뷔히너는 자신의 작품에 나오는 등장인물을 통하여 "이제 우리 영혼의 용량은 리큐르 잔으로 재야 할 겁니다."라고 갈파한 바 있습니다. 사람들이 얼마나 건조해졌는지, 간혹 무언가를 느낄 때도 그 작은 감정들에조차 얼마나 인색한지를 비꼬았던 것입니다. 엘킨스 교수가 『그림과 눈물』에 적은 '눈물이 말라버린 시대의 그림에 대하여'라는 서문을 읽으면서 '바로 내 이야기로구나' 싶었습니다. 그림을 보면서 눈물을 쏟았다는 사람들의 이야기를 읽으면서 '설마'했기 때문입니다. 솔직하게 말씀드리면 그림이 가지고 있는 힘을 제대로 이해하지 못한 저의 부족함 때문일 것입니다.

감성이 메마른 눈으로 그림을 감상하는 저 같은 사람도 있지만, 그림을 통하여 상처받은 마음을 달랠 수 있다는 생각을 하는 분도 있습니다. 미술사를 전공하는 조이한 교수님은 『그림, 눈물을 닦다』에 그런 생각을 풀어놓았습니다. 죽을 것만 같아서 도망치듯 독일로 유학을 떠난 조이한 교수님은 낭만은커녕 하루 버티기도 힘들던 시절이 있었다고 했습니다. 그 무렵 에곤 실레의 작품 『해바라기』를 만나는 순간, 눈물이 절로 쏟아지더라는 것입니다. 한여름 뙤약볕에 바스러진 잎사귀와 까맣게 타버린 씨앗을 달고서도 꿋꿋하게 버티고 선 해바라기에서 자존심을 읽을 수 있었다고 합니다.

『그림, 눈물을 닦다』에서 조이한 교수님은 눈물, 즉 고단한 삶을 어루만져 줄 수 있는 것이라면 무엇이든 소설, 시, 영화, 사진, 조각 등 다양한 분야에서 끌어왔습니다. 특히 그림이 말하려 하는 의미를 담고 있는 시가 눈길을 끌었습니다. 안규철 화백의 작품 『먼 곳의 물』에는 하얀 식탁보가 깔린 탁자에서 주홍색 물고기가 헤엄을 치고, 물고기 앞에는 물이 반쯤 채워진 투명한 유리그릇이 놓여 있습니다. 식탁보에서 헤엄치고 있는 물고기는 결코 유리그릇에 담긴 물에 닿을 수 없기에 조이한 교수님은 이 작품을 '너무 멀리 있는 물'로 읽는다고 했습니다. 그리고 이 그림에서 안도현 시인의 시(詩) 「그대에게 가고 싶다」를 떠올렸다고 합니다. "(…) 사랑이란 / 또 다른 길을 찾아 두리번거리지 않고 / 그리고 혼자서는 가지 않는 것 / 지치고 상처 입고 구멍 난 삶을 데리고 / 그대에게 가고 싶다 (…)"

그림에서 시를 읽은 이는 또 있습니다. 윤향기 시인입니다. 앞서 소개한 바 있는 『키스 스캔들』에서 시인의 공상적 그림 읽기를 볼 수 있습니다. 클림트, 뭉크, 실레, 브랑쿠시, 마그리트, 비어즐리, 루벤스, 워터하우스 등 대가들이 그린 키스를 소재로 한 그림들을 씨줄로 하고, 다양한 작가들의 시(詩)는 물론 소설, 영화 등 다양한 분야에서 키스에 관한 이야기들을 날줄로 엮어 이야기를 풍성하게 만들었습니다. '꽃잎을 훔치는 키스'나 '위험한 욕망의 키스'는 어떤 것인지 궁금하시지요? "당신이 일상에서 잊어버린 키스! 그러나 어쩌면 당신의 영혼이 아직 기억하고 있을 키스! 生의 에너지가 맞부딪치는 소리가 나는 키스에는 요란한 온도와 불빛이 있다. 그것은 때로 당신이 느낄 수 있는 것보다 훨씬 넓고 훨씬 신비롭다(윤향기 지음, 『키스의 스캔들』 53쪽)."라고 적고 있는 시인은 치유의 방법으로 키스의 가치를 다시 인식하라고 제안합니다.

조이한 교수나 윤향기 시인은 그림이라는 씨줄에 시를 포함한 다양한 예술작품을 섞어 이야기를 풀어가고 있습니다만, 그림에 시만을 오롯이 짜 넣은 글이 있습니다. 정영숙 시인의 『여자가 행복해지는 그림 읽기』입니다. 이 글을 쓸 무렵 인기를 끌던 『대한민국 행복업 프로젝트』라는 단막 희극(喜劇)에서는 '여자가 행복해지는 일이 무엇일까'를 주제로 다루었습니다. 여성의 행복에 관심을 두던 시절이었던 것 같습니다. "샤를 보들레르 이래 시인은 언제나 화가의 암호를 풀어내는 해독자였고, 화가 역시 시인의 정신을 형상화하는 재현자였다. 시인은 시 안에 그림을 넣어두고, 화가는 그림 속에 시를 숨겨둔다. 마치 암수한몸과 같다."라고 박제천 시인이 말한 것처럼 그림을 읽어내는 데 시(詩) 만한 것이 없겠다 싶습니다.

정영숙 시인의 『여자가 행복해지는 그림 읽기』는 미술관을 찾아 그림을 감상하고서 쓴 시가 있는 기행문 형태의 산문이 있습니다. 그런가 하면 시를 먼저 읽고 그 시에 맞는 그림을 찾아서 감상하고 쓴 산문도 있습니다. 책을 읽다 보면 "이 글들은 내 삶의 흔적이다."라고 서문에 적은 특별한 이유를 알 듯합니다. 10여 년에 걸쳐 써온 글들이라서인지 젊은 시절부터 가슴에서 소용돌이치던 불꽃들이 명화를 통해 시로 승화한 느낌을 받습니다. 그런가 하면 아이들을 기르면서 부딪쳤던 어려움이나 아이들의 미래를 기도하는 어머니의 마음이 담겨있는 글도 있습니다. 그래서 시인의 마음을 책의 제목에 제대로 담았다는 생각을 하게 됩니다.

봄에 책을 세상에 내놓을 것을 염두에 두었던 것 같습니다. '마법사가 만든 봄'이라는 제목 아래 보티첼리의 『비너스의 탄생』과 『봄』을 가장 먼저 다루었습니다. 저자는 피렌체에서 『비너스의 탄생』을 감상하고서 '봄날 하느님을 만나다'라는 제목의 시에 그 느낌을 담았습니다. "비 온 뒤, 하얀 목련 꽃봉오리 속에서 / 비너스의 탄생을 본다 / 바람의 신이 파도에 태어난 금발의 여인을 / 봄의 여신이 있는 /성스러운 섬 키프로스에 데려다주고 있다(17쪽)"라고 시작하는 시를 읽다 보면 보티첼리의 그림이 절로 떠오릅니다. '하얀 목련 꽃봉오리 속에서'는 봄기운이 느껴지는 계절을 의미할 수도 있겠고, 비너스가 타고 온 조가비를 목련 꽃봉오리에 비유한 것일 수도 있겠습니다. 역시 시도 그림만큼 해석이 다양할 것 같습니다.

'영원하고 말이 없는 사랑'이라는 제목으로 소개하고 있는 「나는 아름답다」는 로댕의 작품 『지옥의 문』의 오른쪽 기둥 꼭대기에 있는 작품이라고 해서 저의 눈길을 끌었습니다. 정영숙 시인은 『지옥의 문』을 미국 스탠퍼드 대학 로댕박물관에서 보았다고 했습니다. 그런데 저는 동경에서 열린 일본독성병리학회에 참석한 길에 들렀던 도쿄의 국립서양미술관의 뜰에서 만난 적이 있기 때문입니다. 미국의 필라델피아에 있는 로댕박물관에서도 본 적도 있습니다. 「나는 아름답다」는 「추락하는 남자(Falling Man)」와 「웅크린 여인(Crouching Woman)」으로 각각 독립된 작품으로 제작된 것을 접합시킨 것이라고 합니다.

이 작품은 로댕이 당시 유행하던 보들레르의 시집 『악의 꽃』에 실린 「미(美)」에서 영감을 받아 제작한 것이라고 합니다. 그 첫 구절을 소개합니다. "오, 인간들이여! 나는 꿈꾸는 돌처럼 아름답다 / 모든 사람을 상심하게 하는 나의 가슴은 / 시인에게 사랑 이야기를 불러일으키기 위해 생겼다 / 물질같이 영원하고 말이 없는 사랑을(37쪽)." 고개를 하늘로 치켜든 채 울퉁불퉁한 근육을 자랑하는 팔

뚝으로 웅크린 여인을 받쳐 든 남자에게서 추락하는 이미지를 떠올리기는 어려울 것 같습니다. 오히려 웅크린 여성이 추락하는 것을 남자가 받아낸 것처럼 보인다고 할까요? 그렇기 때문에 영원히 이룰 수 없는 사랑을 표현했다는 해석도 쉽게 이해되지 않는 부분이고요.

시인은 에두아르 마네의 1863년 작 『풀밭 위의 점심』에서 퍼시 비쉐 셸리가 1820년에 발표한 시 「종달새」가 떠오른다고 했습니다. 그 이유는 두 명의 옷을 입은 남자들 곁에 벌거벗은 채 앉아 있는 여인의 천연덕스러운 표정과 셸리의 시에서 "사라지는 태양의 금빛 찬란한 빛 속에서 / 구름이 빛나는 위에서 / 그대는 떠올라서 달려간다 / 지금 막 달리기 시작한 몸을 떠난 기쁨처럼(76쪽)"이라는 표현이 잘 어울린다는 것입니다. 자연과 한 몸인 듯 앉아 있는 그녀는 시구처럼 달려가 마침내 우윳빛 몸은 불의 구름이 되어 창공을 날아오를 것 같다고 해석한 것입니다.

모두 23명의 화가들의 그림을 중심으로 시를 엮어 설명하였습니다만, 빈의 벨베데레궁 오스트리아 회화관에서 만난 에곤 실레의 작품에 대한 느낌에서 다시 눈길을 멈추었습니다. "강한 붓 터치와 말라비틀어진 왜곡된 몸의 곡선, 허공을 바라보는 퀭한 눈빛, 말라비틀어진 시든 해바라기의 줄기와 잎새들, 외로움에 떠는 나무들을 바라보며 나는 몸이 움츠러드는 듯한 아픔과 고통을 느꼈다(68쪽)." 에곤 실레의 작품 『해바라기』를 만나고 눈물을 쏟았다는 조이한 시인의 느낌과 비슷하다는 생각이 들어서입니다. (라포르시안: 2013년 5월 6일)

6 스페인 미술관 산책(최경화, 시공아트)

안토니 가우디에서 파블로 피카소까지

앞서 장윤선 님의 『도쿄 미술관 산책』의 도움으로 우에노 공원에 모여 있는 도쿄예술대학 미술관, 도쿄국립박물관, 국립서양미술관에서 좋은 작품들을 제대로 감상할 수 있었다는 말씀을 드렸습니다. 아직은 예술 분야를 잘 모르기 때문에 잘 알려진 작품만 챙겨 감상하기에도 부족한 점이 많습니다. 그래도 미술관이나 박물관을 찾아보기를 즐기는 편입니다. 이번에는 시공사에서 '이국적인 도시에서 즐기는 예술의 향기'의 연작으로 나온 최경화 님의 『스페인 미술관 산책』을 소개합니다. 그리고 보면 책 읽기에도 묘한 인연이 있는 것 같습니다.

유럽에서도 서쪽 끝에 있는 나라인 탓인지 지금은 금지된 투우 말고는 별로 기억되지 않던 스페인은 한때 유럽은 물론 세계를 제패한 나라였습니다. 그리고 배를 타고 인도로 가는 항로를 발견하겠다는 콜럼버스에게 탐험비용을 대줄 정도로 진취적인 나라였습니다. 1492년 이사벨 여왕의 지원을 받아 출항한 콜럼버스는 결국 아메리카대륙을 발견했습니다. 이때부터 1898년 쿠바에 대한 지배권을 두고 미국과 붙은 미서전쟁에서 패배하면서 몰락할 때까지 400년 동안, 스페인은 신대륙에서 쏟아져 들어오는 재화 덕분에 대제국의 영화를 누릴 수 있었습니다. 아무래도 돈이 모이는 곳에 예술의 향기도 넘쳐나기 마련입니다. 역사 속에 잠자고 있던 스페인의 매력이 우리에게 부각하기 시작한 것도 우리네 삶에 여유가 생긴 탓이 아닐까 싶습니다.

아들과 함께 미술관을 중심으로 돌아본 42일간의 유럽여행을 담은 고형욱 님의 『아빠의 자격』을 읽은 적이 있습니다. 마드리드의 레이나 소피아 미술관에 걸려 있는 피카소의 『게르니카』를 비롯해서 200년째 공사 중이라는 가우디의 사그라다 파밀리아 성당 등에 관한 이야기는 저의 관심을 끌기에 충분했습니다. 그 무렵 김상근 교수님께서 엘 그레코와 카라바조의 미술에 대하여 설명하는 [EBS 인문학 특강]도 들었습니다. 특히 엘 그레코는 르네상스 미술이 완성되던 시기에 스페인의 톨레도에서 활동했다고 해서 스페인에 대한 저의 동경을 키우도록 만들었습니다.

『스페인 미술관 산책』을 안내한 최경화 님은 미술사학을 전공하셨고, '꿋꿋하게 나만의 길을 가자'라는 인생 철학을 가지고 계시다고 합니다. 고등학교와 대학에서 스페인어를 전공한 인연으로 스페인 어학연수와 산티아고 가는 길 순례를 포함한 스페인 여행을 몇 차례 다녀왔습니다. 결국 "이럴 바에 아예 스페인에서 살아보자"라고 마드리드로 삶의 터전을 옮겼습니다. 지금은 프라도미술관, 티센보르네미사 미술관 등에서 한국인 관광객을 위한 전문안내자로 활동하고 있습니다. 전공과 경험으로 볼 때, 스페인 미술관을 안내하는 데 꼭 맞춤이 아닐 수 없습니다. 그녀의 삶을 이 길로 안내한

계기는 『스페인 미술관 산책』의 첫 번째 작품으로 소개하고 있는 로히어르 판 데르 베이던의 『십자가에서 내려지는 그리스도』였다고 합니다.

저자는 이 그림을 본 느낌을 이렇게 적었습니다. "아들이 온갖 수모와 고통을 겪고 죽는 것을 지켜본 어머니 마리아는 울다가 끝내는 기절했다. 죽은 아들보다 낯빛이 더 창백하다. 요한은 눈가가 붉어지도록 울었고, 시신을 내리는 남자들의 미간에는 주름이 져 있다. 십자가 밑에 있는 사람들의 슬픔이 손에 잡힐 듯 느껴진다(25쪽)." 베이던은 예전 종교화에서는 볼 수 없었던 인간적 감정을 제대로 표현한 화가였습니다. 프라도미술관은 베이던처럼 플랑드르 출신 화가의 작품을 많이 소장하고 있습니다. 지금의 벨기에에 해당하는 플랑드르는 유화를 처음 시작한 고장이기도 합니다. 저자는 플랑드르가 서양미술사에서 중요한 위치를 차지하는 이유도 잘 설명하였습니다.

이 작품에는 해골이 그려져 있습니다. 쓰러지는 마리아를 부축하려는 요한의 발밑에 해골이 하나 놓여 있습니다. 바로 최초의 인간 아담의 해골이라고 합니다. 사람들은 예수를 매단 십자가가 아담의 무덤 위에 세워졌다고 믿었던 것입니다. 이는 "첫 번째 인간이자 인류의 대표자라고 할 수 있는 아담이 지은 죄를 씻기 위해 예수가 자신을 희생하여 십자가에서 죽었다는 이야기를 상징적으로 표현한 방식(29쪽)"이라고 저자는 설명합니다.

그런가 하면 서양회화에 그려진 해골은 '메멘토 모리(Memento mori)', 즉 너희도 곧 죽어서 이 해골처럼 될 테니 죽음을 기억하라"라는 의미로 해석된다고 합니다. 오래 전에 루브르박물관을 찾았을 때 유난히 해골이 등장하는 그림들이 모여 있던 전시실에서 발길을 멈추었던 것은 병리학을 전공한 직업병이라고 생각한 적이 있습니다. 그때는 해골을 가지고 해부학 공부를 하는 모습을 그린 것이 아닐까 했습니다. 그런데 최경화 님의 설명이 옳겠다는 생각이 들었습니다.

『스페인 미술관 산책』에서는 프라도미술관, 티센보르네미사 미술관, 레이나 소피아 미술관, 국립 카탈루냐 미술관, 건축가 안토니 가우디의 작품을 따라가는 모데르니스모 루트, 바르셀로나 피카소 미술관, 구겐하임 빌바오 미술관, 그리고 작지만 알찬 미술관으로 마드리드의 소로야 미술관과 세랄보 미술관, 바르셀로나의 마드리드 카이사 포럼과 호안 미로 재단, 그리고 톨레도의 산타크루스 미술관 등을 소개합니다. 저자는 각각의 미술관이 소장한 대표작에 앞서 미술관이 설립된 배경을 먼저 소개합니다. 프라도미술관을 예로 들면, 미술관이 소장한 작품들은 15세기 스페인 왕실이 수집한 것들입니다. 왕들이 취향에 따라 수집한 작품들, 왕실 화가의 그림, 그밖에도 왕실 소유의 건물에 걸려 있던 작품들을 모아 1819년에 미술관을 설립하였던 것입니다.

루브르박물관을 구경하다가 길을 잃은 적이 있습니다만, 프라도미술관 역시 길을 잃기 쉽게 생겼습니다. 이렇듯 규모가 큰 미술관을 제대로 감상하는 비법도 소개합니다. 프라도미술관처럼 큰 미술관도 알고 보면 일정한 규칙에 따라 작품을 전시해 놓는다는 것입니다. 그래서 레게리듬에 몸을 맡기듯 따라가면 된다고 합니다. 미술관에서 제작한 안내 책자가 유용합니다. 건물안내도와 함께 색상별로 어느 구역에 어느 작품이 전시되어 있는지 표시해놓았고, 대표작의 이름도 확인할 수 있습니다.

프라도미술관의 대표작은 디에고 벨라스케스의 『시녀들』입니다. 작품이 가지는 무게감 때문인지 무려 열 쪽에 걸쳐 상세하게 설명되어 있습니다. "미술관에서 이 그림을 보고 있노라면 나도 왕궁의 방 안에 들어와 있는 것 같은 느낌이 들 정도로 공간감 표현이 자연스럽다(109쪽)."라고 저자는 설명합니다. 마르가리타 공주가 그림 가운데 서 있어 마치 주인공처럼 보입니다. 하지만 사실은 벨라스케스가 국왕 펠리페 4세와 그의 두 번째 부인 마리아나의 초상화를 그리는 장면을 화폭에 옮긴 것입니다. 정작 상황의 주인공인 왕과 왕비는 멀리 벽에 걸린 거울에 비쳐서 조그맣게 그려졌습니다. 반면 화가는 오른쪽으로 치우쳐 있지만 전체 인물 가운데 가장 크게 그려졌습니다. 이 정도면 자화상이라고 불러도 좋을 정도로 말입니다.

『시녀들』을 프라도미술관을 대표하는 작품으로 꼽고 있는 것은 수많은 화가에게 영감을 주었고 수많은 시인과 소설가들에게 이야깃거리를 주었기 때문입니다. 바르셀로나 피카소 미술관에 가면 피카소가 리메이크한 『시녀들』을 볼 수 있습니다. 그리고 그림 오른쪽에 앉아서 졸고 있는 덩치 큰 개가 주인공인 소설도 있다고 합니다. 프라도미술관을 대표하는 『시녀들』보다도 로히어르 판 데르 베이던의 『십자가에서 내려지는 그리스도』를 제일 먼저 설명한 것은 저자 나름의 이유가 있습니다. "어떤 미술관을 좋아하게 되는 것은 나만의 그림을 발견하게 되는 결정적인 순간에서 시작되는 것 같다(167쪽)."라는 생각 때문입니다.

티센보르네미사 미술관에서 만나는 도메니코 가를란다이오의 『조반나』에 대한 설명을 읽으면 그 의미를 충분히 깨달을 수 있습니다.

화가가 그려낸 조반나는 절세미인은 아니었을 것 같습니다. 그렇지만 단정한 옆얼굴의 선과 목에서 등으로 떨어지는 곡선 등은 첫눈에 봐도 시선을 확 끌 정도로 아름다웠다고 합니다. 그리고 그녀에게서 느껴지는 여유는 젊음, 부족함 없는 생활에서 비롯된 것이라는 느낌이었다고 했습니다. "들여다보고 있는 나의 시선에 아랑곳 않고 앞을 바라보는 고요한 시선에는 무언가 명상하게 만드는 힘도 있다. 나와 별 상관도 없는, 역사적으로 중요한 인물도 아닌 500년 전 여인이 내 시선을 이렇게 잡아두고 있다는 것이 미술의 힘이다(166쪽)." 그래서 저자는 『조반나』 덕분에 티센보르네미사 미술관을 좋아하게 되었다는 것이겠지요.

레이나 소피아 미술관의 대표작인 피카소의 『게르니카』의 제작 배경과 그림에 대한 설명은 인상적입니다. 1937년 4월 26일 오후 4시 30분경, 히틀러의 제3 제국이 프랑코를 돕기 위해 최신 기종의 폭격기를 보냈습니다. 폭격기들은 빌바오 동쪽에 있는 작은 마을 게르니카에 엄청난 양의 폭탄을 퍼부었던 것입니다. 당시까지 비행기로 폭탄을 떨어뜨리는 공격은 없었으니 전쟁사에서 전무후무한 사건이었습니다. 그 결과 게르니카는 이틀 내내 불탔고 1,500명 이상이 사망했으며, 인구의 3분의 2가 사망하거나 부상당했습니다. 3일 뒤 피카소는 그 끔찍한 살해의 현장을 화폭에 옮겼습니다. 완성된 그림은 파리만국박람회 스페인관에 걸려 전쟁의 참상을 고발하였습니다.

『게르니카』도 그렇습니다만, 저는 기회가 되면 바르셀로나에 있는 피카소 미술관이 소장한 『과학과 자선』을 꼭 보고 싶습니다. 피카소가 열다섯 살 때 고전적 유화 기법으로 그린 그림입니다. 임종을 앞둔 여인을 지켜보는 시선들을 담았습니다. 그림 중앙에는 침대가 놓여 있고 안색이 좋지 않은 여인이 누워 있습니다. 여인의 오른쪽에는 맥을 짚으면서 시계를 들여다보는 의사가 앉아 있는데, 그림 제목에 있는 '과학'을 의미합니다. 침대 반대편에서 한 수녀가 어린아이를 안고 다른 한 손으로는 여인에게 마실 것을 건네주고 있습니다. 아마도 병든 여인의 아이일 것입니다. 임종할 때까지 병자를 돌보고, 그녀가 세상에 남겨둘 고아를 돌봐줄 수녀는 '자선'이라 한 것입니다. 저는 한 걸음 나아가서 치료와 간병의 개념을 병존시켜 환자의 질병을 다루어야 할 것이라고 해석하고 싶어집니다.

스페인에 가실 계획이 있으시거나 미술에 관심이 많으신 분들에게 좋은 안내서가 될 최경화 님의 『스페인 미술관 산책』을 읽고 소개할 수 있어 매우 기쁘게 생각합니다. (라포르시안: 2013년 8월 19일)

7 사진예술의 풍경들(진동선, 문예중앙)

예술로 자리매김하기까지 사진의 역사

필자는 몇 년 전부터 해외여행을 다니면서 보고들은 것들을 정리하고 있습니다. 아무래도 여행에 관한 글에는 사진이 많아야 읽기에 좋은 것 같습니다. 그런데 늘 사진이 아쉽습니다. 그저 많이 찍어서 보기에 좋은 사진을 골라내고는 있습니다. 그러면서도 그저 남이 찍은 사진을 눈동냥 하거나, 여기저기에서 주워들은 요령으로 지금까지 버텨오고 있습니다.

많은 사람들이 값비싼 카메라, 멋진 촬영지, 시선을 사로잡을 수 있는 장면을 잡아내는 촬영기법이 중요하다고 생각합니다. 그런데 현대사진연구소 진동선 소장님은 "누구나 정직한 눈과 마음으로 셔터를 누르면 좋은 사진을 얻을 수 있다."라고 말합니다. 진동선 소장님은 '사진이 갖는 완벽한 시간의 알리바이를 사랑한다.'라고 말하는 사진작가이며, 사진평론가 겸 전시기획자입니다. 진 소장님이 예술로서의 사진이 어떤 모습으로 변화했는가를 정리한 『사진예술의 풍경들』을 읽어본 이유입니다.

사진이 발명되었다는 사실이 공식적으로 알려진 것은 1839년 8월

19일 프랑스 파리에서였습니다. 이 소식을 들은 화가 폴 들라로슈는 "오늘로 회화는 죽었다(From today, painting is dead)."라고 통탄했다고 합니다. 프랑스사람이 영어로 말했을 것 같지는 않다는 엉뚱한 생각을 해 보았습니다. 자료를 찾아보니 히폴리테 드 라 로슈(Hyppolyte de la Roche)가 본명인 폴 들라로슈는 사진이 발명되었다는 소식을 듣고, "À partir d'aujourd'hui la peinture est morte." 라고 했다고 합니다. 물론 '오늘로 회화는 죽었다'라는 말입니다.

대부분의 사람들은 들라로슈가 사진의 출현으로 미술에 드리워지는 어두운 그림자를 느꼈던 것이라고 알고 있습니다. 하지만 영국 브리스톨 대학의 문화사 교수인 스티븐 반(Stephene Bann)이 2000년에 새로운 주장을 내놓았습니다. 들라로슈는 1839년 1월에 이미 다게레오타입을 보았다는 것입니다. 들라로슈는 사진기술이 공개되기 이전부터 다게레오타입이 회화예술을 겨냥한 치명적인 매복이 아니라 오히려 귀중한 동맹자로 생각했을 것이라고 했습니다.

사진예술 역시 174년의 세월을 지나오면서 시대의 변화와 요구, 기술의 진보에 따라 끊임없이 변해왔습니다. 그 변화의 중심에는 뛰어난 사진가들과 그들의 예술적 미감이 담긴 작품들이 있습니다. 170여 년의 역사를 한 권으로 축약하는 일이 결코 쉬운 일이 아니었을 것입니다. 『사진예술의 풍경들』은 사진예술의 변화를 한 눈으로 훑어볼 수 있는 좋은 책읽기였습니다.

저자는 174년에 걸친 사진의 역사를 네 개의 시대로 구분하였습니다. 그 첫 번째 시대는 '예술로서의 사진, 그 시작'입니다. 새로 발명된 사진이 어떻게 예술과 접목을 시도했는지 살펴보았습니다. 1860년대까지도 기술적 완성도가 미숙한 사진을 제대로 찍기 위해서는 오랜 노출 시간이 필요했습니다. 피사체가 움직이면 선명한 사진을 얻을 수 없었습니다. 따라서 사진을 찍는 과정은 고역이 아닐 수 없었습니다. 이런 상황에서도 사진가들은 사진이 예술이 되기를 열망했던 것입니다. 당연히 피사체를 복제하듯 찍어서는 안된다는 사실을 깨닫게 되었습니다. 당시 사진가들은 모델에 대한 '정신적 인지', 사진의 '심리적 측면', 그리고 '내면의 닮음'에서 예술로서의 사진을 찾으려 했습니다. 이미 나름의 입지를 굳혀온 회화에서 답을 구하려 노력했던 것입니다.

사진을 예술의 한 분야로 인식시키려는 노력은 사진 자체로서의 예술을 추구하는 시대로 이어졌습니다. 언뜻 헷갈릴 것 같은 개념인 '예술로서의 사진'과 '사진으로서의 예술'은 크게 두 가지 차이점이 있습니다. 첫째, '예술로서의 사진'은 사진의 시간성으로부터 자유롭지만, '사진으로서의 예술'은 사진의 시간성으로부터 자유롭지 못하다는 것입니다. 둘째, '예술로서의 사진'은 조작, 합성, 변형이 가능한 탈시간적인 사진표현으로, 자유롭고 창의적인 발상으로 미술의 요건을 갖추고 찍은 미술적 경향의 사진을 말합니다. '사진으로서의 예술'은 사진의 시간성을 절대적으로 중요시하는 사진, 즉 시간에 예속적이라 할 만큼 시간성에 충실한 사진을 말한다는 것입니다. 두 번째 시대를 설명하는 '사진으로서의 예술을 향해'에서 저자는 앨프리드 스티글리츠로부터 시작된 스트레이트 포토그래피, 미래파와 기계 미학, 특수기법, 즉물 사진, 추상 표현, 찰나의 미학, 누드의 미학, 1차 대전 이후의 사진들을 살펴보았습니다.

놀라운 것은 사진이 발명된 직후인 1845년부터 1895년까지 약 50년 동안 파리에서는 지하에서 음성적으로 제작된 누드와 포르노 사진들이 넘쳐났다고 합니다. 사진이 등장하기 전에 도색물 시장을 맡고 있던 그림의 자리를 정밀성과 선명함을 무기로 하는 사진이 차지한 것입니다. 초현실적 효과를 표현하기 위하여 인체를 왜곡시킨 초현실주의 누드사진이 나오면서 사진이 예술로 공식적으로 인정받게 되었습니다. 하지만 사실성이 왜곡되었다는 점에서는 예술적 관점을 담은 사진이라고 보기 어렵다는 평가를 받았습니다. 사실성을 극대화한, 사진적으로 완벽한 누드 예술사진은 1930년대 중반에 등장하였습니다. 에드워드 웨스턴의 1936년 작 『누드』는 사진의 역사에서 최고의 누드사진으로 손꼽힙니다. "(웨스턴의) 누드사진의 특징은 정갈한 인체 형상과 절제된 감정이다. 상상으로 구현해낸 그림 같은 형상이 아니라 실제 인간의 몸과 같은, 살아있는 듯 생생한 여성의 누드를 보여준다(242쪽)."라는 저자의 설명처럼 피사체의 벗은 몸에서 '아름답다'라는 느낌이 절로 듭니다. 누드 예술사진이 늦게 등장하게 된 이유가 있습니다. 사실성, 정확성, 선명성이 사진의 특성이라고 하지만 화가들은 이를 창의성의 산물이 아니라 기계적 요소라고 비난을 퍼부었기 때문입니다. 사진가들은 오히려 이러한 특징을 지우려 노력했습니다.

세 번째 시대는 현대사진이 출발하는 1950년대 무렵부터입니다. 휴대가 간편한 라이카 카메라가 나와 '순간포착'과 다양한 표현이 가능해 사진예술이 본격적으로 개화하는 시기입니다. 저는 '순간포착'이라는 단어로 압축했습니다만, 앙리 카르티에 브레송은 1952년 출간한 사진집 『결정적 순간』에서 사진이 간과해서는 안되는 '결정적 순간'과 '절묘한 포착'이라는 두 가지 사진적 요소를 강조했습니다. '결정적 순간'이란 "짧은 순간에 모든 것이 완벽하게 통제되어야 하는 것"입니다. 즉 '피사체의 상황, 표정, 움직임, 여기에 구성 감각'을 투사해야 합니다. 작가의 의도에 피사체가 수렴되는 '결정적 순간'을 잡아내야 하는 것입니다. '절묘한 포착'이란 완벽에 가까운 조형 감각, 예리한 세부 관찰, 순간의 우연성까지 철저하게 통제하면서 결정적 순간을 절묘하게 잡아내야 한다는 것입니다. 저자가 '새로운 표현, 새로운 미학'이라는 제목을 달아 놓은 것처럼 이 시대에는 사진작가의 시각과 표현방식이 다양해지고 있음을 볼 수 있습니다. 심지어는 1980년대 탈근대주의와 새 물결 시대, 혹은 사진제작의 방법론이 등장하면서 조각하고, 칠하고 만들고 연기해도 사진이라 할 수 있는지 하는 고민이 들 정도로 모호해진 사진의 정체성을 두고 혼란을 겪기에 이르렀다고 합니다.

마지막 '현대미술로서의 사진'에서는 1980년대 후반부터의 현대사진의 시대를 다루었습니다. 앞서 주목받았던 연출 사진, 구성 사진, 설치 사진, 무대 사진, 조작 사진 등 사진제작에 쏟아지던 관심이 시들해지면서 다시 사진성에 주목하여 새로운 개념을 찾게 된 것입니다. 무표정의 미학, 정신 심리학적 영상, 유행복 사진, 21세기 기계 미학, 신표현주의 등 다양한 시도들이 등장합니다. 심지어는 몸을 통한 자연적인 치유를 표현하는 사진예술이 등장하기에 이르렀습니다. 아르노 라파엘 미키넨과 마이클 케나의 사진이 주목을 받는 이유에 대하여 저자는 "손맛이 묻어나는 흑백 톤이 일품인데, 여기에 정갈한 프레임, 마음을 정화하는 흑백 농담, 깊은 철학적 사색까지도 깃들어 있다(426쪽)."라고 했습니다.

발명 초기 사진은 두 가지 커다란 핸디캡을 가지고 있었습니다. 즉 오랜 노출 시간으로 인하여 움직임을 포착할 수 없다는 점과 인간의 눈으로 보는 컬러 세상을 오직 흑백으로밖에 표현할 수 없다는 점입니다. 1870년대 후반 들어 노출 시간을 줄이는 기술이 개발되면서 사진은 시간의 기록자로서의 역할을 제대로 수행할 수 있게 되었지만, 컬러로 표현하는 기술을 더 오랜 시간을 기다려야 했습니다. 컬러사진이 나오기 전까지 사진관에서는 흑백필름이나 인화지 위에 채색 물감으로 칠해주기도 했습니다. 저도 1970년을 전후해서 학교 앞에서 파는 물감으로 흑백사진에 컬러를 입혔던 기억이 있습니다. 1895년 영화를 탄생시킨 뤼미에르형제는 1907년에 오토크롬 기법을 사용하여 채색영화를 처음 만들었습니다. 1908년 에드워드 스타이켄이 오토크롬 사진을 선보인 것이 컬러사진의 시작입니다.

정리를 해보면, 사진의 역사에 커다란 족적을 남긴 분들의 이름이 다소 생소하기는 하지만, 저자는 174년의 사진의 역사를 시기마다 주목받는 사진작품을 중심으로 잘 요약해냈습니다. 소심하게 '어떻게 하면 사진을 잘 찍는가?' 하는 궁금증이 있었습니다. 저자의 다음 구절을 답으로 뽑아보았습니다. "사진은 눈으로만 말할 수 없다. 그것만으로는 너무 부족하다. 그래서 마음의 눈이 필요하다. 그러나 또 사진은 마음의 눈만으로는 완벽하게 충족되지 않는다. 여전히 부족하다. 손의 눈이 필요하다. 눈-마음-손이 적절히 맞잡고 조화를 이루어야 한다. 눈은 세상을, 사물을 보는 일을 하고, 마음은 느끼는 일을 하고, 손은 표현하는 일을 한다. 이 세 가지가 조화를 이루어야 사진예술의 바탕이 튼튼해진다(40쪽)." (라포르시안: 2013년 10월 21일)

8 그림으로 읽는 러시아(김은희, 이담북스)

러시아 명화와 '스탕달 신드롬'

시카고 미술관의 제임스 엘킨스 교수는 『그림과 눈물』에서 '당신은 그림 앞에서 울어본 적이 있는가?'라고 물었습니다. 의외로 적지 않는 분들이 그림을 보다가 눈물을 쏟아낸 경험이 있다고 합니다. 1979년 라치엘라 마게리니라고 하는 이탈리아 피렌체의 정신과 의사는 예술작품을 감상하다가 갑자기 흥분상태에 빠지거나 호흡곤란, 우울증, 현기증, 전신 마비 등의 증세를 보이는 환자에게 '스탕달 신드롬'이라는 진단을 붙였습니다. 스탕달 신드롬을 보면, 눈물을 흘리는 정도를 넘어서 격한 감정의 동요를 느끼는 분들도 있는 것 같습니다. 스탕달이 1918년에 쓴 『나폴리와 피렌체-밀라노에서 레조까지의 여행』을 보면 "산타크로체 교회를 떠나는 순간 심장이 마구 뛰는 것을 느끼기 시작했다, (…) 생명이 빠져나가는 것 같았고 걷는 동안 그대로 쓰러질 것 같았다."라는 대목이 있습니다. 스탕달 신드롬이라는 진단명이 탄생하게 된 배경입니다.

스탕달 신드롬을 인용하는 것은 김은희 교수님의 『그림으로 읽는 러시아』를 소개하기 위해서입니다. 교수님은 러시아 미술작품을 감상하면서 '스탕달 신드롬'을 자주 경험했다고 합니다. 저자는 이 책에서 러시아사람들, 특히 러시아 여성의 삶을 소개하였습니다. '계절은 자연을 만들고, 자연은 명화를 만든다'라는 제목의 첫 번째 이야기는 러시아의 사계절 분위기를 보여줍니다. 쿠스토디예프의 『마슬레니차』는 러시아의 봄맞이 축제인 '마슬레니차'를 화폭에 담았습니다. 눈 덮인 마을에서 두툼한 겨울옷으로 감싼 러시아사람들이 다양한 놀이를 하고 있습니다. 춘래불사춘(春來不似春)이라고 하기에는 아직 봄이 먼 듯한 분위기입니다. 그런데 겨울이 끝나기도 전에 봄을 생각한다는 입춘(立春)을 두었지 않습니까? 사랑방 봉창을 통해서 눈 덮인 마당가에 꽃을 피운 매화를 내다보면서 봄을 읽었던 우리네 조상과 맥이 통하는 것 같습니다.

저자의 독특한 인문학적 그림 읽기에는 러시아의 문학작품은 물론 다양한 러시아의 민속까지 소개됩니다. 러시아의 여름 풍경을 그린 시슈킨의 『모스크바 근교의 정오』에서는 여름의 가장 큰 축제로 하지와 연관된 '이반 쿠팔라의 날(구력 6월 24일)'을 소개합니다. 이날은 물과 불 그리고 풀과 관련된 의식과 풍습이 많다고 합니다. 남녀의 사랑과 관련된 풍습이 특히 재미있습니다. 이반 쿠팔라 전야에 아가씨들은 삼색 오랑캐꽃이나 우엉 등 여러 가지 풀로 만든 화관에 촛불의 세워서 강물이나 호수에 띄웁니다. 화관이 바로 가라앉으면 사랑하는 사람에게 시집을 가지 못하며, 오래 떠내려갈수록 행복해지고 사랑이 이루어지며, 촛불이 오래 타면 장수한다고 믿는다고 합니다.

저자가 소개하고 있는 작품들이 뛰어나다는 느낌이 드는데, 정작 작품을 그린 화가들은 모두 생소했습니다. 다행히 작가께서 저 같은 독자를 위하여 본문에 나오는 화가들과 인용하신 인물들을 비교적 상세하게 소개해주셨습니다. 러시아적 분위기가 물씬 나는 그림을 보고 재미있는 이야기를 같이 읽어나가다가 드디어 저도 잘 아는 그림을 만났습니다. 러시아 여성들의 사랑과 결혼을 주제로 한 두 번째 이야기에서 발견한 크람스코이의 『미지의 여인』입니다.

저자는 이 작품에 등장하는 여인을 이렇게 묘사하였습니다. "여인의 모습은 매우 세련되고 감성적이지만, 무엇인가 편안한 느낌을 주지는 않는다. 갸름한 얼굴선, 약간 거무스름한 피부, 벨벳처럼 부드럽고 숱이 많은 눈썹, 오만하게 약간 내리뜬, 하지만 고독과 슬픔이 묻어 있는 촉촉한 갈색 눈, 또렷한 콧대와 콧방울, 아담하고 생기 있는 새초롬하게 다문 입술, 뒤로 가지런히 손질한 짙은 색의 머리, 다소곳하지만 꼿꼿한 앉음새. 어느 정도의 신분 또는 혈통에 근거한 것인지, 아니면 스스로의 아름다움에 대한 찬사에 익숙해진 원만한 여인에게서 나올 수 있는 약간의 오만한 표정. 무엇보다도 그 표정은 한 번 본 사람들에게 많은 상념을 불러일으킨다(79~80쪽)."

이 그림은 민음사에서 나온 톨스토이의 『안나 카레니나』의 표지에서 볼 수 있습니다. 페테르부르크 철도역에서 브론스키가 안나를 처음 만났을 때 느꼈다는 다음과 같은 인상과 흡사한 분위기일까요? "붉은 입술을 곡선 모양으로 만든 희미한 미소와 빛나는 눈동자 사이에서 차분한 생기가 날개를 파닥이며 날아다녔다. 마치 그녀의 존재에서 어떤 것이 넘쳐흘러 그녀의 의지와 상관없이 반짝이는 눈빛과 미소로 나타나는 것 같았다(톨스토이 지음, 『안나 카레니나 1』, 138쪽, 민음사 펴냄)." 김은희 교수님 역시 크람스코이가 마치 안나의 초상화를 그려낸 것처럼 느껴진다고 했습니다.

아무래도 저자께서도 『안나 카레니나』를 좋아하시는 것 같습니다. 『미지의 여인』 말미에는 레핀의 그림 『경작하는 사람. 경작지의 레프 톨스토이』를 인용하고 있습니다. 『안나 카레니나』 3부에서는 키티와 결혼한 레빈이 영지인 포크로프스코로 가서 살면서 그곳의 농부들과 같이 농사일을 하는 장면들이 나옵니다. 어쩌면 톨스토이의 자전적 이야기가 아닐까 하는 생각을 했습니다만, 화가가 그림으로 남길 정도로 톨스토이가 농사일을 즐겼던 모양입니다.

러시아에서는 임신한 상태를 '흥미로운 상태에 있다'라고 한다는 이야기도 있습니다. 여인이 사랑하는 사람과 자신을 닮은 아이를 기다리는 일은 분명 가슴이 뛰도록 아름다운 일이라 하겠습니다. 그러나 여기 소개된 그림과 이야기는 오히려 애처롭거나 슬픈 이야기입니다. 페도토프의 『어린 과부』는 파산한 남편이 빚만 남기고 자살하는 바람에 임신한 채로 홀로된 여동생 류빈카의 처지를 안타깝게 여기는 마음을 담았습니다. 하지만 정작 그림에서는 잔혹한 운명에 맞서는 고양된 정신성과 나약한 육체가 제대로 표현되지 못하고, 오히려 고통에 순응하여 녹아든 느낌이 강해서 정작 페도토프는 이 그림에 만족하지 못했다고 합니다. 그밖에도 농노의 초야권을 가지고 있던 러시아 귀족의 모습을 비유적으로 그려낸 폴레노프의 『나리의 권리』나 앞서 소개한 페도토프의 『소령의 구혼』, 푸키레프의 『어울리지 않는 결혼』 등에서는 당시 러시아 여성들의 사회적 지위를 짐작할 수 있겠습니다.

마지막 주제는 러시아사람들의 음식, 교육 그리고 삶과 죽음입니다. 그래서 푸시킨의 시 「삶이 그대를 속일지라도」를 제목으로 정했는지도 모르겠습니다. 특히 얼큰히 취한 남편이 선술집으로 들어가는 것을 아이와 함께 온몸으로 막고 있는 아내의 모습을 담은 마콥스키의 『못 들여보내요!』에서 오래 전의 제 모습을 보는 것 같아 씁쓸해집니다. 그래도 술을 끊기를 참 잘했다는 생각을 하게 됩니다. '러시아' 하면 '보드카'가 떠오릅니다. 구소련의 지식인들 사이에 술 마시기가 유행이었다고 합니다. 어쩌면 유행이었다기보다는 일종의 '반체제 운동'이자 현실 극복의 독특한 시도였을지도 모릅니다. 즉 술은 러시아사람들에게는 현실에 대한 일종의 탈출구였다는 것인데, 우리 역시 그런 시절이 있었던 것 같습니다. 하지만 이 또한 술을 마시기 위한 핑계에 지나지 않았던 것은 아니었을까요?

불의의 화재나, 사고, 등으로 사랑하는 이와 사별한 사람들이 읽으면 좋을 내용도 있습니다. '위로할 수 없는 슬픔'이라는 제목의 글입니다(198쪽). "위안을 받으려 하지 마시오. 당신이 필요한 것은 위로가 아니오. 위안을 받으려 하지 말고 우십시오……. 그리고 오랫동안 당신은 위대한 어머니의 통곡을 계속할 것이오. 하지만 결국 그것은 당신에게 조용한 기쁨으로 변하게 될 것이고, 당신의 쓰라린 눈물은 사람을 죄악에서 구하는 연민과 정화의 눈물이 될 것이요. 그리고 나는 평온 속에 잠자는 그대의 어린아이를 기억할 것이오." 도스토옙스키의 『카라마조프의 형제들』에서 조시마 장로가 세 살배기 아이를 잃고 통곡하는 마부 아내에게 건넨 위로의 말입니다. 도스토옙스키는 이 작품을 집필하는 동안 세 살배기 아들 알료샤를 잃었습니다. 그때 암브로시 장로가 도스토옙스키에게 건넨 위로의 말을 작품에 옮겨놓았다고 합니다.

크람스코이의 『위로할 수 없는 슬픔』은 역시 두 아들을 잃은 화가의 아픔이 녹아있는 작품입니다. 화가는 슬픔에 젖은 어머니의 모습을 처음에는 앉아 있는 것으로, 두 번째는 바닥에 내려앉은 모습으로, 마지막에는 이 책에 실려 있는 입에 손수건을 문 채 서 있는 모습으로 그렸습니다. 그림을 통하여 슬픔을 극복하고 살아가는 생명의 힘과 의지를 나타내려 한 것입니다. 손수건을 입에 물고 슬픔을 참아내는 어머니의 모습이나, 영구대 밑에 놓인 화분 속 튤립의 붉은색이 생명력을 강하게 나타내며, 연약해 보이는 줄기도 하늘을 향해 곧게 뻗는 모습이 힘을 느끼게 해준다는 것입니다.

레핀의 『볼가강의 인부들』도 강렬한 인상을 남겼습니다. 16~19세기 말까지 증기선이 등장하기 전까지 유럽의 많은 강과 운하에서는 물살을 거슬러 범선을 끌어올리는 인부들이 있었습니다. 순풍이라도 불면 돛을 올려 쉽게 예인할 수 있지만, 역풍이라도 불면 그만큼 힘이 더 들었다고 합니다. "어기여차, 어기여차, 한 번 더, 한 번 더…" 라고 시작하는 러시아 민요 『볼가강의 뱃노래』는 처음 배를 끌어내는 가장 힘든 순간에 인부들의 사기를 돋우기 위하여 부르던 노래였습니다. 그 장엄한 노래를 한 번 들어보시면 어떨까요?

이 책의 마지막 작품은 책의 표지를 장식하고 있기도 한 야로센코의 『어디나 삶』입니다. 어디론가 떠나려는 낡은 열차의 죄수 칸에 갇혀 있는 사람들이 창밖에 모여드는 비둘기에게 흑빵 부스러기를 던져주는 모습을 담았습니다. 이 그림은 작가의 설명이 없었더라면 의미를 제대로 깨닫기 어려웠을 것 같습니다. 그림을 구성하는 열차, 비둘기 그리고 사람들 하나하나에 이르기까지 읽기를 마치면 그때는 저자처럼 가슴이 먹먹해지는 느낌이 생기는 것 같습니다. (라포르시안: 2014년 7월 7일)

9 위대한 미술책(이진숙, 민음사)

히곰브리치서 에코까지 세상을 바꾼 미술 명저 62권

여느 분야처럼 음악이나 미술과 같은 예술 분야도 아는 만큼 즐길 수 있다고 합니다. 역시 체계적으로 공부를 하는 것이 중요하겠는데, 마음뿐 실행하지 못하고 지금에 이르렀습니다. 최근 들어 재미를 붙이고 있는 책 읽기의 관심 분야를 확대하면서 자연스럽게 예술 분야의 책을 읽을 기회가 많아졌습니다, 그러나 산발적으로 읽는 책을 통하여 잠시 관심이 쏠리기는 하지만 체계적이지 못해 금방 잊어버리게 됩니다.

아내의 추천 덕분에 이런 아쉬움을 풀어줄 만한 책을 만났습니다. 미술사를 강의하시는 이진숙 님의 『위대한 미술책』입니다. "예술작품을 감상하고 이해하는 일은 세상과 만나는 통로가 될 수 있다. 이 세상은 우리가 듣고 더듬고 느낄수록 그만큼 더욱 풍요로워진다. 미술작품을 감상하고 공부하는 일 역시 세상과 더 많이 감응해 나가는 과정이다(5쪽)."라는 저자의 말씀에 공감하는 것은 세상을 알 만한 나이가 되었기 때문일 것입니다.

무엇이든 제대로 이해하는 법을 깨치기 전까지는 누군가의 도움을 받아야 합니다. 작품을 만든 분의 설명을 듣는 것이 가장 좋을 것입니다. 하지만 폭넓은 시각을 갖춘 평론가의 해설을 듣는 것도 좋은 방법입니다. 새로운 시각으로 작품을 해석한 것을 들을 수 있기 때문입니다. 하지만 그런 기회를 만나는 것도 쉽지가 않습니다. 결국은 책을 통해 스스로의 이해를 높이는 것이 차선의 길입니다.

『위대한 미술책』이 미술에 관심은 가지고 있지만 공부가 많이 부족한 제게 좋은 안내서가 될 것 같다는 말씀을 드린 것은 두 가지 이유 때문입니다. 먼저 '미술을 사랑하는 사람을 위한 북 가이드' 역할을 할 수 있도록 작가, 미술사가, 비평가, 이론가, 컬렉터와 미술시장 관계자, 창작 행위, 미술이론, 미술관과 미술시장 등 광범위한 '미술 생태계'를 모두 포괄할 수 있는 62권의 미술을 주제로 한 책들을 소개했다는 점입니다. 그리고 저자가 고른 62권의 책은 독자들이 미술을 통해 미감을 발전시키고, 지식을 습득함에 있어서 한쪽으로 치우치지 않도록 다양한 분야를 아우르고 있다는 점입니다. 특히 한국미술을 별도의 장으로 독립시키고 있는 것은 우리의 미술 교육과 미술시장 전반이 서양미술에 치우쳐 있는 것에 대한 반성의 의미라고 합니다.

독서가들이 책을 읽은 느낌을 묶어 내놓은 책들이 일반 독자들의 주목을 받는 경우도 적지 않습니다. 하지만 『위대한 미술책』은 단순한 서평에 머물지 않습니다. 저자의 말마따나 『위대한 미술책』은 구체적인 서적을 대상으로 삼았지만, 책 밖의 치열한 미술 현장과 깊숙이 연관되어 있는 문제점들에 대한 저자의 깊은 성찰을 곁들였습니다. 그 성찰은 서양미술에 경도되어 있는 우리의 미술이 전통적인 한국미술을 바탕으로 하여 세계가 인정하는 독보적인 모습으로 재탄생되기를 바라는 마음으로 이어집니다.

저자는 62권의 미술책을 작가 이야기, 서양미술사, 한국미술, 미술이론과 비평 그리고 미술시장과 컬렉터 등 다섯 부로 나누었습니다. '곰브리치에서 에코까지 세상을 바꾼 미술 명저 62'라는 부제를 달아 놓은 것처럼 미술에 관한 숱한 책들 가운데 62권을 뽑는 일도 쉽지 않은 일이었을 것입니다. 저자 덕분에 읽은 움베르토 에코의 『궁극의 리스트』는 그리스 시대의 호메로스의 『일리아스』로부터 현대에 이르기까지 서양 문학과 예술에 등장하는 목록과 열거의 예를 발췌하고 그 성격을 설명하였습니다. 그렇게 선별한 사례들을 모두 21개의 영역으로 나누어 설명하고, 원전을 소개하고, 주제에 해당하는 미술작품들을 곁들였습니다. 에코는 방대한 자료 가운데 『궁극의 리스트』로 올리기에 적절치 못한 자료를 제외하는 방식으로 선별했습니다.

『위대한 미술책』에서 인용한 책들은 공저로 된 것도 있고, 한 사람이 쓴 여러 종류의 책이 선정된 경우도 있습니다. 그런데 모두 58명이 쓴 62권의 책들 가운데 기왕에 읽어 본 책으로는 오직 질 들뢰즈의 『감각의 논리』밖에 없었습니다. 그동안 무얼 했나 싶었습니다. 그래서 『위대한 미술책』에 언급된 책들을 꼭 읽어보기 바란다는 저자의 권고에 따르기로 하였습니다. 인용한 책을 바탕으로 풀어낸 저자의 생각을 원전의 내용과 비교해보고 싶었기 때문입니다.

『감각의 논리』를 읽고 '프랜시스 베이컨의 작품들을 철학적으로 해석하고 있다'라는 생각이 들었습니다. 이진숙 님은 이런 점에 공감하면서도 철학적 해석보다는 회화적 해석을 내놓았습니다. 즉,

'모든 화가는 각자의 방식대로 회화의 역사를 요약한다.'라는 말처럼 들뢰즈도 자기 방식으로 새로운 미술사의 계보를 만들어냈다고 평가했습니다. 저자가 들뢰즈의 『감각의 논리』를 뽑은 이유가 여기에 있는 것 같습니다.

이진숙 님은 들뢰즈의 명제가 시각예술이 처해 있는 본질적 모순을 정확히 보여준다고 짚었습니다. 이어서 "보이지 않는 것을 보이게 해야 되는 모순, 돈오돈수(頓悟頓修)처럼 언어로 표현될 수 없는 모순 같은 것 말이다." 라고 한 구절은 앞서 말씀드린 책의 육체에 해당하는 언어의 유려함을 느끼게 합니다. 들뢰즈의 '감각'이란 '주체와 객체가 하나가 되는 교차점이므로 보다 본질적으로 세계와 접하는 것'을 의미한다고 하였습니다. 저자가 인용한 책을 읽고 저자의 생각을 되짚어볼 이유입니다.

이 책의 제1부 '작가 이야기'에 등장하는 예술가는 반 고흐, 고갱, 세잔, 피카소, 샤갈, 뒤샹, 베이컨, 백남준 그리고 뱅크시 등입니다. 저자의 말대로 작가들은 밤하늘의 별처럼 많고, 별들이 위성을 거느리듯 작가에 대한 전기들이 넘쳐납니다. 그런데도 "이들은 누구나 알 만한 19세기 말, 20세기의 작가들이고, 이 시기의 작가들의 작품과 삶은 21세기의 미술 생태계를 설명하는 데도 여전히 도움이 된다고도 하였습니다.

피카소에 대한 저자의 날카로운 비판은 막연하던 것들을 다시 생각하는 기회가 되었습니다. 『스페인 미술관 산책』의 저자 최경화 님은 레이나 소피아 미술관을 찾았을 때 피카소의 『게르니카』를 보면서 저도 모르게 눈물이 났다고 적었습니다. 그것은 "이름이 '게르니카'일 뿐, 전쟁으로 고통 받는 어떤 도시, 어떤 장소라도 될 수 있기 때문"이라는 것입니다. 하지만 이진숙 님은 『게르니카』는 물론 6.25남침을 주제로 한 『한반도에서의 학살』에서도 '현대에 일어난 학살'의 구체적인 의미를 포착하지 못했다고 잘라 말합니다. 그런데도 말보다 그림을 먼저 배운 신동 피카소가 '10대 시절 아카데미 수준을 뛰어넘는 그림을 그린 천재였다'라고 그의 천재성을 인정합니다. 다만 그 '천재 신화'가 피카소 성공의 핵심이자 실패의 원인이었음을 지적하였습니다.

서양미술사를 다룬 제2부에 미술사를 이미지의 역사로 대체했다는 레지스 드브레에 관한 이야기가 나옵니다. 드브레가 『이미지의 삶과 죽음』에서 참고했다는 마르셀 프루스트의 『잃어버린 시간을 찾아서』의 내용이 있습니다. 베르고트가 얀 페르메이르의 『델프트의 전경』을 감상하다가 "내가 이런 것을 써야 했는데!"라고 하면서 죽는 장면입니다. 드브레는 '세상에서 가장 아름다운 그림'의 말 없는 영원성에 압도당한 것이라고 했습니다. 소설의 이 대목이야말로 말로 표현할 수 없는 '세계의 감각적 상태'를 전하는 데 있어 문인보다 화가가 유리하다는 예증이라는 것입니다.

이런 해석이 지나친 점은 없을까요? 소설 속에서 베르고트가 『델프트의 전경』을 감상하는 장면을 살펴보겠습니다. "푸른 작은 인물이 몇몇 있는 것, 모래가 장미색인 것을 주목하고, 드디어, 황색인 작은 벽면의 값진 마티에르를 발견했다. (…) '나도 이처럼 글을 썼어야 옳았지 (…) 내 최근 작품은 모조리 무미건조하단 말이야. 이 황색의 작은 벽면처럼 채색감을 거듭 덧칠해서 문장 자체를 값진 것으로 했어야 옳아.'(마르셀 프루스트 지음, 『잃어버린 시간을 찾아서; 갇힌 여인』, 245쪽, 국일미디어 펴냄)" 베르고트는 하늘의 저울 한쪽 쟁반에 자신의 목숨을 다른 한쪽에는 황색 벽면이 올려진 장면을 떠올리며 '자신이 무모하게도 작은 벽면 때문에 목숨을 희생했구나'라고 후회합니다.

유예진 교수님은 이 장면을 같은 화가의『진주를 저울질하는 여자』로 연결하여 해석했습니다(유예진 지음,『프루스트의 화가들』, 256-275쪽, 현암사 펴냄). "고작 페르메이르라는 이름으로 알려져 있을 뿐인 한 화가가 학식과 세련된 솜씨를 다해 황색의 작은 벽면을 그려냈듯이, 몇 번이고 되풀이해서 한 가지를 그려야 한다는 의무를 짊어지고 있다고 느낄 아무런 이유도 없다(246쪽)." 어떻게 보면 역설적인 해석입니다. 프루스트가 베르고트라는 허구의 인물을 통하여 자신의 작품 활동의 방향을 제시했다고 이해할 수 있겠습니다.

한국미술사를 다루는 제3부가 이 책의 절정일 듯합니다. 미술을 이야기하면서 저자는 한국미술계뿐만 아니라 한국 사회 전체가 '역사적 기억 상실증'을 앓고 있다고 비판하였습니다. 현재의 나를 바라보기 위해서 과거의 역사를 공부해야 한다는 것입니다. 저자는 한국미술의 뿌리에 대한 공부 없이 현대적 작가들의 작품을 이야기한다는 것이 공허한 일이라고 생각했답니다. 그래서 한국미술의 원형을 그려보고 한국 현대 작가와 비교해보는 작업을 해왔다고 합니다. 저자가 고른 여러 책들 가운데 우선『오주석의 한국 미 특강』을 읽었는데, 참 잘했다는 생각이 들었습니다.

세계만방에 우리 문화의 우수성을 널리 알리려면 먼저 우리가 우리 문화를 제대로 알고 있어야 할 것이라는 오주석 님의 주장에 공감합니다. 선인들의 그림을 잘 감상하려면 첫째, 옛사람의 눈으로 보고 둘째, 옛사람의 마음으로 느껴야 할 것이라는 '옛 그림 감상의 원칙'을 마음에 새겼습니다. 하나 더, 이상현 님이 『이야기를 따라가는 한옥 여행』에서 "한옥에는 음악처럼 높낮이가 있어 끊임없이 리듬을 만들어낸다. 지붕 선이 리듬을 타고 추녀 끝에 걸리면 벽면을 채운 재료들이 질감의 변화를 이끌며 흥을 돋운다. 한옥에서 시작한 율동감은 자연스럽게 마을로 이어진다."라는 대목을 생각해봅니다.

정리를 해보면, 이 책의 부제 '곰브리치에서 에코까지 세상을 바꾼 미술 명저 62'를 저자는 '위대한 미술책'이라고 명명하고 있습니다만, 바로 저자의 이 책이야말로 '위대한 책'이 될 자격이 충분하다고 생각합니다. (라포르시안: 2014년 9월 1일)

10 오주석의 옛 그림 읽기의 즐거움 2(오주석, 솔)

문화는 정체성의 문제 … "우리 것이 좋은 것이여"

국립중앙박물관에서 열린 '초상화의 비밀'전을 다녀온 적이 있습니다. 『태조 어진』과 『윤두서 자화상』을 비롯하여 이명기, 김홍도 등 당대 최고의 화가들이 그린 국보급 초상화는 물론 중국과 일본, 멀리는 유럽에서 온 루벤스의 『안또니오 꼬레아』로 불리는 한복 입은 조선 남자의 초상화에 이르기까지 200여 점에 달하는 초상화 작품을 볼 수 있었던 대규모 전시회였습니다. 사진으로만 보던 작품들을 실제로 볼 수 있는 기회였지만 작품에 담긴 깊은 의미를 제대로 즐기지는 못했던 것 같습니다.

이렇듯 마음 한 구석에 남아 있던 우리 옛 그림에 대한 아쉬움을 채워줄 기회를 만났습니다. 앞서 소개해드린 이진숙 님의 『위대한 미술책』에서 오주석의 옛 그림 감상법을 담은 책들을 소개받은 것입니다. '선인의 눈과 마음으로 느끼는 옛 그림의 깊은 맛'이라는 제목으로 옛 그림 감상법을 요약한 이진숙 님은 오주석 님의 『오주석의 한국의 미 특강』과 『오주석의 옛 그림 읽기의 즐거움 1, 2』를 읽어 볼 것을 권하였습니다.

'전통 미술 전반에 대한 좋은 입문서'라는 평가를 받는 『오주석의 한국미 특강』은 공무원교육원에서의 강연을 책으로 꾸민 것입니다. 우리 옛 그림을 감상하는 방법을 총론적으로 설명하였습니다. 반면 『오주석의 옛 그림 읽기의 즐거움 1, 2』는 대표적인 옛 그림을 중심으로 다양한 이야기를 담아내는 각론적 성격을 가지고 있습니다. 저자는 "옛 그림을 보여드리기 전에 우선 옛 그림 감상의 원칙을 간단히 말씀드리겠습니다. 저는 선인들의 그림을 잘 감상하려면 첫째, 옛사람의 눈으로 보고 둘째, 옛사람의 마음으로 느껴야 한다고 생각합니다(『오주석의 한국미 특강』, 17쪽, 솔, 2003년)."라고 옛 그림을 감상하는 원칙을 소개하며 특강을 시작합니다.

이어서 옛 그림 감상법을 설명하는데, 우선 미술관 혹은 박물관에서 그림을 감상하기 좋은 거리는 그림의 대각선 길이를 기준으로 1~1.5배 정도가 좋다고 합니다. 우리의 옛 그림은 옛 글씨를 쓰는 원칙대로 우상좌하(右上左下)의 법칙에 따라 읽어야 한답니다. 예로부터 내려오는 서화일률(書畵一律)의 전통 때문입니다. 요즈음 글쓰기는 왼쪽에서 오른쪽으로 가는 가로쓰기로 하고 있습니다만, 옛날에는 오른쪽에서 왼쪽으로 진행하는 세로쓰기를 했습니다. 그러므로 옛 그림을 읽을 때는 옛사람들 방식대로 오른쪽 위로부터 왼쪽 아래 방향으로 흘러가도록 해야 합니다. 마지막으로 그림은 가능한 천천히 감상하는 것이 좋습니다. 주마간산하듯 휙 지나가면서도 중요한 점을 제대로 붙들어낼 수 있을 것으로 기대한다는 것 자체가 우스운 꼴이 아닐 수 없습니다.

기본 원칙을 설명한 다음에는 김홍도의 풍속화첩에 실려 있는 『씨름』이라는 소품을 놓고 옛 그림 감상법을 꼼꼼하게 설명합니다. 먼저 그림 전체를 개괄하고 이어서 그림의 세부적 요소를 따로 들어내 설명합니다. 스물두 명의 등장인물의 표정 하나하나까지 꼼꼼하게 분석하고 그의 출신 성분과 성격까지도 유추합니다. 세부를 확대한 여덟 장의 도판을 별도로 실어 읽는 사람의 이해를 돕고 있습니다. 이진숙 님은 이 부분을 이렇게 표현하였습니다. "이렇게 작품을 뜯어보고, 이리저리 굴려보고, 엮어 보는 재미가 꿀맛이다(이진숙, 위대한 미술책 270쪽, 민음사, 2014년)". 오주석 님은 이처럼 그림의 미학적 요소 뿐 아니라 그림 속의 그 시절 사람들이 살아가는 모습까지도 불러냅니다. 심지어는 등장인물의 모습에서 씨름의 승패까지도 예견합니다. 얼마나 그림을 꼼꼼하게 읽었으면 이런 경지에 이를 수 있었을까요?

『오주석의 옛 그림 읽기의 즐거움』이 옛 그림 읽기의 각론에 해당한다는 말씀을 드렸습니다. 저자의 생전에 출간된 『오주석의 옛 그림 읽기의 즐거움 1』에서는 김명국의 『달마상』, 강희안의 『고사관수도』, 안견의 『몽유도원도』, 윤두서의 『자화상』, 김홍도의 『주상관매도』, 윤두서의 『진단타려도』, 김정희의 『세한도』, 김시의 『동자견려도』, 김홍도의 『씨름』과 『무동』, 이인상의 『설송도』, 정선의 『인왕제색도』 등 열두 점의 그림을 하나하나 뜯어보았습니다. 그림과 관련된 수많은 일화 그리고 다양한 고사와 시문을 끌어와 그림을 해석하였습니다. 나아가 이 그림들이 화가의 삶이나 당대의 정치와 사회상황, 그리고 선, 불교, 주역, 유학 등 조선 시대의 철학사상과 어떻게 연관을 맺고 있는지도 설명하였습니다. 작품에 대한 설명에 곁들여, '옛 그림의 색채', '옛 그림의 원근법', '옛 그림의 여백', '옛 그림 읽기', '옛 그림 보는 법', '옛 그림에 깃든 마음'이라는 제목으로 정리된 글들은 옛 그림을 감상하는 법을 익히는 길라잡이가 될 것입니다.

주옥같은 작품 설명을 하나라도 건너뛰면 안 될 것 같지만 지면 관계상 한 작품만을 골라보겠습니다. 서양화와 우리의 산수화의 중요한 차이점을 깨우칠 수 있는 안견의 『몽유도원도』를 이야기해보려고 합니다. 세종대왕의 셋째 아들 안평대군이 어느 여름날 밤의 꿈속에서 노닐었던 도원을 그린 그림입니다. 중국의 시인 도연명의 『도화원기(桃花源記)』에서 비롯된 무릉도원은 당나라 시인 이태백이 '별유천지 비인간(別有天地非人間)'이라고 묘사한 것처럼 선비들이 꿈꾸었던 이상향이기도 합니다. 그리하여 안평대군은 당대의 화가 안견에게 꿈 내용을 그림으로 그리도록 하고, 작품을 제작하게 된 연유를 손수 적기까지 했습니다.

『몽유도원도』는 아쉽게도 일본 천리대학교 도서관이 소장하고 있습니다. 오주석 님은 두루마리를 펼치는 순간 펼쳐진 황홀한 무릉도원의 전경(全景)에 압도되더라고 했습니다. 한 편의 장대한 교향시와 같은 그림은 앞서 말씀드린 대로 오른편 위쪽에서 왼편 아래쪽으로 가로지르는 대각선을 기본 축으로 합니다. 『몽유도원도』에는 우리 옛 그림의 원근법이 갖는 장점이 잘 드러나 있습니다. 우리 옛 그림에서는 세 가지 원근법을 볼 수 있습니다. 먼저 고원법(高原法)은 깎아지른 높은 산을 아래서 위로 치켜다 본 시각으로 그렸습니다. 심원법(深遠法)은 엇비슷한 높이에서 뒷산을 깊게 비껴본 시각으로 그렸습니다. 평원법(平遠法)은 높은 곳에서 아래쪽을 폭넓게 조망한 시각으로 그렸습니다. 이 세 가지 원근법을 옛 그림의 삼원법(三遠法)이라 하는데, 안견의 『몽유도원도』에서 이

세 가지를 모두 볼 수 있다는 것입니다.

서양의 풍경화는 르네상스 시대를 거치면서 풍경 밖의 한 곳에서 전체를 조감하는 원근법을 적용하고 있어, 풍경을 보고 느끼는 다양한 감정을 담아내는 데 한계가 있습니다. 반면 우리의 산수화는 풍경 자체를 주인공으로 하고, 주인공을 치켜보고, 내려다보고, 비껴보고, 휘둘러봄으로써 산수의 다양한 실제 모습을 담아내려고 한 것(『오주석의 옛 그림 읽기의 즐거움 1』, 79~81쪽, 솔, 2005년)이라고 합니다.

오랫동안 원근법에 익숙해 온 서구인들은 세잔에 이르러 비로소 원근법의 구속으로부터 벗어나기 시작하였습니다. 특히 데이비드 호크니는 '원근법을 절대시하는 것은 세상을 바라보는 서구의 특정 관념을 맹신하는 폭력적인 일'이라고 지적했습니다. 호크니는 오랫동안 서양미술을 지배해온 선 원근법은 인간의 눈의 법칙이 아니라 렌즈 사용에 근거한 광학의 법칙일 뿐이라고 비판했습니다. 그리하여 사람은 사물을 카메라처럼 객관적으로 보는 것이 아니라 '심리적으로 본다.'라는 사실을 깨닫게 되었다고 합니다. 이는 바로 동양회화가 표현하는 원근법이기도 합니다.

윤두서의 『자화상』을 설명하는 대목에서 윤두서의 편지를 인용하였습니다. "대개 서울에 있을 적부터 이 일을 포기한 지 벌써 오래되었는데 남쪽으로 돌아온 후로는 더더욱 적막하게 지내면서 눈의 시력 또한 흐리고 뿌예졌습니다(101쪽)."라는 대목입니다. 맥락으로 보아서 윤두서는 백내장을 앓았던 것 같습니다. 작가는 윤두서의 『자화상』에서 눈 둘레에서 안경에 눌린 자국을 지적하였습니다. 아마도 윤두서는 나이가 들어가면서 생긴 노안으로 안경을 사용했음을 알 수 있습니다. 그런데도 시야가 흐리고 뿌옇게 변했다고 한다면 렌즈에 혼탁이 생기는 노인성 백내장으로 인한 증세였을 것입니다.

『오주석의 옛 그림 읽기의 즐거움 2』는 저자 생전에 마무리를 하지 못한 유고를 정리하여 책으로 엮어낸 것입니다. 1권과 같은 형식으로 김홍도의 『송하맹호도』, 김홍도의 『마상청앵도』, 정선의 『금강전도』, 정약용의 『매화쌍조도』, 민영익의 『노근묵란도』 그리고 작가 미상의 『이채 초상』을 다루었습니다. 여기에 더하여 '옛 그림의 표구', '문인화, 옛 선비의 그림의 아정한 세계' 그리고 '조선과 이조'라는 제목으로 정리된 글은 옛 그림을 대하는 우리의 마음가짐을 새롭게 하는 기회가 될 것입니다.

필자는 아직도 금강산을 구경해보지 못하고 여전히 『그리운 금강산』을 듣는 것으로 만족하고 있어서 정선의 『금강전도』가 반갑기도 합니다. 『오주석의 옛 그림 읽기의 즐거움 2』에서는 역시 김홍도의 『마상청앵도』의 해설에 더 마음이 끌리는 것 같습니다. 아마도 옛 그림에서 볼 수 있는 여백의 의미를 깨닫게 되어서일 것입니다. 봄날 나들이에 나선 선비가 문득 들려오는 꾀꼬리 우는 소리에 말을 멈추고 꾀꼬리를 뒤쫓는 모습을 넉넉한 여백을 곁들여 담백하게 그려낸 『마상청앵도』는 문인화의 대표작이라 할 만합니다. 특히 선비의 뒤쪽을 여백으로 남겨둔 것은 '꾀꼬리 소리에 정신을 빼앗겨서 주위를 전혀 의식하지 못하는 아득한 심사를 표현한 것'이라는 설명입니다. 문인화의 정신과 본질을 이렇게 설명합니다. 1. 문인화는 선비의 그림이다. 2. 문인화에서는 작가를, 그리고 한 인간을 본다. 3. 문인화에서는 미태가 떠도는 점을 꺼린다. 4. 문인화에서는 형상을 극소화하고 상상은 극대화함으로써 감상 행위가 살아 숨 쉬게 한다.

『오주석의 한국의 미 특강』 서문에서 저자는 “한 나라의 문화는 빼어난 사람들 중심으로 만들어지는 게 아닙니다. 문화인 · 예술가들이 아무리 피나는 노력을 해도 한 나라의 문화 수준이란 결국 그것의 터전을 낳고 함께 즐기는 전체 국민의 눈높이만큼만 올라설 수 있습니다.”라고 적었습니다. 우리 문화의 우수함을 세계만방에 널리 알리려면 먼저 우리가 우리 문화를 제대로 알고 있어야 한다는 것입니다. 그가 남긴 책들은 분명 ‘조상들이 이룩해낸 문화와 예술이 참으로 훌륭하고 격조 높은 것이라는 사실’을 널리 알리는 데 크게 기여할 것입니다. (라포르시안: 2014년 9월 22일)

11 서양미술사(EH 곰브리치, 예경)

곰브리치의 끝이 없는 미술 이야기

이진숙 님의 『위대한 미술책』에 소개된 미술 명저들을 찾아 읽어왔습니다. 이진숙 님의 위대한 미술책의 여정은 곰브리치의 『서양미술사』에서 시작합니다. 그런데도 700쪽에 가까운 두께에 질려 자꾸 순서가 밀리다가 드디어 읽어냈습니다. 읽기를 마치고서 우선 '제일 먼저 읽었어야 할 책을 미루었구나'하고 후회했습니다. 이진숙 님은 서양미술사에 관하여 10종의 책을 소개하였습니다. 아마 국내에 소개된 책들 가운데 고른 것 같습니다. 어떻든 곰브리치의 『서양미술사』는 최고 중의 최고라고 해도 모자람이 없을 것 같습니다.

부피에 눌려, 그리고 작은 활자에 겁을 먹고 책장 열기를 멈칫거리는 분이 계신다면 우선 읽어보시라고 말씀드립니다. **"미술(Art)이라는 것은 사실상 존재하지 않는다. 다만 미술가들이 있을 뿐이다."** 라는 유명한 첫 문장부터 심상치 않다는 느낌이 들 것입니다. 그리고 어느새 책장이 날개가 돋친 듯이 넘어가고 있음을 깨닫게 될 것입니다. "원시 미술부터 시작되는 긴 이야기가 꼬리에 꼬리를 물고 굽이 굽이 넘어간다."라고 한 이진숙 님의 말씀은 바로 '이야기의 힘'이 있기 때문입니다. 이진숙 님은 특히 곰브리치가 서양문화를 기준으로 타 문화를 비교하는 서양문화 우월론자들과는 달리 각 나라와 각 시대의 다양한 미술 현상을 차별하거나 서열화하려 들지 않고, 서로 다른 미적 가치를 가지고 있음을 인정하는 점을 높이 샀습니다.

곰브리치는 서양미술의 흐름을 선사 및 원시 미술부터 20세기 전반까지, 그리고 앞으로의 전망을 끝으로 모두 28개의 장으로 구분하였습니다. 그중에는 2세기에서부터 11세기까지의 이슬람과 중국의 미술을 '동방의 미술'이라는 별도의 장으로 구분하였습니다. 1993년에 쓴 한국어판 서문에서 '위대한 한국의 미술이 포함되어 있지 않은 것은 한국미술의 아름다움이나 중요성을 인정하지 않아서가 아니라 그 신비로운 불후의 업적들을 직접 경험한 적이 없기 때문'이라고 했습니다.

곰브리치는 미술 세계에 막 들어선 10대의 젊은 독자들을 염두에 두고 이 책을 썼다고 합니다. 책이 쉽게 읽히는 이유입니다. 특히 미술 세계에 갓 입문한 신참자가 세부적인 것에 휘말려 혼돈에 빠지지 않도록 이 넓은 분야의 지세를 보여주려 했습니다. 까다롭고 복잡한 인명과 각 시대의 양식들을 알기 쉽게 정리함으로써, 보다 더 전문적인 책을 쉽게 접할 수 있도록 도와주려 한 것입니다. 저나 제 아이들은 이른 나이에 이 책을 읽을 기회가 없었습니다만, 손자만큼은 일찍 읽을 수 있도록 권해볼 생각입니다.

이진숙 님은 곰브리치가 연대기나 사조 분류를 가급적 기피했다고 보았습니다. 르네상스, 바로크, 로코코, 신고전주의, 낭만주의, 인상주의 등의 명칭은 사후에 붙여진 것입니다. 이러한 사조를 중심으로 미술가들을 분류하게 되면 편리할 수는 있겠습니다. 하지만 개별 예술가의 문제의식이 특정 사조의 공식에 환원되지 않는 불합리한 점이 있습니다. 하지만 제가 보기엔 곰브리치 역시 연대와 사조를 전혀 무시한 것 같지는 않습니다. '나는 미술의 역사, 즉 건축, 회화, 조각의 역사를 논할 것이다. 이러한 역사를 안다는 것이 우리로 하여금 왜 미술가들이 그처럼 독특한 방법으로 일을 했는지, 그리고 그들은 왜 특정한 효과를 노리는가 하는 점들을 이해하게 도와줄 것이다.'라고 했기 때문입니다.

앞서 말씀드린 '쉽게 쓰려 했다는 것'은 전문적인 용어를 제한했다는 것입니다. 독자들을 일깨워주기보다는 자기를 과시하기 위해 '학술적인 용어'를 남용하는 사람들이야말로 구름 위에서 '우리를 무시하는' 사람들일 수도 있다고 생각했던 것입니다. 전문적 용어를 제한하는 것 이외에도 몇 가지 원칙을 적용했습니다. 첫째, 도판으로 보일 수 없는 작품은 가능한 언급을 회피한다. 둘째, 진정 훌륭한 작품에 대해서만 언급하고, 단순히 어떤 취향이나 유행의 표본으로서만 흥미가 있는 작품은 배제한다. 셋째, 널리 알려진 걸작이나 개인적 기호 때문에 제외하지 않겠다. 이러한 부정적 원칙에도 불구하고 이 책을 통하여 저자가 구현하고자 한 목적은 "미술의 역사를 평범한 말로 한 번 설명함으로써 미술사의 전후 이야기가 어떻게 들어맞는지를 독자들을 이해시키려 했습니다. 장황한 설명이 아니라 화가가 표현하고자 했던 의도에 관하여 몇 마디 암시를 던짐으로써 독자 스스로 감상할 수 있도록 안내합니다.

곰브리치가 이 책에서 인용한 첫 번째 도판은 플랑드르의 화가 루벤스가 그린 『아들 니콜라스의 초상』입니다. 루벤스는 아들의 귀

여운 얼굴을 자랑스럽게 생각했을 것이고, 그림을 보는 사람들이 아들을 귀엽게 보아주기를 원했을 것이기 때문이라고 합니다. 저자는 대부분의 사람들이 그들이 현실 생활에서 보고자 하는 것을 그림 속에서도 보기를 원하기 때문에 자연의 아름다움을 작품 속에 간직해주는 미술가들에게 감사하게 생각한다고 했습니다. 하지만 실물과 똑같이 그리는 것만이 능사가 아닙니다. 대상의 특징을 분명하게 잡아서 표현하는 것만으로도 그림을 보는 사람들에게 감동을 줄 수 있다면 충분히 좋은 작품이라고 할 수 있는 것입니다. 즉 사물을 보이는 대로 묘사하지 않고 다르게 변형시켜서 묘사하거나 때로는 왜곡시키는 것이 옳을 때도 있는 것입니다.

작품의 정확성을 따질 때에는 다음 두 가지를 자문해보아야 합니다. 첫째는 미술가가 그가 본 사물의 외형을 변형시킨 이유를 가지고 있느냐 하는 것, 둘째는 우리가 옳고 화가가 그르다는 확신이 서지 않는 한 작품이 부정확하게 그려졌다고 섣불리 그것을 비난해서는 안 되는 것입니다. "위대한 미술작품을 감상하는 데 있어 제일 큰 장애물은 개인적인 습관과 편견을 버리려고 하지 않는 태도이다(29쪽)."라는 곰브리치의 지적을 새겨두어야 하겠습니다.

미술품감상에 입문하는 초심자가 흔히 저지르는 실수에 대한 곰브리치의 다음 지적도 새겨두어야 합니다. "우리는 가끔 카탈로그를 손에 들고 화랑을 걸어가는 것을 본다. 그들은 한 그림 앞에 걸음을 멈출 때마다 그 그림의 번호를 열심히 찾는다. 그들은 카탈로그의 페이지를 넘기다가 그 그림의 제목이나 화가의 이름을 찾으면 다시 걸어간다. (…) 그것은 그림의 감상과는 아무런 상관이 없는 일종의 지적인 유희에 불과하다(37쪽)."

미술가들이 그처럼 독특한 방법으로 일을 했는지, 그리고 그들은 왜 특정한 효과를 노리는가 하는 점을 이해함으로써 미술작품을 보는 눈을 날카롭게 하고, 그림의 미묘한 차이에 대한 감수성을 키워 가는 것이 필요합니다. 조금 안다는 초짜들이 흔히 저지르는 다른 형태의 실수도 빠트리지 않았습니다. 미술에 약간의 지식이 있는 사람들은 때로 그림 앞에 서서 그림을 감상하는 것이 아니라 그것에 적합한 설명서에 관한 그들의 기억을 찾는 데 몰두합니다. 저자는 이처럼 설익은 지식과 속물근성이 안고 있는 생태적인 위험성에 대하여도 조심할 것을 당부합니다.

본격적으로 원시 미술로부터 현대미술에 이르기까지 서술의 흐름이 마치 강물의 흐름과 흡사하다는 생각을 해봅니다. 우리나라에서 제일 긴 낙동강은 태백시에 있는 황지연못에서 시원해서 천삼백여 리를 흘러내려 남해로 흘러든다고 사람들은 알고 있습니다. 그런데 이런 사실은 낙동강에 흘러드는 물줄기 가운데 남해에서 제일 멀리 있는 곳이 황지연못이라는 것이고, 황지연못 이외에서도 여러 골짜기에서 흘러내린 물이 낙동강에 합쳐집니다. 뿐만 아니라 하류에 들어서면 삼각주를 이루면서 강이 갈라졌다가 다시 합쳐지기를 거듭하게 됩니다. 이처럼 미술 역시 따로 발전해오던 경향이 만나 새로운 형식을 만들어내고, 이렇게 만들어진 형식이 갈라져서 나중에는 전혀 다른 모습으로 발전하기도 하는 것입니다.

앞서 미술사조를 어떻게 구분하는가를 말씀드렸습니다만, 재미있는 것은 사조를 나타내는 단어들이 처음 쓰일 때는 낮추어 평가하거나 조롱하는 의미로 사용되었다는 것입니다. '고딕'이라는 단어를 처음 사용한 르네상스 시대의 이탈리아 미술비평가들이 야만인이라 생각한 고트족이 로마제국을 멸망시킨 뒤에 이탈리아에 도입한 양식이라고 생각해서 붙인 이름입니다. ‘매너리즘’ 역시 17세기 비평가들이 16세기 말의 미술가들을 비난하는 데 사용했던 가식과 천박한 모방이라는 의미를 담고 있습니다. 터무니없다거나 기괴하다는 의미를 담은 ‘바로크’라는 말도 17세기의 예술 경향에 대하여 반감을 품었던 후대의 비평가들이 이런 화풍을 조롱하기 위하여 사용한 것입니다.

413점이나 되는 도판 가운데 제가 알고 있는 작품이 불과 23점밖에 되지 않는다는 것도 놀라웠습니다. ‘끝이 없는 이야기’라는 제목의 마지막 장은 시사하는 바가 큽니다. 미술작품이 당대의 유행을 십분 반영하고 있는 것이라면 미술사가 유행의 변천사로 오해될 수도 있을 것입니다. 이런 이유로 저자는 ‘가장 최근의’ 미술 이야기를 다루는 것이 옳은 일은 아니라고 보는 것입니다. 물론 가장 최근의 유행을 표현하고는 있다고 하지만, 이런 경향이 역사로 남게 될지는 누구도 장담할 수 없을 것이기 때문입니다. 사조의 변화를 저자는 이렇게 설명합니다. “각 세대는 어떤 시점에서는 그 전 세대의 규범에 반대하게 마련이다. 그래서 각 예술작품은 그 작품이 한 것뿐만 아니라 그 작품이 하지 않고 내버려 둔 것으로부터도 동시대인들이 보여줄 수 있는 매력이 파행하는 것이다(9쪽).” 그런데 재미있는 것은 ‘과거 역시 변모할 수 있다는 것입니다. 새로 발견되어 과거에 대한 우리의 생각을 바꾸어 놓을 새로운 사실들이 항상 존재하기 때문’이라는 사실을 저자가 잘 알고 있다는 점입니다. (라포르시안: 2015년 1월 19일)

12 예술, 역사를 만들다(전원경, 시공아트)

역사가 창조한 예술, 예술이 변화시킨 역사

필자가 대학에 다닐 무렵 리처드 바크의 『갈매기의 꿈』이 선풍적 인기를 끌었습니다. "가장 높이 나는 새가 가장 멀리 본다."라는 구절은 사람들에게 큰 울림이 되었고, 오래도록 기억에 남았습니다. 자유의 참 의미를 깨닫기 위한 비행 연습에 몰두하는 갈매기 조나단 리빙스턴 시걸의 구도(求道) 과정은 쫓기듯 사는 우리들의 삶을 되돌아보게 만들었습니다.

생뚱맞아 보입니다만, 『갈매기의 꿈』을 읽으면서 '작가가 정말 갈매기의 울음, 아니 말을 어떻게 알아들었을까?' 하는 생각이 들었습니다. 작가적 상상력에서 나온 이야기일 뿐이라지만 동물의 세계에도 갈매기 조나단 같은 독특한 존재가 정말 있는지도 모를 일입니다. 하지만 대부분의 동물들이 예나 지금이나 일상적인 삶을 살다가 죽음을 맞을 것입니다. 물론 제한적으로 진화된 행동을 보이기도 하지만, 그와 같은 변화가 꾸준하게 이어지는 것 같지는 않습니다.

인간은 지금까지 지구상에 출현한 생명체 가운데 가장 빠르게 변화하는 존재입니다. 그런 변화를 가져오는 원동력은 사고(思考)의 능력입니다. 효율적 사고에 더하여 경험하고 생각하여 축적된 정보를 후대에 전달할 수 있었던 것도 중요한 역할을 했습니다. 기억에 의존하여 구술(口述)로, 그림 혹은 기호로 전해졌습니다. 그런데 문자를 발명하면서부터 정보전달은 혁신적인 전기를 맞게 되었습니다. 다음 단계로는 인쇄술을 개발하고, 이제는 전자신호로 집적하기에 이른 것입니다. 이처럼 후대에 전달되는 다양한 형태의 정보를 역사라고 말할 수 있을 것 같습니다.

삶에서 얻은 경험 혹은 감정을, 사는 장소의 주변에 그림으로 혹은 기호로 표현하던 그림이나 특별한 재료를 깎아 눈으로 본 사물을 표현한 조각 등 원시인류의 행위로부터 예술이 발전해왔습니다. 예술이야말로 그 시대 사람들의 감정을 담은 것이므로 역사의 산물이라 하겠습니다. 그런가 하면 예술가들이 만들어낸 미래지향적인 작품들로 인하여 역사가 만들어질 수도 있습니다. 전원경 교수의 『예술, 역사를 만들다』는 독특한 시각으로 예술작품들을 바라보았습니다. 일단 제목을 두고 보면 예술이 만들어낸 역사를 논하는 듯합니다. 그리고 '예술이 보여주는 역사의 위대한 순간들'이라는 부제의 의미를 새겨보면 예술작품이 만들어지던 시기의 역사적 배경을 이해함으로써 작품에 담긴 의미를 제대로 파악할 수 있다는 의미로도 해석되는 것 같습니다.

저자는 문학과 마찬가지로 음악이나 미술작품도 읽고, 이해하고, 감상하고, 감동하는 '네 단계'를 거쳐 우리의 기억 속에 깊숙하게 각인된다고 보았습니다. 그 가운데 첫 세 단계, 즉 읽고, 이해하고, 감상하는 과정을 설명하고 싶었다고 합니다. 그리하여 예술과 역사

사이의 연관성을, 그리고 그 연결고리에서 탄생한 불멸의 걸작들과 천재 예술가들의 이야기를 들려주고 있습니다. 단순한 예술사에 머무르지 않고 역사적 배경에 미술과 음악 때로는 문학작품에 이르기까지 다양한 소재들을 버무려냈습니다. 그러다 보니 632쪽에 달하는 방대한 분량에 이르고 있지만, 해당 시기를 대표하는 작품을 중심으로 이야기가 전개되는 제한점도 있습니다. 덕분에 이 책을 통하여 예술작품을 이해하는 구체적인 방법을 익힐 수 있었습니다.

이 책에서는 유럽을 중심으로 한 예술세계를 다루었습니다. 즉 유럽예술에 영향을 미친 고대 이집트 예술부터 시작해서 그리스와 로마, 초대 기독교, 비잔틴, 중세, 르네상스, 종교개혁, 바로크, 로코코를 지나 18세기의 유럽 예술에 이릅니다. 하지만 근대 예술의 경우는 프랑스, 독일, 이탈리아, 영국 등의 유럽의 예술에 미국과 러시아 그리고 일본 등 변방의 예술도 포함시켰습니다. 마지막으로 전후의 유럽예술을 정리하였습니다. 예술가와 같은 시대를 살았던 사람들은 예술작품에 깃든 역사성을 깨닫기가 쉽지 않습니다. 하지만 후대에 사는 우리는 작품에 담긴 역사성을 쉽게 알아차릴 수 있습니다. 그런 점에서 본다면 근대까지는 그렇다고 쳐도 현대까지도 논의의 대상으로 한 것은 저자의 욕심이라는 생각이 들었습니다.

전원경 교수 역시 『식인 양의 탄생』을 쓴 임승휘 교수처럼, 그리스 예술부터 시작하고 싶었을지도 모릅니다. 고대 이집트문명은 그리스 문명에 영향을 미쳤음이 분명합니다. 하지만 종교적 영향 등으로 인하여 유럽 사회의 관심 밖에 있었습니다. 나폴레옹의 이집트 정벌을 계기로 유럽 사회가 이집트예술에 주목하게 되었습니다. 이러한 배경으로 고대 이집트 예술작품을 다룬 것은 의미가 있다하겠습니다. 하지만 이집트를 주제로 한 근세의 유럽미술과 음악까지 포함한 것은 저자의 지나친 욕심이 아니었을까 싶습니다. 물론 근세의 예술작품들을 이해하는 데 이집트라는 장소와 당시의 시대적 배경을 잘 알 필요가 있다는 점에는 공감합니다. 아마도 저자는 예술사적 접근이 아니라 예술작품에 영향을 미친 시대적 배경에 무게중심을 둔 것 같다는 생각을 하게 됩니다.

종교를 가져본 적이 없어 초기 기독교에 관하여 의문이 많은 편입니다. 기독교나 이슬람교 그리고 유대교는 같은 뿌리에 구약성서를 공통분모로 가지고 있음에도 궁극적으로 추구하는 바가 크게 다른 것도 이해되지 않습니다. 저자 역시 기독교미술을 객관적으로 받아들이기란 쉬운 일이 아니라고 전제합니다. 그리고 성경의 내용을 '고난을 뚫고 온 한 민족의 영웅 이야기'로 받아들일 필요가 있다고 합니다. 이런 조언은 유대인들에 해당하는 것 아닐까요? 기독교는 유대인의 종교에서 세계인의 종교로 환골탈태한 셈이니 말입니다.

특히 임승휘 교수님은 『식인 양의 탄생』에서 로마제국 시절 기독교도들이 탄압을 받았다는 주장에 의문을 나타냅니다. 로마제국이 기독교를 탄압한 것이 종교적 이유는 아니라고 합니다. 로마 황제에 대한 숭배예식을 거부한 기독교도들의 행태를 정부의 권위에 대한 도전으로 보았다는 것입니다. 로마제국이 기독교를 탄압한 것은 일종의 정치적 징계였던 셈입니다. 전원경 교수님 역시 성경에 담긴 신의 죽음과 부활, 근친 살해, 대홍수 등의 일화들이 예수 탄생 이전에 이미 이집트와 메소포타미아 지역의 고대 설화에도 등장한 것들이라는 점을 분명히 합니다.

우리가 성경에 담긴 일화들을 믿어 의심치 않게 된 것은 이것들이 기독교의 교리로 정립되어 신도들에게 고정관념으로 확고하게 자리 잡게 되었기 때문입니다. 뿐만 아니라 2천 년이 넘도록 수많은 예술가들이 만든 미술작품, 오페라, 오라토리오 등으로 만들어진 이미지가 반복적으로 전달되었기 때문입니다. 즉, 기독교 예술은 문자를 깨치지 못한 대중을 위한 '종교교육'의 수단이었을 뿐이며, '예술을 위한 예술'의 의미는 아예 없었을 것입니다.

중세 이슬람세력의 분화과정이 모호하게 정리된 것 같습니다. 무함마드에 의하여 창시된 이슬람을 중심으로 결집한 아랍민족들은 중동지방을 통일하고 영역을 확대하였습니다. 무함마드 사후에 우마이야왕조가 들어섰고, 뒤이어 아바스왕조가 이를 전복시켰습니다. 712년 이베리아반도에 자리 잡은 이슬람세력은 아바스왕조에 무너진 우마이야왕조의 잔존 세력입니다. 이들은 도읍이던 다마스쿠스에서 겨우 도망쳐 나와 이베리아반도의 톨레도에 후기 우마이야왕조를 세웠습니다.

『예술, 역사를 만들다』가 18세기 유럽 사회에 많은 영향을 미쳤던 오스만제국의 이슬람 문화를 다루면서 이베리아의 이슬람 문화를 제외한 것이 아쉽습니다. 특히 그리스문화를 유럽 사회에 건네주는 역할뿐 아니라 기독교 문명과의 접촉을 통하여 새로운 형태의 건축, 예술작품 등을 남긴 업적만으로도 이 책에서 포함되었어야 하지 않을까요? 저자는 오스만제국이 발칸반도로 진출한 것은 이베리아반도에서 이슬람세력이 물러난 것에 대한 복수의 의미가 있다고 했습니다. 오스만제국은 아바스왕조가 끌어들인 튀르크 부족이 세운 나라입니다. 따라서 우마이야왕조가 씨앗을 뿌리고 북아프리카의 베르베르족이 뒤를 이은 이베리아반도의 이슬람 왕국과는 별다른 연관이 없을 듯합니다.

사실 르네상스 이후의 예술사조는 공부할 기회가 꽤 있었습니다. 그런데도 예술사조가 어떤 배경에서 일어나고 스러졌는지 가늠하지 못했던 부분들이 이 책을 통하여 어느 정도 정리가 될 것 같습니다. 예를 들면 예술가의 혼이 꽃을 피웠던 르네상스 예술이 힘을 잃게 된 배경에는 종교개혁이 자리하고 있습니다. 가톨릭과 신교의 갈등이 오랜 기간의 전쟁으로 이어져 유럽 사회는 불안에 떨었습니다. 또한 가톨릭은 신도의 이탈을 막기 위하여 검열과 종교재판을 강화하였던 것입니다. 그 영향으로 등장한 사조가 마니에리스모(매너리즘) 양식입니다. 중세풍의 신비주의가 부활하여 뒤틀린 육체와 환상의 묘사가 필수요소였습니다. 르네상스 시대를 꽃피웠던 미켈란젤로 역시 말년 작품에서는 이런 경향을 보였고, 틴토레토, 엘 그레코 등의 작품들에서 이런 경향이 두드러진 것을 볼 수 있습니다. 신교 측에서는 지나친 미술 장식이 교회의 타락을 가져왔다는 시각을 가졌습니다. 따라서 르네상스 시기까지 꽃피웠던 종교와 미술 간의 밀월이 끝나고 말았습니다.

이런 시대적 환경에서 특히 신교가 강세를 보이던 독일과 플랑드르 화가들은 정물화, 풍경화, 초상화 등의 영역을 개척하였습니다. 당시 부상하던 신흥 상인계층들이 이런 양식의 작품에 관심을 보였기 때문입니다. 이런 경향이 바로크 예술로 발전하게 되었고, 이어 등장한 절대왕정의 영향으로 로코코 예술이 등장하였습니다. 계몽주의가 확산하면서 로코코 예술도 같이 발전하였고, 이어서 프랑스와 영국에서는 시민예술이 시작되었습니다. 대중문학이 활성화되고,

귀족들만의 것이었던 음악을 시민계급들도 즐기게 된 것입니다.

예술은 사람의 이야기를, 그리고 그 사람들이 모여 만들어 낸 역사의 이야기를 담고 있다고 저자는 생각합니다. 뛰어난 예술작품들은 예외 없이 시대의 정신과 감수성을 잘 표현하고 있다는 것입니다. 따라서 예술작품이 탄생한 역사적 배경을 잘 알아야 작품을 제대로 이해할 수 있습니다. 그래서 역사가 창조한 예술이라는 설명에는 충분히 공감하게 되었습니다. 반면 '예술이 변화시킨 역사 이야기'라는 부분은 조금 모호한 점이 남아 있는 것 같습니다.

이집트미술부터 현대미술에 이르기까지 방대한 시기에 미술, 음악, 문학, 건축까지 다양한 분야를 아우르는 일이 쉽지 않은 작업이었을 것입니다. 그럼에도 불구하고 각각의 시대를 대표하는 작품을 중심으로 잘 정리해냈다고 생각합니다. (라포르시안: 2016년 7월 25일)

13 베르메르의 모자(티머스 브룩, 추수밭)

베르메르의 그림에서 읽어내는 17세기의 역사

제목만으로 '생뚱맞다'라는 생각이 들었는데, 표지에 있는 『장교와 웃는 소녀』라는 그림을 보면서 17세기 네덜란드 화가 얀 베르메르(Jan Vermeer)를 떠올리게 됩니다. 베르메르 하면 흔히 『진주 귀걸이를 한 소녀』를 떠올리는 분들이 많을 듯합니다. 하지만 저는 『델프트 풍경 View of Delft』이 우선 생각납니다. 마르셀 프루스트의 『잃어버린 시간을 찾아서; 갇힌 여인』에 나오는 대목 때문입니다. 소설에서는 『델프트의 풍경』을 매우 좋아할 뿐만 아니라 구석구석까지도 잘 안다고 여기고 있는 작가 베르고트에 관한 이야기가 나옵니다. 앞서 적은 이진숙 님의 『위대한 미술책』을 소개하면서 설명했기 때문에 생략합니다. 한편 유예진 교수님의 『프루스트의 화가들』에서는 『델프트의 풍경』 이외에도 프루스트의 『잃어버린 시간을 찾아서』에 등장하는 베르메르의 여러 작품들에 관한 이야기를 읽을 수 있습니다.

『베르메르의 모자』를 읽으면서 같은 작품을 다양한 시각에서 바라본다는 생각을 합니다. 특히 캐나다 출신으로 중국학을 전공하는 작가의 배경을 알고 나면, 17세기에 활동한 베르메르의 그림들에서 당시 동서 문명의 흐름을 읽어낼 수도 있었겠다 싶습니다. 『베르메르의 모자』라는 표제는 『장교와 웃는 소녀』라는 그림의 배경에 걸려 있는 지도와 연관이 있어 보입니다. 즉 지도라는 대상이 이 책의 기획을 잘 나타낼뿐더러 작가가 캐나다 출신임을 암시합니다.

『베르메르의 모자』에는 제목과는 달리 『델프트의 풍경』, 『장교와 웃는 소녀』, 『열린 창가에서 편지를 읽는 젊은 여인』, 『지리학자』, 『저울을 든 여인』 등 5개의 베르메르의 작품 이외에도 헨드리크 반 데르 부르흐의 『카드놀이』, 레오나르트 브라메르의 『베들레헴으로 여행하는 세 동방박사』, 그리고 중국 화원의 풍경을 그린 17세기 말경의 접시를 다루었습니다. 모두 네덜란드의 '델프트'라는 공통점을 가지고 있습니다. 영국의 일기작가 새뮤얼 피프스는 1660년 5월 델프트를 방문하고서 '가는 거리마다 강과 다리가 있는 무척이나 사랑스러운 도시'라고 묘사했습니다.

베르메르는 사물에 대하여 가지고 있는 매우 섬세하고 과학적인 지식을 작품에 반영하였다는 평가를 받습니다. 즉 물체에 대한 현미경적 관찰과 빛의 영향을 다양하게 분석한 결과가 그림에 담겼다는 것입니다. 뿐만 아니라 대상을 화폭에 그대로 옮긴 것이 아니라 의도적으로 아주 신중하게 구성하였습니다. 한편 저자는 베르메르의 회화작품에 등장하는 다양한 사물들을 통하여 17세기의 세계를 읽어보려 했습니다.

그의 작품에 흔히 등장하는 창문처럼 17세기로 통하는 통로가 될 만한 장소를 찾아 나섰습니다. 그 첫 번째 문은 『델프트의 풍경』을 그린 장소입니다. 지금은 작은 공원의 둔덕인데, 이 장소에 있었을 건물의 2층 높이가 딱 화가의 눈높이였을 것이라고 합니다. 두 번째 문은 『델프트의 풍경』의 오른쪽 아래 묶여 있는 두 척의 배, 그리고 중앙 구교회의 첨탑 왼쪽으로 죽 이어지는 붉은 지붕의 건물이 세 번째 문입니다. 두 척의 배는 청어잡이 배입니다. 1550년 무렵부터 1700년까지 전 세계에 몰아닥친 추위 덕분에 북해의 노르웨이 연안에서 잡히던 청어 떼가 발트해 남쪽으로 내려왔습니다. 네덜란드 어부들이 청어를 차지하면서 네덜란드의 번영을 가져왔던 것입니다. 그리고 붉은 지붕의 건물들은 동인도회사의 창고였습니다.

16세기 말, 에스파냐의 탄압적 지배로부터 독립을 이룬 네덜란드는 곧 해외 무역의 황금시대를 맞았습니다. 1492년 레콩키스타(Reconquista, 국토회복운동)를 통하여 이베리아반도에서 이슬람세력을 몰아낸 에스파냐는 곧이어 이교도들을 추방하였습니다. 당시 에스파냐에 거주하던 유대인들이 대거 네덜란드로 이주하였고, 상거래에 밝은 유대인들이 네덜란드 무역의 중심역할을 했습니다. 영국이 동인도회사를 만들어 동방무역에 나서자 네덜란드 상인들은 2년 뒤인 1602년 네덜란드 동인도회사(Vereenigde Oost-Indische Compagnie, VOC)를 설립하여 해외 무역에 나섰습니다. 네덜란드 상인들은 남아프리카와 동남아시아, 북아메리카 등지까지 진출하여 식민지를 건설하였습니다. VOC는 세계최초의 주식회사이자 다국적기업이었으며 17세기 세계 최대의 회사였습니다. VOC는 암스테르담을 비롯하여 모두 여섯 곳에 지부를 두었습니다. 그 가운데 하나가 델프트에 있었습니다. VOC의 여섯 지부는 동일한 정책과 지침에 따라 각자의 자본과

사업을 자율적으로 운영함으로써 유연함과 강함을 결합하여 아시아와의 해상 무역을 지배할 수 있었습니다.

네덜란드가 주도한 17세기 동서양의 교류는 발견의 시대에서 소통의 시대로의 전환을 모색하던 시기였습니다. 완전한 변형이나 치명적인 충돌 대신 협상과 차용을 선택했고, 승리 아니면 패배가 아닌 주고받는 방식을 선택했으며, 문화를 바꾸기보다는 상호 교류를 택했습니다. 이웃 일본은 처음 도래한 포르투갈 사람이 가져온 기독교가 순식간에 확산하는 것에 놀란 나머지 쇄국정책으로 전환하였습니다. 하지만 기독교를 내세우지 않은 네덜란드만은 예외였습니다. 나가사키에 만든 축구장 2개 크기의 '데지마'라는 인공섬을 통하여 무역과 교류를 허용한 것입니다. 데지마는 난학(蘭學)이라는 이름의 서양 학문이 일본에 소개되는 '숨구멍'이었다고도 말합니다.

한편 저자는 베르메르의 그림 속에서 숨어있는 17세기의 흔적을 찾아 과거를 재발견하는 정도에 머물지 않았습니다. 과거와 현재를 만들어낸 다양한 원인과 결과를 반영하는 거울로 보았던 것입니다. 예를 들면 베르메르는 구체 유리, 황동 기구, 진주 등과 같은 사물의 표면에 주변의 모든 사물을 비추는 표현양식을 즐겼습니다. 저자는 이를 '인드라의 그물'과 연관을 지었습니다.

인드라는 인도신화에 나오는 천신(天神)입니다. 그가 거처하는 수미산의 궁전에는 인드라의 그물이라고 하는 커다란 그물이 걸려있고, 그 그물코마다 구슬들이 매달려 서로를 비추고 있다고 합니다. 구슬들은 세상을 구성하는 각각의 존재를 의미하고 서로 인연이라는 고리로 연결되어 있는 것입니다. 따라서 하나의 구슬이 변하면 다른 구슬에 비친 모습도 변할 뿐 아니라 다른 구슬의 모습도 변해 보이게 된다는 것입니다. 화엄경에서는 이를 '모든 존재는 서로 간의 상호작용을 통해 의존관계에 있다'라고 설명합니다.

저자는 『델프트의 풍경』에서 먼저 17세기에 델프트를 중심으로 아시아, 아프리카, 남북 아메리카대륙이 서로 연결되었던 사정을 개괄합니다. 이어서 등장하는 작품들을 통하여 각론에 해당하는 세계 문명의 교류상황을 설명합니다. 『장교와 웃는 소녀』에서는 장교가 쓴 비버 펠트 모자를 둘러싼 이야기를 들려줍니다. 당시 유럽에서는 비버의 모피로 만든 모자는 부의 상징이었습니다. 그러다 보니 16세기 유럽에서는 이미 남획과 서식지 파괴로 비버가 멸종되고 말았던 것입니다.

하지만 16세기 말 들어 시베리아와 캐나다가 새로운 비버 모피의 공급지로 부상하게 되었습니다. 공급선이 불안정했던 시베리아보다는 캐나다가 더 주목을 받았습니다. 캐나다산 비버 모피를 구하려면 처지가 다른 아메리카 원주민들과의 협상이 필요했습니다. 캐나다 동부를 차지한 프랑스가 적대적인 모호크 부족을 제압하기 위하여 휴런 부족을 비롯한 다른 이로쿼이족을 연합시켜 모호크 부족에 대항하게 만든 역사적 사실 등을 소개합니다.

『열린 창가에서 편지를 읽는 젊은 여인』에 등장하는 중국산 과일 접시에서도 여러 가지를 이야기합니다. VOC가 동방무역을 주도하던 나라들과 벌인 힘겨루기 과정이 소개됩니다. 처음에는 포르투갈과 스페인의 무역선을 약탈하는 식이었습니다. 그러다가 교역은 어느 나라가 독점할 권리가 없다는 주장을 펼쳤다고 합니다. 중국 쪽에서도 처음에는 중국풍의 도자기를 유럽에 팔았지만, 점차 유럽 사람들의 취향을 맞춘 자기를 대량생산해 팔았다고 합니다. 중국인들의 유연성이 놀랍기만 합니다.

『지리학자』에서는 당시 네덜란드에서 중요시하던 세계지도의 필요성을 설명합니다. 1569년 자신의 이름을 붙인 '메르카토르 도법'을 이용한 세계지도를 발표하여 장거리 항해에 크게 도움을 준 메르카토르가 네덜란드의 루벵 출신인 것도 참고가 되겠습니다. 『지리학자』 편에서는 아시아지역의 바다를 주름잡던 유럽 배의 활약이 그려졌습니다.

이 무렵 우리나라에도 표류해온 외국인들이 적지 않았습니다. 중국인이나 일본인의 경우는 해당 국가로 송환하였지만, 기타 외국인의 경우는 그럴 수 없었습니다. 인조 5년(1627년)에 제주도에 표류해왔다가 귀화하여 박연이라는 이름으로 살았던 얀 야너스 벨테브레이(Jan Janes Weltevree)나 효종 4년(1653년)에 표류해왔다가 탈출한 헨드릭 하멜(Hendrik Hamel) 등이 있습니다. 이들이 네덜란드 출신이었던 것을 보면 우리나라도 일찍부터 네덜란드와 인연을 맺을 기회가 있었음을 알 수 있습니다. 나가사키의 데지마를 열어 네덜란드와 교역을 했던 일본과는 달리 청나라의 엄중한 감시를 받고 있던 우리나라는 쇄국정책을 거두어들일 수가 없었습니다. 벨테브레이에 관한 이야기는 흑인 소년의 모습을 담은 헨드리크 반 데르 부르흐의 『카드놀이』에서 읽을 수 있습니다.

작가 미상의 접시는 중국 화원의 풍경을 담고 있는데, 이 접시는 중국에서 만들어진 것이 아니라 델프트에서 생산된 것입니다. 비싼 중국 자기의 대체상품으로 인기를 끌었다고 합니다. 이런 사실에 더하여 담배가 확산한 흐름을 뒤쫓고 있습니다. 아메리카대륙에서 건너온 담배는 생각보다 빠르게 전 세계로 퍼져나갔던 모양입니다. 아메리카 원주민이 현실 세계에서 초현실 세계로 이동해 영혼과 대화하기 위한 목적으로 피우던 담배가 유럽대륙으로 건너간 것은 1550년입니다. 그런데 1596년 중국의 지방관청의 구매목록에 등장하고, 일본에는 1605년에, 조선에는 그 이후에 들어온 것으로 기록되어 있습니다. 은을 주제로 한 『저울을 든 여인』에서는 페루의 포토시 광산과 일본에서 생산된 은을 매개로 중국산 상품을 구입해 유럽으로 보내던 17세기 무역의 구조를 읽을 수 있습니다.

정리를 해보면, 베르메르의 작품에 대한 이해를 높이고, 왜란과 호란으로 피폐했던 17세기 무렵 조선의 강역을 둘러싼 동아시아에서는 무슨 일이 벌어졌는지 알게 해준 책 읽기였습니다. (라포르시안: 2017년 2월 13일)

제2부 / 심리학

제2부 심리학

14. 믿음의 탄생(마이클 셔머, 지식갤러리)
15. 생각이 실체다(프렌티스 멀포드, 이담북스)
16. 숫자에 속아 위험한 선택을 하는 사람들
    (게르트 기거렌처, 살림출판사)
17. 만들어진 생각, 만들어진 행동(애덤 알터, 알키)
18. 지금 생각이 답이다(게르트 기거렌처, 추수밭)
19. 사회적 뇌, 인류 성공의 비밀(매튜 D 리버먼, 시공사)
20. 아들러 심리학 입문(알프레드 아들러, 스타북스)
21. 생각은 죽지 않는다(클라이브 톰슨, 알키)
22. 코끼리 움직이기(조재형, 이담북스)
23. 심리학에 속지 마라(스티브 아얀, 부키)
24. 우리는 왜 위험한 것에 끌리는가
    (리처드 스티븐스, 한빛비즈)
25. 갈 곳 없는 남자, 시간이 없는 여자
    (미나시타 기류, 한빛비즈)
26. 혼자 있고 싶은 남자(선안남, 시공사)

14 믿음의 탄생(마이클 셔머, 지식갤러리)

당신의 믿음을 과학으로 설명해 보시렵니까

2008년 온 나라가 광우병으로 몸살을 앓고 있을 때 읽었던, 마이클 셔머의 『왜 사람들은 이상한 것을 믿는가』의 독후감을 이렇게 썼습니다. "우리는 흔히 이성적이기 때문에 내가 믿고 있는 것이 틀림없다는 신념에 사로잡힐 때가 있습니다. 물론 믿게 되기까지 자세하게 뜯어보는 과정을 지나기도 합니다. 하지만 자신이 아니고 남이 확신하고 있는 것들이 내가 보기에는 분명 황당함이 있음에도 상대가 확신하고 있을 때 답답함을 느끼게 되기도 합니다." 광우병 위험에 대한 당시의 생각을 적었던 독후감은 불과 몇 시간 만에 10만 회의 조회 수를 기록하였습니다. 그리고 600건이 넘는 댓글이 달렸습니다. 대부분은 제 생각에 동의하지 못하는 분들이 격한 마음을 여과 없이 담아낸 것들이었습니다.

마이클 셔머는 사람들이 이상한 것들을 믿는 이유를 몇 가지 들었습니다. "첫째, 희망하기를 그칠 수 없기 때문이다. 둘째, 일반적인 방식에서 생각이 잘못될 수 있기 때문이다, 셋째, 특수한 방식에서 잘못될 수 있기 때문이다." 등입니다. 저자는 사람들의 그러한 믿음을 검토하여 문제점을 찾아냈습니다. 사람들의 믿음에 대한 저자의 생각이 발전하여 『믿음의 탄생』이 탄생하게 된 것입니다. 저자는 '사람들의 믿음'이란, **'일상적이거나 비정상적인 현상에서 나름의 유형을 찾아내고, 그런 유형은 어떤 행위자가 특정한 이유에서 일으킨 것'**이라고 해석합니다. 즉, 현상을 있는 그대로 보는 것이 아니라 자신이 찾아낸 유형에 따라 특정 방향으로 몰고 가면서 이해하려 노력한다는 것(믿음 의존적 실재론)입니다. 이런 과정은 신경생물학적 작용에 의하여 일어나는 결과물이라고 설명합니다.

『믿음의 탄생』의 번역을 감수하신 이정모 교수님은 이 책의 내용을 아주 잘 정리해 놓았습니다. "제1부 '믿음의 여정'에서는 세 사람이 겪은 초과학적 사건을 예로 들어 믿음의 문제를 제기한다. 제2부 '믿음의 생물학'에서는 믿음을 형성하는 여러 가지 현상들이 실재하기보다는 우리의 뇌에서 만들어져 일정한 방식으로 유형화되고 전파되는 것임을 지적한다. 제3부 '보이는 것에 대한 믿음'에서는 내세와 종교적 믿음, 외계인의 존재, 음모론에 대한 믿음의 실상을 다루고 있다. 제4부 '보이지 않는 것에 대한 믿음'에서는 정치상황에서의 첨예한 음모론이나 보수주의자와 진보주의자의 대립 역시 뇌가 만들어낸 믿음에 근거한다는 점을 지적한다(5쪽)."

저자가 회의론자를 자처하는 이유는 믿고 싶지 않아서가 아니라 제대로 믿고 싶기 때문이라고 합니다. 진실이었으면 하는 것과 실제 진실인 것의 차이를 구별할 수 있는 방법은 바로 과학이라는 것입니다. 앞서 믿음이 뇌의 신경생물학적 과정에서 만들어지는 결과라고 말씀드렸습니다. 흥미롭게도 셔머의 회의론 역시 비과학을 믿는 사람들과 방향은 다르겠으나 역시 믿음이 만들어지는 뇌 신경생물학적 작용의 산물이라고 할 수 있겠습니다.

'믿음의 여정'의 화두는 '존재'라고 저는 보았습니다. 어느 날 음성으로 메시지를 전해 들었다는 칙 다르피노는 메시지의 내용이 '그 존재와 나와의 사랑'이었다고 합니다. 의학이나 과학을 신뢰하는 입장에서는 다르피노가 들었다는 음성을 환청이라고 해석할 것입니다. '나는 무엇인가? 나는 누구인가? 우리가 여기 있다는 것을 아는 존재가 외부에 있나?' 하는 의문에 답을 얻고자 했던 다르피노는 그 존재가 지구 밖에 있는 외계 지적생명체일 수 있다고 믿었던 것입니다.

마이클 셔머는 신이 인간을 창조한 것이 아니라 인간이 신을 창조했다는 주장에 주목할 만한 증거가 있다고 믿는 입장입니다. 하지만 그도 고등학교를 졸업할 무렵 기독교에 빠져든 적이 있었습니다. 다른 종교들은 문화적으로 결정되지만 기독교의 믿음만은 진정한 종교에 근거한다고 믿었던 것입니다. 그런 그가 실험심리학을 공부하던 대학원 과정에서 역개종을 하였습니다. 악마 문제 때문이었습니다. '신이 전지전능하고 선하다면, 왜 좋은 사람들에게 나쁜 일이 일어날까?' 하는 의문이 생긴 것입니다. 사랑하는 사람이 끔찍한 자동차사고를 당한 것이 계기가 되었습니다. 불행을 당한 많은 이들이 같은 고민을 한 적이 있을 것입니다.

고 이병철 회장님은 생전에 종교에 대한 여러 가지 의문을 가졌다고 합니다. 의문 가운데는 '신은 왜 히틀러나 흉악범 같은 악인을 만들었는가?' 하는 것도 있습니다. 신학자 김용규 님은 이 질문에 대하여 '신이 악을 만든 것이 아니다. 신은 오직 선하다. 그런데 인간이 신에게 등을 돌리고 그를 떠났기 때문에 악이 발생한다는 것이 기독교 교리다."라고 설명했습니다. 즉, "자연 악이든 도덕적 악이든 간에, 악은 신으로부터 나오는 것이 아니라는 것입니다.

아우구스티누스 이후의 전통적인 기독교 신학에 의하면, 자연 악은 자연에 주어진 '자연법칙'에서, 도덕적 악은 인간에게 주어진 '자유의지'에서 나온다고 합니다. 다시 말해 신은 자연에 그 스스로 '우연적이고 자발적으로' 운행하는 자연법칙을, 그리고 인간에게도 역시 그 스스로 '우연적이고 자발적으로' 결정하여 행동하는 자유의지를 주었다는 것입니다. 따라서 고통·불행·죽음과 같은 모든 악이 여기에서 나온다고 보는 것입니다.

셔머의 의문과 관련하여 니체는 셔머 보다 더 극적인 답을 내놓은 바 있습니다. 선조 대대로 루터파 집안에서 태어난 니체는 소년 시절 '꼬마 목사'라는 별명으로 불릴 정도로 신앙심이 깊었습니다. 하지만 니체는 『반그리스도교』에서는 그리스도교를 강도 높게 비판하였습니다. '악이란 무엇일까?'라는 질문을 던지고 '나약함에서 비롯되는 모든 것'이라고 설명하였습니다. 그리고 '그리스도교는 '악'을 만들어냈다. 그들은 강한 인간을 '악인'으로 단정 지어 놓고서 철저히 배제했다.'라고 하였습니다. '신, 영혼, 자아, 정신, 자유의지' 등과 같이 존재하지 않은 것을 정말 존재하는 것처럼 말했다는 것입니다. 즉 그리스도교의 바탕이 되는 유대교의 사제들이 필요에 따라서 신과 도덕을 변조한 것이라 단정하였습니다. 그리하여 『비극의 탄생』에서는 "그들은 자기에게 편리한 쪽으로 신을 이용한다. 사제들은 자신의 바람이 실현되는 사회를 '신의 나라'라 이름붙이고, 그 '신의 나라'를 실현하기 위한 수단을 '신의 의지'라 이름 붙였다."라고 적었습니다(프리드리히 니체, 『비극의 탄생/즐거운 지식』, 동서문화사 펴냄, 481쪽)."

믿음이 만들어지는 과정을 설명하는 제2부 '믿음의 생물학'에는 믿음의 유형과 행위자성에 관한 신경생물학적 설명을 담았습니다. 믿음의 유형은 학습하는 뇌의 자연스러운 과정으로 진화과정을 통하여 강화되는 방향으로 발전하고 있습니다. 유형이 있든 없든 의미 있는 유형을 찾으려고 하는 이유는 생존과 밀접한 관계가 있기 때문입니다. 유형 찾기의 원조라고 할 수 있는 미신과 마법은 수백만 년의 역사를 가지고 있습니다. 반면 과학적 근거를 바탕으로 믿을 만한 유형을 찾으려는 노력의 역사는 일천합니다. 유형이 진화하려면 아직 갈 길이 멀다고 하겠습니다.

믿음이 형성되는 과정에는 대뇌의 신경세포, 그리고 도파민과 같은 신경전달물질이 개입하게 됩니다. 특히 전대상회 피질과 전전두엽 피질에서 있는 오류추적망이 연합학습을 통하여 잘못된 유형을 걸러내는 역할을 합니다. 행위자성이 개입된다고 추정되는 뇌의 활동은 '마음이론'이라는 과정입니다. 다른 사람들이 믿음, 갈망, 의도를 가진다고 인식할 뿐 아니라 자신의 믿음, 갈망, 의도 역시 인식한다고 합니다. 마음이론 과정이 일어나는 뇌 구역은 전대상엽 피질, 상측두고랑, 양쪽 측두극 부위입니다.

제3부의 '보이지 않는 것에 대한 믿음'은 신의 존재와 외계인의 존재에 관한 내용을 담았습니다. 종교의 본질까지는 잘 모르기 때문에 깊이 들어갈 수는 없었습니다. 그런데도 종교에서 말하는 내세와 관련하여 영혼의 실재를 생각해봅니다. 영혼의 존재를 말할 때 영혼의 무게가 21g이라는 던컨 맥두걸 박사의 실험이 인용되곤

합니다. 1907년에 발표된 것인데, 죽음을 전후하여 임종 환자 6명의 몸무게를 측정하였더니 숨을 거두는 순간 갑자기 21g이 줄어들었다는 것입니다. 인간의 영혼 역시 물질이라는 가정을 바탕으로 한 실험입니다. 당시의 기술 수준으로 얼마나 정밀하게 체중을 잴 수 있었을지 의심할 수밖에 없습니다. 신학자들의 입장에서 영혼은 물질론적으로 설명할 수 있는 대상이 아닙니다. 그래서 기독교에서 말하는 인간의 영혼은 생명을 주관할 뿐 아니라 신의 영과 만나 자기를 초월하게 하는 기능이라고 하였습니다.

셔머는 영혼에 관한 두 가지 관점을 소개합니다. 일원론적 관점에서의 영혼은 한 사람을 대표하는 독특한 정보 유형입니다. 개인 정보 유형을 존속시킬 매개체가 없는 한 죽음과 함께 사라지는 것입니다. 반면 이원론적 관점에서는, 의식을 가진 천상의 물질이 있어 생명체의 독특한 본질이 죽음 뒤에도 생존한다고 믿습니다. 이원론적 관점의 전제가 되는 천상의 물질을 과학적으로 증명하는 문제가 남게 됩니다. 김용규 님은 [백만장자의 마지막 질문 24]에서 "신의 존재는 증명의 문제가 아니다! 믿음의 문제다!"라고 정리합니다. 즉 신의 존재는 증명의 대상이 될 수 없다는 입장인 것입니다. 하지만 과학의 입장에서는 초자연적이거나 초과학적인 것은 없습니다. 자연적인 것, 정상적인 것 그리고 자연적 원인으로 아직 설명하지 못한 수수께끼가 있을 뿐입니다.

뉴욕의 세계무역센터에 납치된 항공기를 충돌시켜 붕괴시킨 9.11 사건이 통제된 계획 아래 이루어진 폭파라는 충격적인 음모론이 있습니다. 저자는 이 음모론을 인용하여 음모에 대한 믿음이 확산하는 이유도 설명합니다. 우리나라는 물론 미국에서도 선거 결과에

승복하지 못하는 사람들이 문제를 제기하고 있어 홍역을 치루고 있습니다. 거슬러 올라가면 세월호나 천안함 침몰 사건 등과 관련하여 우리 사회에서도 음모론의 뿌리가 꽤 깊은 것 같습니다. 우리 사회의 이런 음모론은 진보와 보수의 대결이 심화하는 과정에서 두드러지고 있습니다. 『믿음의 탄생』에서는 우리 사회의 고질병으로 굳어지고 있는 진보와 보수의 대립에 대한 해답을 구할 수 있는 내용을 '보이지 않는 것에 대한 믿음'에서 논하고 있습니다.

저자가 후기의 말미에서 정리하고 있는 것처럼 저 너머에 있는 진실은 비록 찾기 어렵지만, 과학은 진실을 발견하는 데 우리가 사용할 수 있는 최고의 도구라는 점에 동의합니다. (라포르시안: 2013년 1월 21일)

15 생각이 실체다(프렌티스 멀포드, 이담북스)

힐링을 과잉소비하는 시대…

어느새 우리네 삶에 중요한 화두가 된 치유를 의미하는 영어, 힐링(healing)은 1997년 '21세기 시사용어'에 처음 등장했습니다. 그야말로 선견지명이 아닐 수 없습니다. 2000년 한 해 동안 제목에 '힐링'이란 단어가 들어간 기사수가 7건에 불과하던 것이 불과 3년만인 2002년에는 1만 건에 육박했습니다. 2020년 10월 중에 누리망 서점 예스24에서 '힐링'이라는 단어가 들어가는 책을 찾아보면 1095건입니다. 사회적 분위기를 잘 타는 출판계 동향을 잘 보여주는 것 같습니다.

'힐링'은 몸과 마음을 치유한다는 의미를 담고 있습니다. 쌓이는 긴장감이나 마음에 생긴 커다란 상처로 고통 받는 사람의 마음을 다독여 온전한 상태로 되돌리는 과정입니다. 치유를 갈구하는 사람들이 많다는 것은 삶이 고단해서 압박감이 쌓이는 사람들이 많다는 것을 의미합니다. 그런데 조금 더 깊이 생각해보면 긴장할 필요가 있는 순간도 있습니다. 따라서 압박감도 다스리기에 따라서 독이 될 수도 약이 될 수도 있다고 하겠습니다. 치유를 쫓는 작금의 현상은 사람들이 마음을 다스리는 공부, 즉 독서와 사유로부터 멀어졌기 때문에 생긴 후유증이 아닐까 싶습니다. 실제로 치유과정에 참여하여 위로와 다독임을 받았는데도 달라진 것이 별로 없어 실망하는 사람들이 늘어나고 있다고 합니다. 치유를 받을 마음이 준비되지 않은 상태라면 어떤 묘방을 써도 기대만큼 효험을 보지 못하기 때문일 것입니다.

상처받은 마음을 치료한다는 치유는 어디에서 온 것일까요? 요정처럼 마술 호리병에서 '퐁' 하고 튀어나왔을까요? 우연히 읽게 된 프렌티스 멀포드의 『생각이 실체다』에서 해답을 구할 수 있었습니다. 치유는 19세기 미국의 뉴잉글랜드 지역에서 태동한, 마음에 의한 치유를 구하는 '신사상 운동'에까지 그 뿌리가 닿습니다. 신사상 운동은 ① 4 복음서, ② 초절주의 혹은 에머슨주의, ③ 버클리의 관념론, ④ 심령론, ⑤ 낙관주의적 대중 과학 진화주의, 그리고 ⑥ 힌두이즘이 배경이 되었다고 합니다. 론다 번의 『시크릿』에도 소개된 프렌티스 멀포드는 신사상주의가 태동하는 데 중요한 역할을 했습니다.

인간은 몸의 마음과 영(靈)의 마음이라고 하는 두 가지 마음을 가지고 있다고 멀포드는 생각했습니다. 온갖 형태를 지닌 물질들의 배후에 있고, 어떤 점에서 보면 그 물질들을 창조하는 힘을 그는 영이라 했습니다. '몸의 마음' 혹은 '물질적 마음'은 전적으로 물질적 혹은 신체적 관점에서 보고, 생각하고, 판단한다고 보았습니다. 그리고 물질을 창조하는 힘에 대한 지식을 통해 생명과 사물을 보고, 추론하며, 판단함으로써 우리는 영적 마음을 형성하게 된다고 믿은 것입니다. 물질적 마음에서는 우리가 가지고 있는 것의 끝을

'몸의 죽음'으로 봅니다.

영적 마음의 관점에서 보면 몸의 죽음이란 단지 소모된 수단이 영으로부터 떨어져 나가는 것일 뿐입니다. 물질적 마음에서 보면 일을 추진하기 위해 사람들을 다룰 때 필요한 힘은 말이나 글을 사용하는 것과 같이 단지 설득하는 능력에만 있다고 봅니다. 반면, 영적 마음에서는 당신의 이익을 위한 일이나 이익에 반하는 일을 다른 사람들이 하도록 영향력을 주는 것은 다름 아닌 '당신의 생각'이라는 것을 깨닫게 하는 것입니다. 바로 영적 마음이 치유능력을 가지는 것은 고요한 마음이나 생각의 작용과 작동을 통해 얻는 방법들을 알기 때문입니다.

앞서 치유과정에 적극적으로 참가했던 사람들이 생각했던 효과를 얻지 못해 실망하는 경우가 적지 않다는 점을 말씀드렸습니다. 멀포드는 이미 한 세기 전에 그 이유를 개선은 내부로부터 와야만 하고, 자율적인 것이어야만 한다고 설명하였습니다. 다른 사람의 존재나 영향에 전적으로 의존해서는 개선될 수 없습니다. 만약 된다고 해도 그것을 추진한 사람의 영향력이 사라지면 개선 효과도 사라집니다. 따라서 치유를 인도하는 분도 치유가 필요한 사람이 스스로를 변하게 만들도록 마음의 토양을 바꾸는 방향으로 안내하는 역할을 넘어서는 안 됩니다.

최근 우리 사회는 자신과 이념이 다르다는 이유로 날 선 공방이 오가는 분위기입니다. 심지어는 살인까지 저지르기도 합니다. 편 가르기를 좋아하는 사회적 분위기 때문에 생긴 현상입니다. 2008년 제2차 광우병 파동 무렵부터 편 가르기가 심해진 것 같습니다. 비슷한 생각을 하는 사람들끼리 뭉쳐 사상적, 논리적 대응을 하므로 자신의 논리에 유리한 것들만 공유합니다. 반대편 논리에 유리한 것은 외면하는 극단적인 선택까지도 마다하지 않습니다. 중요한 점은 다양한 주장을 두루 섭렵하여 근거의 경중을 따져 논리를 세워야 상대를 설득할 기회도 생기는 것입니다.

치유를 위한 마음공부도 같은 맥락을 유지해야 합니다. 멀포드는 편파적이고, 냉소적이며, 독설적인 마음들이 쓴 것들만 읽는 것을 경계하였습니다. 건강하지 않은 생각의 흐름을 우리 속으로 들어오게 하고 그것과 하나가 될 수 있기 때문입니다. 적의와 독설을 바른 화살은 그것을 쏘는 자에게 치명적인 것이 된다는 멀포드의 경계를 새겨야 하겠습니다. 편파적인 마음가짐은 부지불식간에 마음의 부담으로 남아 병이 될 수 있습니다. 따라서 공평하고 가치중립적인 생각의 흐름을 살리는 것이 치유의 기본입니다.

신사상은 힌두 철학 특히 요가체제의 영향을 많이 받았다고 합니다. 하지만 멀포드는 북미 원주민의 삶과 동양철학에서 얻은 일종의 선(禪)에 가까운 생각을 가졌던 것 같습니다. '모든 생각을 제거하고 마음을 완전히 비우게 하여 두려움을 느낄 수 없는 상태로 만들 수 있다'라고 했습니다. 이는 마음이 몸을 지배하는 상태를 말합니다. 마음을 다스리는 훈련을 통하여 영적 능력을 키움으로써 도달할 수 있는 경지라고 하겠습니다. 평소 천천히 생각하고 침착하게 생각을 집중하는 명상훈련을 통하여 마음이 늘 평정한 상태로 유지할 필요가 있습니다.

치유라는 개념은 갑작스럽게 대두된 것처럼 빨리 사라질 수도 있습니다. 사람들의 관심의 주기가 빨라졌기 때문입니다. '은근과 끈기'의 상징이던 우리 국민이 어느새 '빨리빨리'의 대표주자로 바뀌었습니다. 치유가 주목을 받기 전에는 '참살이(웰빙)'가 관심을 받았던 시절이 있었습니다. 하지만 그것도 오래 가지 못했습니다. 그래서인지 요즈음은 치유가 기울고 행복이 떠오르고 있다고 하는 분들도 있습니다. 정신과 의사 고든 리빙스턴이 『서두르다 잃어버린 머뭇거리다 놓쳐버린』에서 내세우고 있는 주제가 바로 '행복'이란 점이 생각납니다. 다른 사람과 관계를 어떻게 맺느냐에 따라서 삶이 행복할 수도 있고 불행할 수도 있다는 점을 깨닫게 됩니다. 모든 생물이 그렇듯 사람 역시 혼자서 살 수는 없기 때문입니다.

행복의 파랑새를 찾아 나선다는 이야기가 있습니다. 벨기에 극작가 모리스 마테를링크(Maurice Maeterlinck)가 1906년에 발표한 『파랑새』라는 이름의 아동극에 나오는 파랑새가 행복을 의미하는 데서 나왔습니다. 우리의 행복은 먼 곳이 아닌 가까운 곳에 있다는 점을 깨우쳐주는 이야기입니다. 행복은 우리가 주변과 어떤 관계를 맺는가에 달린 것입니다. 그런데 관계라는 것도 마음에 따라서 만들어지는 것 아니겠습니까? 행복의 과학은 우리의 생각을 조절하는 데에 있고 건강한 삶의 원천들로부터 생각을 끌어내는 데에 있다는 멀포드의 행복론이 정답인 듯합니다. 이 과정에서 사랑이라고 하는 요소가 중요한 역할을 합니다. 사랑은 비록 물리적으로는 보이지 않지만 공기 혹은 물과 같은 실질적인 요소입니다. 사랑은 행동하고 살아가고 움직이는 힘입니다. 사랑은 우리를 포함하는 거대한 생명의 세계 속에서 대양과 같은 물결과 흐름 속에서 움직이는 것입니다. 우리가 공기의 소중함을 모르듯 사랑 역시 물질적 감각으로는 인식되지 않는 것입니다.

의학의 발전은 늙어감의 의미를 바꾸고 있습니다. 진시황은 불로초를 구하기 위하여 백방으로 사람을 보냈다고 합니다. 천하를 호령했다는 진시황이 만약 미래 의학을 알았다면, 그리고 시간여행이 가능했더라면, 황제의 자리를 포기하고 현대로의 시간여행에 나서지 않았을까 짐작해봅니다. 현대의학 아니 미래 의학의 도움을 받기 위하여 말입니다. 우리 사회에 광풍처럼 불고 있는 불로(不老) 추구 현상을 보면, 진시황의 유령을 보는 것 같습니다. 정작 필요한 젊은 정신은 외면하면서 몸만 젊어지려는 편향된 마음의 병은 아닐까 싶어서 입니다.

멀포드는 늙어감 역시 마음에 달려있다고 보았습니다. 자신도 모르는 사이에 마음에 자리한 늙고 추한 모습의 형상에 대한 두려움이 영혼에 영향을 미쳐 오히려 빨리 늙게 만든다는 것입니다. 당신이 젊지 않다는 것은 상대적인 것입니다. 나이가 들어갈수록 지금까지 만나온 많은 존재들로부터 얻어온 힘이 그만큼 더 많아졌다고 생각해보십시오. 몸의 젊음과 활기와 유연성도 여전히 잘 유지되고 있음을 깨닫게 될 것입니다. 독서와 사유를 통하여 선각자들의 깨우침을 공부하고 마음을 다스려 나가면 정신이 건강해집니다. 결국은 몸의 건강에까지 영향을 미치게 된다는 것이 멀포드의 생각입니다.

신사상주의는 성경과 기독교에서 출발했습니다. 그래서 신(God)의 의지를 배우고 그 의지의 활동에 협력하는 것을 통한 치유를 중시한다는 점에서 신 중심적이라는 해석도 가능합니다. 하지만 근본적으로는 인간 중심적이기 때문에 제도권 종교계에서는 이단으로 볼 수도 있습니다. 멀포드는 '당신의 영은 신, 즉 무한한 힘 혹은 위대한 신이 깃든 영의 일부이다(183쪽).'라고 해석했습니다. 그리고 '최고의 능력과 최고의 지혜가 우주를 지배한다. 최고의 마음은 측량할 수 없고, 무한한 공간 안에 충만하다. 최고의 지혜, 최고의 능력, 최고의 지성이 원자로부터 행성에 이르기까지 존재하는 모든 것들 안에 있다.'라고 신을 정의하였습니다. 모든 것들이 신의 무한한 영혼의 일부이며 자신들 안에 선 혹은 신을 지니고 있다고 보았으므로, 신을 특정 종교에 국한하지는 않은 것 같습니다.

새로운 생각을 확산시킬 필요가 있다는 멀포드의 생각을 담은 결론은 다음과 같습니다. "인류는 무엇인가 더 나은 것을 요구한다. 그 요구와 갈망은 수 세기 동안 확장되었고 증가하였다. (…) 인간의 삶과 그것이 관여하는 모든 것 속에서 새로운 빛, 새로운 지식, 새로운 결과가 이 땅에 도래하고 있다(270쪽)." 물질적인 것에 매달려 정신의 발전에는 관심이 없는 우리에게 한 세기 전을 살았던 선각자가 주는 말씀입니다. (라포르시안: 2013년 7월 22일)

16 숫자에 속아 위험한 선택을 하는 사람들(게르트 기거렌처, 살림출판사)

안젤리나 졸리의 예방적 유방절세술은 '계산맹'의 착오?

『양기화의 BOOK 소리』에서 제롬 그루프먼과 패멀라 하츠밴드 교수가 쓴 『듣지 않는 의사 믿지 않는 환자』를 소개하면서 안젤리나 졸리처럼 예방적 유방절제술을 받는 여성들의 심리를 살펴본 바 있습니다. 저자들이 근거를 바탕으로 예방적 유방절제술을 받을 것인가를 결정하는 방법을 제안했더라면 하는 아쉬움이 있었습니다. 그래서 게르트 기거렌처 소장의 『숫자에 속아 위험한 선택을 하는 사람들』을 소개합니다. 통계자료를 해석하는 다양한 방법을 다룬 책입니다.

먼저 기거렌처 소장이 낸 간단한 문제를 같이 풀어보겠습니다. 증상이 없는 40대 여성에게 유방암 조기 검진을 받도록 권장하는 사업과 관련된 것입니다. '어느 여성들 모임에서 유방암 환자가 있을 확률은 0.8%입니다. 유방암에 걸린 환자가 유방 촬영에서 양성이 나올 확률은 90%입니다. 그런데 유방암에 걸리지 않은 여성이 유방 촬영을 받았을 때 양성이 나올 확률은 7%입니다. 여기 한 여성이 유방 촬영을 받았는데 양성이 나왔다고 가정한다면, 실제로 유방암에 걸렸을 확률은 얼마일까요(61쪽)?'

많은 분들은 확률계산이 어렵다 생각하실 것아 문제를 쉽게 정리해보았습니다. 1,000명의 여성이 있다면 그중 8명의 여성이 유방암 환자입니다. 그 8명 중 7명은 유방 촬영 결과 유방암 양성으로 나옵니다. 유방암에 걸리지 않은 992명의 여성이 유방 촬영을 받으면 70명이 유방암 양성판정을 받을 수 있습니다. 검진의 유방 촬영에서 유방암 양성이 나온 여성만 고려해보겠습니다. 이 중 진짜 유방암 양성인 환자는 몇 명이나 될까요?, 많이 쉬워졌죠? 그렇습니다. 검진으로 유방 촬영을 받은 1,000명 가운데 70+7명에서 유방암 양성의 결과가 나왔습니다. 이 가운데 정말 유방암에 걸린 여성은 7명이니 9%의 정도의 비율입니다. 이 문제는 검사의 민감도와 특이도를 고려하여 검사결과를 어느 정도 신뢰할 수 있는지를 염두에 두라는 의미를 담고 있습니다.

이번에는 예방적 유방절제술에 관한 문제를 하나 더 풀어보겠습니다. 미국 미시간주의 유방암 전문 외과 의사는 '전체 여성 인구의 57%가 유방암 고위험군이며 유방암의 92%가 이들 집단에서 발견된다.'라고 주장했습니다. 그런데 전체 여성 인구의 13명 중 1명은 40~59세 사이에 유방암에 걸린다고 합니다. 이렇게 계산하면 그는 고위험군 여성 2~3명 중 1명은 40~59세 사이에 유방암에 걸린다는 결론이 나옵니다. 유방암 전문 외과 의사는 이런 논리를 바탕으로 고위험군이지만 유방암이 없는 절반 이상의 여성에게 예방적 유방절제술을 권했다고 합니다. 자 이 외과 의사로부터 유방절제술을 권고받았다면 수술을 받아야 할까요?

이 외과 의사의 주장을 빈도 표기법으로 재구성해보겠습니다. 1,000명의 여성 가운데 570명이 고위험군에 속합니다. 전체 여성 1,000명 가운데 77명(13명 중 1명)이 40~59세 사이에 유방암에 걸립니다. 이들 가운데 71명(77명의 92%)이 고위험군에 속하기 때문에 570명의 고위험군 여성 가운데 71명에게서 유방암이 생기는 겁니다. 따라서 고위험군 2~3명 중 1명이 40~59세 사이에 유방암에 걸린다는 유방암 전문 외과 의사의 주장이 틀린 것입니다. 사실은 연령에 따른 유방암 발생에 관한 광범위한 조사결과 1,000명의 여성 중 36명이 40~59세에서 유방암이 발생한다고 합니다. 이는 고위험군 17명 중 1명의 비율입니다. 그 외과 의사로부터 예방적 유방절제술을 받은 90명의 여성 가운데 85명 정도는 어찌 됐든 유방암이 발생하기 않았을 것입니다.

실제로 미국 미네소타주에 있는 메이요(Mayo) 병원에서 예방적 유방절제술을 받은 639명을 조사해보았습니다. 결론은 예방적 유방절제술이 환자의 목숨을 살릴 수 있다는 점은 사실이지만 절대적 확실성을 주지는 못하였습니다. 그 이유는 예방적 유방절제술을 받은 7명만이 유방암에 걸렸고, 수술을 받은 대부분의 여성들도 뚜렷한 수명연장 효과 없이 삶의 질만 떨어졌기 때문입니다.

『생각의 오류』에서 토머스 키다 교수가 지적한 것처럼 인간은 통계수치보다는 이야기를 더 좋아하는 천성을 가지고 있어 오류를 빚어내기도 합니다. 전문가들 역시 명쾌함, 확실성, 보편성, 낙관성, 실행 가능성, 호감도, 파격적인 주장, 이야기, 숫자, 회고적 관심 등을 기대하는 비전문가들의 기대에 부응하기 위하여 노력하는 경향이 있습니다. 그러다 보니 중요하지 않은 사항이나, 잘못된 자료를 선택하고, 원하지 않는 자료를 버리기도 합니다. 뿐만 아니라 골대 이동, 교란변수, 숫자 조작, 대가를 받고 저지르는 오류 등과 같은 비의도적 혹은 의도적으로 실수를 저지르기도 합니다(데이비드 프리드먼 지음, 『거짓말을 파는 스페셜리스트』, 지식갤러리, 2011년).

통계를 전공한 최제호 박사님은 『통계의 미학』의 서론에서 '동일한 출처의 통계자료가 각기 다른 해석과정을 거쳐 서로 상반된 주장들을 뒷받침하는 근거로 이용되는 아이러니가 발생하고 있다.'라고 경고합니다. 그리고 "통계자료를 근거로 한 주장의 타당성을 검토할 수 있는 '통계자료 이해'능력은 대다수의 현대인들에게 필수적으로 요구된다."라고 하였습니다. 통계자료의 의미를 정확하게 이해해야 불필요한 걱정을 덜 수 있게 된다는 것입니다.

'죽음과 세금 말고 확실한 것이라고는 아무 것도 없다.'라는 벤저민 프랭클린의 말에 착안한 기거렌처 소장은 '프랭클린의 법칙'을 만들었습니다. 현대적 기술은 절대적으로 확실하다는 전문가들의 주장이 틀렸다는 것입니다. 우리는 불확실성이 지배하는 세계에 살고 있다는 점을 깨닫고, 이 세계의 불확실성을 더 잘 이해할 수 있는 방법을 알아야 하겠습니다.

모두 3부로 구성된 이 책에서 저자는 먼저 독자들에게 '무엇이 진실인가?'라고 묻습니다. HIV 검사에서 양성결과가 나왔다는 통지를 받고 절망에 빠진 20대 여성은 에이즈 환자들과 콘돔 없이 성관계를 가졌습니다. 몇 달 후에 다른 질병으로 병원에 갔을 때 검사를 다시 했더니 음성이었습니다. 사실은 첫 번째 검사결과가 틀렸던 것입니다. 환자는 충격을 받았습니다. 과연 진실은 무엇일까요? 이런 질문에 저자는 '확실한 것은 없다'라고 대답합니다. 그리고 유방암 검진, 에이즈, 폭력, 재판, DNA 지문, 의사와 환자 사이의 관계 등에 관하여 꼼꼼하게 분석한 결과를 제시합니다. 앞서 예를 들었던 안젤리나 졸리의 예방적 유방암 절제술의 사례처럼 말입니다.

저자는 '계산맹'이라는 비교적 생소한 용어를 써서 '수치', '통계', '확률' 등을 제대로 이해하지 못해서 생기는 문제들의 해결방안을 제시합니다. '확률'로 표현하는 방식 때문에 혼란스러울 때는 '자연 빈도' 방식으로 바꾸면 정보를 해석하는 능력이 획기적으로 개선된다는 것입니다. 하지만 우리 시대의 의사들은 특정 시술을 통하여 예측할 수 있는 생존 가능성이나 특정 시술이 가지는 위험성을 확률로 표시해왔습니다. 환자들 역시 이런 표현방식에 익숙해진 점을 고려해야 되지 않을까요?

범죄현장에 남아 있는 생물학적 증거물에 대한 DNA 검사가 범인을 밝혀주는 확실한 수단이라고 믿고 있습니다. 즉, 용의자의 DNA가 범죄현장에서 찾아낸 DNA와 일치한다면 누구나 용의자가 범인이라는 사실이 입증된 것으로 생각할 수 있습니다. 하지만 DNA 검사결과가 일치한다는 사실만으로 용의자가 범인이라고 확정 지을 수는 없습니다. 앞서 HIV 검사처럼 인적 혹은 기술적인 문제로 인한 실험실 오류가 생길 수도 있기 때문입니다. 아주 드물게는 다른 사람이 같은 DNA 유형을 가질 수도 있습니다. 생물학적 증거물이 피고인의 것이라고 하더라도 누군가 일부러 범죄현장에 가져다 두었을 가능성도 고려해야 합니다. 그리고 범죄와 무관한 용의자가 사건 전후에 현장에 머물렀을 수도 있습니다. 저자는 이제는 사람들의 관심에서 멀어진 OJ 심슨 사건을 인용하여 범죄현장에서 발견된 생물학적 증거물에 대한 DNA 검사의 한계를 말합니다.

이 글을 [BOOK 소리]에 발표할 무렵, 고위공직자의 혼외아들

문제가 호사가들의 관심을 끌었습니다. 친자관계를 밝혀주는 DNA 검사를 하면 친자관계에 관한 모든 정황이 밝혀질 것이라고들 했습니다. 서방국가에서는 전 인구 가운데 대략적으로 5~10%의 사람들이 자신의 아버지라고 생각하는 남성이 아닌 다른 인물이 실질적인 생물학적 아버지일 것이라고 합니다. 그래서 친자관계 검사 시장이 날이 갈수록 커지고 있다고 합니다.

미국의 경우 2006년에 30만 건의 친자확인검사가 행해졌다고 합니다. 저자는 이와 같은 시류를 꼬집은 이코노미스트 기사를 인용하였습니다. "시카고에서 가장 붐비는 고속도로 위에 설치된 광고판에는 '누가 아버지일까?'라는 분홍색 네온사인 광고가 있다. 아이의 어머니, 아이, 그리고 추정상의 아버지에게서 채취한 표본을 가지고 광고판에 적힌 전화번호로 전화를 걸어 500달러만 내면 결과를 받아볼 수 있다(244쪽)." 그런데 20년이 넘은 2018년에는 무려 2,600만 명이 친자감별 진단 시약을 구입하여 집에서 직접 검사를 해보았다고 합니다. 관련 분야의 기술이 발전하여 친자감별검사도 임신 진단검사처럼 개인이 간단하게 할 수 있게 되었기 때문입니다. 우리나라에서는 아직 당사자의 동의 없이는 친자감별 진단검사가 불가능한 것으로 알고 있습니다.

읽다 보면 저자의 주장에 의문이 가는 대목도 있습니다. 자동차를 탈 수 있는 게임쇼 몬티홀 문제입니다. 세 개의 문을 열면 두 개의 문 뒤에는 염소가 있고, 하나의 문 뒤에는 자동차가 있습니다. 당신이 하나의 문을 골랐을 때, 문 뒤에 무엇이 있는지 아는 진행자가 다른 하나의 문을 열어 염소를 보여주었을 때 당신은 고른 문을 버리고 다른 문을 열겠느냐 하는 문제입니다. 저자는 선택을 바꾸는 것이 확률을 2분의 1에서 3분의 2로 높일 수 있다고 합니다만, 제가 보기에는 확률은 여전히 2분의 1인 것 같습니다. 당신이 자동차가 있는 문을 골랐을 때, 진행자가 열 수 있는 문이 두 가지라는 것을 하나의 가능성으로 묶은 것은 잘못이라는 생각이 드는데, 제가 틀렸을까요?

'계산된 위험(Calculated risk)'이라는 원제처럼 골치 아픈 통계에 관한 책입니다. 골치 아프다고 피하기만 하다가는 위험한 상황을 맞게 될 가능성이 높습니다. 통계를 제대로 이해하기 위해서 꼭 읽어보실 필요가 있을 것 같습니다. (라포르시안: 2013년 10월 7일)

17 만들어진 생각, 만들어진 행동(애덤 알터, 알키)

우리의 생각과 판단을 지배하는 뜻밖의 힘

우리는 일상을 살면서 부딪치는 무수한 상황마다 선택을 통하여 삶을 만들어가고 있습니다. 그러한 선택 가운데는 점심때 무엇을 먹을 것인가 결정하는 소소한 것들도 있지만, 때로는 직장을 그만두는 것과 같이 인생의 흐름을 바꾸는 중대한 경우도 있습니다. 사람마다 마음을 정하는 방식이 다릅니다. 자신의 느낌을 소중하게 생각하는 사람은 선택 순간의 느낌에 따라 결정할 것입니다. 자신을 이성적이라고 생각하는 사람은 얻을 수 있는 모든 정보를 분석하고 종합한 결과를 토대로 결정할 것입니다.

초월적 존재를 믿는 사람들 가운데, 인간은 이미 예정된 삶을 살아가는 것이라고 믿는 운명론자들이 있습니다. 이들은 선택이 자신의 몫이 아니라고 생각합니다. 그런데 기독교 신학에서는 신이 인간에게만큼은 그릇된 선택까지도 허용하는 선물을 주었다고 설명합니다. '인간은 자기의 의지를 자유로이 결정할 수 있다'라고 하는 자유의지론입니다. 즉, 인간은 어떤 상황에서든 신의 구속에서 벗어나 행동할 수 있는 능력을 갖추게 되었다는 것입니다. 하지만 가치 있는 행동에는 반드시 신의 은총이 뒤따른다는 논리로 자유의지의 남용을 경계하고 있습니다.

최근에 뇌과학적 연구방법을 통하여 조사해보았더니 자유의지의 실재가 의심된다는 문제가 제기되었습니다. 샘 해리스 박사는 『자유의지는 없다』에서 자유의지가 실재하는지를 파헤쳤습니다. 해리스 박사는 우선 '앞으로 일어날 일련의 행동을 상상하고, 그 행동들을 선택한 자기 나름의 논리를 심사숙고하며, 이러한 심사숙고에 비추어 자신의 행동을 계획하고, 모순된 욕망에 직면하여 행동을 통제하는 역량의 집합'을 **자유의지**라고 보았습니다(샘 해리스 지음, 『자유의지는 없다』, 53쪽, 시공사, 2013년). 그리고 1. 우리는 모두 과거에 자신이 했던 것과 달리 행동할 수도 있었다. 2. 지금 우리가 하는 사고와 행동의 의식적 원천은 바로 우리 자신이다, 라는 자유의지에 대한 두 가지 전제가 틀렸다고 주장하였습니다. 뇌파검사(EEG)와 기능성 자기공명영상장치(fMRI)를 통해 확인한 결과, 스스로 내린 결정을 인식하기도 전에 뇌의 운동 피질이 활동하고 있더라는 실험결과에 근거한 것입니다.

정신과 의사이자 심리상담가인 스캇 펙 박사는 자신의 환자가 자살하는 사건을 겪었습니다. 당시 그는 환자의 뇌에서 비자발적인 화학물질의 변화가 일어난 차원이 아니라 의식적인 선택이었다고 하였습니다(스캇 펙 지음, 『이젠 죽을 수 있게 해줘』, 122쪽, 율리시즈, 2013년). 스캇 펙 박사는 자신의 환자가 자유의지로 죽음을 결정했다고 보았습니다. 우리가 인식하기 전에 신경세포가 활동을 하더라는 '자유의지는 없다'라는 주장에 공감하지 않은 것 같습니다.

그런가 하면, 심리학을 전공한 애덤 알터 교수는 우리의 자유의

지가 완벽한 것이 아니라고 합니다. 색깔, 공간, 온도, 남의 시선, 편견, 문화, 상징, 이름, 그리고 명칭 등과 같이 전혀 의외의 힘들이 우리의 감정과 판단을 지배하고 있다는 점을『만들어진 생각, 만들어진 행동』에 적었습니다. 과학은 지금까지 우리가 몰랐던 이런 조건들이 놀랍게도 인간에게 미치는 힘이 강력하더라는 사실을 알게 해주었습니다. 다양한 심리 실험과 자료 조사를 통해서 말입니다.

스코틀랜드의 글래스고 시는 도시 미화를 개선하기 위하여 가로등을 푸른색으로 교체하였습니다. 수개월이 지난 뒤 범죄행위가 극적으로 줄어들었다고 합니다. 색채가 우리의 생각에 영향을 미칠 수 있다는 해석입니다. 펜실베이니아의 작은 마을에 있는 파올리 기념병원의 사례도 흥미롭습니다. 1970년대 이 병원에서는 담낭 수술을 받은 환자들이 입원하고 있던 병실이 회복에 미치는 영향을 분석해보았습니다. 창문을 통하여 작은 활엽수가 내다보이는 병실과 커다란 벽돌담을 마주하고 있는 병실에 입원했던 환자들을 비교했습니다. 두 집단의 환자들은 각각 입원 기간에서도 차이를 보였을 뿐 아니라 통증이나 우울한 감정의 정도에서 뚜렷한 차이를 나타냈다고 합니다. 결론은 자연경치를 바라본 환자들은 벽을 바라볼 수밖에 없었던 환자들보다 네 배나 더 빨리 회복되었다고 합니다. 이 책에서는 의료와 관련된 사례들이 많이 인용되고 있어서 의료계에서 일하시는 분들에게는 참고할 점이 많을 것 같습니다.

저자는 "대다수 동물들이 제한된 사회적 상호작용에 의존해 자신의 목표를 이루는 데 반해, 인간은 때때로 의식적으로, 그리고 어떨 때는 자신도 모르게 사회적인 끈을 이용해 자신의 동기를 충족시킨다(158쪽)."라고 했습니다. 편견이 우리의 생각에 얼마나 큰 영향을 미치는지에 대한 설명입니다. 최근 미국의 미니애폴리스 시에서는 백인 경찰이 비무장한 흑인 남성을 조사하는 과정에서 무릎으로 목을 눌러 사망케 한 사건이 있었습니다. 이 사건을 전후하여 유사한 사건들이 꼬리를 물면서 미국 사회가 들끓었습니다. '흑인 생명도 소중하다(Black Lives Matter, BLM)'라는 운동이 확산되었습니다. 심지어는 서울에서도 같은 행사가 열렸습니다.

사회적 집단 따돌림 현상이나 유색인종에 대하여 가지고 있는 편견이 때로는 엄청난 사건으로 이어질 수 있습니다. 이런 사건들은 가해자나 피해자 모두에게 커다란 상처를 남길 수 있다는 점을 새겨야 하겠습니다. 평소 자기 생각이 특정한 방향으로 기울지 않도록 조심해야 하겠습니다. 앤서니 그린월드와 마자린 바나지가 쓴 『마인드 버그』를 보면 이러한 편견, 즉 숨은 편향을 이해할 수 있습니다. 편견이나 편향은 사회 집단에 대한 '지식 조각들'로서 뇌에 저장됩니다. 정신 속에 자리 잡은 편견은 특정 사회 집단의 구성원을 향한 우리의 행동에 영향을 미칩니다. 정작 당사자는 그런 사실을 전혀 모른다는 것입니다. 기억이 편향된 사고를 만들기 때문에 평소에 편향된 지식을 기억에 담지 않도록 주의를 기울여야 하겠습니다.

알터 교수는 『만들어진 생각, 만들어진 행동』에서 부정적 상징이 부정적 영향을 미치는 사례로 나치의 십자 기장과 관련된 사례를 들었습니다. 1960년대 말, 미군은 샌디에이고만 실버 해안에 위치한 해군의 코로나도 기지에 여섯 동의 건물을 세웠습니다. 지상에서 바라보면 별 특징이 없는 전형적인 병영건물에 불과했습니다. 그런데 하늘에서 이 건물들을 내려다보면 나치의 철십자 기장이 연상되었던 것입니다. 이 사실이 알려지면서 샌디에이고 시민들이 크게 분노했습니다. 이 건물을 설계한 건축가 존 모크는 공중에서 어떻게 보일지 잘 알고 있었습니다. 4개의 'L'자 모양을 이루도록 건물 여섯 채를 배치한 것에 불과하고, 특별한 의미를 둔 것은 아니라고 주장했습니다. 이 사건과 관련하여 알터 교수는 "어쨌든 이 것이 그 불명예스러운 상징과 놀라울 정도로 유사하다는 점을 부정하기는 어려울 것(240쪽)"이라고 하였습니다. 심지어 나치의 '철십자 기장'이라는 단어조차도 언급하기 조차 꺼리는 것입니다.

잘 알고 있는 것처럼 나치의 철십자 기장은 불교의 상징인 만(卍)자와 유사하지만 십자가를 반대 방향으로 굽혀놓았습니다. 산스크리트어로 스와스티카(Swastika)라고 하는 만(卍)자는 '행운의' 또는 '상서로운'이라는 의미를 담고 있습니다. 만(卍)자는 고대 아리안 부족의 종교적 상징이었습니다. 유럽으로 흘러든 아리안 부족이 지금의 독일민족이고, 다른 일파는 인도 쪽으로 흘러들어 인도계 아리안 부족이 되었던 것입니다. 일찍이 히틀러를 만나 영향을 미친 뮌헨 대학교 지리학과의 카를 하우스호퍼 교수는 티베트어에 정통했고 라마교 승려들과 깊은 교분을 유지했다고 합니다. 당연히 만(卍)자가 티베트 지방에서 주술기호로 사용된다는 사실을 알았을 것입니다. 그래서 게르만 민족과 고대 아시아의 신비한 힘을 결속시키려는 의도로 철십자 기장을 만들었다는 주장이 나오는 것입니다. 반크리스트를 내세운 나치가 그리스도교의 십자가를 꺾은 모습을 나타내기 위한 상징으로 사용한 것이라는 주장도 있습니다.

『만들어진 생각, 만들어진 행동』을 통하여 저자가 전하고자 하는 바는 '아주 작은 차이가 엄청난 생각을 만든다'라는 마치는 글의 제목에 함축되어 있습니다. 흔히 '나비 날갯짓'에 비유되기도 합니다. 이 비유는 1961년 미국의 저명한 기상학자 에드워드 로렌츠가 1년 전에 만든 일기예보 모형을 보완하는 과정에서 나왔습니다. 자료를 다시 입력하는 과정에서 소수점 6자리로 되어 있는 예측모형의 입력 자료를 소수점 세 자리에서 끊어서 입력하였습니다. 대단치 않아 보이는 차이였음에도 불구하고 새로운 일기예보모형은 이전 것과는 아주 다른 예측을 내놓았습니다. 즉 기온이 1도의 100만분의 몇이 바뀌었을 뿐인데 쨍쨍한 햇살 대신에 비가 쏟아지는 것으로 나타났던 것입니다. 몇 년 후 로렌츠는 어느 강연에서 이때의 깨달음을 알렸습니다. 그 강연의 제목이 "브라질에서 나비 한 마리가 날개를 펄럭이면 텍사스에서 토네이도가 발생한다?"였습니다.

저자는 『만들어진 생각, 만들어진 행동』에서 우리의 마음은 수없이 많은 작은 나비효과들의 집합적 산물이라는 사실을 보여줍니다. 즉 우리의 사고와 느낌과 행동은 아주 복잡한 연쇄 반응들의 산물이고, 이러한 연쇄 반응들은 지금까지 우리가 미처 깨닫지 못한 아홉 가지의 힘들에 의하여 심대한 영향을 받고 있다는 것입니다. 그리고 이런 요인들이 우리 삶에 미치는 영향을 통제하거나 극복함으로써 더 건강하고 지혜로우며 여유롭고 행복한 삶을 즐길 수 있기를 희망하였습니다. (라포르시안: 2014년 3월 3일)

18 지금 생각이 답이다(게르트 기거렌처, 추수밭)

의사들은 검사결과를 얼마나 이해할까

게르트 기거렌처 막스플랑크 인간개발연구소 소장의 『숫자에 속아 위험한 선택을 하는 사람들』에 이어 『지금 생각이 답이다』를 소개합니다. 전작에서는 유방암 검진, 에이즈, 폭력, 재판, DNA 지문, 의사와 환자 사이의 관계 등에 관한 통계자료를 제대로 해석하는 방법을 배울 수 있었습니다. 그래서 『지금 생각이 답이다』에 대한 기대가 컸습니다.

저자는 한국독자들에게 보내는 글에서 '대부분의 사람들이 우매해서 위험을 다룰 만한 능력이 없고 교육도 소용없다'라는 일부 사회과학자들의 주장을 인용하였습니다. 실제로 2008년의 제2차 광우병 파동을 회상해보면 이런 생각이 틀리지 않을 것 같습니다. 그런데 저자는 생각이 다르다고 합니다. 사람들은 우매하지 않기 때문에 누구나 현명한 어림셈법과 간단한 통계적 사고, 예리한 직관을 이용해 더 나은 결정을 내리는 법을 배울 수 있다는 것입니다.

미국의 경제학자 갤브레이스(John K. Galbraith)는 1977년에 발표한 『불확실성의 시대』에서 '이미 확립되어 있는 생각이나 설명의 틀로는 더 이상 설명하거나 예측하기 힘든 시대가 도래할 것'이라고 예견했습니다. 다만, 아무리 미래가 불확실하다고 해도 두려워하지 않고 현실을 마주하라고 했습니다. 그리고 문제를 해결하려는 의지를 가지고 현안을 진지하게 해결해나가라고 주문하였습니다. 중요한 점은, 의사결정에 참여하는 책임 있는 위치에 있는 사람들이 정치적인 기회주의에 굴복하면 안된다는 것이었습니다. 그의 예언대로 오늘날은 예측할 수 없는 다양한 사건 사고들로 하루 앞을 내다볼 수 없을 지경입니다.

『지금 생각이 답이다』의 주제는 불확실성입니다. 왜 우리는 잘못된 결정을 반복하는지를 불확실성의 심리학으로 설명합니다. 그리고 모든 것이 불확실한 세계에서 어떻게 현명한 판단을 내릴 수 있는지를 설명합니다. 마지막으로는 더 안전하고 투명한 세상이 가능하도록, 즉 불확실성을 넘어설 수 있는 방법을 설명합니다.

모든 영역에서 복잡성이 증가하다 보니 어떤 분야라고 해도 제대로 이해하려면 엄청난 분량의 전문적인 지식이 필요하게 되었습니다. 그러다 보니 해당 분야의 전문가들에게 맡기고 결론 부분만 요약해서 파악하는 데 그치는 경향입니다. 문제는 과연 전문가들을 믿을 수 있는가 하는 것입니다. 저자는 전문가의 조언이 오히려 위험할 수 있다는 교훈을 뼈아픈 경험을 통하여 얻었다고 합니다. 의사, 투자 상담사, 기타 위험 전문가들도 왜 위험한지를 잘 모르거나, 이해하기 쉬운 방식으로 설명하지 못하기도 합니다. 설상가상으로 이해가 상충하는 경우도 많고, 소송을 피하려고 자신의 가족에게라면 하지 않을 조언도 합니다. 결국 각자 알아서 해야 합니다. 정보를 바탕으로 생활하는 민주시민이라면 문자해독력과 함께 위험

해독력도 핵심역량으로 갖추어야 할 것이라고 주장합니다.

2009년 1월 뉴욕 라과디아 공항을 이륙한 US 에어웨이 1549편 항공기가 캐나다 기러기와 충돌하는 사건이 있었습니다. 양쪽 기관이 모두 정지하는 위기상황이 발생했습니다. 기장과 부기장은 라과디아 공항으로 회항하지 않고 허드슨강에 비상착륙하는 쪽을 선택하였습니다. 다행히 모든 승객은 무사히 구조되었습니다. 저자는 이 사건을 공조체계, 일람표 확인(checklist), 현명한 어림셈법 등이 환상의 조합을 이룬 결과라고 분석했습니다. 무의식적으로 사용할 수 있는 어림셈법은 직관적으로 이루어지는 것입니다. 1. 의식에 재빨리 나타난다, 2. 근본 이유는 완전히 이해할 수 없다, 3. 행동하도록 할 만큼 강력하다, 등의 특성이 있습니다. 그래서 문제가 복잡하더라도 해법은 단순할 수 있다는 것입니다.

저자는 의료영역에서의 다양한 문제들을 다루었습니다. 제가 고민했던 문제도 있습니다. 바로 중심정맥관의 삽입으로 발생하는 혈류감염의 사례입니다. 미국 병원의 중환자실에서는 연간 최대 2만8천 명이 혈류감염으로 사망하며, 이로 인한 비용이 23억 달러에 달한다고 합니다. 이러한 문제를 해결하기 위한 방안은 무엇일까요? 감염 치료 약이나 치료기술의 개발일까요? 그렇지 않습니다. 정답은 오류를 개선하는 일입니다. 2001년 존스 홉킨스 병원의 중환자 진료전문의 피터 프로노보스트 박사는 다섯 가지 일람표를 개발하였습니다. 이 일람표를 임상에 적용하였더니 중심정맥관 삽입에 의한 혈류감염률을 11%에서 0%로 떨어트릴 수 있었다고 합니다.

의료계의 잘못된 관행 가운데 의사들이 책임을 회피하기 위한 방어 진료도 포함되어 있습니다. 의사라면 당연히 해야 할 최선의 진료를 받을 수 있다면 그것은 환자의 행운이라는 말이 비아냥거리는 것으로 들립니다. 일선 의사들의 상당수는 환자를 위험에 빠트릴 수도 있는 불필요한 검사나 약물 투여, 수술을 어쩔 수 없이 해야 한다고 느끼고 있는 현실입니다. 그것은 환자들이 의사가 질병을 진단하지 못했거나 적극적으로 진료하지 않았다고 고소할까 두려워하기 때문입니다. 특히 변호사가 많아 소송에 걸릴 것에 대하여 조심해야만 하는 미국에서 뚜렷하다는 것은 잘 알려진 것입니다. 그런데 어느새 우리나라에서도 실제 상황이 되고 말았습니다.

대표적인 방어적 진료의 행태로는 다음과 같은 것들이 있습니다. 1. 의학적으로 필요한 것보다 많은 검사(영상진단 등) 실시, 2. 의학적으로 필요한 것보다 많은 약물(항생제 등) 처방, 3. 불필요한 상황에서 다른 전문의에게 환자를 소개한다, 4. 확진을 위한 침습적 절차(조직검사 등) 제안 등입니다. 일종의 적극적 방어 진료행위들 입니다. 여기에 더하여 적지 않은 의사들이 고위험 수술과 분만, 고위험 환자의 진료를 회피하는 경향이 있습니다. 이는 소극적 방어 진료행위라고 할 수 있습니다. 비난과 비판, 소송에 대한 우려는 차선의 치료 결정을 포함하는 방어 진료를 하게 만듭니다. 결과적으로 피해는 고스란히 환자들에게 돌아가는 것입니다. 최근 확산하고 있는 이와 같은 부정적인 의료문화를 개선하기 위한 사회적 논의가 필요하지 않을까요?

불확실성 다루기를 설명하는 제2부에서는 의료분야에서의 불확실성을 다룬 제9장과 제10장에 관심이 쏠립니다. 의료정보의 통계적 의미를 다룬 제9장의 내용은 어쩌면 의학을 전공하신 분들도 잘 읽어보셔야 할 부분입니다. 다양한 사례들 가운데 산전 진찰에서

다운증후군으로 진단받은 경우를 살펴보겠습니다. 산전 진찰에서 다운증후군이 의심되는 경우 대부분의 산모는 임신중절을 권유받게 됩니다. 그런데 산전 진찰에서 다운증후군 양성판정을 받은 6~7명 가운데 실제로는 1명의 태아만 다운증후군을 가지고 태어납니다. 즉 다운증후군 검사 양성으로 판정받은 태아 가운데 대다수는 정상으로 태어난다는 것입니다. 이런 결과를 어떻게 해석해야 할까요? 사실 세계적으로 산모의 나이가 증가하는 추세입니다. 따라서 다운증후군 아기를 낳을 확률도 커지고 있습니다. 산전 진단을 개선하기 위해 많은 자원이 투자되고 있습니다. 그런데도 의사와 환자들이 검사의 결과를 해독하는 능력을 갖춰주기 위한 투자가 충분히 이루어지지 않는 것이 문제입니다.

의사들의 방어 진료에 관한 이야기를 더 해봅니다. 의사들은 자기도 이해하지 못하는 검사와 진료를 환자에게 권할 때 환자들이 눈치를 채지 못하게 해야 합니다. 방어 진료는 의사에 대한 그리고 의사의 능력에 대한 신뢰를 무너뜨릴 수 있습니다. 이를 막기 위해서라도 의과대학 정규 교과과정에서 통계적 사고를 가르쳐야 할 것입니다. 그런데 이 역시 이해가 충돌하는 사안이 될 수도 있어 냉정하게 판단해야겠습니다. 저자는 1. 방어 진료(자기방어), 2. 의료통계 이해력 부족(계산맹), 3. 가치보다 이익추구(이해 상충) 등을 의료계가 안고 있는 시한폭탄이라고 했습니다.

마지막 제3부는 안전하고 투명한 세상이 가능할 것인가를 짚어보는 '불확실성 넘어서기'입니다. 필자는 특히 '과장된 위험 몰이'라는 작은 제목의 글에 주목했습니다. 저자는 사람들이 공황에 빠지는 것을 막기 위하여 위험소통이 얼마나 중요한지를 보여주는 두 가지 사례를 인용하였습니다. 그 첫 번째가 '광우병 공포'입니다. 1990년대 말, 영국에서 발생한 광우병은 변종 CJD 환자가 발생하면서 대중을 공포로 몰아넣었습니다. 그 결과는 유럽에서 약 150명이 변종 CJD로 진단받고 사망하였습니다. 저자가 보기에는 태산명동 서일필(泰山鳴動鼠一匹) 격이었다는 것입니다.

그런데도 광우병 확산을 저지하기 위하여 유럽 국가는 약 380억 유로의 엄청난 돈을 퍼부어야 했습니다. 2010년 들어서야 유럽연합은 유럽의 광우병이 소멸단계에 들었다고 공식 선언할 수 있었습니다. 저자의 주장을 새겨보면, 2008년 우리 사회를 뒤흔들었던 제2차 광우병 파동의 이야기는 아예 언급할 가치조차 없을 것 같습니다. 저자의 표현대로라면 헛발질하는 전문가의 선동으로 침소봉대된 위험 몰이였기 때문입니다. 저자는 과장된 위험 몰이의 두 번째 사례를 신종플루 광풍을 들고 있습니다. 이 부분은 타미플루 사재기와 같이 이해해야 하므로 설명을 요약하는 것이 쉽지 않습니다. 그래서 직접 읽어보시기를 권합니다.

정리를 해보면, 자칫 부화뇌동하기 쉬운 디지털 세상에서 살아남으려면 위험해독력을 갖추어야 합니다. 그러려면 디지털 세상에 맞는 사실과 심리원칙을 이해해야 합니다. 위험과 불확실성에 대처하는 능력은 학습에 의하여 개선할 수 있습니다. 스스로를 지키기 위하여 공부하기를 두려워하지 말아야 합니다. 비판적 사고는 지식의 기반에서만 가능합니다. 이를 위해서는 용기가 필요하며, 이 용기는 스스로 결정하고 책임지는 것입니다. (라포르시안: 2014년 7월 21일)

19 사회적 뇌, 인류 성공의 비밀(매튜 D 리버먼, 시공사)

페이스북 친구를 늘리면 행복해질 수 있을까?

누리 소통망의 시대라고 합니다. 특히 누리망을 매개로 사회관계망을 강화하는 누리 소통망(SNS, Social Network Service)이 폭발적으로 확산하면서 그 중요성이 더욱 강조되고 있습니다. 누리망을 통한 소통과 정보의 공유는 사회관계망의 개념 자체를 바꾸었습니다. 역사를 거슬러 올라가 보면 사회관계망은 지구상에 등장한 모든 생물체가 살아남기 위하여 이용하는 본능 같습니다. 다만 어떤 수단과 방법으로 얼마나 촘촘하게 망을 짜느냐 하는 것이 관건입니다.

사회관계망에 관한 책들은 이미 적지 않게 소개되어 있습니다. 그런데 사회신경과학 분야의 저명인사인 매튜 리버먼 교수의 『사회적 뇌, 인류 성공의 비밀』은 색다른 관점이 있어 소개합니다. 저자는 철학에 관심을 두고 사회심리학 분야에서 박사학위를 취득했습니다. 사회심리를 연구하는 과정에서 사회 구성원으로서 인간의 본질을 파고들었습니다. 그러던 가운데 뇌가 인간을 규정하는 중심부위임을 깨닫게 되었습니다. 그리하여 인간의 사회적 행동과 뇌와의 관계를 추구하는 쪽으로 방향을 바꾸었습니다. 저자는 '인간의 뇌는 우주에서 발견된 가장 복잡한 장치'라는 견해를 가지고 있습니다. 뇌에는 수십억 개의 신경세포가 존재하며 이것들은 서로 연결되어 셀 수 없을 만큼 복잡한 신경적 교류를 주고받기 때문입니다.

인간은 다른 동물보다 큰 뇌를 가지고 있기 때문에 추상적 사고를 할 수 있고, 이를 바탕으로 생존문제의 해결에 필요한 복잡한 도구를 발전시켜왔다고 우리는 배웠습니다. 그런데 인간의 뇌가 크다는 의미는 무엇일까요? 인간의 뇌 무게는 약 1,300g 정도입니다. 아프리카코끼리의 뇌는 약 4,200g이고 몇 종류의 고래의 뇌는 약 9,000g에 이릅니다. 일단 덩치가 크면 뇌도 클 수밖에 없습니다. 흥미로운 점은 인간의 뇌를 무게로만 따지면 동물들 사이에서 하위권에 위치합니다. 하지만 뇌에 들어있는 신경세포의 숫자는 약 115억 개로 가장 많습니다. 범고래가 약 110억 개 정도로 인간을 바짝 뒤쫓고 있습니다.

신경세포의 숫자만 보면 범고래는 사람들과 함께 지구의 한 귀퉁이 정도는 지배하고 있어야 할 것입니다. 하지만 실제 상황은 그렇지 않습니다. 왜 그럴까요? 인간이 지구를 지배하게 된 것을 신경세포의 숫자만으로는 설명할 수 없기 때문입니다. 그래서 나온 것이 뇌의 크기를 신체의 크기와 비교한 대뇌화(encephalization) 지수입니다. 인간의 대뇌화 지수는 8이 조금 안 되지만 다른 동물들을 월등하게 따돌리면서 선두에 위치합니다. 인간의 뇌 무게와 비슷한 병코돌고래의 대뇌화 지수는 5보다 조금 큰 숫자로 인간의 뒤를 잇고 있습니다.

인간의 뇌가 큰 이유는 신피질이 크기 때문입니다. 인간의 신피질이 다른 동물에 비하여 큰 이유를 따지는 일은 어쩌면 '닭이 먼저냐, 계란이 먼저냐'를 따지는 것과 비슷합니다. 인간은 지금까지 지구상에 나타난 생물 종들 가운데 진화과정의 정상에 위치합니다. 인간의 신피질이 진화의 산물이라고 한다면, 필요에 의하여 조금씩 부피가 늘어났다고 보아야 합니다. 그렇다면 인간의 신피질은 앞으로도 지속해서 늘어날 것이라고 예상됩니다. 그런가 하면 현세의 우리는 돌연변이로 큰 신피질을 가지게 된 행운을 누린 것이라고 볼 수도 있습니다. 즉 커진 신피질을 제대로 활용하여 오늘에 이른 것일 수도 있습니다. 진화인류학자 로빈 던바는 전자의 견해를 지지하는 입장입니다. 즉 인간의 신피질이 커진 것은 집단을 이루어 살면서 더 적극적인 사회 활동을 할 수 있었기에 가능했다는 것입니다.

매튜 리버먼 교수의 연구는 기능성 MRI를 활용한 연구에 초점을 맞추었습니다. 사람의 신체적, 정서적 활동으로 뇌의 어느 구역이 활성화되는지 확인하는 검사장비입니다. 왕따를 당하여 사회적으로 고립되거나, 버림을 받는 등의 고통을 받으면 전대상 피질이라는 뇌 구역이 활성화됩니다. 사랑하는 사람의 죽음 때문에 비통해하는 사람, 사랑하는 연인과 헤어져 슬픔에 잠긴 사람, 주위의 부정적 평가로 마음의 상처를 받은 사람, 심지어는 거부하는 듯한 표정을 짓는 상대를 바라보는 사람에서도 배측 전대상 피질이 활발한 활동을 보인다고 합니다. 이런 사람들에게 아스피린과 같은 진통제를 처방하면 사회적 고통을 덜 느끼게 됩니다. 신체적 통증을 치료하는 진통제가 마음의 고통을 다스리는 효과가 있는 것입니다.

인간이 사회적 관계에 관심을 두게 된 진화적 동기는 고통을 회피하고 쾌감을 얻기 위해서입니다. 인간은 갓난아기 때부터 사회적 연결을 절박하게 추구하는 존재입니다. 저자는 이 사실을 실험을 통하여 설명합니다. 출산과 육아 역시 단순한 관심을 넘어 혈연과 가족이라는 기본적인 사회적 유대관계를 만드는 일입니다. 이러한 사회적 욕구가 충족되지 않으면 신체적 장애와 마찬가지로 개인의 건강에 해롭다고 합니다. 하지만 사회적 유대에 대한 의존성 역시 사람마다 차이가 있습니다. 의존도가 높은 사람은 사회적 유대가 흔들릴 때마다 심리적 고통을 크게 받습니다. 따라서 타인과의 관계를 유지하기 위하여 더 노력을 기울이게 됩니다.

사회적 유대관계를 맺는 과정에서 타인의 마음을 읽어내는 것이 중요합니다. 인간은 타인의 마음을 읽으려는 성향을 가지고 있다는 것을 처음 증명한 것은 프리츠 하이더였습니다. 저자는 "우리는 다른 사람을 볼 때 그 사람이 무엇을 생각하고 있는지 또 그것에 관해 어떻게 생각하고 있는지 알고 싶어 한다(162쪽)"라고 주장합니다. 19세기 독일 철학자 프란츠 브렌타노가 제시한 '지향적 사고가 인간 심리의 핵심'이라는 생각에 바탕을 둔 것입니다. 타인과의 사회적 관계를 토대로 한 사회적 지능 역시 대뇌의 신경망이 작용한 결과입니다. 특히 배내측 전전두피질, 측두두정 접합, 후대상, 측두구와 같은 부위가 참여합니다. 여기에 더하여 전두엽의 전운동피질, 전두정간구, 하두정소엽을 포함하는 거울체계의 발견은 인간이 타인의 마음을 이해하는 데 결정적 역할을 한다는 사실을 알게 되었습니다. 신경과학은 역시 어렵죠? 신경 병리를 전공한 저 역시 이런 부위가 어디쯤일 것이라고 가늠할 수 있는 정도입니다.

사회적 유대에 의존하는 정도는 사람마다 차이가 있다는 말씀을 앞서 드렸습니다. 제 경우는 의존도가 비교적 낮은 것 같습니다. 저자는 저 같은 사람을 '사회적 외계인'이라고 했습니다. 저자는 사회적 유대관계의 형성에 어려움을 겪는 자폐증을 설명하는 데 상당히 공을 들였습니다. 인구의 1%가 앓고 있다는 자폐증은 사회적 상호작용과 언어 소통의 장애 그리고 반복적 행동을 주요 증상으로 합니다. 저자는 '공감이 사회적 마음의 꼭대기라면 자폐증은 사회적 마음의 골짜기에 해당한다(243쪽)'라고 비유합니다. 자폐증이 마음이론 능력의 결함과 관련이 있다는 점은 상당한 공감을 얻고 있습니다. 하지만 마음이론만으로는 자폐증을 충분히 설명할 수 없는 한계가 있습니다. 마음이론이란 경험, 내재적 상태 및 행동 간의 관계를 이해하는 사고체계를 의미합니다. 풀어서 설명하면, 실제 세계의 경험이 행동으로 이행하기까지에는 경험을 바탕으로 형성되는 신념, 지식, 동기, 정서, 의도 등의 내재적 상태, 즉 마음이 존재하며, 이러한 마음이 행동을 매개하고 결정하게 된다는 것입니다.

저자는 자폐증 환자가 보이는 마음이론 능력의 장애는 거울체계에 문제가 생긴 탓이라는 '깨진 거울 가설'을 인용합니다. 자폐증 환자가 다른 사람 흉내를 내는 데 어려움을 겪기 때문입니다. 자폐증 진단은 통상적으로 세 살 이후에 가능합니다. 따라서 한두 살 때의 홈비디오를 분석해보면 자폐증으로 발전할 가능성을 확인할 수 있습니다. 그런데 기능성 MRI 검사를 해보면 자폐증 환자의 거울체계가 특이하지만 자폐증의 여러 증상에 분명하게 대응시킬 수 없는 한계가 있다고 지적합니다. 그리하여 자폐증의 발병과 관련하여 '강력한 세계 가설'에 무게를 두기도 합니다.

비교적 최근에 나온 강력한 세계 가설은 '자폐증이 있는 아이들은 사회적 세계에 대해 둔감한 것이 아니라 오히려 너무 민감한 것은 아닐까(260쪽)?'라는 의문에서 출발합니다. 어린 시절에 커다란 정신적 압박을 받게 되면 사회에 적응하지 못하는 경향이 생길 수 있습니다. 심리화 체계가 정상적으로 성숙하는데 필요한 사회적 입력들을 제대로 받지 못하게 되는 것입니다. 즉 자폐증 환자의 유전적 소질 때문에 사회적 세계에 대해 둔감한 것은 아니라는 것입니다. 일종의 반직관적인 이론으로 상당한 양의 경험적 근거가 쌓여가고는 있습니다. 하지만 아직은 본격적으로 수행된 연구가 별로 없습니다. 자폐증은 여전히 다수의 잠재적 원인과 발달경로가 개입된 매우 복잡한 심리 장애로 분류되고 있습니다. 저자는 강렬한 세계 가설을 희망적으로 보는 것 같습니다.

사회적 유대를 강화해가는 과정에서 타인과 연결망을 만들고, 타인의 마음을 제대로 읽어내게 됩니다. 그리고 타인과의 조화를 이루는 단계가 이어집니다. 타인과의 관계를 조화롭게 만들기 위해서는 우선 자신을 통제할 수 있어야 합니다. 만약 자신을 통제하는데 실패하면 타인으로부터 소외될 뿐 아니라 그 정도가 심각하다면 사회에서 퇴출당할 수도 있습니다.

이렇게 저자는 사회적 관계망의 확대를 통하여 인류는 더 현명해지고 행복해질 수 있다는 결론에 도달합니다. 이 과정에서 개인은 사회 안에서 타인들과 관계를 연결하고, 타인의 마음을 읽어내며, 조화를 이루기 위하여 스스로를 통제합니다. 이러한 일련의 과정들은 대뇌의 신경망에 의하여 결정되는 것이라는 설명입니다.

앞서 누리망을 매개로 하는 사회관계망이 폭발적으로 확산하고 있다는 말씀을 드렸습니다. 그런데도 학교나 직장 내의 '왕따', 아동 학대, 은둔형 외톨이, 정신질환자, 반윤리적 범죄 같은 문제들은 오히려 늘어나고 있습니다. 일본의 정신과 의사 오카다 다카시는 '개인, 개성, 자아만을 존중하는 사회적 풍토가 인간의 사회성을 후

퇴시켰으며, 이로 인해 타인의 감정, 정서를 이해하고 공감하는 능력이 급격히 상실되었다'라고 주장합니다(오카다 다카시 지음, 『소셜 브레인』, 브레인월드, 2010년). 그리고 최첨단 연결망은 결코 우리를 구원하지 못할 것이라고 예측합니다. 우리에게 진정으로 필요한 소셜은 기계가 매개하는 건조한 것이 아니라, 원초적이며 인간적인 관계에 바탕을 두어야 한다는 것입니다.

인간이 결코 단순한 존재가 아니라는 점을 고려한다면 사회적 관계망 하나로 행복을 얻을 수 있다는 주장이 오히려 위험해 보입니다. 그런 점에서 하버드대학에서 인기를 얻고 있는 '행복학' 강좌를 이끄는 숀 아처 교수의 주장은 참고할 만합니다. 즉, 지능지수(IQ), 감성 지능(EQ), 그리고 사회지능(SQ)을 통합하여 행동과 실천으로 옮기는 긍정지능이야말로 중요하다는 것입니다(숀 아처 지음, 『행복을 선택한 사람들』, 청림출판, 2015년).

오늘은 고 김광석 씨가 행사를 마무리할 때 전했다고 하는 말씀으로 마무리합니다. "[북소리] 독자 여러분! 행복하세요." (라포르시안: 2015년 2월 9일)

20 아들러 심리학 입문(알프레드 아들러, 스타북스)

다시 시작하는 용기를 주는 아들러 심리학

일본 철학자 기시미 이치로와 작가 고가 후미타케가 쓴 『미움 받을 용기』가 선풍적인 인기를 끈 적이 있습니다. 하지만 전문가의 것이라 해도 걸러진 생각 너머에 있는 아들러 심리학의 본질을 이해하기가 어려울 수도 있겠습니다. 그래서 고른 책이 『아들러 심리학 입문』입니다.

아들러 심리학이 주목을 받은 것은, 타인과의 경쟁을 통하여 행복을 추구하는 사람들이 많아진 것과 무관하지 않습니다. 경쟁은 갈등을 낳고, 갈등은 고민으로 이어지기 마련입니다. 아들러는 그런 고민의 대부분이 인간관계로부터 시작된다고 보았습니다. 그리고 모든 사람들로부터 인정을 받으려는 욕심을 가진 사람은 결코 행복해질 수 없다는 명제를 세웠습니다. 요즈음 사람들의 심리문제를 백 년 전에 내다보았으니 대단한 혜안이 아닐 수 없습니다.

개인심리학을 창시한 아들러는 프로이트, 융과 함께 3대 심층 심리학자로 꼽힙니다. 1870년 2월 오스트리아 빈의 유복한 유대인 가정에서 출생한 아들러는 4남 2녀 중 둘째였습니다. 첫째와 비교되는 것을 싫어하고 욕심이 많은 둘째 특유의 기질을 가지고 있었던 아들러는 구루병과 후두 경련과 같은 건강상의 문제를 가지고 있었습니다. 그래서인지 다른 형제들보다 학교성적이 부진하였고, 나름대로는 열등의식을 가지고 성장했던 모양입니다. 그의 심리학에서 화두가 되는 열등감, 보상심리, 인정욕구, 권력욕 등은 그의 성장배경에서 엿볼 수 있는 요소들입니다.

1895년 빈에서 의사 자격을 얻어 정신심리학 분야에서 활동하였습니다. 아들러는 둘러싸고 있는 전체적 환경과의 관계를 고려하여 환자를 치료해야 한다고 강조하였습니다. 인간관계의 문제를 해결하기 위하여 인도주의적이고, 전체적이며, 유기적으로 접근하는 방법을 찾았습니다. 1902년부터 프로이트와 긴밀한 관계를 맺었습니다. 하지만 1907년에 『신체적 열등과 그에 대한 정신적 보상에 관한 연구』를 출간하면서 프로이트와 거리를 두게 되었습니다. "사람은 신체적 장애와 이에 수반되는 열등감을 심리적으로 극복하려고 노력하며, 만족스럽지 못한 보상은 신경증 및 수많은 감정과 정신의 기능적 장애를 가져올 수 있다"라는 가설을 세웠기 때문입니다. 결국 아동기 초에 생기는 성적 갈등이 정신질환을 초래한다는 프로이트의 생각이 틀렸다고 주장하면서 1911년 결별하게 됩니다.

알프레드 아들러가 쓴 『아들러 심리학 입문』에서는 몇 가지 모호한 점이 발견됩니다. '인생의 낙오자를 만들지 않은 아들러'라는 제목의 서문은 제삼자의 글로 보입니다. 출판사에서는 "이 책은 아들러가 '어떻게 이 사람들을 이해해야 하는가' 그리고 '그들은 자신들을 어떻게 이해할 수 있는가'라는 문제를 제시하여, 그 치료에 도달하는 과정을 그리고 있다."라고 요약해놓았습니다. 제1장 사회적 협력의 의미, 제2장 몸과 마음의 관계, 제3장 열등감 보상과 우월감 추구, 제4장 기억이 알려주는 비밀, 제5장 꿈의 이해와 사용법, 제6장 어려움을 해방하는 용기, 등으로 제목을 붙여놓았습니다. 그렇습니다. 각 장의 제목을 보면 오히려 자신의 한계를 깨닫고 이를 극복하기 위한 과정을 정리했다고 보는 것이 옳겠습니다.

큰 아이가 중학교 2학년에 다닐 때, 동아리의 하계 진료 봉사에 함께 갔습니다. 아들러가 말하는 인생의 의미를 깨닫는 기회를 만들어줄 생각이었습니다. 누구나 자신의 의지와 무관하게 세상에 태어나지만, 세상에 나와서 해야 할 그 무엇이 있지 않겠느냐고 설명하였던 것으로 기억합니다. 그 소명을 다하기 위해서는 늘 최선을 다하라고 부탁했습니다. 큰 아이는 나름대로 깨달음을 얻었던 것 같습니다. 삶이 큰 틀에서는 벗어나지 않았기에 오늘에 이를 수 있었던 것 같습니다.

아들러는 사회적 협력에 큰 의미를 두었습니다. 사람들 사이에는 세 종류의 관계가 있는데 모든 문제의 원인은 이들 관계의 방향에 있다고 하였습니다. 바로 관계가 사람들의 현실을 만들어내기 때문입니다. 그 세 가지 관계 가운데 가장 근본은 우리가 지구라는 행성 위에 살고 있다는 사실입니다. 우리 주위에는 다른 사람들이 살고 있어 우리는 인류와의 관계 속에서 살아간다는 설명이 이어집니다. 그리고 마지막으로 이성 간의 관계를 다루었습니다. 이 세 가지 관계는 각각 직업, 친구, 성이라는 세 가지 문제와 대응합니다.

흔히 과거의 경험이 그 사람의 미래를 결정한다고 설명합니다. 그런데 아들러는 자신의 경험에 대해 의미를 부여하고 바로 그 의미에 의해 '스스로 결정한 사람'이 되어야 한다고 했습니다. 즉 우리는 경험의 충격, 이른바 외상으로 고통스러워할 게 아니라 그 경험 속에서 자신의 목적에 합치되는 바를 발견해 내야 한다는 것입니다. 이 대목은 외상 후 불안장애(Post-traumatic stress disorder, PTSD)로 고통 받는 분에게 도움이 될 것 같습니다.

아들러는 흔히 응석받이가 인생의 경험에 잘못된 의미를 부여하게 만든다고 하였습니다. 응석받이들의 관심은 오직 스스로에게만 집중되어 있다는 것입니다. 그러다 보니 다른 사람들과 협력하는 일이 유익하고도 필요하다는 점을 깨우치지 못합니다. 그런 사람들은 곤란한 상황에 빠지면 스스로 대처하지 못하고 누군가 도와주기만 바란다는 것입니다. 이런 사람들은 관심이 옳은 방향으로 향하고, 스스로를 다스릴 수 있도록 도와주어야 합니다. 그리하여 그들이 하는 모든 일 속에서 의미를 발견할 수 있을 것입니다.

열등감이 개인의 심리에 미치는 영향을 정리하는 부분도 주목할 만합니다. 저자는 '열등감이란 개인이 어떤 일에 대해 잘 적응하지 못하거나 혹은 준비되어 있지 않아서 그 일을 해결할 수 없다는 자기의 확신을 언행으로 표현하는 경우에 나타난다(88쪽)'라고 하였습니다. 열등감에 빠진 사람은 스스로의 활동 범위를 축소함으로써 성공을 위한 노력보다는 패배를 피하는 길을 선택합니다. 이런 사람들이 난관에 부딪히면 망설이면서도 꼼짝도 하지 않거나 오히려 뒷걸음질 치는 경향이 있습니다. 자살은 위험으로부터 몸을 사리는 행동 가운데 가장 극단적인 것입니다. 자살은 자신이 직면한 모든 문제를 포기하고, 자신의 상황을 개선하기 위한 어떠한 행동도 할 수 없다는 확신의 표현입니다. 자살하는 사람 대부분이 자기 죽음에 대한 책임을 누군가에게 전가하는 흔적을 남깁니다.

문제해결의 출발은 진실과 마주하는 것입니다. 불완전하거나 부족함으로써 야기되는 열등감을 회피하거나 기만하려 들면 내재한 갈등요소가 축적되어 임계점을 향하고, 결과적으로 파국을 맞게 됩니다. 열등감으로 인한 강박적 사고에서 벗어나야 합니다. 스스로에게 불완전하거나 부족한 점이 있다는 사실을 인정하고 그것을 최소화하기 위해 노력해야 합니다. 그리고 자신이 가지고 있는 강점 즉 우월한 부분을 극대화하는 노력을 병행하는 것입니다. 좁게는 가족, 나아가 주변 인물은 물론 이들을 통한 사회적 네트워크를 활용하여 협력의 길을 모색하는 훈련이 필요합니다.

누구나 자신만이 우월한 무언가를 가지려고 노력합니다. 그 우월이라는 목표는 매우 개인적이며 독창적인 것이어야 합니다. 그 목표는 그 사람이 자신만의 인생에 부여한 의미와 맥을 같이합니다. 당연히 그의 독특한 인생 방식 속에서 만들어지고, 고유한 음률처럼 인생을 관통하여 울려 퍼지는 것입니다. 이런 목표를 달성하기 위하여 우리는 전체를 아우르는 다양한 시각을 가져야 합니다. 편향된 시각으로 사안을 들여다보면 상황을 정확하게 파악하지 못한 채 결정을 내리게 되고, 결국은 일을 그르칠 가능성이 높아집니다.

열등한 상황을 우월한 입장으로 변환시키기 위하여 반드시 기억해야 할 점이 있습니다. 첫째는 우리가 선택하는 어떤 곳에서나 출발할 수 있다는 사실입니다. 둘째는 우리에게는 막대한 양의 재료가 주어져 있다는 사실을 인식하는 것입니다. 모든 표현은 우리가 같은 방향으로 돌며 인격이 형성되는 유일한 동기와 유일한 특수성으로 이끌어갑니다. 그리고 모든 언어, 생각, 행동이 우리 인간의 이해에 도움이 될 것입니다.

아들러의 개인심리학에 따르면 인간의 삶은 나름의 완성을 이루는 것을 목표로 합니다. 그 목표 자체를 다른 사람과 비교하게 되면 결국 무한 경쟁이 될 수밖에 없습니다. 그렇게 되면 다른 사람의 우월함에 대하여 상대적으로 열등감을 느끼게 됩니다. 결국 열등감을 과도하게 보상받으려 이상행동을 한다는 것입니다. 앞서도 말씀드린 것처럼 우리가 지구별에 태어난 이상 아들러의 세 가지 관계는 피할 수 없습니다. 당연히 개인과 그 개인을 둘러싼 세계를 바라보는 인식의 결과는 개인의 심리에 영향을 미치게 됩니다. 개인의 심리적 문제 역시 사회적 맥락 안에서 고려되어야 합니다.

정신이 건강한 사람은 이성, 사회적 관심, 자기 초월 등의 특징이 있습니다. 반면 정신질환을 앓는 사람은 열등감, 타인을 지배할 수 있는 힘, 자기 안전을 위한 자기중심적인 관심을 두는 특징이 있습니다. 건강한 사람 역시 모두 완전한 존재가 아니기 때문에 열등감을 느낄 수도 있습니다. 하지만 건전한 열등감은 타인과 비교해 생기는 것이 아닙니다. '이상적인 나'와 비교했을 때 생기는 것입니다. '이상적인 나'와 현실의 나를 비교하였을 때 생기는 간격, 즉 열등감을 어떻게 극복하느냐가 관건입니다. 건강한 사람은 그 차이를 좁히기 위하여 나름의 생활양식을 만들어 지속해서 노력한 끝에 우월한 무엇을 만들어 극복하는 것입니다.

혹자는 아들러 심리학이 찻잔 속의 태풍처럼 잠시 지나는 현상에 그칠 것이라고 말합니다. 그래도 완성된 삶을 위하여 스스로를 되돌아보는 기회로 삼는다면 좋을 것 같습니다. (라포르시안: 2015년 4월 27일)

21 생각은 죽지 않는다(클라이브 톰슨, 알키)

생각하지 않는 사람들? 천만에, 생각은 죽지 않는다

니콜라스 카는 2011년에 출간한 『생각하지 않는 사람들』에서 매체의 혁명과 인간 사고의 확장, 그리고 누리망의 발달이 인간에게 부정적 영향을 미친다고 주장하였습니다. 그 영향으로 전자도구의 발전을 불편하게 생각했던 사람들도 없지 않았습니다. 그런데도 혹자는 누리망 매체 혁명을 구텐베르크의 인쇄술에 비유하기도 합니다. 인쇄술과 누리망이 기존의 매체 환경을 변화시키는 역할을 했다는 공통점은 있으나, 그 내용에서는 차이가 있습니다. 인쇄술의 발달로 사람들이 쉽게 책과 접하게 되었고, 책 읽기를 통하여 사고의 깊이를 더할 수 있었습니다. 책을 통하여 다른 사람들의 생각을 전달받을 뿐만 아니라, 스스로도 생각을 더하게 되었던 것입니다.

누리망을 통하여 다양한 정보를 쉽게 찾아볼 수 있게 된 것은 분명 혁명입니다. 다만 폭주하는 정보를 적절하게 다루는 방법을 충분히 익히지 못하는 것이 문제입니다. 필요한 정보를 꼼꼼히 읽고 생각을 통하여 나름대로 정리해야 나만의 철학이 완성되는 것입니다. 그런데 많은 사람들은 넘쳐나는 정보를 욕심껏 챙기기에만 급급한 것 같습니다. 그러다 보면 나름의 생각을 정리하는 것은 고사하고 정보의 진위를 가리는 것조차 엄두를 내지 못하는 형편입니다. 새뮤엘 존슨이 “지식에는 두 종류가 있다. 하나는 우리가 어떤 주제에 대해 직접 아는 것이고, 다른 하나는 관련 정보가 어디에 있는지를 아는 것이다.”라고 말한 것은 책을 통하여 정보를 얻던 시절의 한가한 이야기입니다. 누리망 혁명은 이제 몇 개의 표제어만으로도 필요한 정보를 얻어낼 수 있게 되었습니다. 즉 기억을 외부에서 조달할 수 있게 되었습니다.

일찍이 기억을 외부에서 조달하는 것에 대하여 우려한 사람이 있습니다. 플라톤의 『파이드루스(Phaedrus)』에는 이집트에서 문자를 발명한 이야기가 나옵니다. 이집트의 발명의 신 테우스가 문자를 발명한 뒤에 왕을 알현했습니다. 그리고 “왕이여, 여기에 내가 심혈을 기울여 완성한 작품이 있소. 이것은 이집트인의 지혜와 기억력을 늘려 줄 것이오. 기억과 지혜의 완벽한 보증수표를 발명해낸 것이지요.”라고 자랑했습니다. 그리고 자신이 발명한 문자를 이집트 사람들에게 널리 보급해 달라 하였습니다.

이에 타무스 왕은 “문자를 습득한 사람들은 기억력을 사용하지 않게 되어 오히려 더 많이 잊게 될 것입니다. 기억을 위해 내적 자원에 의존하기보다 외적 기호에 의존하게 되는 탓이지요. 당신이 발명해낸 것은 회상의 보증수표이지, 기억의 보증수표는 아닙니다.”라고 대답하였습니다. 문자를 습득하여 스스로 지혜로운 자라고 착각하는 자들의 오만을 경계한 것입니다. 타무스 왕이 오늘날의 누리망 혁명을 보고받는다면 어떤 답을 내릴지 궁금하지 않을 수 없습니다.

전자기기의 발전으로 기억을 외부에서 조달하게 됨에 따라 사람들은 기억에 대한 부담을 덜게 되었습니다. 그러다 보니 전자 치매(digital dementia)에 걸릴 수도 있다는 주장도 나오게 되었습니다. 만프레드 슈피처 박사는 『디지털 치매』에서 전자 치매의 위험을 경고합니다. 그저 편리하다는 이유로 전자기기에 의존하고 기억을 늘리려는 노력을 하지 않으면 처음에는 전자기기에 중독되는 부작용이 나타날 것이라고 했습니다. 그리고 종국에 가서는 치매라고 하는 불청객을 일찍 만나게 될 것이라고 경고하였습니다.

이러한 우려에 정면으로 맞서는 주장이 나왔습니다. 클라이브 톰슨의 『생각은 죽지 않는다』입니다. 톰슨은 누리망 혁명에 대한 비관적 시각에 맞서 '종말론은 정서적으로 자기방어적이다'라고 잘라 말합니다. 첨단 기술이 문화의 기반을 흔든다고 비판한다는 사람들에게 알맹이도 없는 사회관계망의 유행에 현혹되지 않은 예리한 비평가로 보일 것이라 착각하지 말라고 합니다. 그렇다고 해서 과거를 더 풍부하고 심오하게 이해하며, 오늘날 일상에서의 대수롭지 않은 일시적 현상에 초연한 사람이 된 것 같은 기분이 들지는 모르겠다고 비꼬기도 합니다. 대단한 긍정주의자로 보이는 저자는 기술과학 분야의 노련한 언론인입니다. 특히 전자 기술과 그것의 사회적·문화적 영향력을 깊게 연구하고 집필을 이어왔습니다.

새로운 기술은 하나같이 오랫동안 몸에 익은 행위를 버리고 새로운 유형의 행동을 배우도록 밀어붙이는 경향이 있습니다. 해럴드 이니스는 이를 '새로운 방식의 편향성'이라고 합니다. 새로운 기술이 일상생활을 어느 쪽으로 치우치게 만들기 때문입니다. 저자는 오늘날의 전자도구가 우리의 인식에 영향을 미치는 핵심적인 편향성을 세 가지로 요약합니다. 첫째, 전자도구는 엄청난 규모의 외부기억을 활용한다. 둘째, 오늘날의 도구는 무한한 듯한 생각과 사진과 사람과 소식들 사이의 연관성을 쉽게 찾아준다. 셋째, 전자도구는 소통과 생각 공개의 과잉을 부추긴다, 등입니다.

『모든 것을 기억하는 남자』와 『모든 것을 기억하는 여자』에서는 놀라운 기억능력을 가진 남자와 여자의 이야기를 담았습니다. 책을 읽다 보면 모든 것을 기억하는 데 고통이 따른다는 것을 알게 됩니다. 그들의 놀라운 기억력이 부러우면서도 한편으로는 다행이다 싶은 이율배반적인 생각이 들었습니다. 그래서 인간은 경험에 따르는 고통을 회피하기 위하여 망각기능을 발전시키는 진화를 선택하였다는 주장에 공감을 하게 되는지도 모릅니다(탈리 샤롯 지음, 『설계된 망각』, 리더스북, 2013년).

인간에게 망각이라는 놀라운 기능이 있음에도 불구하고 기억을 외부에서 조달하는 방식으로라도 보고들은 것을 모두 기억할 수 있기를 꿈꾸는 사람들이 늘고 있습니다. 전자기기의 발전으로 인간의 기억을 무한하게 확장할 수 있게 되었습니다. 전자사진기와 녹음기로 일상에서 일어나는 모든 일을 기록할 수 있습니다. 열어본 모든 누리망 자료와 주고받은 전자우편, 전화통화 내용까지도 기록하는 사람을 '일상을 기록하는 사람(lifelogger)'이라고 합니다. 문제는 기록한 내용을 불러내기가 쉽지 않다는 것이 두뇌의 회상기능과의 차이점입니다. 전자기기에 수록한 기억은 단서가 없거나 자료가 올바른 방식으로 저장되어 있지 않다면 결코 찾을 수 없습니다. 하지만 사람의 두뇌는 관련된 단서들을 떠올리다 보면 번쩍하고 떠오르는 경우가 있습니다. 결국 기억을 외부에서 조달할 수는 있지만, 저장된 기억을 불러내는 회상과정은 여전히 불완전한 인간의 기억에 의존해야 하는 문제가 남는 것입니다.

누리 사랑방(blog)과 댓글 나눔터(twitter) 등과 같은 사회관계망이 활성화되면서 사람들은 글쓰기에 대한 두려움이 사라지고 있습니다. 물론 글이 아닌 사진 혹은 영상으로 사회관계망을 구성하는 사람들도 있습니다. 그런데 사회관계망을 통하여 자기 생각을 대중과 공유하는 일이 의외의 부작용을 초래하기도 합니다. 누군가가 읽을 수 있다는 사실을 깨닫는 순간부터 그 누군가를 의식할 수밖에 없습니다. 취중에 써 올린 글이 의도치 않게 치명적인 결과를 초래하는 경우도 적지 않습니다. 저 역시 누리 사랑방과 댓글 나눔터를 통하여 세상과 교감하고 있습니다. 그런데 때로는 사회관계망에 올린 글이 사실과 다르다는 지적을 받고 올린 글을 내리기도 합니다. 그런데도 다양한 글쓰기를 열심히 하고 있습니다. '청중효과' 때문일 것입니다.

청중효과는 공부하는 학생들의 글쓰기에 크게 도움이 된다고 알려졌습니다. 스탠퍼드 대학의 앤드리아 런스퍼드 교수는 미국 젊은이들의 글쓰기문화에 대하여 연구하고 있습니다. 그에 따르면 요즈음 학생들이 써내는 작문의 길이는 한 세기 전보다 여섯 배 이상 길어졌다고 합니다. 하지만 문법 실력은 별반 차이가 없다고 합니다. 백 년 전에는 '봄에 피는 꽃'과 같은 작문 주제를 미리 정해주었다고 합니다. 그러던 것을 1980년대에는 학생들의 개인적인 경험을 주로 쓰게 하였습니다. 요즘에는 논증을 제시하고 근거를 찾아 자신의 논리를 입증하는 작문을 주로 쓰도록 한다는 것입니다.

전자도구가 창의력과 기억력을 후퇴시킬 것인가 하는 문제를 생각해봅니다. '찾았다'라는 의미의 그리스어 '유레카(ε ὕρ η κ α heúrēka)'는 아르키메데스가 목욕을 하다가 물이 넘치는 것을 보고 외친 데서 유래합니다. 아르키메데스는 당시 시러큐스의 히에로 2세 왕으로부터 금관이 순금으로 만든 것인지 알아내라는 명을 받고 고민 중이었습니다. 문제 풀기에 매달리는 과정에서 관련 지식을 많이 쌓아놓았기에 유레카가 가능했던 것입니다.

정신적 연료 없이 창의적인 통찰력이 번득이는 순간을 만나기 어렵습니다. 정말 흥미를 느끼고 의미가 있다고 생각하는 지식에 대하여는 좀처럼 기억의 스위치가 꺼지지 않는 것입니다. 모든 것을 다 잘 기억할 수 없으니 별다른 의미가 없는 것들은 외부에서 조달해도 좋을 것 같습니다. 다만 전자도구를 이용하다 보면 주의력이 분산되는 문제는 해결해야 하겠습니다. 집착과 열정이 우리의 집중력과 기억력을 추진시키는 힘이라고 한다면 그런 집착과 열정을 폭넓은 대상으로 향하도록 유도하는 것이 좋겠습니다.

제가 일하던 심평원은 회의가 많은 편입니다. 그래서 회의를 줄일 수 있다는 부분을 꼼꼼하게 읽어보았습니다. 전후 세대는 회의를 통하여 집단의식을 형성하고 결정을 내리는 방식을 선호하였습니다. 하지만 요즘 젊은이들은 이런 방식이 의견대립만 조장하는 거추장스러운 절차라고 생각합니다. 그래서 짧고 비공식적인 회의를 선호하는 경향입니다. 누리망에 접속하여 서로의 상황을 수시로 주고받습니다. 이전 세대가 물리적으로 처리했던 업무를 전자방식으로 처리합니다. 참고할 점이 있겠다는 생각이 들었습니다.

전자도구가 가지는 가장 큰 힘은 모두를 연결하는 사회를 구현할 수 있다는 점입니다. 무책임할 것 같은 전자 세대들도 책임이 무엇인지 잘 알고 있습니다. 다만 집단적 무지가 문제 될 수 있습니다. 주변에 태도와 신념을 공유하는 사람들이 얼마나 많은지 잘 모르거나 과소평가할 때 일어나는 현상입니다. 이 또한 정보의 흐름을 원활하게 하면 해결할 수 있습니다. 다른 사람들의 생각을 알게 만들면 집단적 무지를 쉽게 몰아낼 수 있을 것입니다.

우리나라가 IT 강국임을 반영하듯 우리나라에 관한 이야기를 자주 언급하고 있는 것도 특징입니다. 예를 들면, 네이버가 구글의 공세를 효과적으로 막아낸 비결이라든지, 생각이 날 듯 말 듯 한 상황을 표현하는 '입안에서 뱅글뱅글 돈다'라고 하는 우리의 관용구가 훨씬 재미있다고도 합니다. 심지어는 2008년 제2차 광우병 사태도 인용합니다. 동방신기의 지지자모임 카시오페이아는 회원 수 100만을 자랑했습니다. 모임의 여학생들은 미국산 쇠고기 수입이 결정되자, 대통령의 결정이 옳지 않다고 의견을 모았습니다. 그들은 청계천광장에 모여 촛불 집회를 열었습니다. 그때 '10대 소녀들이 경찰에 구타당하는 장면이 공개되면서 진압 작전이 역효과를 불러일으켰습니다. 대통령이 유감의 뜻을 밝히고 내각은 총사퇴를 표명했다'라는 소문이 돌았습니다. 이 소문은 모두 사실이었을까요?

앞서도 말씀드렸습니다만, 전자시대를 완성하기까지 풀어야 할 문제는 많이 남아 있습니다. 하지만 우리는 분명 해결방안을 마련할 것입니다. 그렇게 되면 누리망은 분명 인쇄술에 이어 인간의 사고체계를 새로운 차원으로 끌어올릴 혁명이 완성될 것으로 믿습니다. (라포르시안: 2015년 5월 4일)

22 코끼리 움직이기(조재형, 이담북스)

'비급여 진료비 고지', 싸다고 다 좋은 건 아니다?

오래 전에 '코끼리를 냉장고에 넣는 방법 3단계'라는 우스갯소리가 유행했습니다. 3단계에서 시작한 우스개는 4단계, 5단계 등으로 진화하였습니다. 처음 나온 3단계의 정답은 '1. 냉장고 문을 연다, 2. 코끼리를 냉장고에 넣는다, 3. 냉장고 문을 닫는다'였습니다. 요즘 젊은이들이라면 '이거 웃기는 이야기 맞아?' 할 것 같습니다. 의료계에서는 '3단계는 무슨' 하면서 '코끼리를 냉장고에 넣는 방법 1단계'라는 문제가 나왔고, '수련의 선생에게 시킨다.'가 정답이었습니다.

생뚱맞게 코끼리에 관한 우스갯소리를 내놓은 이유는 조재형 교수님의 『코끼리 움직이기』를 소개하기 위한 몸 풀기였습니다. 최고의 선택을 이끄는 '행동경제학'이라는 부제목이 붙어 있는 것을 보면, 덩치가 산더미 같은 진짜 코끼리를 움직이는 특별한 방법을 소개하는 것은 아닙니다. 우리가 알고 있는 경제학은 이성적이고 경제적인 인간(homo economicus)을 전제로 한 이론입니다. 그런데 행동경제학(行動經濟學, behavioral economics)은 실제적인 인간의 행동을 연구하여, 어떻게 행동하고 어떤 결과가 발생하는지를 설명하는 현실 경제학이라고 할 수 있습니다.

애덤 스미스 이래 경제학 분야에서는 수많은 이론들이 제시되어 왔습니다. 이론이 많다는 것은 정작 현실에 맞추어 보았을 때 딱 들어맞지 않는 부분이 있어서, 그 간극을 메울 새로운 이론이 필요했다는 것을 의미합니다. 사실 경제활동 자체는 사람들에 의하여 일어나는 것입니다. 따라서 경제학 이론이라는 것은 어쩌면 이상적인 사회에서나 구현이 가능한 것일 수도 있습니다. 인간 자체가 아직 완성되지 않은 존재이기 때문입니다. 게다가 사회도 다양한 인간들로 구성되는 것입니다. 구성원들이 가지는 다양한 사회적, 인지적, 감정적 요소와 편향 등에 의해 일어나는 심리학적 현상에 의하여 영향을 받을 것이라는 가설에 기초한 것이 행동경제학입니다. 심리학, 특히 실험심리학이 발전하면서 행동경제학의 이론이 공고해지게 된 셈입니다.

저자는 인간의 사고와 의사결정이 자동으로 돌아가는 부분과 숙고 끝에 결정하는 부분에 의하여 이루어진다고 설명합니다. 자동체계는 무의식적으로 이루어지는 것입니다. 예를 들면 날아오는 공을 피하거나 하품을 하는 등의 행위입니다. 본능적으로 이루어지는 행동인데, 슬픈 영화를 보면서 눈물을 흘리는 것처럼, 감정 혹은 감성이 작용하기도 합니다. 그런가 하면 숙고체계는 필요한 정보를 모아 이성적으로 분석하고, 생각하는 과정을 통하여 최종 결정을 합니다. 집을 사는 과정을 예로 들어봅니다. 먼저 어느 지역에 어느 규모의 집을 사기로 마음을 먹습니다. 그리고 청약보다는 동원 가능한 자금을 끌어모아 지금 집을 사겠다는 결정을 내리는 요즈음 젊은이들이 좋은 예입니다.

그런데 인간의 사고와 의사결정에 간여하는 자동체계와 숙고체계는 양분되어 있으면서도 서로 자연스럽게 이동하고 흘러갑니다. 골프를 처음 배울 때는 발의 위치나 채를 잡는 법과 채를 휘두르는 법까지 선생님으로부터 배운 것을 되새기면서 반복하기 마련입니다. 하지만 기본이 몸에 익으면 일부 과정은 의식하지 않은 채 물 흐르듯 자연스럽게 이루어지게 됩니다. 즉, 훈련을 통하여 숙고체계가 자동체계로 전환되는 것입니다. 그런데 잘 맞던 공이 어느 순간 원하는 곳으로 가지 않게 되면 모든 것을 원점에서부터 다시 검토해야 합니다. 즉, 자동체계를 다시 숙고체계로 전환하는 것이지요. 이처럼 자동체계와 숙고체계는 상호 전환이 가능한 것입니다.

도입부를 읽다 보면 책에 대한 기대치가 높아집니다. 흥미롭고도 적절한 사례를 인용하여 설명하기 때문입니다. 암스테르담에 있는 스히폴 국제공항의 화장실에 있는 특별한 무엇이라든지, 90년대 스위스의 작은 마을에서 핵폐기물 매립지 설립과 관련한 주민투표 사례 등입니다. 이런 사례마저도 군더더기를 쳐내고 핵심을 간추려서 그 어렵다는 심리학이나 경제학의 개념을 쉽게 설명해줄 것으로 기대되었던 것입니다.

책의 내용은 크게 두 부분으로 구성되어 있습니다. '무엇이 당신을 행동하게 만드는가?' 그리고 '왜 당신은 흔들리는가?'입니다. 14꼭지의 이야기를 담은 앞부분에서는 사고와 의사결정이 이루어진 근본적 원인을 설명합니다. 12꼭지의 이야기를 담은 뒷부분에서는 의사결정을 머뭇거리는 이유를 설명합니다. 이야기들 가운데 새삼스러웠던 것을 배웠고, 나름대로 고민하던 것은 해답을 얻었습니다.

다양한 사례를 인용하고, 적절한 심리학실험의 결과를 연결하였습니다. 저자가 책을 통하여 독자에게 전하고자 하는 요지는 '공정성'으로 귀결됩니다. 우리나라의 유통업계에서 오랫동안 갑론을박이 있었던 최저가격보상제의 허와 실이 무엇인지 설명하는 대목을 예로 들어봅니다. 최저가격 보상제란, 고객이 구입한 상품과 품목, 규격, 그리고 형식이 똑같은 상품을 다른 점포에서 더 싼 값에 팔고 있다면 차액을 즉시 현금으로 돌려주는 제도입니다. 말 그대로 유통점이 고객들에게 최저가격을 보장한다는 것입니다. 이 제도는 미국과 같은 유통선진국에서는 이미 오래 전부터 시행해온 것입니다. 우리나라에서는 1997년 5월 신세계 이마트가 처음으로 시작했습니다. 이 제도는 가격경쟁을 유도하여 물가안정과 소비자에게 혜택을 주는 제도로 알려지게 되었습니다.

그렇다면 최저가격 보상제가 과연 긍정적인 결과를 가져왔을까요? 이 제도는 결국은 가격경쟁을 유도하는 것이 아니라 가격을 동일하게 만드는, 즉 담합을 유도하는 결과를 가져오지 않았을까요? 좋은 취지를 내세워 소비자를 배려하는 척했지만 오히려 소비자를 우롱하는 제도로 전락할 운명을 태생적으로 가지고 있다는 것을 알고 있었을 것 같습니다. 저자의 결론은 싼 값이 중요한 것이 아니라 합리적인 가격과 공정한 시장이 될 수 있는 제도가 필요하다는 것입니다.

누리집에서 볼 수 있는 가격 비교 정보에 관한 이야기도 눈길을 끌었습니다. 병원에서 받은 진료 가운데 환자가 비용을 모두 내는 비급여항목의 수가를 고지하도록 하고 있기 때문입니다. 이 제도는 경쟁을 통하여 가격을 지속해서 하락시킬 수 있을 것이라는 기대를 담아 도입된 것으로 알고 있습니다. 그런데 저자는 이 제도 역시 가격을 고착화하는 역할을 하게 된다고 설명합니다. 무한 경쟁이 소비자에게 꼭 유리한 것인가 되묻기도 합니다. 누구나 질도 좋고 가격도 저렴한 진료를 원할 것입니다. 하지만 경쟁을 통하여 가격을 내릴 수 있는 한계가 있기 마련입니다. 결국 이 제도로 인하여 오히려 소비자가 피해를 볼 수도 있습니다. '싼 게 비지떡'이란 우리네 옛말이 공연한 것은 아닙니다.

요즈음 우리 사회의 화두가 되는 경제민주화의 허실에 관한 이야기도 관심이 가는 대목입니다. 이 주제를 두고 저자는 아주 놀랄 만한 사례를 인용했습니다. 『누가 백만장자가 되고 싶어 하는가?』라는 프랑스판 문제 풀기 방송에서 일어난 일입니다. '지구를 도는 것은 무엇입니까?'라는 질문에 달, 태양, 화성, 금성이라는 예시가 주어졌습니다. 초등학생도 답을 알 만한 문제인데 출연자가 당황하면서 방청객 기회를 쓰고 말았습니다. 더욱 이상한 것은 방청객의 42%만이 정답인 '달'을 선택하였고, 무려 56%의 방청객이 '태양'을 선택했다는 것입니다. 출연자는 다수의 답인 '태양'을 선택하여 상금을 받지 못하고 말았습니다. 출연자는 그렇다고 쳐도 방청객은 왜 그런 선택을 하였을까요? 태양을 답으로 고른 방청객들은 이렇게 쉬운 문제의 답도 모르는 사람은 100만 유로를 받을 자격이 없다고 생각했다고 합니다. 일부러 오답을 선택한 것이었다고 저자는 설명합니다.

공정성과 경제민주화에 관한 설명을 하면서 저자는 최후통첩 시합을 인용합니다. 전혀 알지 못하는 두 사람이 일정한 금액을 나누어 갖는 시합입니다. 두 사람에게 주어진 돈은 한 사람이 다른 사람에게 조건을 제시하고 다른 사람이 이를 수락해야만 나누어 가질 수 있습니다. 하지만 동의하지 않으면 두 사람 모두 돈을 가질 수 없습니다. 실험을 해보면 대체로 제안을 하는 쪽에서 30% 이상을 제시해야 두 사람이 모두 돈을 가져갈 수 있습니다. 재미있는 것은 두 사람이 어느 정도의 노동을 하고 실험을 진행하면 더 공평한 비율로 돈이 배분되는 경향이라고 합니다. 분배에 노동의 대가에 대한 보상이라는 개념이 들어가게 된 것입니다.

경제민주화를 논하는 과정을 보면 부자가 세금을 더 많이 내야 한다고 주장합니다. 물론 부자가 돈을 버는 과정에 문제가 있다면 돈을 버는 과정을 바로 잡는 것이 옳을 것입니다. 그런데 부자 역시 땀 흘린 만큼 돈을 버는 것이라면, 단순히 많이 벌기 때문에 세금을 더 내라는 주장이 과연 공정한가 싶습니다. 2010년을 기준으로 우리나라의 근로소득세 면세자 수는 595만5,000명, 종합소득세 면세자 수는 140만 명으로 총 735만 명이 소득세를 내지 않았습니다. 물론 수입이 적은 계층에 대한 배려라는 차원의 정책이라고 생각할 수도 있습니다. 하지만 선진국에서는 소득이 낮은 사람에게도 세금을 부과하는 것이 원칙이고, 대신에 복지를 통하여 이를 보전해준다는 것입니다. 국민의 한 사람으로서 무임승차하고 있다는 찜찜한 기분보다는, 다만 조금이라도 국가 재정에 기여하고 있다는 자부심을 느낄 수 있도록 하는 것이 옳겠다는 생각입니다. 조세와 정의가 따로 노는 것이 아니라 서로 연관성을 가지고 움직이는 것이 바람직합니다.

이 책의 제목이기도 한 '코끼리 움직이기'는 커다란 덩치의 코끼리에 올라탄 왜소한 기수가 코끼리를 다루는 모습에서 가져왔습니다. 즉 코끼리 움직이기란 타성적인 습관을 바꿀 수 있는가에 관한 문제입니다. 코끼리에 올라탄 기수가 고삐를 쥐고 있기 때문에 코끼리가 기수의 말을 듣는 것은 아닙니다. 코끼리는 훈련과정에서 기수의 말에 따르면 먹이 등으로 보상을 해주었기 때문에 기수의 말을 듣는 것입니다. 코끼리를 훈련하는 과정은 인내심이 필요할 정도로 조금씩 진행됩니다. 만약 누군가 아침잠을 줄여 운동하기로 정했으면, 갑자기 1~2시간을 일찍 일어나 운동하기보다 30분 정도 일찍 일어나 10분 정도 운동을 하는 식으로 시작하라고 합니다. 처음에 코끼리를 아주 조금만 움직여보는 것처럼 말입니다. 그리고 잘한 코끼리를 토닥거려 칭찬해주고, 적절하게 보상을 해주는 것처럼 스스로를 칭찬하고 격려해주면 좋은 결과를 얻을 수 있습니다.

'아는 것이 병이다?'라는 제목의 글에서 '지식의 저주'에 관한 내용이 마음에 와 닿았습니다. 비교적 전문적인 내용을 비전문가들이 이해할 수 있도록 쉽게 설명하는 일을 하고 있어서입니다. 사람들은 흔히 내가 잘 알고 있는 것은 다른 사람들 역시 잘 알고 있을 것이라고 착각하는 경향이 있습니다. 특히 전문가들이 비전문가들을 이해하지 못하는 데서 나온 말입니다. 그래서 전문적인 내용을 비전문가들에게 설명할 때는 상대를 초등학생으로 생각하라고 말합니다. 하지만 막상 설명을 하다 보면 어느새 전문가로 되돌아와 있는 자신을 발견하곤 합니다. 그런 점에서 본다면 이 책이 참 좋은 참고서가 될 것 같습니다.

어려운 행동경제학 이론을 사례는 물론, 심리 실험에 이르기까지 초보자도 이해하기 쉽게 설명하고 있어 행동경제학의 입문서로는 그만이라고 생각합니다. (라포르시안: 2015년 5월 11일)

23 심리학에 속지 마라(스티브 아얀, 부키)

심리학자의 내부고발… "심리학에 속지 마라"

서울중독심리연구소의 김형근 소장님이 쓴 『내 마음인데 왜 내 마음대로 안되는 걸까?』를 읽었습니다. 심리적 문제를 가진 사람들에 관한 상담사례를 다룬 책입니다. 저자는 프로이트의 정신분석 이론을 가지고 그분들 마음의 걱정거리가 생긴 이유를 설명하였습니다. 즉 성장 과정에서 만난 정신적 충격이 성격 형성에 영향을 미치고, 장성한 다음의 성격이나 행동을 지배한다는 이론입니다. 읽다 보면 어느새 저자의 설명에 빠져드는 것 같으면서도 한편으로는 '정말?' 하는 생각이 들기도 했습니다. 그런 생각에 대한 답을 스티브 아얀이 쓴 『심리학에 속지 마라』에서 얻은 듯하여 소개합니다. 특히 제가 지금까지 알고 있던 심리학에 대한 일반적 앎을 뒤엎어야 하는 내용이었습니다.

세상이 복잡해지면서 이상과 현실이 일치하지 않아 고통을 받는 사람이 늘고 있습니다. 이런 사람들에게 '자아를 직시하라'라며 상담을 유도하는 심리상담산업이 호황을 맞고 있습니다. 우리나라에서는 인문학 열기까지 더해지면서 심리학 관련 서적들이 인기를 끌고 있습니다. 환자에게 커다란 고통을 안기는 심각한 심리 장애는 분명 존재합니다. 우울증, 공포, 중독, 강박과 같은 심적 고통을 받는 사람들은 당연히 적절한 도움을 받을 수 있어야 합니다. 하지만 삶에서 흔히 부딪힐 수 있는 간단한 부정적 감정까지도 병으로 진단하고 치료받도록 강요해서는 안 될 것입니다.

저자가 요약한 이 책의 구성은 다음과 같습니다. "첫 번째 부분에서는 우리 사회에서 벌어지는 심적 괴로움의 인플레이션을 다루면서 사소한 심리 문제가 왜 이토록 큰 문제로 여겨지는지를 파헤친다. 두 번째 부분에서는 학문으로서의 심리학을 다루며 어째서 심리학이 그토록 쉽게 근거 없이 떠도는 전설이 되었는지 설명하고, 마지막으로 일상에서 흔히 볼 수 있는 심리상담 숭배의 결과를 그려냈다(17쪽)." 저자는 심리상담이 남용되고 있는 것을 우려합니다. 심리상담을 하다 보면 끊임없이 자아를 성찰하고 심리학의 기준에 따라 측정하게 된다는 것입니다. 결국 일방적으로 생길 수 있는 일마저도 점점 고통스럽게 느껴질 수 있습니다.

저자는 오늘날 심리산업이 호황을 누리기까지 언론의 역할이 컸다고 진단합니다. 심리학이 만들어낸 그럴듯한 내용을 잘 포장해서 독자의 흥미를 끌어내는 역할을 했기 때문입니다. 심리학은 도움이 필요하다고 느끼는 독자들의 시선을 끌어내려는 전략을 구사해왔습니다. 독자들을 마음의 위로자형, 마법의 자장가형, 체크리스트형 그리고 헛똑똑이를 위한 자료형으로 분류하여 맞춤형으로 심리학책을 제공한 것입니다. 본격적으로 상담에 나서기 전에 자신의 위상을 부각하기 위하여 심리학에 관한 전문적인 책을 내는 것은 심리상담가들의 기본적인 전략입니다. 이들의 심리학책이 우리의 마음을 위로하고, 행복의 처방전을 나누어주고, 스스로 삶을 완전히 통제할 수 있으며, 마음속 깊은 바닥까지 들여다볼 수 있다는 확신을 안겨주는 첨병 역할을 합니다. 사람들이 심리학책에 쉽게 빠져드는 이유가 있습니다. 심리학책이 제공하는 조언은 대체로 일반적인 내용만 다루기 때문입니다. 그런데도 사람들은 누구에게나 해당하는 일반적인 특성이 마치 자신의 것인 양 착각하는 것입니다.

우리는 선택이 일상적인 삶을 살고 있습니다. 출근하기에 앞서 어떤 넥타이를 맬 것인가부터 시작해서, 차를 운전할 것인가 아니면 지하철을 탈 것인가, 점심에는 무엇을 먹을 것인가 등입니다. 그런데 이런 일상적인 것들까지도 심각하게 고민합니다. 심사숙고 끝에 최종 결정을 내리지만, 막상 결정을 한 다음에도 선택하지 않은 것에 대한 미련을 남기기도 합니다. 이럴 때 우리는 로버트 프로스트의 「가지 않은 길」이라는 제목의 시를 떠올리게 됩니다.

프로스트의 유명한 시 「가지 않은 길」은 숲에서 만난 갈림길에서의 선택과 배제의 문제를 상징합니다. 이 시는 영국 시인 에드워드 토머스와도 관련되어 있습니다. 프로스트는 제1차 세계대전 무렵 영국에 머물면서 에드워드 토머스와 숲길을 산책하곤 했습니다. 미국으로 돌아간 프로스트는 갈림길에서 어느 쪽 길로 갈까 망설이던 토머스를 가볍게 놀리는 느낌을 담은 시 「가지 않은 길」을 토머스에게 보냈습니다. 제1차 세계대전에 참전할지 여부로 고민하던 토머스는 이 시를 받고서 군에 입대했고, 2년 뒤 북프랑스 전선에서 전사했습니다. 토머스의 죽음을 조롱할 뜻은 없습니다만 '장고 뒤의 악수'가 된 셈이라고 해도 될지 모르겠습니다.

훗날 프로스트는 사람들이 너무 자신의 시를 심각하게 받아들인

다며 “그 시는 속임수 시”라고 유감을 표시했습니다. 그러나 문학 작품이 작가의 손을 떠나는 순간 그 해석은 독자의 몫이라는 점에서 본다면 프로스트의 유감 표명도 적절치 않은 것 같습니다. 프로스트 전기작가 브라이언 홀은 프로스트의 시가 하찮은 결정에 의미를 부여하는 사람들과 그들의 망설임을 짚었다고 했습니다. “사람들은 어떤 길을 가든, 가지 않은 길을 그리워하는 법이라는 뜻”이라는 것입니다.

선택하지 않은 길에 대한 아쉬움이 병이 되기도 하는 사람을 위하여 스티브 아얀은 세 가지 조언을 합니다. 첫째 만족할 줄 알아야 한다. 선택을 통해서 이미 목적을 이루었는데, 다른 해답을 찾는 이유가 무엇인가? 옳은 선택을 하려면 반드시 심사숙고해야 한다는 것도 편견이다. 즉 우리에게는 자아를 들여다보는 눈이 없다는 점을 깨달으라는 것입니다. ‘우리는 지금 이대로도 충분히 괜찮다’라고 인식하는 것이 중요합니다.

심리치료에 매달리는 사람들이 가지는 막연한 기대감을 단번에 무너뜨리는 내용입니다. 하지만 저자는 대부분의 심리치료법은 믿을 만한 자료도 별로 없고 약품 치료와는 달리 엄격한 법률 자료를 바탕으로 검증할 수도 없다고 했습니다. 단순히 말로 하는 치료만으로 환자가 치유되는 경우는 극히 드물다는 것입니다. 그런데도 매년 쏟아져 나오는 심리학 관련 연구논문들은 무엇일까요? 대체로 심리학 관련 연구는 통계학적으로 접근하는 경우가 많습니다. 통계자료는 해석에 따라서 전혀 다른 결론에 도달할 수 있습니다. 한스 페터 베크 보른홀트와 한스 헤르만 두벤이 같이 쓴 『알을 낳는 개』를 읽어보시면 잘 이해할 수 있습니다. 그리고 심리학 분야에서의 통계치의 의미를 제대로 이해할 수 있어야 한다는 점을 강조한 게르트 기거렌처 소장의 『숫자에 속아 위험한 선택을 하는 사람들』은 『양기화의 BOOK 소리』에서도 소개한 바 있습니다.

한편 저자는 통계적 해석의 오류에 기인하는 심리학의 문제에 더하여 심리학적 가정의 오류도 심각하다고 지적합니다. 잘못된 심리학적 가정을 증명하는 일은 쉽지 않습니다. 그런데도 잘못된 가정을 바탕으로 세워진 심리학적 가설 가운데 잘못되었다는 증거들이 이미 제시되었습니다. 대표적인 것을 들어보면, 잠재의식을 이용한 광고가 우리의 행동에 영향을 미친다는 것이 있습니다. 광고에서의 잠재의식효과(Subliminal effect)는 영화 필름 속에 감추어 둔 영상이 영화를 본 사람들에게 영향을 미친다는 주장입니다. 예를 들면 뜨거운 태양이 작열하는 장면이 삽입된 영화를 본 관객들은 갈증을 느끼게 되고 결국 탄산음료를 마시게 된다는 것입니다. 1951년 미국의 홍보전문가 제임스 비카리가 내놓은 이론인데 나중에 근거 없는 주장이었다고 실토하였습니다.

정신적 외상을 입은 사람을 치료하기 위한 위기상황 긴장 해소법(Critical Incident Stress Debriefing; CISD)의 효과 역시 의문의 대상입니다. 2001년 9월 11일 미국에서 일어났던 폭력사건의 현장에 있었던 사람이 받은 CSID 치료가 오히려 부정적인 결과를 낳기도 했던 것입니다. 좋지 않은 기억을 자꾸만 건드리는 것보다 그대로 덮어두는 것이 최선일 수도 있습니다.

심리학은 유연한 학문입니다. 헤아릴 수 없이 많은 요소가 우리의 정신에 반향을 일으킨다는 점, 그리고 이들의 인과관계가 불안정하다는 점 그리고 우리가 정신을 묘사할 때 사용하는 개념이 인공적으로 만들어낸 용어라는 점 때문입니다. 그 결과 준비된 허구와 현실을 혼동할 수도 있습니다. 그래서 저자는 심리학의 연구성과를 이해할 때 다음과 같은 점에 주의할 것을 당부합니다. 1. 모든 이론은 임시적이다, 2. 통계적 연관성을 원인과 효과로 혼동하지 말자, 3. 특정 집단에서 얻은 결과를 너무 다급하게 일반화하지 말자, 4. 개개의 경우는 개개의 경우로 놓아두자, 5. 혁신적인 주장은 예외적인 것일 뿐 일반화할 수 없다(158-159쪽).

그리고 심리학자들이 흔히 다음과 같은 속임수를 쓸 수 있다는 점도 기억하라고 합니다. 1. 심리학자들은 때때로 근거도 없이 주장을 펼친다, 2. 상식은 이론 뻥튀기의 발판으로 사용된다, 3. 일단 이론에 이름을 붙여서 있어 보이게 만든다, 4. 깊은 인상을 남기는 그림과 비유를 이용한다, 5. '무의식'을 이론 창출의 노다지로 활용한다, 6. 마치 불편한 진실이나 파문을 일으킬 만한 사실을 품은 척 지식을 포장한다(170-173쪽).

저자는 심리학이 산업이라고 할 만큼 호황을 누리고 있는 배경에는 대중으로 하여금 불안한 심리상태에 들도록 만드는 심리학의 교묘한 술수가 있었다고 비판합니다. 지금까지 잘 살아온 사람들이 공연히 자신을 남과 비교하게 만들고, 모든 면에서 완벽한 삶을 추구하도록 유도하고 있다는 것입니다. 하지만 중요한 것은 나 자신이 되어야 합니다. 내가 좋으면 그것으로 좋다는 생각을 가지는 것이야말로 심리학에 휘둘리지 않은 요체가 될 것 같습니다.

혹자는 『심리학에 속지 마라』 역시 심리학 교본이 아니냐는 의문을 내놓기도 합니다만, 제가 보기에 이 책은 심리학 고발서라고 하는 것이 좋겠습니다. (라포르시안: 2015년 12월 28일)

24 우리는 왜 위험한 것에 끌리는가(리처드 스티븐스, 한빛비즈)

당신은 '검은 양'인가?

남들이 모범생이라고 했던 필자도 학생 때 19금 영화관에 간 적이 있습니다. 가던 날이 장날이라고 단속 나온 선생님을 피해 달아나야 했습니다. 지금 생각해보면 단순한 호기심 아니면 일탈을 꿈꾸었던 것인지는 분명하지 않습니다. 일탈을 꿈꾸었다면 다람쥐 쳇바퀴 도는 일상에서 벗어나 보려는 욕구 때문이 아니었나 싶습니다. 누구나 정도의 차이는 있겠지만, 똑같이 반복되는 일에서 벗어나려는 욕구를 가지고 있습니다. 그것이 위험할수록 유혹이 커질 수밖에 없습니다.

『우리는 왜 위험한 것에 끌리는가』에서 사람들이 일탈을 꿈꾸는 이유를 알아보기로 합니다. 영국 중부의 스태포드셔에 있는 킬(Keele)대학에서 심리학을 연구하는 리처드 스티븐스(Richard Stephens) 교수가 썼습니다. 강의와 연구를 하는 사이에 자동차 경주를 즐기는 독특한 분입니다. 그의 연구주제 가운데 '욕설을 통해서 사람들이 얻는 심리학적 혜택은 무엇일까'라는 것도 있습니다. 그 연구성과로 2010년에 이그노벨상을 받았다고 합니다. 이그노벨상은 '처음에는 웃게 하나 나중에는 생각하게 만드는' 과학이라는 의미를 담아 수여하는 상입니다.

『우리는 왜 위험한 것에 끌리는가』의 원제목은 『Black Sheep: The Hidden Benefits of Being Bad』입니다. '검은 양: 나쁜 것에 숨어있는 이득' 정도로 이해되는 제목입니다. 나쁜 것으로 보는 일탈에 숨어있는 이익을 '검은 양'으로 표현한 이유는 분명하지 않습니다. 다만 검은 양(Black sheep)은 한 떼의 하얀 양 무리에 섞여 환영받지 못하는 존재입니다. 조직사회의 골칫거리, 말썽꾼, 이단아를 지칭할 때 쓰이는 말입니다. 검은 양 입장에서는 타고난 것을 어쩔 것이냐면서 억울할 수밖에 없습니다. 하지만 조직의 말썽꾼은 스스로 택한 길일 수도 있습니다.

심리학에서 다루는 주제는 사회적 추방부터 감성 지능, 음악 감상부터 통증 지각까지, 종교에서부터 죽음에 이르기까지 아주 방대합니다. 예로부터 심리학은 사람들에 관한 수많은 질문에 답변하기 위하여 노력해왔기 때문입니다. 저자가 심리학실험을 통하여 욕설과 통증과의 관계를 밝히는 연구를 했다고 앞서 말씀드렸습니다. 『우리는 왜 위험한 것에 끌리는가』에는 섹스와 중독, 고속운전, 낙서와 껌 씹기, 계곡에 걸려 있는 다리 건너기와 롤러코스터 타기와 같은 일탈 행위의 혜택에 관한 심리학 연구의 결과들을 담았습니다. 독자들이 과학의 본질을 확실히 납득하고, 심리연구에 대한 호기심과 관심을 자극하는 기회를 만들려는 생각이었다고 합니다.

'성생활'을 제일 먼저 다룬 것은 사람들이 가장 좋아할 수 있는 주제이기 때문일 것입니다. 요즘에는 공개된 장소에서 성행위를 하다가 경찰에 붙잡히는 간 큰 젊은이들도 있습니다. 하지만 은밀한 장소를 선호하는 경향이 있는 성행위를 연구하는 일이 쉽지 않을 것입니다. 그런데도 성행위를 하는 동안 표정의 변화를 본다거나 심지어는 뇌 영상검사를 한 실험도 있습니다. 어떻든 성적 흥분이 의사결정에 미치는 영향이나 규칙적인 성행위로 얻을 수 있는 이점 등을 추구한 연구성과를 정리하면 다음과 같습니다.

첫째, 성적 흥분은 마약을 복용하거나 좋아하는 축구팀이 득점을 하는 장면을 볼 때처럼 뇌의 보상경로를 활성화합니다. 즉 성행위는 즐거운 일인 것입니다. 둘째, 절정을 느끼는 순간 남녀 모두에서 비슷한 뇌의 활동을 보인다고 합니다. 남녀 모두 감정이 고양되면서 정신적으로 연결된다는 것이지요. 셋째, 성행위로 젊고 탄력적인 외모를 유지할 수 있으며, 통증과 불안을 해소할 수 있습니다. 반면 성행위는 남녀 모두에서 의사 결정력을 극단적으로 떨어뜨릴 수 있습니다. 하지만 이는 성행위에 몰입되어 있는 순간의 일이기 때문에 살아가는 데 큰 문제는 없겠습니다.

물론 외도와 같은 비정상적인 성행위는 일탈에 속하는 일입니다. 정상적인 관계라면 성행위를 통하여 위와 같은 이익을 얻을 수 있을 것입니다. 하지만 비정상적인 관계가 공개되었을 때 사회적 파장을 불러일으킬 수 있다는 점을 기억해야겠습니다. 뿐만 아니라 성행위를 하는 동안 치명적인 건강상의 위험이 닥칠 수도 있어 이익과 위험을 따져보아야 하겠습니다.

두 번째 주제는 '술'입니다. 아마도 저자가 국제숙취연구소의 창립위원이라는 점을 보면 당연한 순위가 아닐까 싶습니다. 저 역시 과거에 알코올 중독이 아닐까 걱정한 적도 있어 열심히 읽었습니다. 정신의학에서는 '알코올 중독'이라는 용어가 사라진 지 30년 가까이 됩니다. 미국정신의학회(APA)가 1980년대에 만든 정신질환 진단 및 통계편람(DSM-III)에서는 '알코올 중독'이 '알코올 의존', 혹은 '알코올 남용'이라는 용어로 바뀌었습니다. 하지만 개념 자체는 크게 달라진 것 같지 않습니다. 알코올 섭취를 줄이거나 알코올 섭취를 스스로 통제할 수 없을 때, 의도했던 것보다 더 많은 양을 섭취할 때, 손 떨림 같은 금단증상을 보일 때, 내성이 생겼을 때 등의 경우를 알코올 의존증이라고 합니다. 그보다 경미한 증상을 보일 때는 알코올 남용이라고 합니다.

적당히 마시는 술은 분명 심뇌혈관질환이나 우울증과 같은 건강 문제를 해결하는 이점이 있습니다. 뿐만 아니라 창의성을 높여주기도 합니다. 그리고 술은 사람들을 뭉치게 만드는 접착제로, 그리고 사회적 상호작용을 원활하게 해주는 윤활제 역할을 합니다. 따라서 술이 인류문명의 토대 가운데 하나라는 이론도 있습니다.

고고학자 패트릭 맥거번은 『술의 세계사』에서 인간이 알코올을 소비한 역사를 살펴보았습니다. 인류가 수렵채집사회에서 농경사회로 전환한 동기가 식량문제의 해결보다는 술을 제조하기 위해서였다는 것입니다. 뿐만 아니라 알코올은 '정지' 단추를 작동시키는 현명함까지 가지고 있습니다. 즉 나이가 들어가면 알코올 섭취에 제동을 하는 '정지' 단추가 작동하면서 알코올 섭취가 줄어든다는 것입니다. 제가 요즘 깨닫게 된 사실입니다.

세 번째 주제는 '욕설'입니다. 저자는 욕설과 통증과의 상관관계를 실험한 바 있습니다. 그 주제를 세 번째로 미루어둔 것은 신사의 나라 영국 출신이기 때문일까요? '압박감이나 통증을 완화하기 위하여 저속한 말을 사용하는 것을 랄로체지아(lalochezia)라고 합니다. 그리스어로 말하기(spech)를 의미하는 '랄리아(λαλιά, laliá)'와 용변하다(to relieve oneself)를 의미하는 '케조(χέζω, khézō)'를 결합해서 만든 용어입니다. 아직은 적절한 우리말이 만들어지지 않은 것 같습니다. 한자를 쓰면 해우방언(解憂放言)이라고 할 수 있겠습니다만, '말로 풀어내다'라는 정도의 의미를 담을 수 있는 용어라면 좋을 것 같습니다.

저자는 욕설을 주제로 한 연구를 수행한 것에 대한 해명도 적었습니다. 욕설이라는 연구주제가 천박해 보일 수도 있겠지만, 심리학이 인간의 마음에 관한 학문이라는 점을 고려해달라는 것입니다. 생명이 탄생하는 경이로운 현장에서 욕설이 쏟아지는 것은 그리 드물지 않습니다. 목숨이 경각에 달린 위기의 순간에도 욕설이 튀어나오기도 합니다. 과연 '욕설은 생과 사의 언어'라고 할 수 있을 것 같습니다.

네 번째 주제 역시 저자의 본심을 담았네요. 바로 '질주본능'입니다. 아마도 운전에 자신 있는 분이라면 고속주행할 때 느끼는 긴박감을 기억할 것입니다. 대부분의 나라에서 과속을 금하는 것은 사고의 위험이 크고, 사고가 나면 치명적 손상을 입을 가능성이 같이 높아지기 때문입니다. 재미있는 것은 지루한 상황에서는 공상에 빠져 주행속도가 올라간다고 합니다. 그리고 공상에 빠진 운전자는 운전에 집중하지 못하는 경향이 있다는 것입니다. 운전자들의 질주본능에 대하여 저자는 감각추구이론보다는 몰입이론으로 설명합니다. 즉 고속운전은 운전에서 비롯하는 도전의 강도를 끌어올림으로

써 지루함을 극복하려는 하나의 수단(173쪽)으로 본다는 것입니다. 그런데도 속도가 충돌위험에 어떤 영향을 미치는지를 이해하고 도전적 운전을 안전하게 해줄 방법을 찾아내는 것이 숙제라고 한발 빠지는 견해를 보였습니다.

다섯 번째 주제는 '사랑'입니다. 가수 태진아 씨는 『사랑은 아무나 하나(2000년)』를 노래했습니다. 하지만 봉봉 사중창단이 『사랑을 하면 예뻐져요(1967년)』에서 사랑을 예찬한 것과 비교해보면 사랑도 시대에 따라서 달라지는 것 같습니다. 사랑이 초콜릿, 돈, 코카인 등과 똑같이 뇌의 보상경로를 활성화한다는 연구결과도 있습니다. 그리고 보면 사랑은 강력한 마약이라는 문학적 의미가 과학적으로 입증된 것 같습니다. 그런데 배우자가 있는 경우처럼, 사랑해서는 안 될 사람을 사랑하는 일은 위험을 무릅쓰는 일탈이라고 하겠습니다. 일탈로 얻을 수 있는 이익이 위험보다 크다는 잘못된 판단으로 기인하는 행위일 것입니다.

한편 저자는 가슴 뛰게 하는 초기 단계의 사랑이 주는 효과와 함께 오랜 연인관계도 논합니다. 나이가 들면 미운 정 고운 정 다 들어서, 그놈의 정 때문에 산다고 하는 우리네 옛말이 있기도 합니다. 일종의 연민적 사랑을 에둘러 말하는 것입니다. 연민적 사랑은 부작용을 유발할 수 있습니다. 노부부가 서로에게 연민적 사랑을 표현하는 행위는 희한하게도 한쪽 당사자에게만 긍정적인 효과를 나타냅니다. 여성은 그런 행위를 통하여 자신이 아직도 쓸모가 있고 소중한 사람이라는 느낌이 커집니다. 반면 남성은 자신의 건강이 쇠약해졌다는 징후로 받아들이기도 합니다. 심지어는 자신의 몫이던 가족 부양의 책임이 아내에게 넘어가는 새로운 결혼생활의 단계로 들어갔다고 해석할 수도 있습니다. 남성들이 연민적 보살핌에 부정적으로 반응하는 이유입니다.

여섯 번째 주제는 '압박감'입니다. 사람들은 대체로 흥미 있는 일에 몰입함으로써 기쁨과 만족을 얻을 수 있기 때문에 위험을 추구하는 경향이 있습니다. 다만 삶에 유해한 부정적 압박감을 지양하고 삶을 강화하는 긍정적인 압박감을 강화하는 것이 좋겠습니다. 일곱 번째 주제는 '시간 낭비'라고 했는데, 제가 보기에는 느리게 살기라고 하는 것은 어떨까 싶습니다. 이는 삶의 한 가지 유형이기 때문에 일탈이라고 보기 어렵지 않을까 싶습니다. 마지막 주제는 '죽음'입니다. 특히 임사체험을 인용하여 죽음을 설명하고 죽음을 두려워할 필요가 없는 것이라는 결론을 끌어내고 있는 것에 공감하기는 쉽지 않았던 것 같습니다.

정리를 해보면, 일탈이라고 생각하는 것들이 삶의 또 다른 요소들이라는 생각이 들었습니다. 적절한 일탈은 삶을 풍요롭게 만드는 방법이 될 수 있습니다. 일탈에 대한 이해를 높임으로써 부적절한 일탈을 피할 수 있으면 좋겠습니다. (라포르시안: 2016년 6월 27일)

25 갈 곳 없는 남자, 시간이 없는 여자(미나시타 기류, 한빛비즈)

갈 곳이 없는 남자, 시간이 없는 여자

요즈음에는 자신을 돌아보는 시간이 많아졌습니다. 아무래도 나이가 들어가는 탓인가 봅니다. 무엇인가 새로운 일을 찾아 관심이 밖으로 향하던 젊을 때와는 분명 달라진 점입니다. 아직은 일을 하고 있기 때문에 낮에는 집 밖에 있지만, 저녁이나 주말에는 집에 있는 시간이 많습니다. 어느새 몸에 익은 책 읽기와 글쓰기 습관도 한몫을 하고 있기도 합니다. 스스로 살아가는 방식이 있다면 굳이 다른 사람들의 살아가는 모습에 관심을 둘 이유는 없을 것입니다만, 사회학자들은 그렇지 않은 모양입니다.

미나시타 기류의 『갈 곳이 없는 남자, 시간이 없는 여자』는 앞서 말씀드린 상황을 사회학 관점에서 해석합니다. 물론 일본 사회의 경우입니다. 그래도 일본 사회의 변화가 우리 사회에 영향을 미치는 경우가 많아 관심을 가져볼 만합니다. 이 책에서 저자는 직장을 은퇴한 남편과 그의 아내라는 특정한 연령대의 일본인들에서 나타나는 사회현상을 해석합니다. 저 나름대로는 여성인 저자가 남성을 제대로 이해할 수 있을까 하는 의구심이 들었던 모양입니다. 굳이 이런 말씀을 드리는 것은 남편과 아내, 혹은 남성과 여성을 차별화하려다 보니 다소 무리가 있다는 생각이 들었나 봅니다. 그래도 남성이나 여성이나 각자의 처지에서 생각해 볼거리는 분명 있겠습니다.

남편이 직장에 다니고 아내는 가정을 지키는 경우가 논의의 대상입니다. 남편이 직장에서 은퇴하게 되면 아내와 남편 사이에 생각의 괴리가 일어난다는 것입니다. 샐러리맨 가정에 일어나는 시공간의 뒤틀림 때문입니다. 시간의 뒤틀림은 남녀 간의 하루 이동 거리의 차이에서 생기고, 공간의 뒤틀림은 남편은 직장을 그리고 아내는 동네를 주 활동 무대로 하고 있기에 생기는 것입니다.

이 책은 크게 세 부분으로 구성되어 있습니다. '갈 곳이 없는 남자'라는 제목의 제1부는 남성의 상황을 설명합니다. '시간이 없는 여자'라는 제목의 제2부는 여성의 상황을 설명합니다. 그리고 '남녀 모두가 행복한 사회를 위해'라는 제목의 제3부에서는 문제의 해결방안을 제시합니다. 제1장은 제1부에 속해있습니다만, 남편과 아내의 관계에 대한 총설에 가까운 내용을 다루고 있기 때문에 총론으로 떼어냈더라면 좋을 것 같습니다.

앞서 말씀드린 은퇴한 남편과 아내 사이에 생기는 생각의 괴리는 남녀의 시공간 분리가 초래한 비극이라고 저자는 정의합니다. 몇 년 전에 유행했던 '남편은 돈 잘 벌고 집에 안 들어올수록 좋다'라는 우스개도 일본에서 건너온 것 같습니다. 일본의 아내들은 젊어서 그런 남편을 좋아한다고 합니다. 그런데 남편이 은퇴한 다음에는 '젖은 낙엽'이라고 부른다는 것입니다. 심지어는 '대형 쓰레기' 혹은 '산업 폐기물'이라고 비아냥거리면서 빨리 사라져주기를 바라는 경우도 있다고 합니다. 일본 사회 특유의 지나친 호들갑은 아닌지 모르겠습니다. 이런 신조어는 평범한 대중과 가정주부들이 만들어냈다고 합니다. 그런데 사회학자들이 이런 풍조에 호들갑스럽게 장단을 맞추면서 대중들의 주목을 받게 된 것은 아닐까요?

반면 배우자가 아플 때 극진히 돌보다가 사별 후 오래지 않아 뒤따라가는 사람들도 적지 않다고 합니다. 사회학자들은 이런 모습에는 관심이 별로 없는 것 같습니다. 일본에서는 악몽을 꾸고 식은땀을 흘리는 남편에게 탈취제를 뿌리거나, 심지어는 남편을 보고 냄새가 난다고 핀잔을 주는 아내를 담은 광고도 있었습니다. 그런데 이런 광고에 대하여 비판이 제기된 적은 없다는 것입니다. 반면 여자는 요리하고 남자는 먹기만 하는 장면을 담은 광고는 여성단체의 강력한 항의로 결국 중단되었습니다. 참 이율배반적이라는 생각이 듭니다. 자신이 존중받고 싶으면 상대를 먼저 존중하는 것이 마땅하지 않을까요?

일본 사회에서 고독사가 커다란 문제가 된 지는 꽤 오래되었습니다. 고독사란 병사 혹은 변사의 한 종류를 말합니다. 누구에게도 간호를 받지 않고 홀로 살던 사람이 죽음을 맞는 경우입니다. 다만 자살 혹은 타살은 제외됩니다. 하지만 굳이 임대주택으로 제한을 둔 점이나 자살을 제외한 것은 적절해 보이지 않습니다. 2013년에 도쿄도 23구에서 발생한 의문사 가운데 독신 가구였던 사례를 비교해보면 남녀의 비율이 2:1이 넘었습니다. 특히 60대 이상의 남자가 전체의 40%를 넘는다고 합니다. 이는 남성들의 사회적 고리가 약하기 때문이라고 저자는 해석합니다. 일본 남성들은 오랫동안 직장 제일주의에 지배받아왔습니다. 따라서 일터에서 물러나면 단숨에 사회적 유대를 잃고 고립되기 쉽다는 것입니다.

관계의 부재는 남성을 결국 갈 곳이 없는 존재로 전락시킵니다. 문제는 사회에서도 갈 곳 없는 남자의 문제에 관심을 기울이고 있지 않다는 데 있습니다. 저자는 일본 사회가 남성의 '노동'에는 적극적이면서 남성의 '행복'에는 소극적이라고 비판합니다. 초고령사회에서 고립된 고령자가 증가하면 지역사회 전체의 부담이 커지게 됩니다. 따라서 적극적으로 대책을 마련해야 합니다. 그래서 저자는 지역사회에 다양한 형태의 모임이 있어야겠다고 합니다. 그리고 그런 모임에서 활동할 수 있도록 장려하라고 제안했습니다.

우리 사회도 일본을 닮아가는 경향이 있습니다. 그래도 한국남성들은 직장 이외에도 다양한 모임문화가 발달해 있다는 것으로 위안을 삼을 수 있습니다. 각급 학교의 동창 모임은 물론 향우회나 직장에서의 모임 등 기회가 있을 때마다 모임을 만드는 전통이 꽤 오래되었습니다. 이런 모임은 은퇴 뒤의 소일거리를 위한 자구책이 되겠지만 때로는 너무 심하다는 생각도 해봅니다.

남성은 갈 곳이 없다고 본 저자의 견해에는 공감을 합니다. 하지만 여성은 시간이 없다는 견해에는 공감하기 어려운 무엇이 있습니다. 여성인 저자의 팔이 안으로 굽는 탓인지, 아니면 남성인 저의 팔이 밖으로 굽지 못하는 것인지는 모르겠습니다. 우선 저자는 여성, 아니 아내의 시간은 가족의 공유자산이라고 정의합니다. 반면 가사를 돕느라 쓴 남편의 시간은 당연한 듯 가족의 공유자산에서 제외합니다. 그리고 시간을 쪼개 가면서 살아온 자신의 삶을 소개하는데, 저자 스스로가 내세운 전제를 흔드는 일입니다. 직장을 가지지 않은 주부로서의 아내를 직장에 묶여 있다가 은퇴 후에 풀려난 남편과 대비한다는 전제 말입니다.

육아를 포함한 가사에 대한 아내의 부담은 가족을 부양하기 위한 돈벌이를 책임지는 남편의 부담보다도 큰 것입니다. 가족 부양의 책임을 지는 남편이 전적으로 육아를 책임질 수는 없을 것입니다. 그래서 출산에 더하여 육아까지도 아내의 몫이 되어왔던 것입니다. 여성의 사회참여가 늘어나고 있지만 출산과 육아의 부담은 여성의 사회활동의 제약요소가 될 수밖에 없습니다. 그래서 출산을 기피하는 경향도 생기고 있습니다.

여성이 시간이 없는 이유를 저자는 이렇게 설명합니다. 산업의 발전에 따라 남성이 해오던 역할이 상당 부분 사라졌다고 보았습니다. 그런데도 여성의 가사노동의 부담은 오히려 늘어났다는 것입니다. 기계가 옷감을 만들어내기 때문에 천을 짤 일은 없어졌지만 바느질은 여전하다는 것입니다. 사실 천을 사다가 옷을 짓는 여성이 과연 얼마나 될까요, 맞춤옷도 아니고 기성복이 대중화되고 있는 세상에서 말입니다. 심지어는 이미 조리된 것 사다가 끓이기만 하는 음식의 종류도 많아졌습니다. 시간이 많이 드는 간장이나 된장은 물론 김치까지도 사다 먹는 세상입니다. 그런데도 음식준비에 소요되는 시간 역시 많이 줄어들었다는 이야기는 없습니다.

어떻든 한가한 주부는 환상 속에서나 존재한다고 주장합니다. 심지어는 남편이 저녁에 장을 봐주거나 밥을 하는 경우도 있지만, 엄밀하게 말하자면 가사 분담은 아니라고 강변하기도 합니다. 그래서 '워킹맘은 너무 고되다'라고 하소연합니다. 앞서 말씀드린 대로 남성과 여성의 시공간의 왜곡을 이야기할 때 내세웠던 '남편은 직장으로, 여성은 집에서 활동한다.'라는 전제를 접어둔 것 같습니다.

뿐만 아니라 남편을 돌보는 시점도 가족을 먹여 살리기 위하여 돈을 벌어들여야 하는 역할이 끝난 다음의 이야기이고 출산과 육아는 남편이 밖에서 활동하던 시기에 해당한다는 점에서 본다면 시간과 공간의 왜곡은 저자가 만들어내고 있는 것은 아닌지 모르겠습니다.

저자는 여자의 행복을 완벽하게 획득하기 위해서 결혼, 일, 아이의 황금 삼각형을 손에 넣어야 한다고 말합니다. 평생을 가장 완벽하게 살아가는 사람이 과연 얼마나 되겠습니까? 이루지 못할 꿈을 뒤쫓느라 숨차게 뛰다가 제 명을 다하지 못하는 우를 범하려는 것은 아닐까요? 사회가 다양화되면서 모든 것을 다 이룰 수 없기에 '선택과 집중'을 하는 것 아니겠습니까? 젊어서는 다양한 삶을 모색하고, 자신이 가장 잘할 수 있는 것을 선택하면 최선을 다하여 살아내는 삶이야말로 축복받은 삶이라 할 것입니다.

저자가 이 책을 통하여 설명하려고 하는 일본 남성의 관계 빈곤과 일본 여성의 시간 빈곤은 상당 부분은 공감할 수 있었다는 말씀을 드립니다. 하지만 공감하기 어려운 점도 없지 않습니다. 논리를 전개함에 있어 설정된 기본 틀에서 벗어난 점이 있기 때문입니다. 그런데도 시간의 흐름에 따라 남편과 아내, 아내와 남편의 관계를 재설정하고, 서로의 영역을 인정할 필요가 있겠다는 결론에 이르게 됩니다. 이 책을 읽으면서 은퇴 후의 삶을 다시 설계할 필요성을 느꼈습니다. (라포르시안: 2016년 8월 8일)

26 혼자 있고 싶은 남자(선안남, 시공사)

한국남성들은 무슨 생각을 하는가?

책 읽기도 묘한 흐름 같은 것이 있습니다. 물론 책 읽는 사람이 만들어내는 흐름도 있겠습니다만, 출판계가 만들어내는 경우가 더 많은 듯합니다. 2016년 여름에는 특히 남성의 정체성이 주목을 끄는 경향이었습니다. 일종의 유행타기처럼 같은 맥락의 책을 이어 읽고 [양기화의 BOOK 소리]에서 소개하였던 것입니다. 앞서 소개해드린 일본의 사회학자 미나시타 기류의 『갈 곳이 없는 남자, 시간이 없는 여자』가 은퇴 이후의 남성과 여성의 삶에 대한 이야기를 담았다면, 여기 소개하는 『혼자 있고 싶은 남자』는 우리나라에서의 남성의 심리를 주제로 한 책입니다.

심리학이나 사회학은 모두 인문학의 영역에 포함되는 것들입니다. 심리학이 개별 사례를 미시적으로 분석하는 미분적 접근방식을 취한다면 사회학은 개별 사례들을 모아서 거시적으로 분석하는 적분적 접근방식을 취한다고 하겠습니다. 작은 변화가 모여 큰 흐름을 만들어내는 법입니다. 따라서 사회적 현상으로 주목을 받았다는 것은 특정한 경향을 보이는 사람들이 많아졌다는 것을 의미합니다.

남성의 정체성이 변하고 있다는 이야기가 나온 지는 오래되었습니다. 이미 사회적 현상이 되었다는 것을 의미합니다. 그래서인지 남성의 정체성에 대한 미시적 분석을 통하여 새롭게 밝혀낸 것이 있는지 궁금해집니다. 『혼자 있고 싶은 남자』는 남성의 심리, 특히 중년 이후의 남성을 주로 다루었습니다. 앞서 소개한 미나시타 기류는 '일본의 장년들이 갈 곳을 찾고 있다'라고 보았습니다. 반면 선안남 작가의 『혼자 있고 싶은 남자』는 '한국의 남자들은 혼자 있고 싶다'라는 명제를 내놓았습니다.

저자는 서문에서 "남자들은 아주 어렸을 때부터 '남자다움'의 압력에 시달리며 자신의 속마음을 감추는 방법을 터득하고 억압 본능을 갈고 닦게 된다(7쪽)"라고 전제합니다. 하지만 이 전제가 상담을 받으러 오는 특정한 부류의 남자들로부터 나온 것이라면 타당하지 않을 수도 있습니다. 심리상담을 받으러 가지 않는 대다수의 남성들은 이런 문제가 없을 가능성이 높기 때문입니다. 물론 말미에 보편성의 그물망에 묶이지 못하는 개개인의 특수한 경험들이 있다고 적었습니다. 어떻든 저자가 만나는 사람들이야말로 개개인의 특수한 경험에 해당한다고 보아야 할 것 같습니다.

저자는 남녀 간의 성차에 주목합니다. 과거와 현대의 남성상을 병렬시켜 비교, 대조하는 방식으로 남성상을 설명합니다. 궁극적으로는 인식의 틀과 차이를 허물어버리고 각자의 경험 밑에 깔린 복잡한 사정으로 물꼬를 트고자 하였습니다.

그렇다면 과거 한국의 남성상을 '가부장제'라는 하나의 단어로 정리해도 될지 모르겠습니다. 옛날 우리나라의 가정에서 남성과 여성의 역할의 차이가 가부장제라는 단어 하나로 정리될 수 있을까요? 과거 우리나라의 여성들이 남성들의 일방적인 횡포에 눌려 살았다는 것이 절대적 진리가 아닐 수도 있습니다. 조선왕조는 구조상 남녀차별이 두드러진 사회였습니다. 특히 여성들이 관직에 나갈 기회가 없었다는 점은 분명합니다. 하지만 남성과 여성의 역할을 나누었던 사회적 특성에 따른 것으로 서로의 영역을 존중했던 부분도 있었습니다. 예를 들면 지엄하신 왕께서도 내명부의 일에는 일체 간여할 수 없었던 것이 왕가의 법도였습니다. 사가에서도 마찬가지였습니다. 흔히 서양은 남녀가 평등한 사회의 전형이라고 생각합니다. 하지만 근세 이전까지는 서양에서도 여성의 입지가 오히려 우리나라보다 못한 부분도 있었던 것으로 알고 있습니다.

저자는 한국의 남성을 '철들지 않는 어른 아이', '허세부리는 소년', '가장은 영웅이고 싶다', '아버지의 그림자' 등 네 가지 범주로 구분하였습니다. 앞서 말씀드린 것처럼 심리상담을 받으러 오는 남성들을 여성적 시각에서 해석한 듯 합니다. '철들지 않는 어른 아이'의 핵심은 '침묵'입니다. 남편 혹은 남자친구와 소통이 안 되어 불만이라는 여성 상담자의 사례를 일반화한 듯합니다. 회사 일까지도 미주알고주알 아내에게 털어놓는 저의 경우가 일반적일 수도 있습니다. 이런 사람들은 심리상담을 받으러 갈 일이 없을 테니 말입니다. 물론 침묵으로 일관하는 남성의 아내나 여자 친구 가운데에도 심리상담을 받으러 가지 않는 경우도 많을 것입니다. 모든 인간관계는 상대적인 것입니다. 남성의 침묵이 그리 불편하지 않을 여성도 있을 것입니다. 남성의 침묵을 아동기에 경험한 분리 불안에 기인하는 것이라고 합니다. 심리학적 문제가 기저에 깔려있다고 단정하는 것이 위험할 수도 있습니다. 나름 정상인 사람을 환자로 만들 수도 있기 때문입니다.

'알파걸'이니 '거대한 엄마' 등의 수사가 과연 우리나라 여성에게 일반적으로 적용될 수 있겠는가 하는 문제도 있습니다. 물론 그런 여성들이 많아진 것은 사실이나 보편적인 사회현상이 아닐 수도 있습니다. 사회적으로 주목받는 상황에서 만들어진 허상일 수도 있지 않을까요? 연전에 강남역에서 일어난 묻지 마 살인사건에서 여성 혐오주의가 문제된 적이 있습니다. 한 사람이 저지른 사건이 사회현상으로 지나치게 부풀려졌던 것은 아닐지 모르겠습니다. 예를 들면, 이런 대목입니다. "특히 삶이 더 힘들어지고 기댈 데가 없어진 데다가 변화를 받아들이기 힘든 남성들은 과거에 대한 향수에 젖어 강력한 가부장제로 회귀하고자 하고 여성 혐오주의를 키우기도 한다(43쪽)." 오늘날 한국 사회에서 강력한 가부장제를 향유한 남성들이 과연 얼마나 될까요?

한국 남편들을 모두 마마보이로 모는 듯한 대목도 있습니다. 고등학교만 졸업하면 독립하던 미국 사회에서도 요즈음 가정의 중요성이 강조되고 있다고 합니다. 그런데 우리나라 여성들은 여전히 독립을 꿈꾸고 있는 모양입니다. 어느 사회나 관계는 중요합니다. 가족은 모든 관계의 기본이 되는 것입니다. 어찌 보면 부부의 관계보다는 부모와 자식 간의 관계는 변할 수 없다는 점에서 더 중요할 수 있습니다. 그런데도 부부의 관계를 부모-자식 간의 관계보다 우위에 두어야 한다고 생각하는 것이 더 큰 문제가 아닐까 싶습니다. 자식이 성장하기 전까지는 가정이 부부 중심으로 돌아가기 마련입니다. 하지만 자식이 장성해서 가정을 꾸리게 되면 부모-자식 관계가 중심이 될 수도 있습니다. 그때는 부모의 관계보다 부모-자식

간의 관계를 우위에 두어야 한다고 생각을 바꿀 것 같습니다. 특히 자기중심적 사고를 하는 사람의 경우에 말입니다. 결혼은 부모로부터의 독립이 아니라 가족 관계의 가지가 더 확대되는 것이라고 이해하는 것이 옳을 것 같습니다.

나르시스와 에코의 관계를 해석함에 있어서도 다른 시각도 있지 않을까 싶습니다. 반년을 사귄 남자친구와 헤어지기로 한 여성이 내세운 이유를 보면 남자친구가 전형적인 나르시시스트의 특성을 보이기 때문이라 했습니다. '나르시시스트들은 관계 속에서 착취적이고 자기중심적인 특성을 보이고, 에코이스트들은 자기 주관이 없어 상대의 욕구에 끌려다니기 쉽다(123쪽)'라고 설명합니다. 나르키소스가 들으면 아주 섭섭할 것 같습니다.

저자의 말대로 그가 자기중심적인 것은 맞습니다. 하지만 착취적 특성은 나르키소스의 명예를 심대하게 훼손시키는 말입니다. 나르키소스는 단지 눈이 높아 에코의 간절한 소망을 외면한 죄밖에는 없습니다. 만약에 나르키소스가 눈이 낮았더라면 에코는 물론 모든 님프들의 소망을 들어주었을 것입니다. 그렇다면 이번에는 나르키소스는 바람둥이라고 비난받았을 것입니다. 문제는 에코에 있는 것이라고 보아야 하지 않을까요? 상대가 자신을 쳐다보지도 않는데 목을 맬 이유가 어디에 있겠습니까? 자신만을 사랑해줄 진정한 인연은 따로 있을 것입니다. 사례에 나온 여성의 경우에도 남자친구가 아니다 싶으면 일찍 이별을 결심하면 될 일입니다.

이야기를 풀어가다 보니 트집을 잡는 것으로 일관했다는 생각이 들었습니다. 아마도 남성의 시각으로 읽다 보니 변명거리를 찾아내야 하겠다는 편견이 있었던 것 같습니다. 트집 잡기로 책 읽기를 일관하는 가운데서도 스스로를 돌아보는 계기가 되었습니다. 그런데도 한국남성들의 현주소를 아는 데 분명 도움이 되었습니다. 특히 부모와 자녀들의 불편한 관계가 만들어지는 원인 가운데 중요한 것에 대한 언급은 부모나 자녀 모두가 꼭 알아야 할 것이었습니다.

자녀들이 아버지에 대하여 가지고 있던 부정적 인식은 대체로 어머니를 통하여 어머니의 시선으로 만들어지는 경향이 있습니다. 관계에 문제가 있을 때는 직접 부딪혀 문제인식을 공유하고 해결방안을 모색하면 의외로 쉽게 해결점을 찾을 수 있습니다. 저자는 희생자로 보이는 어머니의 입장을 객관적으로 살펴보기를 권유합니다. 또한 아내에게는 남편과의 사이에서 생기는 불만을 자녀들에게 투사하는 일이 오히려 문제를 복잡하게 만들 수 있습니다.

우리나라 여성들은 남편 혹은 남자친구의 동호회 활동에 대하여 부정적인 시각을 가지고 있는 것 같습니다. "시간 쓰고 돈 쓰고 에너지 쓰고, 얻는 게 하나도 없는 것 같은데 남자들은 왜 그렇게 단체를 만드는 데 집착할까요(305쪽)?" 하는 의문이 생긴다고 합니다. 그와 같은 남자들의 행태를 '완장에 대한 집착'이라고 생각합니다. 여성들은 사적이며, 친밀한, 작은 관계 속에서 나를 찾는 경향이 강하다는 것입니다. 반면 남성들은 학연, 지연, 취미를 망라한 조직적인 관계망을 형성하는 경우가 많고, 그런 관계는 과거, 현재 그리고 미래를 넘나들기 마련입니다. 유명 배우의 상징이기도 한 '의리'라는 관념이 중요한 요소로 작용하기 때문입니다.

한국남성들의 이런 특성은 은퇴 후 삶에 도움이 될 수도 있습니다. 일본 남성들은 은퇴하게 되면 그때까지 유지해오던 관계망이 무너지는 경향이 있습니다. 결국 '갈 곳이 없는 남자'가 되어 아내에게 불편한 존재가 된다는 것입니다. 한국남성과 일본 남성 사이는 분명한 차이가 있는 듯합니다.

정리를 해보면, 저자는 심리상담 현장에서 만나는 남성 혹은 여성들이 가지고 오는 문제의 원천적 원인은 '고립'이라고 보았습니다. 즉 소통의 부재가 모든 문제의 근원인 것인데, 소통을 단절시키는 원인은 아마도 쌍방에 있을 가능성이 높습니다. 다만 '내가 나를 모르는데 넌들 나를 알겠느냐'라는 노랫말처럼 타인을 모두 안다고 생각하는 것이 오류를 불러올 수도 있을 것입니다. 『갈 곳이 없는 남자, 시간이 없는 여자』도 그렇지만 『혼자 있고 싶은 남자』 역시 여성의 시각으로 남성을 바라보고 있다는 점을 고려해야 할 것 같습니다. (라포르시안: 2016년 8월 15일)

제3부

/

수필

제3부 수필

27. 아름다운 유혹의 시절(한스 카로사, 범우사)
28. 의학 가슴으로 말하다(황진복, 이담북스)
29. 마흔, 흔들리되 부러지지 않기를(노진서, 이담북스)
30. 프루스트가 우리의 삶을 바꾸는 방법(알랭 드 보통, 청미래)
31. 아흔 즈음에(김열규, 휴머니스트)
32. 인생의 아름다운 준비(새러 데이비드슨, 예문아카이브)
33. 인생의 맛(앙투안 콩파뇽, 책세상)
34. 눈물편지(신정일, 판테온하우스)
35. 나중에 온 이 사람에게도(존 러스킨, 아인북스)
36. 이주행렬(이샘물, 이담북스)
37. 숨결이 바람이 될 때(폴 칼라티니, 흐름출판)
38. 늙는다는 것은 우주의 일(조너선 실버타운, 서해문집)
39. 무엇이 가치 있는 삶인가(로버트 노직, 김영사)

27 아름다운 유혹의 시절(한스 카로사, 범우사)

아름다운 유혹의 시절에 관하여…

박완서 선생님이 작고하시기 직전에 내신 산문집 『못 가본 길이 더 아름답다』를 읽다 보면 생각이 많아집니다. 글에 윤기가 자르르 흐르는 느낌, 그리고 눈으로 읽으면서도 마치 혀끝에서 미끄러져 내리는 느낌이 듭니다. 이런 글을 읽으면 저도 모르게 '나는 언제쯤이나 이런 글을 써보려나' 하는 생각을 하게 됩니다. 그러다보니 이곳저곳에 글을 쓰면서 선생님의 일상을 인용하는 버릇까지 생겼습니다.

선생님의 산문 「내 생애의 밑줄」에서 느낀 점입니다. 선생님께서는 읽다 멈춘 부분에는 표시가 될 만한 것을 끼워놓지, 접지 않으셨다고 합니다. 그리고 읽다가 기억해 두고 싶은 좋은 문장을 만나도 밑줄이라는 걸 쳐본 적은, 절대로라도 해도 좋을 만큼 없었다고 합니다. 저 역시 본격적으로 독후감을 쓰기 시작하면서부터는 책에 밑줄을 치는 대신 붙임쪽지를 붙여 표시해둡니다. 다 읽고 독후감을 쓸 때는 그곳을 다시 챙겨 읽습니다. 오래 전에는 책을 읽다가 갑자기 떠오르는 생각들을 여백에 적어두곤 했습니다. 특히 대학에 갓 입학했을 무렵에는 아무래도 이런저런 생각들이 넘쳐났던지 제법 여백을 가득 채우는 경우도 많았습니다.

그 시절 여백을 많이 채웠던 책을 소개합니다. 한스 카로사 박사의 『아름다운 유혹의 시절』입니다. 카로사 박사는 의사이면서 19세기와 20세기에 걸쳐 독일 문학계를 풍미한 시인이자 소설가입니다. 박완서 선생님의 산문 「내 생애의 밑줄」 덕분에 『아름다운 유혹의 시절』에 대한 기억이 떠오른 것입니다. 잊고 있었던, 아니 어쩌면 제 기억의 심연에 가라앉아 오랫동안 제 삶에 영향을 미쳐왔을 지도 모르는 책입니다. 혹시 이 글이 여러분들의 기억 속 깊은 곳에 갈무리된, 오래 전에 읽은 책을 떠올릴 수 있기를 기대해봅니다.

청춘 시절에 읽은 책 가운데 가장 기억에 남는 책이 무어냐고 옛날 분들에게 물으면 많은 분들은 헤르만 헤세의 『데미안』을 꼽는다고 합니다. '새는 알에서 나오려고 싸운다. 알은 곧 세계다. 태어나려는 자는 하나의 세계를 파괴해야만 한다. 새는 신에게로 날아간다. 그 신의 이름은 아프락사스.'라는 구절을 기억합니다. 『데미안』은 감수성이 풍부한 주인공 싱클레어가 소년기에서 청년기를 거쳐 어른이 되는 과정을 그렸습니다. 특히 친구 데미안과 함께 삶에 대하여 진지하게 고민하고, 올바르게 살아가려 노력하는 모습을 세밀하고 지적인 문장으로 그렸습니다.

저도 『데미안』에 심취했던 시절이 있습니다. 하지만 제 추억의 심연에 더 진하게 남아있는 책은 『아름다운 유혹의 시절』입니다. 이 책은 한스 카로사 박사가 의과대학에 입학할 무렵부터 시작해서 의학을 공부하는 과정을 담고 있습니다. 그래서 예과생이었던 저로서 더욱 실감이 났을 것입니다.

책 이야기를 하기 전에 한스 카로사(Hans Carossa, 1878~1956) 박사를 먼저 소개합니다. 그는 남부 바이에른 지방의 퇼츠(Tölz)에서 태어났습니다. 의사인 부친의 영향을 받아 의과대학에 진학하였습니다. 뮌헨, 라이프치히, 부르츠부르크 대학에서 의학을 공부하고 1903년 의학박사 학위를 취득하였습니다. 개업을 하여 환자 진료를 하면서 시, 수필, 소설 등을 발표하였습니다. 『유년시절』, 『젊은이의 변모』, 『의사 기온』, 『젊은 의사의 수기』, 『루마니아 일기』, 『두 개의 세계』, 『이탈리아 여행』 등을 남겼습니다. 1931년에 고트프리트 켈러 상을 1938년에는 괴테상을 수상하였습니다.

그는 작품 속에 자신의 삶을 녹여냈습니다. 특히 『아름다운 유혹의 시절』은 자신의 지나간 생애를 그렸다는 평가를 받았습니다. 고향을 떠나 수줍고 순박한 젊은이가 대도시 뮌헨에 도착해서 의학 공부를 시작합니다. 그 시절 스쳐 지나간 여러 여인들과의 사랑과 좌절도 담았습니다. 그는 고명한 교수님들 그리고 그들의 강의에서 얻은 의학 세계에 대하여 외경심을 가졌습니다. 고전과 당대의 명저와 시집들을 밤새 읽고 얻은 정신적인 자양분을 얻었습니다. 마침내는 질서와 사랑이 평형을 이루는 좌표를 찾아내기에 이릅니다. 그 과정을 관조하는 입장에서 그려냈습니다.

한스 카로사와 같은 시대에 활동한 헤르만 헤세나 토마스 만은 자연과 인간의 관계를 대립적으로 다루었습니다. 반면 한스 카로사는 괴테의 전통을 충실하게 지켰습니다. 하찮아 보이는 일상 속에서 세계가 지닌 영원한 법칙이나 신성을 찾아내려 했던 것입니다. 카로사 박사는 의과대학에 입학할 무렵 이미 저명한 시인의 인정을 받을 정도로 시재(詩才)를 보였습니다. 그래서인지 문학에 관심이 많은 동무들과 어울리며 재능을 꽃 피워 나갔습니다. 물론 본업인 의학 공부도 열심히 했습니다. 독일대학은 입학은 쉽지만 졸업하기가 만만치 않다고 합니다. 특히 구두시험을 통과하기 위하여 진땀을 흘려야 했다는 고백도 숨기지 않습니다.

구술시험 이야기가 나온 김에 저도 역시 옛날 추억 한 토막을 적어야겠습니다. 지금도 그렇지만 기초의학 과목 가운데 제일 어려운 공부는 바로 병리학입니다. 재시험에 걸리면 주임교수님 앞에서 보는 구술시험을 통과해야 진급이 가능했습니다. 교수님께서는 재시험대상자의 숫자만큼 문제를 적은 쪽지를 준비해서 잠자리채에 담아놓습니다. 구술시험을 보는 학생은 교수님 앞에 있는 잠자리채에서 쪽지를 하나 꺼내서 답변을 해야 했습니다. 정답이 아니면 그 자리에서 낙제가 결정되는 것이라서 지옥에라도 들어가는 분위기였습니다. 한 문제로 한 젊은이의 1년 운명이 결정되는 것입니다. 아는 문제도 교수님 앞에 서면 머릿속이 하얗게 변하더라는 선배님들의 체험담이 전해 내려오기 때문에 더욱 그랬을 것입니다.

두 학기에 걸쳐 병리학을 공부했기 때문에 육안, 현미경 그리고 필기시험도 각각 두 번씩 치러야 했습니다. 그런데 저는 그 시험을 모두 한 번에 통과하지 못했습니다. 다행히 재시험 대상자를 고르는 시험을 운 좋게 통과할 수 있었습니다. 덕분에 끔찍한 구술시험을 치루기 위하여 주임교수님을 독대하는 상황은 피할 수 있었습니다. 그토록 피를 말렸던 병리학과 무슨 인연이 끈질겼던지 결국은 병리학을 전공하게 되었으니 알다가도 모를 일입니다.

사랑을 빼놓으면 청춘 시절을 채울 만한 일이 얼마나 될까요? 카로사 박사 역시 '만남'이라는 제목에서 우연히 만난 프랑스 처녀와의 기이한 만남을 적었습니다. 친척 자매를 방문한 자리가 어색하게 파한 다음 집으로 돌아오는 길에 베일을 쓴 여인과 우연히 만났던 것입니다. 그런데 그녀는 필연적으로 만나야 할 운명이었다고 한 점은 요즘 생각으로는 쉽게 이해되지 않았습니다.

카로사 박사는 그 만남을 운명이라 생각한 이유를 다음과 같이 적었습니다. "반점이 있는 그 베일 속에서 내게 눈길을 보낸 그 여인은 아름다운 시체, 해부학 강의 첫 시간 이후로 그 감지 못하던 눈이 도저히 내 머리를 떠나지 않았던 그 여성의 얼굴과 너무나 닮았다고 생각되었기 때문이다(80쪽)." 사실 한밤중에 호젓한 길에서 마주친 여인이 해부학실습실에서 만나는 여성과 흡사하다는 느낌이 들었다면 거의 혼비백산하여 도망치지 않았을까요? 아무리 젊어서라도 카로사 박사는 지나치게 담담했던 것 아닌가 싶습니다. 숙명인 것만 같았던 그녀와의 만남도 결국은 이별로 마무리가 되고 말았습니다. '첫사랑은 이루어지지 않는다'라는 우리네 속설이 독일에서도 통하는 것 아닐까요?

사실 이 작품 가운데 제 기억 속에서 가장 뚜렷하게 남아 있는 부분은 바로 '도보여행'이라는 제목으로 된 마지막 글입니다. 요즘에도 고난을 극복한다고 해서 걸어서 국토를 순례하는 젊은이들이 있습니다. 하지만 카로사 박사는 그저 자연을 즐기기 위하여 일부러 걸어서 여행을 했다니 부럽기만 합니다.

카로사 박사는 방학을 이용해서 도보여행을 했답니다. 당시 혜성같이 등단한 여류시인이 사는 마을까지 도나우강을 따라서 걸어가는 여행입니다. 그리고 시인의 집에 머물면서 그 가족들의 일상에 동참하고서 느낀 바를 적은 것입니다. 당시 독일에서는 길을 가는 사람들을 집에 들여 묵을 수 있도록 배려했던 모양입니다. 우리도 옛날에는 길손이 청하면 잠자리를 마련하고 거친 음식일지라도 대접하는 일이 흔했다고 합니다. 양의 동서를 떠나 사람 사는 것이 비슷한 데가 많은 것 같습니다. 이처럼 좋은 풍습이 지금은 역사 속으로 사라져가고 있어 아쉽습니다.

카로사 박사가 도보여행에 적고 있는 것들, 예를 들면 여행길에서 눈에 들어오는 풍경, 만난 사람에 대한 이야기가 아주 재미있습니다. 한 구절을 소개해드리면, "얼마 후에는 보다 섬세하고 색채가 예리한 식물 세계가 전개되기 시작해서 눈길을 끌었다. 감자밭은 빛나는 리라 색으로 꽃이 만발했고 톱니풀은 도나우강 하류에서 보듯 엷은 갈색이 아니라 아름다운 홍색이었고 귀뚜라미풀꽃도 푸른 색깔이 더 짙었다. 바위틈에 자란 가시 있는 관목도 백적색의 입술 모양의 꽃잎을 피웠다(211쪽)." 저도 도보여행을 꿈꾸고는 있습니다만, 이렇게 아름다운 글을 쓸 자신이 없는 탓인지 실행에 옮기는 일이 더디기만 합니다.

글을 옮기신 홍경호 교수님은 카로사 박사야말로 독일 문학의 전통에 가장 충실했던 '전통의 수호자'라고 평가합니다. 그가 그려낸 아름다운 자연의 신비, 티 없이 순수한 젊은이의 미적 발전은 비뚤어질 수 있는 젊음을 바로 세우고 생에 대한 따듯한 애정을 느낄 수 있다고 했습니다. 그런 생각 때문에 "이런 의미에서 그의 작품은 정신적인 불모로, 허약해져 가는 우리 젊은이들에게는 더할 수 없는 양식이 되리라 믿는다(8쪽)."라는 말씀으로 옮기는 수고가 얻었으면 하고 바라신 것 같습니다. (라포르시안; 2012년 6월 18일)

28 의학 가슴으로 말하다(황진복, 이담북스)

25세 여자 백혈병으로 사망, 오전 5시 45분'

문학, 역사, 철학을 아우르는 인문학을 의학의 교과과정에 포함해야 한다는 목소리가 점점 커지고 있습니다. 필자는 [양기화의 BOOK 소리]를 통하여 다양한 인문학 서적들을 같이 읽고 느낌을 공유했습니다. 책 읽기를 통하여 무언가 마음에 남는 것이 있다면 그것으로도 충분하다 싶지만 한발 더 나아가 의학과 연관을 지어 생각해볼 수 있다면 금상첨화가 될 것 같습니다.

황진복 교수님의 『의학, 가슴으로 말하라』는 바로 그런 인문학 공부의 좋은 예입니다. “이 책은 ‘좋은 의사’가 되기를 꿈꾸지만 자신과 주위를 둘러볼 여유가 없어 앞날에 대한 안목이 좁아질 수밖에 없는 의학도를 위한 자기계발강의록입니다. (…) 어딘가에 숨어있을 능력을 찾아 이를 흔들어 깨우고, 지나치게 웃자란 오해와 편견을 없애 당신이 보다 ‘좋은 의사’가 되도록 도와주는 것이 이 책을 집필한 목적입니다(11쪽).”라는 저자의 생각에 공감할 수 있습니다.

인문학 공부를 해야 한다는 요즈음 분위기와 달리 의과대학을 이미 졸업한 의사들이나 의과대학생들 모두 시간 여유가 없다고 볼멘소리를 합니다. 빠르게 발전하는 의학이 홍수처럼 쏟아내는 새로운 지식을 받아들이기도 벅차다는 것입니다. 하지만 황진복 교수님은 "오늘 이 순간 잠시 멈추어 서서 마음의 평안을 준비하는 것은 그래서 중요하다."라고 말씀하십니다. 『의학, 가슴으로 말하라』는 인문학적 감수성으로 의학에 접근하는 길을 안내합니다.

저자는 '25세 여자 백혈병으로 사망, 오전 5시 45분'이라는 글로 이야기를 시작합니다. 마치 사망선고를 듣는 느낌입니다. 자신의 환자가 사망했다는 사실을 가족들에게 전하는 일은 어느 의사에게나 마음이 무거운 일이 아닐 수 없습니다. 그런데도 "의사는 '의사'라는 이유로 '사람'이 알아야 할 환자의 이야기에 너무 무심했던 것은 아닐까(23쪽)?"라는 저자의 질문이 아프게 느껴지는 것 같습니다. 읽다보면 백혈병으로 사망한 25세 여자는 에릭 시걸의 『러브스토리』에 나오는 여자 주인공이라는 사실을 뒤늦게 깨닫게 됩니다.

'시체도둑, 야반도주, 아동노동'이라는 제목의 글은 의업에 종사하는 사람으로서 뼈아픈 자기반성입니다. 요즈음에는 의학발전에 기여하겠다는 숭고한 정신으로 시신을 기증하신 분들 덕분에 기초의학의 교육이 이루어지고 있습니다. 하지만 과거에는 장례를 치른 시체를 훔쳐서 해부학을 공부하던 시절이 있었습니다. 멜라니 킹의 『거의 모든 죽음의 역사』에서 시체도둑에 대한 이야기를 읽을 수 있습니다. 중세에 사체가 질병을 치료하는 데 효험이 있다고 믿었기 때문에 사체를 훔쳐 약제로 팔았다는 이야기도 있습니다. 현대

의학이 눈부시게 발전한 요즘에도 이런 황당 사건이 우리 사회에서 은밀하게 일어나고 있다는 데 놀라지 않을 수 없습니다.

우리나라의 의학교육에서 인문학 교육이 빠지게 된 것은 일제의 식민지배와 관련이 있습니다. 일제강점기에는 조선인의 정신적 계몽이나 진보를 일깨울 인문학 교육을 아예 배제한 것입니다. 조선인은 단순한 지식만을 배워 일상에서 보조하는 역할에 그치도록 하려는 의도였다고 합니다. 그러다 보니 의사가 차갑고 권위적인 모습을 하게 되었습니다. 스스로를 다스릴 수 있는 견제장치가 미흡하였기 때문입니다. 저자는 “인문학이라는 비판자를 배제하자 과학과 기술의 힘은 더욱 거세졌으나 점점 그들의 속성을 빼닮아 차가워지고, 대학이 양산한 사람들은 기술자에 불과하다는 비판에 직면하게 되었다(48쪽).”라고 한 이매뉴얼 월러스틴의 말을 인용합니다. 과학적 방법론을 차용하여 눈부신 발전을 거듭한 의학 역시 과학의 행보를 뒤쫓게 된 것입니다. 즉 환자로부터 얻는 정보의 비중은 점차 낮아지고 환자로부터 얻는 숫자 정보에 의존하는 진료가 되어가고 있습니다. 결국 환자와의 서술적 교감이 중요하다는 인식이 사라지게 되었습니다. 인문학의 중요성을 강조하다 보니 의학의 본질에 대하여 다소 비판적 시각을 가지는 것은 이해할 수 있습니다.

저자의 해석에 동의할 수 없는 부분도 있습니다. 예를 들면 현재와 과거의 평균 수명 차이에 관한 것입니다. 고대 그리스 시대에 비하면 요즘 사람의 수명은 거의 두 배로 길어졌습니다. 그런데 인간의 평균 수명을 늘리는 데 의학이 이바지한 바가 거의 없다고 해도 과언이 아니라는 저자의 생각이 공감되지 않습니다. 산업혁명을 기점으로 농업 및 유통의 혁명으로 이어지면서 먹거리가 풍부해진 것은 사실입니다. 이런 요소들이 평균 수명 연장에 이바지한 바가 있다는 사실을 부정하지는 않습니다. 하지만 항생제의 개발로 감염증을 치료할 수 있게 되었고, 소독법 및 분만술의 발전으로 모성 사망과 신생아 사망을 극적으로 줄일 수 있었습니다. 결과적으로 의학이 인간의 평균 수명을 획기적으로 늘린 데 이바지했다고 저는 생각합니다. 그밖에도 불치병이라 여겼던 암 질환 가운데 상당수를 만성질환으로 인식할 수 있도록 만든 것 역시 평균 수명을 늘린 데 대한 의학의 기여라고 하겠습니다.

의학이 발전해온 과정을 보면 과학의 한 분야라는 사실에 대하여 찬반양론이 있습니다. 하지만 저는 의학이 분명 응용과학의 범주에 포함된다고 생각합니다. 물론 과학의 논리만으로는 풀리지 않는 한계가 있습니다. 그 이유는 과학과는 달리 의학은 인간을 대상으로 하기 때문입니다. 과학 분야에서의 획기적인 발전에 힘입어 현재의 위치에 도달하기까지 의학은 환자가 중심이 되어야 한다는 사실을 조금씩 잊어오고 있었습니다. 저자는 바로 지금이 변해야 할 시점이라는 점을 깨우치고 있습니다. 어쩌면 과거에도 혁신을 통한 변화를 시도했을 것입니다. 하지만 그 성과가 크지 않았기 때문에 혁신이 지속적으로 이어지지 못했던 것입니다.

저자가 인용하고 있는 혁신의 부작용 사례로 병원 진료의 적정성 평가에 관한 내용을 심각하게 읽었습니다. 제가 심평원에서 했던 업무였기 때문입니다. 병원에서의 환자사망률을 평가하고 그 결과를 공개하였습니다. 그러자 병원들이 사망률을 낮추기 위해 상태가 위중한 중환자의 진료를 기피하기기 시작했다는 것입니다. 병원의 진료의 질을 높이려는 의도를 가지고 혁신적으로 시작한 적정성 평가는 진료의 차별성이 없는 병원 진료의 하향평준화를 가져왔다는 것입니다. 저자는 "평가는 진료 규약을 표준화된 방식으로 유도하여 의료과실을 줄일 수 있는 여건 조성에는 도움이 되었지만, 각 병원의 차별성을 없애고 진취적인 진료를 봉쇄해버리는 부작용을 낳은 것이다(89쪽)."라고 정리했습니다.

하지만 적정성 평가의 기본 틀에 대하여 다소 오해하고 계신 것 같습니다. 물론 우리나라에서도 수술사망률을 공개하면서 병원계에 파문이 일었던 적이 있습니다. 평가를 추진하는 과정에서 중환자를 진료하는 병원들이 불이익을 받지 않도록 적절한 보정에 최선을 다하고 있다는 말씀을 드립니다. 뿐만 아니라 새로운 치료법을 적용하는 경우에는 적정성 평가 대상에서 제외하고 있어 의학발전에 장애 요인이 될 수도 있다는 오해가 없으면 합니다. 다만 표준규약을 적용한다는 점에서 관련 분야의 전문가들이 제시한 표준치료가 아니고 근거가 분명하지 않은 치료법을 차별된 치료라 하시는데 과연 환자에게 이익이 되는 것인지 생각해볼 필요가 있습니다.

제1부에서는 의학의 과거, 현재, 그리고 미래를 인문학적 시각에서 조명했습니다. 그리고 제2부에서는 인문학적 접근을 통하여 '좋은 의사'가 되는 방법을 안내합니다. 저는 수재보다는 근면 성실한 사람이 환자의 아픔을 같이하는 좋은 의사가 될 수 있다고 생각합니다. 저자 역시 의사가 되는 데 필요한 요소를 의학 지능이라고 부른다면, 의학 지능은 다중지능의 요소들로 구성되어야 한다고 제안합니다. 여기에는 자기성찰 지능, 대인 친화 지능, 논리수학 지능의 논리지능, 언어지능은 필수적으로 갖추어야 할 것입니다. 논리수학 지능의 수학 지능, 신체 운동 지능, 공간지능, 실존지능 등은

활용 가능성이 높은 지능으로 꼽았습니다.

좋은 의사가 되기 위해서는 의학지식은 기본적으로 갖추어야 할 것입니다. 그리고 다양한 능력이 더해져야만 하는데, 그 종류가 만만치 않습니다. 아무래도 의학지식의 습득에만 매달리다 보면 의사로서의 갖추어야 할 인성을 연마하지 못한 채 의업에 나설 수밖에 없습니다. 그리고 이런 의사들이 사회적으로 커다란 파문을 일으키게 되는 것이라고 하겠습니다.

저자는 마지막 주제를 소통으로 정하였습니다. 예전에는 사람들이 의학에 관하여 잘 모르기 때문에 환자를 권위적으로 대하는 의사들도 있었습니다. 사람들이 특히 건강과 관련된 정보에 관심이 많아지면서 건강에 관한 정보는 가장 빠르게 대중화되었습니다. 요즈음에는 의사와 대중 사이에 기울어졌던 의학 정보의 불균형이 많이 개선되었습니다. 어떻게 보면 의학지식의 권위는 종이호랑이가 된 지 오래되었다고 하겠습니다. 이런 변화는 진심을 담은 소통이 중요한 역할을 하도록 만들었습니다.

저자는 소통의 중요성을 강조하면서 의료과오로 소송을 당하는 의사의 사례를 구체적으로 들면서 참고하도록 귀띔합니다. 적절한 사과는 슬픔에 잠겨있는 환자 가족들의 마음을 어루만져 줄 수 있다고 하는 다양한 책자들이 있습니다. 그 대표적인 책으로는 정재승과 김호 교수의 『쿨하게 사과하라』입니다. 환자를 진료하는 과정에서 주치의가 최선을 다했음에도 불구하고 불행한 상황을 맞게 된 가족들이 쉽사리 받아들이지 못하는 경우도 있습니다. 의사 자신이 특별한 과오가 없다 하여 사무적으로 대하다 보면 상황이 꼬일 수도 있는 것입니다. 가슴으로 환자와 가족들을 대할 필요가 있다는 조언이 왜 있는지 생각해보는 이유이기도 합니다. 의료과오가 있는 경우에도 때를 놓치지 않는 진심을 담은 사과는 상황을 부드럽게 만들 수 있습니다. 저자는 환자를 진료하는데 있어서도 원활한 소통이 절대적으로 필요한 이유를 제롬 그루프먼의 『닥터스 씽킹』을 인용하여 설명합니다. 의사는 열린 마음으로 환자를 대할 것이며, 환자 역시 자신의 질환에 관한 모든 정보를 의사에게 제공하고 의사의 관심을 끌어들이는 노력을 기울여야 한다는 것입니다.

정리해보면, 다양한 영역에 걸친 저자의 방대한 책 읽기에 놀라게 됩니다. 그리고 책을 읽는데 그치지 않고 책에서 얻은 주옥같은 내용을 엮어서 의학을 공부하는 분들에게 도움이 될 참고서로 꾸며낸 저자의 글 솜씨에도 역시 놀라게 됩니다. (라포르시안: 2012년 11월 26일)

29 마흔, 흔들리되 부러지지 않기를(노진서, 이담북스)

마흔, 우리를 살게 하는 힘은 무엇일까…

마흔, 불혹(不惑)이라고 부르는 나이입니다. '사물의 이치를 터득하고 세상일에 흔들리지 않을 나이'에 이르렀으므로 부질없이 엉뚱한 것에 마음이 갈팡질팡하지 않게 된다는 것입니다. 공자께서 제자들에게 자신의 인생을 요약해서 들려준 『논어』의 「위정편」에 있는 글에서 유래한 것입니다. "吾十有五而志于學 三十而立 四十而不惑 五十而知天命 六十而耳順 七十而從心所欲不踰矩(오 십유오이지우학 삼십이립 사십이불혹 오십이지천명 육십이이순 칠십이종심소욕불유구)"라는 대목입니다. "나는 열다섯에 학문에 뜻을 두고, 서른에 삶의 기초를 이루고, 마흔이 되어 남의 의견에 현혹되지 아니하고, 쉰에 하늘의 뜻을 헤아리고, 예순이 되어 남의 의견을 다 들을 수 있게 되고, 일흔에 하고 싶은 바를 해도 법도를 넘지 않았다."라고 풀 수 있습니다.

돌이켜보면 저는 마흔이 될 무렵 다니던 직장을 때려치우고 새로운 일을 찾아 나섰습니다. 부질없이 마음이 갈팡질팡했기 때문이 아니었던가 싶기도 합니다. 하지만 불편부당하다는 생각을 접고 현실과 타협하지 못했던 것이었다는 변명거리를 늘 준비하고 있었습니다. '마흔'에는 흔들리되 부러지지는 않아야 한다는 노진서 교수님의 생각과는 달랐던 것 같습니다. 저는 세태에 따라 이리저리 마음을 바꾸느니 차라리 부러지는 한이 있더라도 초지일관(初志一貫)하는 것이 옳다고 배웠던 것 같습니다. 하지만 세상이 변하다 보니 새로운 해석도 나오는 것 같습니다.

『마흔, 흔들리되 부러지지는 않기를』에서 저자는 마흔을 "두 얼굴의 야누스처럼 과거와 동시에 미래를 바라보는 나이"로 해석합니다. 그렇기에 사랑의 열병을 앓던 베르테르는 로렌스의 금지된 사랑을 훔쳐볼 수도 있다거나 『구토』의 주인공 로캉탱처럼 힘겨운 일상에서의 탈출을 꿈꾸다가도 『고도를 기다리며』의 주인공 블라디미르와 에스트라공처럼 기약 없이 온다는 누구를 기다리며 그저 살아가는 것이라고 체념하는 나이일 수도 있다는 저자의 해석에 반대할 수만은 없는 것 같습니다.

만화에 빠지던 어린 시절이 생각나 아이들이 보던 만화책을 넘겨보던 기억이 있습니다. 요즈음 젊은이들은 책보다는 만화형식으로 담은 메시지를 쉽게 이해한다고 합니다. 항생제에 대한 지식을 담은 『만화항생제』가 젊은 의학도들에게 인기를 끌었습니다. 느닷없이 만화 이야기를 꺼내는 이유는, 런던에서 애니메이션 작업을 하시는 엘로의 만화가 이 책에서 적지 않은 비중을 차지하고 있기 때문입니다. 저자의 서문에 이어 나오는 만화가의 서문은 지하철에 몸을 실은 소시민이 만나게 될 환상여행을 예고합니다. 요즘은 지속 가능한 발전을 위하여 대중교통 이용을 권장합니다. 그런데 실제로 대중교통을 이용하다 보면 좋은 점이 참 많습니다. 책을 읽어도 좋고, 이 책의 만화에 등장하는 주인공처럼 잠시 꿈나라로의 여행을 통하여 심신을 정화하는 시간으로 삼을 수도 있습니다.

하루의 일과를 마치고 지하철을 이용해서 퇴근하던 주인공이 어느 순간 꿈에서 깨어나, 혹은 꿈속에서 만나는 누군가의 안내로 환상의 세계로 여행을 하게 됩니다. 저자는 이 여행을 통하여 일상의 의미를 깨닫고 자신을 한 단계 업그레이드 하는 기회를 붙잡으라고 충고합니다. 일상의 의미를 깨닫지 못한다면? 그저 매일매일 지겹게 반복되는 일상으로 돌아간다는 의미가 되겠지요. 책에서 나오는 열여섯 정거장의 의미는 무엇일까요? 도심에서는 지하철역 사이의 거리가 짧은 편이라서 금방 다음 역에 도착하게 됩니다. 하지만 부도심에서 시외로 빠지는 노선에서는 한 장면의 꿈을 꿀 수 있는 시간으로 충분할 것 같습니다. 그래서 헤아려 보았습니다. 사당역에서 열여섯 번째가 되는 한대앞 정거장까지는 43분 걸리는 것으로 나옵니다.

첫 번째 정거장은 '어린 날의 풍경'입니다. 조용필 씨의 노래 '못 찾겠다 꾀꼬리'를 주제로 해서 어린 시절 흔히 하던 술래잡기에 대한 아련한 추억을 더듬고 있습니다. 요즘 아이들은 술래잡기를 별로 하지 않지만 대부분의 어른들은 술래잡기를 하던 추억이 있을 것입니다. 저자는 요즈음 어린이들이 노는 법을 모르고 노는 시간이 줄어들고 있는 것이 큰일이라고 글머리를 열었습니다. 어린 시절을 잃고 사는 어른들의 현실을 깨우쳐주는 것입니다. 책 읽는 이가 어린 시절에는 숨은 친구를 찾는 술래였다면, 지금은 잃어버린 꿈을 찾는 술래가 되기를 당부합니다. 그런데 술래잡기를 할 때 꼭 꼭 숨은 친구를 찾지 못한 술래가 친구 찾기를 포기할 때, '못 찾겠다. 꾀꼬리'라고 소리치는 이유를 아십니까? 꾀꼬리는 무성한 나뭇가지 사이에 숨어서 울기 때문에 쉽게 사람들 눈에 띄지 않습니다. 그래서 어디 숨어있는지 도저히 찾을 수 없으니 그만 나오라고 포기선언을 하는 것입니다.

하나 더, 저자는 시인 앤 머로 린드버그의 「어른과 아이」라는 시를 인용하였습니다. 어른이 되면 행복하지 못한 이유를 아이의 동심을 잃어버렸기 때문이라는 것입니다. 혹시 린드버그 시인의 아픔을 알고 계시는지 모르겠습니다. 앤 머로 린드버그 시인은 찰스 린드버그의 부인입니다. 1927년 5월 21일 비행기 '세인트루이스의 정신'호를 몰고 뉴욕에서 파리까지 무착륙횡단비행에 처음 성공하여 세계적 영웅으로 떠오른 그 찰스 린드버그입니다. 1932년 3월 1일, 14개월 된 린드버그 2세가 뉴저지주 호프웰에서 유괴되어 처참하게 살해된 채 발견되는 세기적인 유괴사건이 발생했습니다. 이 사건으로 린드버그 부부는 엄청난 시련을 겪었습니다. 린드버그 시인은 어른과 어린이를 대비하면서 잃어버린 린드버그 2세를 떠올리지 않았을까요? 필자는 미네소타에서 공부하던 시절에 미네소타주의 리틀 폴스를 찾아간 적이 있습니다. 찰스 린드버그가 어린 시절을 보낸 집을 구경한 기억이 새롭습니다.

열여섯 꼭지의 이야기 가운데 사랑에 관한 이야기가 다섯 꼭지나 됩니다. 역시 옛날을 추억하는데 있어 사랑은 중요한 몫을 차지하는 모양입니다. 사랑에 관한 첫 번째 이야기 '사랑, 아름답고 잔혹한 본능'으로 이끄는 만화에서 사랑했던 여자에게 보낸 엽서를 모아놓은 남자의 이야기가 나옵니다. 엽서를 받은 여자는 답장을 보내지 않은 대신 우표를 주고 갔다고 합니다. 우표에 담긴 비밀은 무엇이었을까요? 환상 여생을 안내하는 어린 시절의 주인공이 참지 못하고 누어버린 소변에 떨어진 우표의 뒷면에 그녀의 마음이 나타나게 되었더라는 것이지요.

"난 두려워 우리 사랑한 뒤에 멀어진다면, 다시 볼 수 없는 건 견딜 수 없기에 우정이라 말하고 그대 곁에 있지만 너무나 깊은 사랑인 걸 어떻게 하나." 떠나간 그녀는 이 청년을 너무 사랑했던 것이지요. 그런데 떠난 그녀가 우표에 남긴 마지막 글 "P.S. I LOVE YOU"에서 이 책의 저자는 '운명적인 만남으로 시작되는 사랑…' 이라는 박정현의 「P.S. I LOVE YOU」를 인용합니다. 저는 동명의 비틀스 노래를 떠올립니다. 젊었을 적에 다방에 가면 꼭 신청해서 듣던…

누구나 지울 수 없는 옛사랑의 그림자를 하나쯤 가슴에 품고 살고 있을 것이란 생각을 합니다. 세월이 흘러 이미 희미해졌어도 결코 지워지지는 않는 그런 그림자 말입니다. 이런 그림자에 관한 이야기는 쉽게 남에게 털어놓을 수 없지 싶습니다. 그런데도 저자는 '흰 눈 나리면 들판에 서성이다, 옛사랑 생각에 그 길 찾아가지'라는 노랫말이 있는 이영훈의 노래 『옛사랑』에 끌려 자신의 지워지지 않는 옛사랑의 한 자락을 고백하고 있습니다. 저라면 블루 벨즈가 불러 사랑을 받은 『희미한 옛사랑의 그림자』를 주제로 하여 떠나간 옛사랑의 기억이 자꾸 흐려지는 것을 안타까워하는 마음을 정리해 보았을 것 같습니다. "푸른 달빛은 호숫가에 지는데 멀리 떠난 그 님의 소식 꿈같이 아득하여라"로 시작하는 『희미한 옛사랑의 그림자』는 1960년대에 멕시코 출신 트리오 로스 트레스 디아멘테스가 불러 세계적으로 유명해진 루나 예나(Luna Llena)라는 라틴음악의 고전을 원곡으로 하는 쓸쓸함이 물씬 묻어나는 노래입니다.

부모님에 대한 이야기도 빠트릴 수 없습니다. 소월 시인의 「부모」라는 시를 가사로 서지숙 씨가 부른 노래를 들으면 부모님 생각을 하곤 합니다. "낙엽이 우수수 떨어질 때 / 겨울의 기나긴 밤. / 어머님하고 둘이 앉아 / 옛이야기 들어라. / 나는 어쩌면 생겨 나와 / 이 이야기 듣는가? / 묻지도 말아라, 내일 날에 / 내가 부모가 되어서 알아보리라" 서지숙 씨는 작고하신 희극배우 서영춘 님의 조카입니다.

만화에서는 부모의 존재가 마치 물과 같아서 옆에 계실 때는 고마움을 잊고 살다가 안 계실 때에서야 부모님의 존재가 얼마나 중요한지 깨닫게 됩니다. 작가는 그런 부모의 존재가 흔들리고 있는 세태를 꼬집었습니다. 그리고 자기애가 모성애를 범하고 있는 현실을 우려하는 시선을 거두지 못합니다. 사실 요즘 우리나라의 출산율이 바닥을 모르고 떨어지고 있는 것도 자기애가 모성애를 앞서고 있는 세태를 반영하는 것이 아닌가 싶습니다.

일상에 의미를 부여하는 인문학 편지의 마지막 주제는 피할 수 없는 외길, 즉 나이 듦과 죽음입니다. 사람마다 다른 삶이 있듯이 늙어감에도 꼭 이렇게 살아야 한다고 콕 짚을 모범답안은 없을 것입니다. 자신이 살아온 나날들과 생각에 맞추어 나름의 방식대로 살아가면 되는 것 아니겠습니까? 저자는 1930년대 초 대공황의 여파로 어수선하던 시기에 뉴욕을 떠나 버몬트의 시골에 자리를 잡고 노년을 시작한 니어링 부부의 조화로운 삶을 인용합니다. 니어링 부부는 인간으로서 존엄하게 살아갈 수 있는 삶의 방식을 제시하려 서로 도우면서 의지하는 삶을 살았습니다. 그러다가 남편 스콧 니어링이 100세가 되는 생일을 앞두고 단식을 통하여 삶을 마무리하였습니다. 스스로 살 만큼 살았다고 판단한 것입니다. 이야기는 자연스럽게 부부가 삶을 같이하는 것으로 넘어가고, 죽음이라는 주제로 이어집니다. 사실 죽음이라는 주제만으로도 여러 권 분량의 책이 될 터이기에 아쉽다는 느낌이 들 수도 있습니다.

정리해보면, 저자는 어린 시절로부터 나이 들어 죽음을 맞을 때까지의 인생 항로를 따라가면서 만나는 다양한 삶의 모습들을 짚어냈습니다. 그 과정에서 시와 책 등 다양한 인문학적 자료들을 인용하여 그 의미를 정리하였습니다. 책을 읽으면서 스스로를 돌아보게 되는 것 같습니다. (라포르시안: 2013년 3월 4일)

30 프루스트가 우리의 삶을 바꾸는 방법(알랭 드 보통, 청미래)

프루스트가 우리의 삶을 바꾸는 방법에 관하여

보르헤스, 마르케스와 함께 현대 문학의 3대 거장으로 꼽히는 작가 이탈로 칼비노가 쓴 『왜 고전을 읽는가』를 읽었습니다. 고전과 그 작가들에 대한 자기 생각을 정리하기에 앞서 저자는 무려 열네 가지나 되는 고전의 정의를 정리하였습니다. "고전이란 독자에게 들려줄 것이 무궁무진하기 때문에 처음 읽으면서도 마치 이전에 읽은 것 같은 '다시 읽는' 느낌을 주는데, 다시 읽을 때마다 처음 읽는 것처럼 무언가를 발견한다는 느낌을 주는 책이다."라는 다소 진부한 듯하면서도 정곡을 찌르는 정의도 있습니다. 그런데 "고전이란, 사람들이 보통 '나는 …를 다시 읽고 있어.'라고 말하지, '나는 지금 …를 읽고 있어.'라고 결코 이야기하지 않는 책이다."라는 첫 번째 정의는 가벼운 것 같지만 독자를 배려한 직업작가다운 면모를 볼 수 있습니다.

이탈로 칼비노가 내린 고전의 정의를 살펴본 것은 알랭 드 보통의 『프루스트가 우리 삶을 바꾸는 방법들』을 이야기하기 위해서입니다. 마르셀 프루스트의 『잃어버린 시간을 찾아서』에 관한 이야기를 적은 책입니다. 오르한 파묵도 『소설과 소설가』에서 차별화 의식을 설명하면서 프루스트의 『잃어버린 시간을 찾아서』를 자랑스럽게 꺼내 들어 읽는다는 이스탄불 공과대학의 신입생 이야기를 소개하였습니다. 저 역시 이 책을 읽을 때 이스탄불 대학의 신입생처럼 주변을 의식했던 것 같습니다.

책 읽기도 인연으로 엮이는 무엇이 있는 것 같습니다. 제가 『잃어버린 시간을 찾아서』를 읽게 된 것은 박완서 선생님의 산문집 『못 가본 길이 아름답다』를 읽은 것에서 시작합니다. 선생님이 산문집에서 언급한 조나 레러의 『프루스트는 신경과학자였다』를 읽었습니다. 조나 레러는 『잃어버린 시간을 찾아서』에 나오는 장면을 소재로 기억에 관하여 설명한 것입니다. 마침 아내가 구입해 둔 국일미디어판 『잃어버린 시간을 찾아서』이 집에 있어 읽기 시작했습니다. 11권에 무려 4488쪽이나 되는 방대한 분량을 읽어내는데 무려 4개월이라는 시간이 걸렸습니다. 『잃어버린 시간을 찾아서』를 읽어가면서 작가를 이해할 수 있는 정보가 더 있었더라면 하는 아쉬움이 있었습니다. 『잃어버린 시간을 찾아서』를 쉽게 더 많이 이해할 수 있는 안내서를 먼저 읽었더라면 하는 아쉬운 느낌이 들었습니다.

본론으로 들어가 알랭 드 보통이 전하는 프루스트의 이야기를 살펴보겠습니다. 이 책은 자기계발서로 분류되어 있습니다. 『잃어버린 시간을 찾아서』를 비롯한 프루스트의 작품과 편지 그리고 대화 등을 통하여 우리가 삶을 현명하게 살아가는 데 필요한 방법을 가르쳐준다고 본 것입니다. 첫 번째 주제, '오늘의 삶을 사랑하는 방법'을 비롯하여 '나를 위해서 읽는 방법', '사랑 안에서 행복을 얻는 방법' 등등의 제목은 그런 생각으로 읽을 수도 있겠습니다.

앞서 인용한 이탈로 칼비노가 내린 고전의 정의를 되새겨 봅니다. "고전이란, 사람들로부터 이런저런 얘기를 들어 알고 있다고 생각하면 생각할수록, 실제로 그 책을 읽었을 때 더욱 독창적이고 예상치 못한 이야기들, 창의적인 것들을 발견하게 해 주는 책이다"라는 부분입니다. 읽는 사람마다 독특한 해석이 가능한 것이 고전인 만큼 번역본이나 주석 본, 해설서 들을 가능한 피하고 원전을 직접 읽어야 한다는 것입니다. 당연히 원전을 읽는 것이 최선이겠습니다. 하지만 좋은 번역가의 번역서를 읽는 것도 나쁘지 않겠습니다.

프루스트의 『잃어버린 시간을 찾아서』가 '어떻게 하면 시간 낭비를 중지하고 음미할 수 있는 삶을 시작할 것인가 하는 문제에 관한 이야기'라고 알랭 드 보통은 요약하였습니다. 당시 파리의 유력 일간지 『랭트랑지장』이 1922년 여름에 "지구가 갑자기 파멸하게 된다면 그 최후의 시간에 무엇을 하시겠습니까?"라는 질문에 대한 프루스트의 답변으로부터 끌어온 것입니다. 많은 사람들은 "내일 지구의 종말이 온다 해도, 나는 오늘 한 그루의 사과나무를 심을 것이다"라는 베네딕트 스피노자의 미래지향적 모범답안을 기억할 것입니다. 그런데 얼마 전에 읽은 『내 몸은 내가 지킨다』에서 현실적인 답변을 찾았습니다. 이 책을 쓴 최명기 원장님은 "만약 내가 내일 죽는다면 나는 절대로 사과나무는 심고 있지는 않을 것이다. 내가 제일하고 싶었던 것을 하고, 내가 제일 느끼고 싶은 것을 경험할 것이다."라고 하셨습니다.

『잃어버린 시간을 찾아서』를 읽는데 4개월이 걸린 이유는 바쁜 일상 가운데 시간을 쪼개야 했기 때문입니다. 그래서인지 마르셀 프루스트의 동생 로베르 프루스트는 “한 가지 슬픈 일은 사람들이 아주 많이 아프거나, 아니면 다리가 부러지거나 하기 전에는 『잃어버린 시간을 찾아서』를 읽을 기회를 얻지 못한다는 사실이다.”라고 했답니다. 역시 방대한 분량이 가장 큰 걸림돌입니다. 그런데 일단 읽기를 시작한 다음에도 화자를 둘러싼 분위기를 시시콜콜 서술하고 있는 점도 읽는 이의 인내심을 시험하게 만듭니다. 제가 심평원을 그만두고 병원에서 일을 시작하게 되었습니다. 로베르 프루스트의 말처럼 병원에 입원하신 분들이 책을 읽어 치료에 도움이 될 수 있는 길을 찾아보고 싶습니다.

제가 자주 산책을 나가는 양재천 산책길 한 모퉁이에서 산사나무를 볼 수 있습니다. 봄에는 붉은 기운이 감도는 흰 꽃을, 그리고 가을이면 산사 열매가 빨갛게 익어가는 모습을 볼 수 있습니다. 그저 걷기에 바쁜 탓인지 산사나무를 자세하게 들여다본 적은 없습니다. 하지만 『잃어버린 시간을 찾아서』의 주인공 마르셀은 산책길에서 만나는 산사나무를 이렇게 묘사합니다. “오솔길에는 산사나무 향기가 짙게 풍기고 있었다. (…) 산사 꽃향기는 마치 내가 성모마리아 제단 앞에 서 있기라도 한 듯이, 그 형태 안에 뚜렷이 드러나며 촉촉하게 내 주위를 감돌았고, 장식된 꽃들 역시 마치 성당의 붉은 복도 난간이나 채색 유리창살 대에 투조 세공을 한 딸기 꽃의 하얀 살로 피어난 꽃들처럼, 저마다 방심한 표정으로 섬세하고도 눈부시게 빛나는 불꽃 양식 잎맥 무늬 수술 다발을 들고 있었다(244쪽).” 주변을 마치 돋보기, 아니 현미경을 들이대듯이 세밀하게 살펴 글로 묘사한 프루스트의 솜씨에 놀랄 따름입니다.

프루스트는 병약했습니다. 열 살 때 시작한 천식은 평생 그를 괴롭혔습니다. 특히 낮에 기침이 심했기 때문에 낮과 밤을 거꾸로 살았습니다. 민감한 피부와 이웃의 소음도 그를 괴롭혔습니다. 아마도 지나치게 발달한 오감을 통하여 주위의 변화를 민감하게 받아들일 수 있었던 장점에 대한 반대급부였을 것입니다. 알랭 드 보통은 오직 고통을 받을 때에만 우리가 적절하게 탐구적이 될 수 있다는 프루스트적 논리를 지적합니다. 프루스트는 사람들은 두 가지 방법으로 지혜를 얻을 수 있다고 하였습니다. 하나는 선생님을 통해서 고통 없이 얻는 것이고, 또 하나는 삶을 통해서 고통스럽게 얻는 것입니다. 그런데 고통스러운 쪽의 지혜가 훨씬 더 우월하다는 것입니다. 하지만 우리가 살아가는 지혜를 모두 직접 경험을 통하여 얻을 수만은 없는 한계를 인정해야 하지 않을까요?

알랭 드 보통은 『잃어버린 시간을 찾아서』에 등장하는 대표적 인물들을 골라 그들이 받은 고통이 무엇이고 효과적인 대응방법을 제시합니다. 지위 상승을 열망하는 베르뒤랭 부인과 앙드레의 어머니, 정규교육을 받지 않아 아는 것이 많지 않은 프랑수아즈, 자기 확신이 넘치는 블로크, 애인 오데트의 마음을 독점하기 위하여 마음앓이를 하는 스완 등입니다. 프루스트는 이들이 안고 있는 문제들을 해결하는 방법을 제시하지는 않습니다. 다만 이들의 고통이 어떤 결과를 가져오는지 독자들에게 보여줄 따름입니다. 알랭 드 보통의 작중인물에 대한 분석은 『잃어버린 시간을 찾아서』를 읽는데 도움이 될 것입니다.

프루스트는 너그러웠고 뛰어난 이야기꾼이었습니다. 심지어 그의 친구들은 **'프루스트화하다'**라는 동사를 만들어냈습니다. 약간은 지나치게 의식적으로 친절한 태도를, 아울러 속된 말로 표현하면 끝도 없이 유쾌한 겉치레를 나타내는 단어였다고 합니다. 잘 생각해 보면 주변에 이런 사람이 하나쯤은 있습니다. 그렇다고 이런 사람들이 긍정적인 평가를 받는 것만은 아닙니다. 그리고 당사자 역시 그렇게 하는 것이 마냥 편하기만 한 것은 아닐 것입니다. 프루스트 역시 "대화, 이것은 우정의 표현양식이라고 할 수 있지만, 실상은 얻을 만한 가치가 있는 것은 우리에게 전혀 주지 않는 피상적인 여담에 불과하다. 우리가 평생 이야기를 한다고 해도, 어쩌면 단 일 분의 공허함을 무한히 반복하는 것에 지나지 않을 수도 있다(151쪽)."라고 했다고 합니다.

흥미롭게도 보통은 이 책의 마지막 장에서 '책을 내려놓는 방법'을 이야기합니다. 책 읽기에 관한 이야기가 갑자기 샛길로 빠져서 마무리된다는 생각이 들었습니다. 알랭 드 보통은 '우리는 책을 얼마나 진지하게 다루어야 할까?'라는 질문을 내놓았습니다. 그리고 프루스트가 앙드레 지드에게 "우리 동시대인들 사이의 유행과는 반대로, 나는 인간이 문학에 대한 매우 고상한 관념을 가지는 동시에 문학을 향해 온화한 조소를 던질 수 있다고 믿습니다(239쪽)."라고 한 말을 인용합니다. 그리고 이렇게 해석합니다. "책을 지나치게 진지하게 받아들이는, 또는 오히려 물신주의적으로 경건한 태도를 보이는 위험에 관한 독특한 자각을 표현했던 것이다. (…) 우리가 다른 사람이 쓴 책과 건강한 관계를 맺기 위해서는, 단순히 그 유익함만이 아니라 나아가서 그 한계의 음미도 중요하기 때문이다." 즉 독자들이 건강한 책 읽기의 의미를 깨닫기를 바라는 것이라 하겠습니다. (라포르시안: 2013년 3월 25일)

31 아흔 즈음에(김열규, 휴머니스트)

인문학자 김열규의 마지막 사색

『아흔 즈음에』의 출간 소식에 김열규 교수님께서 2013년에 세상을 떠나셨다는 사실이 곁들여져 있어 깜짝 놀랐습니다. 『아흔 즈음에』가 유고집이 된 셈입니다. 노년의 삶과 죽음에 관한 에세이 『메멘토 모리』, 『노년의 즐거움』 등을 통하여 많은 배움을 얻었기에 더욱 안타까운 마음이 남는 것 같습니다. '더 오래 사셔서 좋은 말씀을 들을 수 있었어야 하는데' 하는…

유고집이 되고 말았지만, 교수님은 혈액암으로 투병 중에도 나을 수 있다는 신념을 가지셨던 것 같습니다. 그래서 '나이 들수록 농익는 목숨 기운'이라는 제목의 여는 글에 "새벽녘 해돋이에 맞겨룰 저녁노을 같은 마무리로 아흔이 내일모레인 여든 넘은 나이를 가다듬고 싶다. 아니, 싶은 정도가 아니다. 그렇게 하고야 말 것이다(13쪽)."라는 희망을 담으셨던 것이겠지요. 이렇게 시작한 글은 '나이가 든다는 것'을 시작으로, '죽음을 생각하며', '글쓰기에 기대어', '그리운 시절', '함께 산다는 것', '자연의 품에서'로 이어지면서 아흔을 목표로 한 인생살이를 잘 마무리하는 방법을 생각하신 것 같습니다.

저자의 유족들이 고인의 컴퓨터를 정리하다가 발견한 원고가 바로 이 유고집이라고 합니다. 생전에는 미처 몰랐을 수도 있었습니다. 저 역시 선친께서 돌아가신 다음에 유품을 정리하다가 발견한 글들을 묶어 『소운집(嘯雲集)』이라는 제목으로 488쪽이나 되는 유고집을 냈습니다. 소운은 선친께서 쓰시던 호입니다. 가지 많은 나무에 바람 잘 날이 없다고, 자식이 넷이나 되다 보니 걱정하실 일이 끊임없이 이어진 삶이셨습니다. 그래서인지 남기신 글들은 대부분 평소에 자식들이 바른 생각과 행동을 가지도록 당부하시는 내용으로 채워져 있었습니다.

몇 년 전부터는 제가 술을 많이 줄였습니다만, 선친께서는 사회생활을 하다 보면 어쩔 수 없다는 점은 인정을 하시면서도 술을 이기지 못하는 저를 많이 걱정하셨습니다. 그래서 49재를 지내는 동안 속죄하는 마음으로 금주하면서 선친께서 남기신 유고를 정리하였습니다. 그리고 49재를 올리는 날에는 유고집을 영전에 바칠 수 있었습니다. 일찍 별도로 써두셨던 것으로 보이는 사세(辭世)라는 제목의 글에서는 당신께서 살아오신 날들을 정리하시면서 자식들에게 다음과 같은 당부의 말씀을 남기셨습니다. 1. 우리 가문(家門)에 대한 긍지(矜持)를 가져라, 2. 근면역행(勤勉力行)하여 질소검약(質素儉約)하게 살아달라, 3. 부모에 효하고 형제간에 우애하라, 4. 제가제일주의(齊家第一主義)로 하라, 등입니다. 이 독후감을 쓰면서 다시 읽어보면서 눈물이 앞을 가리기에 조만간 따로 읽어보아야 할 것 같습니다.

교수님의 영애께서는 병중에 계신 어머니의 병구완하시는 모습을 보면서 평소에는 냉정하다고 느껴온 선친에 대한 생각이 바뀌었다고 합니다. "엄마에게 헌신하고 몸을 낮추는 아버지는 내게는 작은 경이감의 대상이 되었다. (…) 여든이 넘은 몸을 끊임없이 움직여 엄마 수발을 드셨다(235쪽)." 김열규 교수님의 모습과 제 선친 모습이 꼭 겹쳐 보이는 것을 보면 옛날 분들은 마음속에는 뜨거운 사랑을 품고 계시면서도 정작 밖으로는 내보이는 것을 꺼리셨던 것 같습니다. 저의 선친께서도 어머니를 당부하시는 말씀을 이렇게 남기셨습니다. "애비 기세(棄世) 후에 홀로 남을 너희 모친을 생각하니 가슴이 메어온다. 어떠한 전생의 인연으로 나 같은 사람을 만나 (…) 오늘날 이만큼 우리 가정이 성장한 것도 너희들 어머니의 피나는 내조의 공이라 생각한다. (…) 부디 얼마 남지 않은 여생은 마음 편하고 복되게 조금이라도 신경을 더 써 달라."

교수님은 평소 따님께 "우리 각자 열심히 일하자"라고 하셨답니다. 릴케의 말을 인용한 것이라고 합니다. 로댕은 비서로 일하는 릴케에게 "언제나 오직 일하라!"라고 했답니다. 체코 출신인 릴케가 62살로 절정기의 로댕을 만난 것은 27세 때였습니다. 릴케는 프라하 전시회에서 만난 로댕의 제안으로 1905년 9월15일부터 1906년 5월 12일까지 로댕의 비서로 일했습니다. 영감이 떠올라야 글을 쓸 수 있었던 릴케는 작업을 통하여 영감을 불러일으키고 있는 로댕을 보고 충격을 받았습니다. 릴케는 로댕을 통하여 "값싼 감정에서 벗어나 화가나 조각가처럼 자연 앞에서 일하며 대상을 엄격하게 파악하고 묘사하는 것"을 깨닫게 되었다고 미술평론가 유경희 님은 전합니다.

교수님이 남긴 말씀들을 새겨보도록 하겠습니다. 요즈음이야 주변에서 예순 넘은 분들이 넘쳐나고 있기 때문에 누구도 그렇게 생각하지 않는 것 같습니다만, 교수님은 "예로부터 예순 살 이상은 특별한 나이로 쳐왔다. 살 만큼 산, 아니 그러기를 넘어선 나이로 치부해왔다(21쪽)."라고 적어 예순 나이를 특별하다고 하였습니다. 『아흔 즈음에』를 읽을 무렵 환갑을 맞았던 저도 교수님의 말씀대로 예순은 특별한 나이라고 생각했습니다.

팔순을 갓 넘긴 교수님이 "만세! 만세! 만만세!"를 외친 것은 "마침내 하늘을 찌르는 태산준령의 꼭대기에 올라선 기분이다. 아흔, 곧 구순을 당당하게 들먹일 수 있는 나이에 다다랐다. 으쓱대고 싶다. 어깨춤이라도 추고 싶다. 우쭐대고 싶기도 하다(17쪽)."라는 이유였습니다. 예순을 넘어야 칠순, 팔순, 그리고 구순을 말할 수 있습니다. 이런 나이들은 거저 얻는 것이 아니라 끊임없이 스스로를 갈고 닦아야 가능한 것입니다. 예순이 넘으면 그동안 해오던 일을 정리하고 한 걸음 물러서 여생이나 즐기라는 은근한 강요가 느껴지는 나이입니다. 하지만 여생(餘生)이 마치 쓰다 말고 남은 생애처럼 천덕꾸러기가 되어서는 안 될 일이라는 생각입니다.

오래 전에 본 영화 『노트북』은 아름다운 황혼으로 시작됩니다. 저는 영화를 본 느낌을 이렇게 적었습니다. "강 위로 길게 꼬리를 늘어뜨린 석양과 붉게 물든 저녁놀을 향해 말없이 노 젓는 남자. 미끄러지듯이 좌우로 갈라지는 물결. 소용돌이를 치는 잔물결을 밀어내는 노. 서서히 어둠이 깔리고 머리 위를 비상하듯 날갯짓하며 따르는 하얀 백조. 이 배가 도착하는 곳은 강변에 우뚝 서 있는 새하얀 집. 그 집의 창가에 서서 누군가를 기다리는 백발의 할머니…"

교수님은 여생을 굳이 여광(餘光)과 비교하고 싶었다고 합니다. 해가 서산에 넘어갈 때 제일 아름다운 것처럼 우리네 인생도 여유가 있는 여생이 더 아름답고 빛날 수 있다고 생각합니다. 흔히 일에서 물러나게 되면 시간을 주체할 수 없다고들 합니다. 하지만 바로 그 시간을 소중하게 쓰는 방법을 찾아내야만 하겠습니다.

두 번째 화두는 '죽음'입니다. 교수님은 이미 『메멘토 모리』를 통하여 한국 사람들이 생각하는 죽음을 이렇게 정리했습니다. "사람의 목숨 그 자체에 관련되어서 직설적으로 쓰이는 죽음이란 낱말은 피하면서도, 사람의 목숨과 관련이 직접적으로는 없는 사물이나 현상에 관련되어서는 은유법 또는 과장법의 테두리 속에서 죽음이란 낱말을 심하게 과용하고 또 남용하고 있음을 위의 보기 등을 통해 헤아릴 수 있을 것이다. 이것은 사람의 목숨에 관련된 죽음의 낱말이 극단적으로 기피되고 있음을 보여주고 있는 데 대한 역설적인 사례들이라고 받아들일 수 있을 것이다.(김열규 지음, 『메멘토 모리』, 72쪽, 궁리, 2001년)" 나아가 『아흔 즈음에』에서는 "죽음이 마지막 결의이고 도전이게 해야 한다. 머지않아 구순을 내다보는 나로서는 더한층 그래야 할 것이다(79쪽)."라고 삶에 대한 강한 의지를 내비쳤습니다.

세 번째 화두는 글쓰기입니다. 책을 읽고 독후감을 써보라 하면, '책 읽기도 어려운데 글쓰기까지 해야 하느냐'고 이야기하시는 분들이 많습니다. 세상에 무슨 일이든 그것을 '일', 즉 '노동'으로 생각하면 괴로운 법입니다. 세상만사를 '일'이 아닌 '재미'로 하게 되면 괴로운 일이 아니라 즐거운 일이 되는 것입니다. 앞서도 말씀드렸던 것처럼 교수님은 세상을 떠나기 하루 전까지도 글을 쓰셨던 것처럼 글쓰기를 '괴로운 일'이 아니라 '재미있는 일'이라고 여기셨다고 합니다.

책을 읽고 느낀 무엇을 그냥 나열하다 보면 생각이 생기고 그렇게 생긴 생각을 정리해가다 보면 글짓기가 점점 쉬워진다는 느낌이 생길 것입니다. 요즈음 나이 드신 남성들이 아내의 치맛자락에 껌처럼 붙어 다니려고 해서 눈칫밥을 먹는다고 합니다. 아내가 외출할 때는 시원하게 다녀오라 하십시오. 그 시간에 책을 읽고, 혹은 영화를 보고 그 느낌을 글로 옮기다 보면 벌써 아내가 누르는 초인종 소리가 들릴 것입니다. 그리고 식사는 어떻게 했느냐는 조금은 미안함이 배어있는 인사를 받게 될 것입니다. 바로 '따로 또 같이 사는' 비결이기도 합니다.

이어지는 '함께 산다는 것'에서는 우리 고유의 정(情)에 대한 교수님의 생각을 만납니다. 1959년에 개봉한 영화 『유정천리』의 주제가로 가수 박재홍이 부른 동명의 노래의 한 대목, '유정 천리 꽃이 피네, 무정 천리 눈이 오네'를 인용하여 "유정도 그렇고 무정도 그렇듯이, 우리의 정은 끝이 없을 것이다. 캐고 또 캐고 풀고 또 풀어도 끝이 없을 것 같다(157~8쪽)."라고 적었습니다.

묘한 것은 미운 정도 정이라고 하는데, 요즈음은 황혼에 이르러 그 정을 단칼에 잘라내는 사람들이 늘고 있습니다. 교수님은 가족과 친구들 사이에 쌓는 정에 더하여 나이가 들수록 이웃이 소중해지는 이유를 설명합니다. '인간(人間)'이라는 단어가 사람을 가리키기도 하지만 '사람 사는 세상'을 의미하기도 한다는 것입니다. 즉 남들과 함께 있어야 비로소 사람다워진다는 의미이기 때문에, "이웃과 더불어 살아야 비로소 인간이 인간다워지고 사람됨이 제대로 갖추어지는 것(168쪽)"임을 깨닫게 합니다.

마지막 화두는 '자연'을 꼽았습니다. 스스로를 돌아보고 주변과의 관계를 넘어 자연에까지 이르렀으니 자신의 삶을 온전하게 되살펴 본 셈입니다. 어려서부터 자연과 함께 성장해온 교수님은 은퇴하고서는 다시 고향으로 돌아가 여생을 지내셨습니다. 고향에서의 여생에 대하여 "바다며 산, 자연을 정으로 받아들이는 것, 그보다 더한 삶의 축복은 없을 것이라고 굳게 믿는다(188쪽)"라고 했습니다. 하루는 바닷가를 거닐고, 또 다른 하루는 산길을 걸을 수 있는 고향은 천혜의 안식처였을 것입니다. 바다에서 물로 멱을 감고 그리고 산에서는 바람에 멱을 감을 수 있으니 구순에 드실 수 있었을 것입니다. 그런데 혈액암이라고 하는 병마에 붙잡히신 것은 참으로 안타까운 일이 아닐 수 없습니다. 아직도 받아야 할 가르침이 남아 있기에 더욱 그렇습니다. 삼가 고인의 명복을 빌면서 평안하시기를 기원합니다. (라포르시안: 2014년 2월 10일)

32 인생의 아름다운 준비(새러 데이비드슨, 예문아카이브)

유대인 랍비가 전해 준 '아르스 모리엔디'

새러 데이비드슨의 『인생의 아름다운 준비』는 제가 화두로 붙들고 있는 '품위 있게 죽기'에 깨달음을 더하는 책이었습니다. 잘 죽는 기술, 즉 아르스 모리엔디(ars moriendi)에 관한 내용입니다. 새러 데이비드슨은 2009년부터 랍비 잘만을 만나 '인생 12월을 맞이하는 지혜'라는 주제로 삶에 대한 이야기를 나누기 시작했습니다. 그 무렵 새러 데이비드슨은 예순 중반이었고, 랍비 잘만은 여든 다섯 살이었습니다. 매주 금요일 랍비 잘만을 만나 이야기를 나누기 시작해서 두 해가 흐르는 동안 새러는 많은 일을 겪었습니다. 아프가니스탄에서 일어난 자살 폭탄테러를 피해가기도 하고, 치매를 앓던 어머니가 세상을 떠났으며, 자신도 미로염을 앓으면서 죽음을 이해하게 되었다고 합니다.

새러와 랍비 잘만이 오랜 시간을 두고 삶의 본질과 삶을 어떻게 마무리하는 것이 최선인지에 대하여 나눈 이야기를 묶은 것이 『인생의 아름다운 준비』입니다. 미치 앨봄의 『모리와 함께 한 화요일』

의 금요일 판이 되는 셈입니다. 두 책을 모두 공경희 님이 우리말로 옮긴 것도 재미있는 인연인 것 같습니다.

저자가 만난 랍비 잘만 섀크터-샬로미는 1924년 폴란드에서 태어나 빈에서 자랐습니다. 그는 크리스탈나하트(수정의 밤, 1938년 11월 9일)에 충수돌기염으로 수술을 받고 입원해 있던 병원에서 게슈타포가 저지른 끔찍한 만행을 목격했습니다. 제2차 세계대전 기간에 나치가 오스트리아로 침공하면서 유대인들을 겁박하던 시절에 일어난 일입니다. 그날 밤 사건의 충격으로 잘만의 가족은 독일을 거쳐 벨기에로 갔다가 비씨정권의 프랑스에서 구금 생활을 거쳐 미국으로 탈출할 수 있었습니다. 잘만의 가족처럼 운이 좋았던 유대인들은 나치의 만행을 피할 수 있었지만, 많은 유대인들이 나치의 만행에 목숨을 잃어야 했습니다.

섀러는 이 점에 대하여 '유대인들이 몰살당하는 판국에 신을 찬미하는 경전을 공부하다니! 신을 향한 분노는 어떻게 됐느냐(93쪽)' 라고 랍비에게 물었습니다. "분노의 뿌리를 이해해야 해요. 뿌리는 내게 주어진 그 신, 항상 이스라엘을 보호해 줄 그 신, 약속을 어긴 그 신이었지요. 내가 분노한 것으로 더 이상 신을 원치 않게 되었다는 의미가 아니라, 그동안 가지고 있던 신에 대한 관념을 지우고 새로운 관념, 즉 더 보편적인 영의 신으로 채울 수 있게 되었어요." 라고 랍비 잘만은 답변합니다.

유대인만큼 오랜 세월에 걸쳐 시련을 받은 민족도 없습니다. 끊임없이 이어진 시련 속에서 살아남은 몇 안 되는 민족이기도 합니다. 홍익희 님은 『유대인 이야기』에서 유대인의 역사를 잘 정리했습니다. 수메르 문명권에서 가장 발달한 도시 우르에 살고 있던 유대인의 조상 아브라함의 가족이 척박한 땅 가나안으로 이주하면서 이스라엘의 역사가 시작되었습니다.

"나는 여러분들 가운데서 나그네로, 떠돌이로 살고 있습니다."라고 했던 아브라함의 고백이 유대인의 고단한 삶을 예언이라도 한 것일까요? 4백여 년간의 이집트에서의 종살이, 이집트에서 탈출해 광야에서 보낸 40년, 아시리아의 바빌론으로부터 나라를 빼앗겼던 포로시대, 로마제국에 의해 세계 곳곳으로 뿔뿔이 흩어져 2천여 년을 살아온 유대인들의 역사는 바로 유랑과 핍박의 역사였습니다. 웬만하면 벌써 흔적조차 없이 사라져버렸을 수도 있습니다. 하지만 유대인들은 고난과 핍박 속에서도 살아남아 세계 속에서 영향력을 발휘하는 근성 있는 민족이기도 합니다.

민족성과 함께 일찍 교육체계를 바로 세워 지켜온 것이야말로 유대인이 살아남은 핵심요소였습니다. 기원전 6세기 바빌로니아의 공격을 받아 멸망한 유다왕국 사람들이 바빌론으로 끌려가는 바빌론의 유수가 일어났습니다. 예루살렘 성전의 파괴로 영적 궁지에 빠진 유대민족에게 선지자 예레미아와 에스겔은 "성전에 재물을 바치는 것보다 믿음을 갖고 율법을 지키는 일이 하느님을 더 즐겁게 하는 길이다"라고 역설하면서, 성전에 고착되어 있었던 종교를 어디에서나 만날 수 있는 움직이는 종교로 바꾸었습니다. 즉, 사제가 없는 시나고그(synagogue)에서 학자인 랍비를 중심으로 모여 율법낭독과 기도중심으로 드리는 새로운 예배 방식을 도입한 것입니다.

유대인들의 하스모니안 왕조가 로마의 속국으로 있을 무렵인 기원전 76년 살로메 알렉산드리아가 왕위에 올랐습니다. 그녀는 유대교를 재건하려면 모든 국민이 『성경』을 읽고 율법을 배울 수 있어야 한다고 판단하였습니다. 전국에 학교를 짓고 노소를 가리지 않고 남자들에 대한 의무교육을 실시했습니다. 이때부터 유대인들은 율법을 암기하고 배우기 위하여 세 살부터 히브리어를 배웠고, 열세 살에 치루는 성인식에서는 모세오경 중 한 편은 반드시 암기해야 했습니다. 그리고 성인식에 참석한 사람들을 대상으로 『성경』을 토대로 자기가 준비한 강론을 해야 합니다. 이런 전통은 유대민족의 탁월한 지적능력을 향상하는 데 크게 도움이 되었습니다.

유대인들은 아무리 나쁜 상황에 부닥치더라도 주어진 조건을 최대한 활용하여 살아남는 방안을 마련해왔습니다. 그만큼 적응능력이 뛰어나다고 할 수 있습니다. 랍비 잘만은 유대인들의 유연성이 어디까지 이를 수 있는지를 보여주는 사례입니다. 새러는 랍비 잘만의 삶을 이렇게 요약합니다. "십 대 시절에는 예시바(탈무드를 연구하는 유대 학교)에서 금서로 정한 심리학과 철학 서적을 읽었고, 나중에는 타 종교 지도자들과 교류하며 의식을 확장하는 약물을 복용했다. 그는 열정적이고 살아 있는 전통의 보존을 돕기 위해 '유대 부흥 운동'을 창시했다(21쪽)." 랍비 잘만은 18세기 폴란드에서 시작된 하시디즘의 랍비가 되었습니다. 하시디즘은 기도와 찬양을 통해 신과 하나가 되며 율법을 엄격하게 지킬 것을 강조하는 유대 경건주의 운동입니다. 즉 랍비 잘만은 전통적인 유대교에 뿌리를 두었지만, 그 전통에 얽매이지 않았다는 것입니다.

『인생의 아름다운 준비』는 새러와 랍비 잘만이 나눈 대화를 기본으로 하고, 두 사람이 살아온 삶의 여정을 녹여내면서 끝에 가서는 어떻게 삶을 마무리하는 것이 최선인가를 제시합니다. 흥미롭게도 유대인들은 다른 종교를 믿는 사람들보다 사후세계의 존재에 대한 믿음이 훨씬 약하다고 합니다. 물론 유대교 파 가운데 신비주의 가르침을 전파하는 카발라 종파의 경우에는 환생과 현생 이후를 기록한 문서도 있다고 합니다.

새러는 랍비에게 치매에 걸린 어머니가 품위 있고 평화롭게 죽음을 맞을 수 있도록 도와줄 길을 물었습니다. 랍비 잘만은 "그건 그분의 죽음이기 때문에 마지막 순간까지 그분이 선택하도록 해야 할 것(129쪽)"이라고 대답합니다. 그분이 죽음을 원하신다고 해서 약을 드리거나 머리에 총을 겨누라는 의미가 아니라 그분이 식사를 거부하는 것을 받아들이라는 이야기입니다. 죽음을 선택한다는 것은 자살을 의미하는 것입니다. 죽기 위하여 약을 먹는 행위를 적극적 자살로, 식음을 전폐하는 것을 소극적 자살로 생각할 수 있습니다. 랍비 잘만은 적극적 자살은 분명 반대하지만, 소극적 자살은 허용할 수도 있다는 입장입니다. 식사를 중단하는 결심을 내렸다고 하더라도 시간이 지나면서 마음이 바뀌면 다시 식사를 하면 되는 일이기 때문입니다.

적극적 자살이나 소극적 자살이나 스스로 목숨을 끊은 행위는 유대의 율법에서 금하고 있습니다. 하지만 금지된 것과 허용된 것 사이에 회색지대가 있을 수 있다고 잘만은 해석합니다. 가톨릭교회나 유대교 회당만이 사람들의 윤리를 결정했던 시절의 종교 지도자들은 "신이 생명을 주시고 생명을 가져가신다. 당신들에게는 간섭할 권리가 없다"라고 말할 수밖에 없었던 것은 교회법에 따라야 했기 때문이었습니다. 하지만 사람들은 저마다 선택권을 가지고 있다고 인식하고 있는 현대에서는 개인의 선택을 존중해주면서도 신의 뜻을 지킬 수 있는 길을 모색하고 있는 것으로 이해되는 점입니다.

새러는 랍비 잘만과의 대담을 통하여 삶을 정리하는 단계에서는 무엇을 어떻게 해야 하는지를 깨달았습니다. 그 과정을 인생 12월을 여행하는 것으로 비유하였습니다. 그 깨달음을 모두 23꼭지의 이야기로 정리하였습니다. 아마 적지 않은 24번째 꼭지는 죽음이 되겠지요? 사실 봄, 여름, 가을 겨울과 같은 계절이나 열두 달은 끝없이 순환하는 구조를 의미합니다. 따라서 12월은 인생의 마지막 달이 아니라 새로운 1월을 맞기 위하여 준비하는 달이라고 보아야 하지 않을까 싶습니다. 어떻든 새러는 랍비 잘만과의 오랜 대담을 통하여 인생의 마지막 구간을 여행하면서 준비해야 할 것을 '인생 12월 여행을 준비하다'로 정리해냈습니다.

모두 열두 가지로 정리된 준비과정은 이렇습니다. 1. 용서로 치유하다, 2. 감사한 마음을 갖자, 3. 신에게 푸념하다, 4. 내 존재감을 인식하다, 5. 몸과 마음을 분리하다, 6. 아픔을 받아들이다, 7. 직감에 귀를 기울이다, 8. 고독과 친구 하다, 9. 지난 인생을 돌아보다, 10. 하고 싶은 일을 하다, 11. 자동차에 종 매달기, 12. 마지막 순간을 연습하다, 등입니다.

인생의 마지막 여행에서 가장 중요하면서 제일 먼저 해야 할 일이 '용서로 치유하기'입니다. 그 대상은 세 부류로 나눌 수 있는데, 내가 해를 입힌 사람, 나에게 해를 입힌 사람 그리고 나 자신을 용서해야 할 사건이라는 것입니다. 사실 나에게 해를 입힌 사람을 용서하는 일은 그리 어렵지는 않을 것 같습니다. 하지만 내가 해를 입힌 사람으로부터 용서를 구하는 일은 결코 쉬울 것 같지 않습니다. 저자는 내가 해를 입힌 사람의 명단을 만들고, 그들을 직접 만나 용서를 구하든지, 편지나 기도로서 용서를 구할지 방법을 결정하라고 조언합니다. 직접 만나서 용서를 구하는 것이 최선이겠지만,

상대가 이미 세상을 떠났거나 멀리 있어 직접 만날 수 없는 경우라면 편지를 쓰고, 상대가 앞에 있다고 상상하면서 소리 내어 읽으라고 합니다. '영혼들은 서로 연결되는 장이 있기 때문에 용서에 대한 표현이나 요구가 그 장으로 들어갈 것(312쪽)'이라고 합니다. 저자는 나 자신을 용서하는 일이 제일 어렵다고 합니다.

그리고 인생의 마지막을 준비하는 과정의 끝은 '마지막 순간을 연습하는 것'입니다. 요즈음 우리나라에서도 자신의 장례를 체험하기도 합니다. 연습과정은 모두 일곱 가지로 구성됩니다. 1. 놓아 버리기 연습을 한다, 2. 죽는 연습, 궁극적으로 내려놓기 연습을 한다, 3. 재정 상태와 생을 마감할 때의 문제를 정리한다, 4. 작별인사를 하고 싶은 이들은 누구인가?, 5. 마지막 순간을 연습한다, 6. 자기 부고 기사를 쓴다, 7. 살아있는 추모식을 연다. 등입니다. 모두 쉽지 않은 일입니다만, 살아있는 동안에 추모식을 여는 일은 참석하는 사람들의 공감을 얻어야 하는 일이라서 더욱 쉽지 않을 것 같습니다.

살아온 세월을 정리하고 남은 사람들에게 작별의 인사를 남기는 일은 혼자서 결정하면 되는 일이라서 그리 어렵지는 않을 것 같습니다. 저의 선친께서 돌아가셨을 때, 생전에 남기신 글을 정리하면서 '사세(辭世)'라는 제목으로 따로 남겨두신 글을 발견했습니다. 살아온 날들을 돌아보고 감사하는 마음을 담으셨던 것이라서 아마도 돌아가실 날을 대비해서 미리 써두신 것 같았습니다. 아버님께서 생전에 남기셨던 글을 묶어 유고집을 내면서 이 글을 제일 앞에 넣었습니다. 저도 때가 되면 선친처럼 세상에 감사하는 글을 남기려고 합니다. (라포르시안: 2015년 6월 8일)

33 인생의 맛(앙투안 콩파뇽, 책세상)

의사를 불신한 몽테뉴… "나는 무엇을 아는가?"

온고지신(溫故知新)이라는 사자성어는 『논어』의 「위정」편에 있는 '옛것을 익히고 새것을 알면 남의 스승이 될 수 있다.'라는 의미의 溫故而知新, 可以爲師矣(온고이지신 가이위사의)에서 왔습니다. 하지만 '옛것을 익히고 그것으로 미루어 새것을 안다'라고 새기는 것이 제일 마음에 듭니다. 『논어』, 『도덕경』 등 다양한 옛 문헌들에 대한 새로운 해석이 끊이지 않습니다. 띄어쓰기를 하지 않는 중국어는 사람마다 다르게 해석할 수도 있습니다. 그러므로 변모하는 세태에 맞게 해석해야 사람들이 쉽게 이해할 수 있는 것입니다.

이런 경향은 서양에서도 흔히 볼 수 있는 것 같습니다. 특히 영화 『페드라(Paedra)』의 경우처럼 문학 부문에서 두드러진다는 느낌입니다. 영화 『페드라(Paedra)』는 그리스 3대 비극 시인으로 꼽히는 에우리피데스의 『히폴리투스(Hippolytus)』를 현대적으로 해석한 1962년 작품입니다. 『히폴리투스(Hippolytus)』는 아테네의 왕 테세우스의 후처 페드라와 전처의 아들 히폴리투스 사이의 비극적 사랑을 다루었습니다. 학창시절 필자는 음악다방에 가면 요한 제바스티안 바흐의 『토카타와 푸가』의 장엄한 연주를 배경으로 한 마지막 장면의 영화음악을 신청해서 듣곤 했습니다.

고대 그리스의 학문적 성과들을 번역하거나 재해석하는 작업은 이슬람제국의 문화적 전통이었습니다. 이슬람제국의 문화 사업은 멸실될 뻔했던 그리스 문명의 정신적 산물이 현대로 전해지는 데 결정적으로 이바지했습니다. 16세기 프랑스의 사상가 미셸 드 몽테뉴가 쓴 『수상록』의 일부를 현대적으로 재해석한 앙투안 콩파뇽의 『인생의 맛』도 그런 전통에 따른 것 같습니다.

저자는 2012년 여름에 프랑스의 국영 라디오 채널 '프랑스 앵테르'에서 「몽테뉴와 함께하는 여름」이라는 방송을 맡았습니다. 한국방송공사가 1964년부터 내고 있는 「김삿갓 북한방랑기」처럼 5분짜리 방송편성입니다. 5분이라는 짧은 시간에 몽테뉴의 사상을 밀도있게 소개한 것입니다. 이 방송이 의외로 청취자들의 열렬한 반응을 얻었고, 방송내용을 책으로 묶어내게 되었습니다. 프랑스에서는 방대한 분량의 『수상록』을 부분적으로라도 인용하다가는 조롱을 면치 못한다고 합니다. 하지만 저자는 몽테뉴의 『수상록』의 일부를 골라 그 역사적 깊이와 여전한 현재성을 보여주었던 것입니다. 일정한 틀 없이, 순서에 구애받지 않고 40개의 주제를 다루기로 하였습니다. 보기에 따라서는 무모한 도전이었습니다.

'참여'에서 '세상의 왕좌'에 이르기까지 모두 40개의 이야기를 골랐습니다. '참여'라는 첫 번째 주제에서는 몽테뉴의 삶을 소개했습니다. 1533년 프랑스 보르도 근처 몽테뉴 성에서 태어난 몽테뉴는 처음 배운 말이 라틴어였습니다. 고전을 읽을 정도로 라틴어에 유창해진 6살 이후에서야 모국어인 프랑스어를 배웠습니다. 보르도의 기엔 중학교를 졸업하고 툴루즈에서 법률을 공부했습니다. 졸업 후에는 페리괴의 조세재판소를 거쳐 보르도 고등법원에서 심사관으로 일했습니다. 1568년 6월 아버지가 세상을 떠나면서 몽테뉴 가문의 넓은 영지와 막대한 재산을 소유하는 영주자리를 물려받았습니다. 2년 뒤에는 영지로 은퇴하여, 대부분의 시간을 독서와 명상으로 보내면서 9년여에 걸쳐 『수상록』 제1권과 제2권을 저술했습니다.

은퇴한 다음에도 가톨릭교도인 앙리 3세의 시종이 되는 등 궁정과 밀접한 관계를 맺었습니다. 기즈 공 앙리는 이 무렵 나바라왕 엔리케와 왕위계승 문제로 갈등을 빚고 있었습니다. 권력다툼과 종교적 대립으로 시작된 갈등이 신교와 구교 사이의 전쟁으로 비화하여 몽테뉴의 생애 동안 이어졌습니다. 몽테뉴는 그 와중에도 종교에 대한 관용을 내세우면서 인간 중심의 도덕을 제창하였습니다. 자신의 생각을 담은 에세(essai)라는 문학 형식을 만들어냈습니다.

『수상록(Essais)』에는 라틴 고전에 대한 그의 해박한 교양을 바탕으로 인간 정신에 대한 회의주의적 성찰이 담겨있습니다. 다음 백과사전은 시대에 따른 몽테뉴에 대한 평가를 이렇게 정리하였습니다. "동시대인들은 그의 자화상을 유감스럽게 생각하고, 그의 금욕주의적 경구를 존경했다. 17세기 사람들은 그에게서 주로 회의주의적이고 '정직한 인간'을 보았고, 장 자크 루소와 후기 낭만파들은 그의 자화상과 자유분방한 문체에 매혹되었다. 19세기의 생트 뵈브는 자연스럽고 독자적인 그의 도덕성에 감동을 하였다. 20세기 독자들은 이 도덕성과 그의 자화상이 갖는 보편성에 깊은 인상을 받는다."

'참여'에서는 시대적 갈등의 중재자로 활약한 몽테뉴의 삶을 정의하였습니다. 갈등의 양측에 걸치고 있는 사람은 때로 목숨이 위태로운 상황을 맞기도 합니다. 그런데 몽테뉴는 그 힘들다는 중재자로서의 역할을 다할 수 있었던 것입니다. 비결은 몽테뉴가 사람을 사귀는 태도에 있었습니다. 처음 만나는 사람에게도 마음을 열어 상대와 쉽게 스며들 수 있었습니다. 그 결과 긴밀한 상호신뢰 관계를 맺을 수 있었던 것입니다. 『수상록』 제3권 1장 '유용성과 정직성'에 나오는 내용입니다.

현재 우리 사회는 양극화된 세력이 끝이 보이지 않은 갈등구조를 보입니다. 문제는 중재자가 없다는 것입니다. 과거독재정권 시절에도 양쪽 입장을 고려하여 중재하는 정치인이 계셨습니다. 물론 지금은 인용하기에도 적절치 않은 '사꾸라'라는 비난을 받곤 했습니다. 그런데 편 가르기 광풍에 휩쓸리다 보니 중도세력이 씨가 말랐습니다. 그러다 보니 사태를 수습할 중재자마저 등장할 수 없는 사회적 분위기가 되고 말았습니다.

콩파뇽은 몽테뉴가 유용성과 정직성이라는 문제를 '공적 윤리, 목적과 수단, 혹은 국익 우선주의라는 차원에서 접근했다'라고 해석하였습니다. 당시 유행하던 마키아벨리즘적 사고를 부정하였다는 것입니다. 국가의 안정을 최고선으로 규정하고, 이를 위해서라면 국익의 이름으로 거짓말을 하고 약속을 어기고 심지어는 살인까지도 허용되었던 것이 마키아벨리즘입니다. 몽테뉴는 어떠한 경우에도 기만과 위선을 거부했으며, 국익을 위해 개인의 윤리를 희생하려고 하지 않았습니다. 진실함과 자신이 뱉은 말을 지키는 충실함이야말로 가장 득이 되는 태도입니다. 이는 모든 시대에 똑같은 무게를 지니는 진리입니다. 심지어는 마키아벨리가 활동하던 시기에도 마찬가지였을 것입니다.

『수상록』 곳곳에서 의사라는 직업에 대한 몽테뉴의 부정적 시각을 엿볼 수 있습니다. 아마도 오랫동안 몽테뉴를 괴롭힌 신장결석을 시원하게 해결해주는 의사가 없었기 때문인 듯 합니다. 콩팥은 오줌을 걸러내는 기능을 하는데 오줌에는 다양한 염류가 녹아있습니다. 무기염류가 지나치게 많아지면 고체로 변하면서 돌을 만듭니다. 신장이나 방광처럼 공간이 넉넉한 곳에 생긴 돌은 별다른 증상이 없는 경우가 많습니다. 하지만 작은 돌이 요관이나 요도로 내려가다가 걸리면 극심한 통증을 일으킵니다. 기본적인 치료는 통증을 가라앉히고 물을 많이 마셔 돌이 내려가기를 기다립다. 그래도 돌이 내려가지 않으면 수술로 돌을 꺼냅니다. 최근에는 물 대신 약을 먹어 돌을 녹일 수도 있습니다. 약이 듣지 않으면 요관경을 이용하여 돌을 꺼내거나, 체외충격파 쇄석기로 돌을 부수기도 합니다. 전통적인 방법에 따라 맥주를 마시면 돌이 빠져나간다고도 합니다.

요로결석으로 생기는 통증은 참을 수 없을 정도입니다. 그래서 이 문제를 시원하게 해결해주지 못하는 의사를 불신했던 몽테뉴가 이해됩니다. 몽테뉴보다 한 세기 뒤에 활동한 극작가 몰리에르 역시 같은 생각이었던 모양입니다. 희곡 『기분으로 앓는 사나이(Le Malade imaginaire)』에 등장하는 의사는 지식은 있되 양식(良識)은 전혀 없는 사람입니다. 당시 프랑스에서는 의사가 멀쩡한 사람을 환자로 만들어 자신에게 의존하도록 만든다고 생각하는 사람이 많았던 모양입니다. 그 무렵의 서양의학의 수준, 특히 내과는 환자의 신뢰를 얻지 못했던 것 같습니다. 그런데도 히포크라테스의 정신을 이어받은 서양 의학자들이 이롭기보다 해가 되는 치료를 환자에게 시술하여 새로운 재앙을 추가하기까지 했겠나 싶습니다.

현대의학의 기준으로 볼 때, 의사가 질병을 더 나빠지게 만든다는 부분에는 동의하기 어렵습니다. 의사들이 병자를 그들의 권위에서 벗어날 수 없도록 하는 것 아닌가 하는 의구심만큼은 고민해볼 필요가 있겠습니다. 그런데 몽테뉴는 평소 자주 병을 앓으면서도 의사의 도움 없이 참다 보니 금방 나았다고 주장했습니다. 몽테뉴의 주장이 옳다고 할 수 없는 것은 무슨 병이든 참는 것이 능사가 아니기 때문입니다. 특히 암과 같은 중병도 초기에 발견하면 비교적 쉽게 완치시킬 수 있습니다. 암을 치료하지 않고 방치하면 다른 장기로 전이가 일어나 금세 말기에 이릅니다. 암이 말기에 접어들면 치유가 불가능하여 결국 죽음을 맞게 됩니다.

완치가 늦어진다고 해서 주치의를 믿지 못하고 이 병원 저 병원을 떠도는 환자도 문제입니다. 지난해 초에 시작된 우한 폐렴의 유행을 일찍 잡지 못한 이유 가운데는 의심 증상을 가진 사람들이 선별검사를 받지 않고 평소처럼 활동한 것도 있습니다. 심지어는 확진 검사를 받고도 자가격리에 들어가지 않거나, 자신의 병력을 속이고 병원을 돌아다닌 경우도 있습니다. 콩파뇽 역시 의학에 관한 부분만큼은 몽테뉴의 충고를 너무 쉽게 따르지 말자고 합니다. 오늘날의 의술은 더 이상 르네상스 시대의 어설픈 마법이 아니기 때문입니다. 그래서 '우리는 현대의학을 믿어도 좋을 듯하다(137쪽).'라고 조언합니다. 시대의 변천에 따른 고전의 새로운 해석의 전형이라고 하겠습니다.

제가 오랫동안 붙들고 있는 화두인 '죽음'에 관한 이야기도 있습니다. 몽테뉴는 죽음에 관하여 다양한 방식으로 이야기하였습니다. 콩파뇽은 키케로에서 차용한 제목 '철학, 그것은 죽는 법을 배우는 것'의 한 대목을 뽑았습니다. "우리 인생의 목적지는 죽음이고, 죽음은 우리가 목적으로 하는 필연적 대상이다. 만일 죽음이 두렵다면 어떻게 떨지 않고 앞으로 나아갈 수 있겠는가? 그에 대한 보편적인 치료법은 죽음을 생각하지 않는 것이리라. (…) 머릿속에 죽음보다 더 빈번히 떠오르는 것은 없도록 하면서, 죽음이 낯설다는 생각을 버리고 연습하고 적응해보자(138-139쪽)."

몽테뉴 시대에는 페스트와 전쟁으로 속절없이 죽어가는 사람들을 지켜볼 수밖에 없었을 것입니다. 그래서 죽음이란 임의로 연습해서 준비할 수 있는 것이 아니라고 보았습니다. 참된 지혜를 이루며 기꺼이 독배를 받아든 소크라테스의 무심함을 배우라고 조언했습니다. 저자는 '죽음은 끝(bout)이지 인생의 목표(but)가 아니다(La mort est bien le bout, non pourtant le but de la vie.)'라는 몽테뉴의 경구를 인용합니다. 그리고 '삶은 삶 자체를 목표로 삼아야 할 것이며, 그리 살다 보면 죽음은 홀로 찾아올 것'이라고 했습니다. 프랑스 사람답다는 느낌이 드는 대목입니다.

『수상록』은 수많은 2차 저작물을 만들어냈습니다. 복잡한 현대의 생활에서도 몽테뉴가 제안하는 삶의 윤리가 여전히 유효하기 때문입니다. 옮긴이는 몽테뉴의 앎의 윤리를 '삶을 어떻게 아름답게 살 것인가로 귀결되는 미학'이라고 보았습니다. 저 역시 옮긴이의 조언에 따라 『수상록』을 읽게 되었고, 콩파뇽처럼 『수상록』을 다시 해석해볼 요량입니다. (라포르시안: 2015년 6월 29일)

34 눈물편지(신정일, 판테온하우스)

조선의 사대부들은 감정에 솔직했다

어렸을 적에는 무슨 일로 울기라도 하면 사내가 눈물이 흔하면 안된다는 말을 듣곤 했습니다. 심지어는 '예로부터 남자는 태어나서 세 번만 운다'라는 말이 내려온다고까지 했습니다. 태어났을 때, 부모님 돌아가셨을 때, 그리고 나라가 망할 때야말로 남자가 울어야 할 때라는 것입니다. 눈물을 흘릴 일을 당해도 겉으로 표현하지 말고 속으로 삭여야 했습니다. 그런데 연행에 나선 연암 선생이 요양의 백탑이 모습을 드러내는 산모롱이에서 자신도 모르게 손을 들어 이마에 얹고는 "훌륭한 울음터로다! 크게 한번 통곡할 만한 곳이로구나(박지원 지음, 『세계 최고의 여행기, 열하일기(상)』 135쪽, 그린비, 2008년)!"라고 외쳤다는 대목을 읽고는 생각을 고쳐먹게 되었습니다. 아무래도 우리가 뭔가 잘못 알고 있는 것이 틀림없습니다.

이런 생각은 전송렬 교수님의 『옛사람들의 눈물』을 읽으면서 분명해졌습니다. '조선의 만시 이야기'라는 부제를 단 『옛사람들의 눈물』에는 모두 35편의 만시(挽詩)가 소개되어 있습니다. 만시(挽詩)

란 죽은 자를 애도하여 지은 시를 말합니다. 이 책에 실린 만시 가운데 허난설헌과 남 씨 부인이라는 두 사람의 만시를 제외하고 나머지는 조선의 사대부라는 남성들의 작품입니다. 『옛사람들의 눈물』에는 아내를 위해 지은 도망시(悼亡詩), 친구를 위한 도붕시(悼朋詩), 먼저 간 자식을 위한 곡자시(哭子詩)는 물론 스승과 제자, 선배, 심지어는 자신이 데리고 있던 종을 위해서 지은 만시, 나아가 자기 죽음을 스스로 기린 자만시(自輓詩)도 있습니다. 감정을 억누르며 살았다고 배워온 조선 시대의 사대부들이 자신의 감정을 솔직하게 표현하면서 살았던 것입니다.

추사 김정희 선생이 제주에 유배 가 있는 사이에 그의 아내가 세상을 떠났습니다. 선생은 "那將月姥訟冥司 來世夫妻易地爲 我死君生千里外 使君知我此心悲(나장월모송명사 내세부처역지위 아사군생천리외 사군지아차심비)"라는 만시를 지어 자신의 심경을 나타냈습니다. 전송열 교수님은 '뉘라서 월모에게 하소연하여 / 서로가 내세에 바꿔 태어나 / 천 리에 나 죽고 그대 살아서 / 이 마음 이 설움 알게 했으면'이라고 옮겼습니다(전송열 지음, 『옛사람들의 눈물』 105쪽, 글항아리, 2008년). 먼저 세상을 떠난 아내에 대한 안타까움, 미안함 그리고 원망 등 복잡했을 심사가 느껴집니다. 전송렬 교수님은 시는 때로 긴 호흡으로 설명하는 산문보다도 더 애절하게 우리의 감성을 흔들어놓는다고 했습니다. 그래서 자신의 슬픔을 설명하지 않는 만시에서 오히려 깊이 농축된 한없는 슬픔을 느낄 수 있다는 것입니다.

만시(輓詩)를 통하여 죽음에 대한 자신의 감정을 솔직하게 표현했던 조선의 사대부들이 다른 형식으로는 슬픔을 표현하지 않았을까 하는 의문이 들었습니다. 그리고 문화사학자 신정일 님의 『눈물편지』에서 그 의문이 풀렸습니다. 사람이 죽는 일은 예나 지금이나 피할 수 없는 일입니다. 하지만 의학 수준이 지금과는 비교할 수 없었던 옛날에는 명대로 살지 못하고 일찍 세상을 떠나는 사람들이 많아서 특히 슬퍼할 일도 많았을 것입니다. 신정일 님은 서문에서 지극한 슬픔에 따른 눈물이 삶의 원동력이 되기도 했다고 적었습니다. 나아가 '슬픔으로 흐르는 자연스러운 눈물은 무엇과도 비교할 수 없는 아름다움 그 자체이다. 하지만 정작 슬픔이 아름답다고 깨닫게 되는 것은 오랜 세월이 흐른 뒤일지도 모른다.'라고 했습니다. 참을 수 없는 슬픔에 굴복하여 생을 마감하는 사람도 없지는 않습니다. 그런데도 사람들은 애도하는 과정에서 슬픔을 승화시켜 살아야 하는 이유를 찾아낼 수 있는 것입니다. 그래서 슬픔의 감정을 가슴에 담아 억누르기보다는 적절하게 표현하는 것이 정신건강에 좋다고 합니다.

『눈물편지』의 저자는 어린 자식, 배우자, 형제자매, 그리고 벗과 스승을 잃은 슬픔을 담은 시, 제문 혹은 서한문 등 다양한 글들을 모아 사별의 슬픔을 느낄 수 있게 합니다. 첫 번째 글은 다산 정약용이 네 살 된 막내아들 농(農)이 죽었다는 소식을 유배지에서 듣고 아들들에게 보낸 편지입니다. 다산은 남양 홍 씨와 결혼하여 19년을 사는 동안 10여 명의 아이를 두었지만, 큰아들과 작은아들 외에는 모두 요절했습니다. 편지에 쓴 농은 여덟 번째 아이였습니다. 농의 죽음을 전해 들은 다산은 '오호라, 내가 하늘에서 죄를 얻어 이처럼 잔혹한 일이 벌어지니 이를 어찌할거나'라면서 울부짖었다고 합니다.

자식을 앞세우는 일이 얼마나 참혹한 일이었으면 참척(慘慽)이라고 하겠습니까? 전염병에 속수무책이었을 조선 시대에는 자식을 앞세우는 일이 많았을 것입니다. 다산은 자신의 애달픔도 가누기 어려운 지경이었을 터임에도 아내가 겪고 있을 고통에까지 마음을 쓰고 있습니다. 생사고락의 이치를 조금은 깨달았다는 나의 애달픔이 이러할진대 하물며 뱃속에서 직접 낳은 애를 흙구덩이 속에 집어넣은 네 어머니는 얼마나 애통하겠느냐고 적었습니다. 그리고 두 아들에게 어머니를 잘 모시도록 당부했습니다.

다산은 여자들이란 정이 많아 이성적이지 못하다고 했습니다. 그런데 심의당 김 씨를 보면 꼭 그렇지도 않은 것 같습니다. 심의당 김 씨의 큰딸이 열여덟에 죽었습니다. 큰딸을 위해 지은 제문에서 장성한 딸이 요절한 것이 얼마나 비통하고 원망스러운 일인지 절절하게 토로했습니다. 심의당 김 씨는 지극한 슬픔에도 세월은 지나가고 이승과 저승의 길은 다르니 어쩔 수 없는 일이라고 마음을 추슬렀습니다. 딸의 죽음도 운명일 터라 그저 명복을 기원하였습니다. 슬픈 감정을 이성적으로 잘 다스렸던 것으로 보입니다.

자신의 과실을 솔직하게 인정하는 사람이 드문 것은 예나 지금이나 다를 바가 없을 것입니다. 하지만 조선 시대의 가사 문학을 꽃피우게 했던 송강 정철은 남다른 면모를 가졌던 것 같습니다. 기축옥사에서 많은 동인들을 죽음으로 내몰았던 송강 역시 정쟁에서 밀려 유배를 가야 했습니다. 그리고 유배 중에 딸이 죽었다는 소식을 전해 들었습니다. 스물두 살이던 딸이 출가한 지 두 달 만에 병약한 남편이 죽었습니다. 유약한 딸이었지만 남편이 죽자 식음을 전폐하고 곡벽(哭擗, 가슴을 치며 슬프게 소리 내어 우는 것)하던 끝에 천식을 얻어 세상을 뜬 것입니다. 딸을 위해 쓴 제문에서 자신이 애혹(愛惑)에 빠져 딸을 병든 사위에게 출가시켰다고 자책했습니다. 송강이 애달파한 것은 사위가 될 사람의 건강을 미리 챙겨보지 못해 딸이 청상과부가 된 것이었고, 남편을 앞세운 딸이 먹는 것을 조심스러워하면서 천식을 얻어 병이 깊어져 결국 세상을 떠나게 된 것이 모두 자신의 잘못이라고 탄식하고 있는 것입니다. 애혹(愛惑)이라 함은 여자와 사랑에 빠져 눈이 멀었다는 의미인 바, 딸의 결혼을 앞두고 젊은 여인과 사랑에 빠져 집안을 제대로 챙기지 않았음을 솔직하게 인정하고 또한 후회하고 있는 것입니다.

요즈음 남편들은 아내가 죽으면 울다가도 화장실에 가서 웃는다는 우스갯말이 있습니다. 이런 우스갯말을 주고받을 정도의 세태가 되었나 싶으면서도 옛날에는 어떠했는지 궁금하기도 합니다. 그런데 『눈물편지』에 언급된 조선의 사대부들을 보면 대체로 아내에 대한 지극한 사랑이 담긴 글을 남겼습니다. 순조 시절 지방관을 역임한 심노숭이 "아내를 잃고 너무 슬퍼하는 자를 세상이 비웃는 까닭에 아내를 잃은 자는 풍속을 두려워하여 그 슬픔을 숨긴다(심노숭 지음, 『눈물이란 무엇인가』 17쪽, 태학사, 2002년)."라고 적었습니다. 남자의 눈물을 비판하는 사회적 분위기는 조선 말기에 생긴 세태였던 모양입니다.

명종 때 사간을 지낸 권문해는 마흔아홉이 되던 해 후사도 없이 아내가 죽었습니다. 권문해는 30년을 같이 산 부인이 엄전하고 아름다운 덕을 지녀 집안을 화평하게 하였고, 부녀의 도리를 다하여, 짜증을 부리거나 시샘한 적이 없다고 칭송하였습니다. 며느리의 수의를 시어머니가 직접 지었다니 고부간의 사이도 아름다웠을 것 같습니다. 여든 노모의 봉양은 물론 돌아가셨을 때 장례를 어떻게 모실 것인가도 걱정거리입니다. 그런데 권문해의 이런 걱정은 오히려 아내에 대한 지극한 사랑을 에둘러 말하기 위한 것으로 보입니다. '이제 그대는 상여에 실려 저승으로 떠나니 나는 남아 어찌 살리. 상여 소리 한 가락에 구곡간장 미어져서 슬퍼할 말마저 잊었다오' 라고 애달픈 심사를 마무리하는 것을 보면 그의 슬픔이 얼마나 지극했는지 알 수 있을 것 같습니다. 실제로 권문해는 아내의 죽음 이후에 슬픔에 빠져 울면서 지내느라 일기마저도 쓸 겨를이 없었다고 합니다. 혼자 된 남자의 허리춤에 이가 서 말이라는 옛말이 있습니다. 혼자된 남편의 모습은 아무리 잘 보아주려 해도 그럴 수가 없다 해서 생긴 말이 아닐까요? 옛날에는 아내가 죽었을 때 화장실에 가서 웃을 남편은 없었을 것 같기도 합니다.

심노숭의 아내는 죽음을 앞두고 '공연히 지아비 잠 깨우지 마세요. (…) 가군께 인사를 못 드리니 죽어가면서도 더욱 마음이 아픕니다(115쪽).'라고 했답니다. 심노숭은 아내가 병들고서부터 멀리 나가지 못하고 집을 지켰다고 합니다. 아내가 세상을 떠난 뒤에 슬픔과 눈물에 대하여 천착한 심노숭은 무려 26제의 시와 23편의 글로 아내를 애도하였습니다. 아내에 대한 지극한 사랑에서 나온 것 같습니다. 심노숭은 파주에 새로 집을 지어 이사를 할 준비를 하고 있었는데, 이사도 하기 전에 아내가 죽음을 맞았던 모양입니다. 덩그렇게 큰 집을 홀로 지키고 있는 자신의 모습이 마치 길가는 나그네 같은 느낌이 들었을 것입니다.

죽은 아내에 대한 지극한 사랑을 만시에 함축적으로 담았던 김정희는 아내에 바치는 제문에도 절절한 마음을 담았습니다. "아아, 나는 강 앞에 있고 산과 바다가 뒤를 따랐으나 아직 내 마음을 흔들리게 한 적이 없었다. 그런데 한날 아내의 죽음에 놀라 가슴이 무너지고 마음을 걷잡을 수 없으니, 이 무슨 까닭인가. (120쪽)" 유배에 처해졌음에도 흔들림 없던 마음이 아내의 부음에는 황망해질 지경이 되었다는 것이고, 아내의 죽음을 받아들일 수 없다는 마음을 내비쳤습니다.

책 읽기를 마치고서는 한 가지 의문이 남았습니다. 예로부터 아버지의 죽음을 천붕지통(天崩之痛)이라고 했습니다. 그야말로 하늘이 무너지는 듯한 고통을 느낀다는 것입니다. 인륜을 중요하게 생각했던 조선의 사대부들이 천붕지통이라고 하는 아버지의 죽음 그리고 어머니의 죽음에 대한 지극한 슬픔을 담은 글은 없었는가 하는 점입니다. (라포르시안: 2015년 8월 24일)

35 나중에 온 이 사람에게도(존 러스킨, 아인북스)

천국의 포도원에는 불평등이 없다

앞서 앙투안 콩파뇽의 『인생의 맛』을 읽으면서 온고지신(溫故知新)이라는 사자성어를 말씀드렸습니다. 이 말은 논어(論語) 위정(爲政)편에 나오는 "子曰 溫故而知新 可以爲師矣(자왈 온고이지신 가이위사의)"라는 구절에서 유래합니다. "'옛것을 파악하여 새로운 것을 알면 스승이 될 수 있다.'라고 공자께서는 말씀하셨다"라고 해석합니다. 이 말씀에 담긴 의미는 예기(禮記) 학기(學記)에 나오는 "記問之學 不足以爲師矣(기문지학 부족이위사의)라는 구절을 새기면 쉽게 이해할 수 있습니다. '지식을 암기해서 질문에 대답하는 것만으로는 남의 스승이 될 수 없다'라는 의미입니다. '온고지신'과 '기문지학'에서 옛글을 많이 아는 것만으로는 충분하지 못하며, 그 속에서 현재나 미래에도 잘 맞는 새로운 이치를 깨치는 것이야말로 학문하는 자세라는 점을 배우게 됩니다.

여기 소개하는 존 러스킨의 『나중에 온 이 사람에게도』를 그런 의미에서 읽어보면 좋겠습니다. 『건축의 일곱 등불』과 『베네치아의 돌』을 통하여 친숙해진 존 러스킨이기도 합니다. 두 작품만을 놓고 보면 존 러스킨을 미학자로만 오해할 수도 있습니다. 존 러스킨(1819-1900)은 작가이자 화가, 예술비평가인 동시에 위대한 사회개혁 사상가로, 예술은 물론 문학, 자연과학(지질학과 조류학), 정치학, 경제학, 사회학 등 다방면에 걸쳐 많은 작품을 남긴 천재였습니다. 건축과 장식예술 분야에서 고딕 복고운동을 전개하였으며, 빅토리아 시대 영국에서 대중의 예술기호에 큰 영향을 미쳤습니다. 이와 같은 러스킨의 행보에 관하여 '다양한 관심이란 오랜 시간 집중할 수 없다는 것을 의미하며, 새로운 공부를 위하여 해오던 일을 포기해야 하는 것'이라는 해석도 있습니다.

순수 미술에 대한 러스킨의 날카로운 비평은 대부분 35세 이전에 쓰인 것들입니다. 그런데도 50세를 넘어설 때까지도 그저 그런 예술애호가 정도로 대접받았습니다. 19세기 말 들어서야 러스킨의 예술적 견해가 제대로 된 평가를 받게 되었습니다. 러스킨의 관심은 이미 1860년대부터 예술비평에서 정치경제·사회경제 분야로 옮겨간 뒤였습니다. 『나중에 온 이 사람에게도(1862년)』는 이 무렵에 쓴 것입니다. 마르크스의 『자본론』보다 7년 먼저 발표된 『나중에 온 이 사람에게도』는 애덤 스미스와 맬서스, 리카도, 존 스튜어트 밀로 이어지는 정통파 경제학의 대척점을 지향한다고 비난을 받았습니다. 하지만 간디, 버나드 쇼, 톨스토이 등에게 지대한 영향을 주었습니다. 이 책의 말미에 '마법의 책, 마법의 주문'이라는 제목으로 쓴 간디의 수필이 실려 있습니다.

간디는 이 책을 읽고 다음 세 가지를 깨닫게 되었다고 했습니다. "1. 개인의 이익이 모든 사람의 이익보다 우선될 수 없다, 2. 노동을 통해 생존권을 확보한다는 점에서 변호사의 직무나 요리사의 직무나 그 가치는 동일하다, 3. 농부의 삶과 직공의 삶과 같이, 노동하는 삶이야말로 가치 있는 삶이다(221쪽).” 간디의 이러한 깨달음은 ‘모두의 이익을 위해 함께 일하면 깨달음을 얻어 행복한 공동체를 이뤄가자는 사르보다야(Sarvodaya) 운동의 핵심이 되었습니다.

이 책에 실린 4편의 논문은 출간하기 1년 반 전에 『콘힐 매거진』에 연재된 것들입니다. 연재하는 동안 대부분의 독자들로부터 거친 비판을 받았습니다. 심지어는 러스킨의 연재가 이어지는 것을 막기 위하여 잡지불매운동까지 일었다고 합니다. 그런데도 러스킨은 “한 점 부끄러움 없이 말하건대, 이 논문들은 내가 지금껏 써왔던 어떤 글들보다 훌륭하고, 진실하며, 필요한 말들만 사용했고, 또한 사회에 유익을 주는 글이라 믿는다(7쪽)”라고 술회하였습니다.

러스킨은 각각 ‘명예의 근원’, ‘부의 광맥’, ‘지상의 통치자들이여’, ‘가치에 따라서’라는 제목을 단 4편의 논문에서 ‘부의 정의’와 ‘정직의 회복과 유지’를 논하였습니다. 다만 노동의 재편은 다음과 같은 전제조건이 성립된다면 쉽게 풀릴 것이라고 하였습니다. 첫째, 국가 전역에 걸쳐 청소년들을 위한 직업훈련학교가 정부예산과 감독 하에 설립되어야 한다. 둘째, 직업훈련학교와 연계되어 정부의 전적인 관리하에 각종 생필품의 생산과 판매가 이루어지고, 동시에 모든 산업에 유용한 기술을 연마할 수 있는 공장과 공방이 설립되어야 한다. 셋째, 남자든 여자든, 혹은 소년이든 소녀든, 누구든지 일자리가 없는 사람은 거주지에서 가장 가까운 거리에 위치한 직업훈련학교에 들어가도록 해야 한다. 마지막으로, 노년층과 빈곤층에 속한 사람들에게 주택과 함께 안락한 생활이 제공되어야 한다. 산업혁명으로 인하여 사회구조를 재편하는 과정에서 산업혁명으로 인하여 창출되는 부가 지주계급과 자본가에서 편중되지 않도록 하자는 개념을 담아낸 것입니다.

'명예의 근원'에서 저자는 고용주와 노동자의 관계를 논합니다. 러스킨은 고용주와 노동자 사이의 이해관계를 결정하는 변수는 한없이 다양하기 때문에 인간의 모든 행동 양태를 '득실의 균형'이라는 해석 논리로 귀납시킬 수는 없을 것이라고 전제합니다. 그리고 '득실의 균형'이 아닌 '정의의 균형'을 추구하는 것이야말로 인간을 향한 조물주의 의도일 것이라고 합니다. 저자는 '정의'라는 단어는 한 사람이 타인을 향해 품는 '애정'을 내포하고 있는 의미로 사용했습니다. 즉, "고용주와 고용인이 바람직한 관계를 유지하면서 서로에게 최대 이익을 안겨 줄 수 있는 비밀은 바로 정의와 애정(32쪽)."이라는 것입니다. 소속 노동자를 이끄는 지도자로서 고용주는 특별히 아버지의 권위와 책임을 져야 할 것이라고 했습니다.

당시에는 노동력이 넘치는 상황으로 유능한 노동자마저도 부당한 임금을 받고 있었던가 봅니다. 러스킨은 동일한 노동 분야 임금의 평등화야말로 우선으로 도달해야 할 목적지라고 하였습니다. 그리고 시장의 불규칙한 변동에도 불구하고 일정 규모의 노동자를 유지하는 것이 두 번째 목적지라고 하였습니다. 일종의 고용 안정화를 주장한 셈입니다. 무능한 노동자가 선도하는 저임금 때문에 유능한 노동자가 일자리를 빼앗기는 일은 없어야 한다는 생각이었습니다. 그런가 하면 임시직 노동자가 생계를 유지하기 위해서는 정규직 노동자보다 더 높은 임금을 받아야 한다는 주장은 생각할 거리가 많을 것 같습니다. 이미 정규직으로 진입한 사람들이 능력과 상관없이 자리를 지키기 위한 투쟁에 나서고, 새로 정규직으로 진입하려는 사람들에게 높은 장벽을 세움으로써 자신들의 이익을 보전하거나 심지어는 자리를 세습하는 일은 없는지 돌아볼 일입니다.

지금은 폐지된 우리나라의 선택진료제도와 비슷한 내용도 있습니다. 러스킨도 산전수전 다 겪은 의사와 갓 의대를 졸업한 의사 사이에는 전문적인 능력 면에서 분명 차이가 있고, 그 차이는 환자의 치료에 영향을 미칠 수 있습니다. 그런데 실력 차이에 상관없이 동일한 사례를 지불하고 있다고 했습니다. 아마도 당시의 영국 의료제도가 그러했던 모양입니다. 우리나라에서 선택진료제도를 폐지한 것은 진료비를 부담할 수 없는 환자들이 공평하게 진료받을 수 있어야 한다는 형평성을 고려했기 때문입니다. 러스킨 시대의 영국의 의료현장을 새겨볼 이유가 있겠습니다.

사회 구성원 간의 부의 불평등이 국민에게 유익할지 유해할지는 논리적으로 판단하기 어렵다고 유보하였습니다. 다만 부당한 방법으로 발생한 부의 불평등은 그것이 사회에 들어와 자리를 잡는 과정 중에 국민에게 해를 끼친다고 보았습니다. 부의 참된 가치는 물리적 수량을 둘러싸고 있는 도덕적 기호에 의하여 결정됩니다. 꾸준한 노력, 능동적인 마음가짐, 그리고 생산적인 창의력 등을 도덕적 기호로 본다면, 극도의 사치나 무자비한 횡포, 혹은 타인을 파멸로 몰아넣는 사기 등은 부도덕적인 기호로 볼 수 있겠습니다. 부와 관련된 모든 문제들은 결국 '정의'로 귀납됩니다. 러스킨은 부의 본질이 타인에 대한 지배력에 근본 바탕을 두고 있다고 하였습니다. 하지만 돈의 지배력은 불완전하고 불확실하다는 점을 인식할 필요가 있으며, 지배를 받는 사람이 고귀하면 고귀할수록, 또 그 수가 많으면 많을수록 그만큼 부의 가치가 증대한다는 것입니다.

러스킨은 기본적으로 '절대적인 평등은 불가능하다'라고 인식하고 있습니다. 칼을 든 병사만이 아니라 호미를 든 병사도 필요하다는 점을 지적합니다. 그리고 '통치와 협력은 만유의 생명의 법칙이고, 무정부 상태와 경쟁은 만유의 죽음의 법칙이다'라는 비유로 설명합니다. 그리고 자신의 신념은 사유재산권을 무효로 하자는 사회주의 사상과는 단연코 다르다는 점을 분명히 합니다. 당시에 가난한 자들이 부자들의 재산을 침해할 권리가 없음을 공론화해온 것처럼 부자들 역시 가난한 자들의 재산을 침해할 수 없음이 공론화되기를 소망한다고 하였습니다.

마지막 논문 '가치에 따라서'에서는 밀과 리카도 등 당시의 경제학자들의 이론을 비판합니다. 예를 들면 "어떤 물품의 교환가치를 결정하는 것은 '유용성'과 '선호도'이고, 그 물품을 부의 척도로 삼으려면 반드시 이 두 조건을 충족시켜야 한다(149쪽)"라고 하였습니다. 러스킨은 유용성과 선호도는 그 물품을 이용하려는 사람들의 숫자와 성향에 따라서 결정될 수 있다고 보았습니다. 결국 부를 다루는 학문으로서의 경제학은 인간의 역량과 성향에 대해 다루는 학문인 것입니다. 러스킨이 정의하는 부는 '역량 있는 사람의 손에 소유된 가치'입니다. 그리고 부를 평가할 때는 '소유재산의 가치'와 그 '재산을 소유하고 있는 사람의 역량'이라는 두 개의 잣대를 공평하게 사용할 필요가 있다고 하였습니다.

러스킨은 "생명이 곧 부다"라는 심오한 진리를 독자들에게 각인시키고자 했습니다. 사랑과 환희와 경외가 모두 포함된 총체적인 힘이 바로 생명이라고 했습니다. "가장 부유한 국가는 최대 다수의 고귀하고 행복한 국민을 길러내는 국가이고, 가장 부유한 이는 그의 안에 내재한 생명의 힘을 다하여 그가 소유한 내적, 외적 재산을 골고루 활용해서 이웃들의 생명에 유익한 영향을 최대한 널리 미치는 사람이다(195-196쪽).”라고 한 러스킨의 말을 새겨두어야 하겠습니다. 나라의 지속발전을 위하여 부를 서로 나누고 뒤에 올 사람들까지도 챙기는 여유가 필요한 시점입니다. (라포르시안: 2015년 10월 26일)

36 이주행렬(이샘물, 이담북스)

당신은 '이주자'였던 적이 없었는가?

사회관계망이 다양한 의견들을 표출하는 공간으로 자리매김하고 있습니다. 때에 따라서는 사회관계망의 분위기를 몰아가는 보이지 않는 힘이 있는 것 같다는 생각도 합니다. 그런데도 우리 사회의 현안이 무엇인지를 알아보는 데 도움이 되는 것 같습니다. 최근 들어 사회관계망에서는 이주민들에 대한 부정적 견해가 늘어가는 것 같습니다. 아마도 이주민들이 관여된 다양한 사건 사고가 늘어나면서 생겨난 불안 심리 때문일 것입니다.

서울 근교에서 조선족 동포들을 위한 주말 진료에 참여한 적이 있습니다. 그곳의 거리풍경은 마치 중국에 온 것 같은 분위기였습니다. 그만큼 조선족 동포들이 많이 살고 있다는 표시일 것입니다. 조선족 동포 이외에도 동남아 각지에서 다양한 이유로 우리나라를 찾아 생활하고 있는 이주민의 숫자는 2014년 말 기준으로 180만 명에 이르고 있습니다.

사람이 많아지다 보니 이주민들 사이에서, 혹은 이주민이 우리나라 사람들을 대상으로 한 사건이나 사고들이 늘고 있습니다. 이에 대한 반작용으로 이주민을 부정적으로 보는 사회적 분위기가 만들어지고 있습니다. 언제부터인가 우리 국민은 열악한 일자리를 피하는 경향이 생겼습니다. 그러다보니 산업현장에서는 부족한 인력을 외국인 노동자로 채울 수밖에 없게 되었습니다. 한편으로는 노동강도가 높은 농촌 총각이 결혼 기피 대상이 되고 말았습니다. 짝을 찾지 못한 농촌 총각들은 아내를 외국에서 찾게 되었습니다. 여러 가지 상황이 맞물리면서 우리 사회에 이주민들이 급격하게 늘게 된 것입니다.

우리나라 사람들은 아주 배타적이라고 이야기합니다. 이주민 수용정책이 다른 나라에 비하여 엄격하게 적용되어 왔기 때문일 수도 있습니다. 한편으로는 우리가 단일민족임을 자랑스럽게 생각해온 탓인지도 모릅니다. 그런데 우리가 단일민족이라는 생각이 잘못된 것은 아닌지 고민해본 적은 별로 없는 것 같습니다. 실제로 한반도에 존재했던 고대국가들의 건국신화를 보면 부족과 부족이 통합되었음을 암시하는 대목이 있습니다. 특히 가락국의 건국설화에 등장하는 허황후는 인도계로 지목됩니다. 그리고 옛 고구려의 강역에는 여진과 말갈이 포함되어 있었습니다. 고려 때 원나라의 침입으로 몽고계의 유입이 있었고, 조선 시대에는 여진족이 귀화하기도 했습니다. 이런 점에서 본다면 우리 선조들은 외국인에 대하여 그리 배타적이지는 않았던 것 같습니다.

국제결혼을 통하여 우리나라로 이주한 사람이 포함된 다문화가정에 대한 대책이 시급하다는 인식이 확산하였습니다. 이러한 인식은 자연스럽게 국내에서 활동하는 외국인들에 대한 처우 개선으로 이어졌습니다. 필자 역시 이주민 정책에 긍정적인 입장입니다. 하지만 앞서 말씀드린 것처럼 이주민의 숫자가 늘어나면서 생기고 있는 사건 사고의 반작용으로 일고 있는 부정적인 시각에도 관심을 두어야 하겠습니다. 즉, 우리 사회의 주요한 관심사로 대두되고 있는 이주민에 대한 인식을 바로 하기 위한 노력이 필요하다는 생각입니다.

그런 점에서 동아일보의 이샘물 기자가 이주민에 대한 다양한 관점을 정리한 『이주행렬』은 맞춤한 시기에 나왔다고 하겠습니다. 『기자로 말할 것』을 통하여 만나본 이샘물 기자는 5년 차 기자이지만 자신이 하는 일에 대한 자부심이 대단한 젊은이였습니다. 특히 복지 분야를 담당하면서 이주민과 다문화에 관심을 가졌다고 합니다. 학자, 공무원, 시민단체 활동가, 언론인 등이 모인 '이민·다문화 포럼'의 회원이 되어 다문화사회의 미래를 고민하는 활동파이기도 합니다. 『이주행렬』은 그러한 노력의 결실입니다.

『이주행렬』에서는 이주가 발생하는 이유와 이주민에 대한 시각이 나라마다 다른 이유를 정리하였습니다. 이주민 혹은 이주자의 정의를 먼저 살펴보겠습니다. UN 통계국에서는 자신의 거주국이 아닌 국가에서 최소한 3개월 이상 머문 사람을 이주자라고 규정합니다. 3개월 이상 1년 미만은 단기 이주자, 1년 이상 머무르는 사람을 장기 이주자라고 규정합니다. 장기 이주자의 경우 새로운 국가가 주요 거주국이 되는 셈입니다. 저 역시 공부하기 위하여 2년 가까이 미국에 머물렀던 적이 있으니, 한때는 장기 이주자였던 것입니다. 책을 읽으면서 제가 장기 이주자로 미국에 머물면서 겪었던 애환을 되돌아보았습니다.

첫 번째 주제는 '이주와 노동'입니다. 모든 선진국들이 공통으로 취하고 있는 이주민에 대한 국경통제가 과연 타당한가를 논합니다. 물론 모든 이주민들에게 같은 잣대를 적용하는 것은 아닙니다. 예를 들면 국가가 필요로 하는 기술을 가진 사람은 비교적 쉽게 이주가 가능합니다. 하지만 그렇지 않은 사람의 경우는 낙타가 바늘구멍을 들어가는 것보다 어려울 수도 있습니다. 미국 조지타운대학의 제이슨 브레넌 교수는 '가진 것은 없지만 더 많은 기회가 있는 선진국에 가서 열심히 일하며 살기를 원하는 사람을 받아들이지 않은 것은 도덕적으로 문제가 된다'라고 지적합니다. 어디에서 태어날 것인가를 마음대로 선택할 수 있는 사람은 없습니다. 우연히 선진국에서 태어났다는 이유로 많은 것을 즐기게 된 사람들이 가난한 나라에서 태어났지만 자신의 인생을 바꾸기 위하여 노력하는 사람의 앞길을 막는 것은 부도덕한 행태라는 것입니다.

자국 안에도 곤궁한 사람들이 많은데 굳이 외국인까지 배려하는 것이 옳은가 하는 주장에 대해서는 미국의 조지메이슨대학의 브라이언 캐플란 교수의 설명을 인용합니다. 즉, 선진국의 저소득층은 제3세계의 빈곤층에 비하면 생활 수준이 훨씬 높고, 자선단체의 도움을 받을 길도 많다는 것입니다. 하지만 영국 옥스퍼드대 국제이주연구소의 하인드 하스 박사는 국제적인 이주 경향에 대한 다른 시각을 설명합니다. 맨손인 사람들은 이주를 꿈꿀 수조차도 없다는 것입니다. 그래서 절대적으로 죽을 위기에 처한 사람보다는, 더 발전된 나라를 보고 상대적인 박탈감을 느끼면서 더 나은 삶을 추구하는 사람들이 이주를 택하는 경향이 있습니다.

두 번째 주제는 '이주와 복지'입니다. 유입되는 이주민에게도 복지 서비스를 제공하려면 추가적인 재원이 필요하므로 세금부담이 늘어날 것이라고 주장합니다. 그렇다고 해서 복지를 제한한다는 것도 적절치 않은 노릇입니다. 따라서 이주자에 대한 복지문제를 잘 설계하지 않는다면 또 다른 사회갈등의 원인이 될 수 있기 때문에 신중한 접근이 필요할 것입니다. 한편 저자는 이주자 역시 벌어들이는 만큼 세 부담을 하고 있다는 반대 논리를 내놓았습니다. 우리나라의 경우에는 이주민을 받아들이기 시작한 역사가 일천한 까닭에 제대로 된 이주자 정책을 마련하지 못했습니다. 그런 가운데 국제결혼이 늘어나면서 결혼이주자와 그 자녀를 대상으로 한 다문화가정 지원사업이 먼저 시행되었던 것입니다. 그러다 보니 이주민들에 대한 지원범위가 일반 국민이 누리는 복지의 수준을 넘어서는 경우도 있어서 부정적 여론이 조성되었을 것이라고 합니다.

세 번째 주제는 '이주와 국가경쟁력'입니다. 고급 기술을 가진 이주자는 어느 국가에서도 환영을 받기 마련입니다. 따라서 고급 기술을 가진 사람이 빠져나가는 '두뇌 유출'을 부정적 시각에서 바라보기도 합니다. 하지만 선진국에서 취업의 기회를 얻은 이주자들은 벌어들인 수입의 일부를 고국으로 송금하기 마련입니다. 즉 두뇌 유출과 국부의 창출은 동전의 양면과 같습니다. 뿐만 아니라 선진국에서 보다 높은 수준의 기술을 습득하는 기회를 얻을 수 있습니다. 그리고 본국의 성장전망이 높아지면 자신이 습득한 고급 기술을 가지고 귀국할 가능성이 높습니다.

네 번째 주제는 '이주와 정치'입니다. 이주자가 늘게 되면 자연스럽게 이주민과 원주민 사이에 긴장이 고조되기 마련입니다. 유럽사회가 몰려드는 중동 난민을 외면하는 가장 큰 이유는 이주민의 증가에 대한 불안감 때문일 것입니다. 간헐적으로 일어나는 이주민과 원주민 사이의 무력충돌은 물론 이주민들이 정부를 대상으로 다양한 요구를 쏟아냄으로써 갈등을 빚기도 합니다.

이주민에 대한 정책은 때로 국가 사이의 외교 문제로 비화하기도 합니다. 뿐만 아니라 국가 사이의 긴장 관계가 높아지기라도 하면 국가안보 차원에서 이주민 정책이 다루어지기도 합니다. 제2차 세계대전 기간에 나치 독일이 인종청소를 저지른 것도 아리안족의 우월성을 지키기 위해서였습니다. 유대인을 비롯하여 열등 인종으로 분류한 흑인, 집시 등은 물론 공산주의자, 장애인, 동성애자 등을 포함하여 600여만 명을 학살한 것으로 알려졌습니다. 하지만 미국 역시 태평양전쟁이 일어나자 미국 내 거주하는 일본계 미국인 12만 명을 12개의 수용소에 격리한 사실은 잘 알려지지 않았습니다. 미국 정부는 일본이 적국이라는 이유로 이미 미국 시민권을 가졌고, 심지어는 미국에서 태어난 일본인들까지도 격리조치를 취하였다는 것입니다.

문화 측면에서도 이주자가 많아지면 출신국 별로 집단을 이루는 경향이 있습니다. 세계 어디를 가더라도 만날 수 있는 중국인 동네가 대표적인 예입니다. 강남 서래마을에는 프랑스사람들이 많이 살고, 이촌동에는 일본사람들이 많이 모여 살고 있습니다. 이처럼 같은 나라에서 온 사람들이 밀집해서 살게 되면 우리 고유의 문화는 사라지는 반면 이국 문화가 자리를 잡게 될 것을 우려합니다. 그래서 이주민을 반대하는 측에서는 우리 고유의 문화를 보호하기 위해서라도 이주를 억제해야 한다고 주장합니다.

하지만 어떠한 문화도 고립된 상태에서는 오히려 퇴보하고 결국은 사라지기 마련입니다. 다른 문화와의 접촉을 통하여 새로운 형태로 발전해나갈 수 있는 것입니다. 한반도는 아시아대륙의 끝에 위치하여 대륙의 문명이 모여드는 용광로의 역할을 했습니다. 다양한 문명이 흘러들어 새롭게 해석되고 발전적 형태로 재창조되었던 것입니다. 그렇기 때문에 다문화를 인정하고 이주민 고유의 문화를 지킬 수 있도록 배려하는 것도 중요합니다. 또한 그들이 거주국 문화에 잘 녹아들 수 있도록 통합의 묘를 살리는 정책도 필요할 것입니다.

저자는 이미 다문화사회로 진입한 한국의 미래는 이주민에 대한 적절한 정책의 도입에 달려있다고 마무리합니다. 이주민이나 원주민이 동등하게 대우를 받는 그런 사회가 되어야 하겠습니다. (라포르시안: 2016년 1월 25일)

37 숨결이 바람이 될 때(폴 칼라티니, 흐름출판)

어느 젊은 의사의 마지막 기록… 죽음을 생각할 때 삶이 깊어진다

죽음에 관심이 없는 의사는 없을 것입니다. 필자는 병리학을 전공한 까닭에 주검을 마주하는 기회가 많아 죽음에 관심을 가지게 되었습니다. 죽음에 대하여 공부를 하다 보니 자기 죽음을 어떻게 맞을 것인가도 생각해보게 됩니다. 하지만 죽음에 임박해서는 모든 결정이 쉽지 않을 것으로 생각합니다. 그런 상황에 도움이 될 만한 책을 읽었습니다. 신경외과 수련의과정을 마무리하던 서른여섯 살의 젊은 의사가 폐암으로 생을 마감하기까지의 삶을 담담한 필치로 그려낸 『숨결이 바람 될 때』입니다.

미국의 신경외과 전문의는 의과대학을 졸업하고 7년의 수련 기간을 거쳐야 합니다. 우리나라에서는 단지 안정적인 직업이라는 이유로 의사를 꿈꾸는 사람들이 많습니다. 그런데 이 책의 저자 폴 칼라티니는 조금 색다른 이유로 의과대학에 진학했고, 신경외과를 선택하였습니다. 부친과 삼촌 그리고 형까지도 모두 의사였지만, 저자는 스탠포드대학에 진학하여 영문학과 인간 생물학을 전공하였습니다. 저자는 '무엇이 인간의 삶을 의미 있게 하는가?'라는 의문

을 가졌고, "뇌의 규칙을 가장 명쾌하게 제시하는 것은 신경과학이지만 우리의 정신적인 삶을 가장 잘 설명해주는 것은 문학"이라고 생각했기 때문이었습니다. 자신의 삶에 대하여 진지하게 고민하는 미국의 젊은이들의 모습을 볼 수 있습니다.

칼라티니가 말기 폐암을 확진 받는 데 6개월이 걸렸습니다. 신경외과 수련의과정의 마지막 해라서 시간을 내기 어려웠기 때문입니다. 미국의 의료제도가 안고 있는 문제를 살짝 드러내는 것 같습니다. 극심한 요통과 함께 체중이 빠르게 줄어 암 가능성이 높다고 본 저자는 1차 진료 의사를 방문해서 '자기공명 단층촬영(MRI)을 찍어 확인해달라'고 요구했습니다. 하지만 1차 진료 의사는 '엑스레이부터 찍어봐야 할 것 같다'라고 했습니다. 1차 진료 의사가 보기에는 요통을 진단하기 위해서 MRI 검사를 하는 것은 우도할계(牛刀割鷄), 즉 '소 잡는 칼로 닭 잡는 격'이라고 본 것입니다. 최근 미국에서는 요통의 원인을 찾으려고 MRI 검사를 하는 경우는 보험지급을 거절한다고 합니다. 진료비 절감운동의 일환입니다.

엑스선검사결과가 괜찮아 보였고, 요통과 체중감소 증세도 가라앉았던 것이 칼라티니에게는 불행한 일이었습니다. 몇 주 뒤에는 가슴에 심한 통증이 생겼고, 밤에 땀을 많이 흘리며, 체중이 빠르게 줄어들었습니다. 결국 그는 자신이 근무하는 병원에 입원하여 정밀진단을 받았습니다.

기독교 신자인 아버지와 힌두교 신자인 어머니는 인도 남부에서 뉴욕으로 사랑의 도피행을 선택했습니다. 인도계 부모 사이에서 태어난 칼라티니가 열 살이 되던 해 가족과 함께 뉴욕 맨해튼 북쪽의 브롱크스빌에서 애리조나 주의 킹맨으로 이사했습니다. 킹맨의 자연은 성장기의 저자에게는 무한한 상상력의 키워주었습니다. T.S. 엘리엇의 시 「황무지」에서 얻었을 커다란 울림은 그에게 작가의 길을 꿈꾸게 했습니다. 대학 시절 내내 그는 인간의 의미를 찾으려 노력했고, 언어가 가지는 힘에 주목하여 영문학의 석사과정을 시작하였습니다. 월터 휘트먼의 작품을 학위논문 주제로 선택하면서 휘트먼이 추구한 '생리적 · 영적 인간'의 존재를 이해하고 설명하는 방법을 찾았습니다. 하지만 "의사만이 진정으로 '생리적 · 영적 인간'을 이해할 수 있다고 한 휘트먼의 말대로 의학을 공부하게 됩니다.

그는 의학의 도덕적 사명이 막중하다고 생각하여 진지한 태도로 수업에 임했습니다. 하지만 해부학실습이 진행되면서 사체를 하나의 사물로 대상화하고 있음을 깨닫게 되었습니다. 그가 묘사한 해부학 실습실의 풍경은 제가 해부학을 공부하던 시절의 분위기와 비슷합니다. 그런데도 그는 의미, 삶, 죽음 사이의 관계를 더욱 잘 이해할 수 있었습니다. 예일대학에서 의학을 공부한 그는 그곳에서 강의하던 셔윈 눌랜드의 『사람은 어떻게 죽음을 맞이하는가』를 읽었습니다. 결국 죽음이란 직접 대면해야만 알 수 있는 것이라는 결론에 도달하였습니다. 특히 '가장 도전적으로 또한 가장 직접 의미, 정체성, 죽음과 대면하게 해줄 것 같은 신경외과를 전공하게 된 것입니다.

신경외과 수련을 시작하면서 죽음의 무게가 손에 잡힐 듯 뚜렷하게 느껴지기도 했습니다. 하지만 대부분의 경우 죽음과 맞서 싸우는 전사가 아닌 죽음의 전령사 역할에 머물고 있음을 깨달았습니다. 그리고나서 환자를 대하는 방식이 달라졌습니다. "만약 내가 수술 시 발생할 수 있는 모든 위험과 예상되는 합병증을 무심하게 떠들어댄다면 그녀는 수술을 거부할 것이 뻔했다. 그러면 의무기록에 환자가 수술을 거부했다고 기록하고, 내 일은 여기서 끝났다고 생각하며 다음 일로 넘어갈 수도 있었다. 하지만…(115쪽)”

사실은 ‘하지만’의 뒷이야기가 중요합니다. 그래서 저자가 어떻게 했는지는 이 책을 읽어보시는 것이 좋겠습니다. 어쩌면 답을 이미 눈치 채셨을 것 같습니다. 신경외과 의사로서 그는 환자의 뇌를 수술하기 전에 먼저 그의 마음을 이해해야 한다는 사실을 깨달았습니다. 그의 정체성, 가치관, 무엇이 그의 삶을 가치 있게 하는지, 또 얼마나 망가져야 삶을 마감하고 싶은 생각이 드는지 등을 포괄적으로 생각해보게 되었던 것입니다.

폐암을 진단받기 전까지만 해도 그는 모교에서 교수로 일해 달라는 제안을 받는 등 성공이 보장된 상황이었습니다. 하지만 폐암 진단이 내려지면서 모든 것이 변했습니다. 당장은 얼마나 오래 살 수 있을 것인가 하는 문제부터가 관심사였습니다. 하지만 그의 치료를 맡은 종양학 전문의 에마 헤이워드의 생각은 달랐습니다. 외과의라는 그의 직업은 물론 복직의 가능성까지 고려하여 최적의 치료를 추천하여 그의 동의를 얻어냈습니다. 그녀는 세계적인 종양학 전문의였습니다. 치료를 언제 진행하고 보류할 것인가를 잘 파악하고, 환자를 잘 배려하기로 유명하다고 합니다.

저자의 흉부 엑스선검사 결과로 보아 선암 종류가 아닐까 생각했습니다. 역시 검사결과 PI3K 변이가 있고, EGFR 양성인 비소세포성 폐암이었습니다. 표적치료제인 이레사나 타세바를 이용한 치료가 가능해진 것입니다. 물론 얼마나 살 수 있는지 예상할 수는 없었습니다. 치료 후 찍은 전산화단층촬영(CT)검사에서 종양이 확연하게 줄어들었습니다. 그는 다시 업무로 돌아가 수술도 하게 됩니다. 물론 처음 꿈꾸었던 인생을 살 수 없을지는 모르지만 지금과는 다른 방식으로라도 살 수 있을 것이라는 희망을 찾은 것입니다.

세상사는 생각하기 나름입니다. 그는 "죽음은 누구에게나 찾아오는 순회 방문객과 같지만, 설사 내가 죽어가고 있더라도 실제로 죽기 전까지는 나는 여전히 살아 있다(180쪽)."라고 생각하게 됩니다. 하지만 폐암을 진단받기 이전의 업무로 복귀하는 것까지는 너무 나간 것 같습니다. 아침 6시에 출근해서 수술하고 병실을 돌보고 밤 10시에나 퇴근하는 강행군을 다시 시작하였으니 말입니다.

암 진단을 받고 9개월째 수련과정을 마무리하는 시점에 가까워지면서 저자는 좋은 기회를 얻었습니다. 위스콘신 대학교에서 수백만 달러의 예산이 지원되는 연구소에, 많은 연봉을 받는 교수로 일해 달라고 초청한 것입니다. 스탠퍼드 대학의 교수직을 놓친 것에 대한 충분한 보상이 될 수도 있었습니다. 그런데도 저자는 앞으로 생길지도 모르는 상황을 고민합니다. 즉 암이 재발하거나 하면 아내가 힘들어질 수도 있겠다는 생각에 위스콘신대학의 제안을 받아들이지 못합니다. 폐암 진단을 받기 전의 생활로 복귀하려고 발버둥을 치면서도 암이 자신의 인생에 영향을 미치고 있다는 사실을 애써 부정해왔다는 점을 깨달았습니다. '당신에게 가장 중요한 게 뭔지 찾아내야 해요'라는 에마의 조언에서 중요한 사실을 발견합니다. 임상의라면 새겨둘 만한 내용입니다. "의사의 의무는 죽음을 늦추거나 환자에게 예전의 삶을 돌려주는 것이 아니라, 삶이 무너져버린 환자와 그 가족을 가슴에 품고 그들이 다시 일어나 자신들이 처한 실존적 상황을 마주 보고 이해할 수 있을 때까지 돕는 것(198쪽)"이라는 사실입니다.

이렇게 치료가 마무리되었더라면 얼마나 좋았겠습니까만, 운명은 그리 호락호락하지 못했습니다. 수술실로 복귀한 7개월째 추적관찰을 위하여 찍은 CT 사진에서 종양 덩어리가 뚜렷하게 찍힌 것입니다. 표적 치료에 반응하지 않고 숨어있었던 모양입니다. 결국 화학요법을 해야 했지만 부작용이 생기는 바람에 그마저도 중단하게 됩니다. 다행히 그동안의 수련과정은 인정을 받을 수 있었습니다. 삶의 한 과정을 마무리한 셈입니다. 그리고 얼마 지나지 않아 폐암 진단을 받은 뒤에 시험관시술로 가졌던 딸이 태어났습니다. 그는 죽음으로 향하는 나날을 충만한 기쁨으로 채울 수 있었습니다. 이는 평생 느껴보지 못한 것이었다고 합니다. 그래서 이젠 더 많은 것을 바라지 않고 만족하며 편히 쉴 수 있게 되었다는 말로 글을 마무리했습니다.

칼라티니는 후기를 적지 못하였습니다. 딸 케이디가 태어난 8개월 후 죽음을 맞았기 때문입니다. 책의 후기는 그의 아내가 적었습니다. 『바람이 숨결이 될 때』는 저자의 병세가 급격하게 나빠지는 바람에 미완성으로 남을 수도 있었습니다. 다행히 아내의 도움으로 마무리되었습니다. 그는 아내에게 재혼을 권하였습니다. 하지만 아내는 두 사람이 함께 만든 인생을 이어가고 있습니다. "사별은 부부애의 중단이 아니라, 신혼여행처럼 그 정상적인 과정 중 하나이다. 우리가 바라는 건 결혼생활을 잘 영위하여 이 과정도 충실하게 헤쳐 나가는 것이다(262쪽)."라고 한 C.S. 루이스의 말처럼… (라포르시안: 2016년 12월 19일)

38 늙는다는 것은 우주의 일(조너선 실버타운, 서해문집)

진화는 왜 늙음과 죽음을 허용하는가?

치매를 공부하다 보니 '잘 늙어가는 일'과 '잘 죽는 일'에도 관심이 많습니다. 그러다 보니 [양기화의 BOOK 소리]에서 이 주제에 관한 책을 많이 다룬 편입니다. 2016년을 마무리하면서 마지막으로 소개한 책은 제목도 거창한 조너선 실버타운의 『늙는다는 건 우주의 일』이었습니다.

과연 늙는다는 것이 과연 우주적인 사건인지 톺아보겠습니다. 조너선 실버타운은 영국 오픈유니버시티의 생태학 교수입니다. 다양한 식물과 동물을 넘나들며 노화와 죽음을 이야기할 수 있는 것도 그의 전공과 무관하지 않아 보입니다. 저자가 이 책에서 이야기하려고 하는 핵심주제는 노화와 죽음, 즉 인간의 수명입니다.

6만 년 전에 살았던 네안데르탈인의 기대수명은 20세였습니다. 기원전 고대 로마인은 27세였으며, 20세기 초의 미국인은 48세였다고 합니다. 그런데 21세기로 들어서면서 세계인들의 평균 기대수명은 70세를 돌파했습니다. 2019년 우리나라 사람들의 평균기대수명이 83.3세인 것처럼 대부분의 선진국들은 80세를 상회합니다.

저자는 1. 지난 두 세기 동안 인간 수명은 극적으로 늘었는데, 왜 노화와 죽음은 멈추지 않을까? 2. 진화가 후세를 남기는 개체를 선호한다면 왜 우리는 늙지 않는, 더 나아가 죽지 않는 존재로 진화하지 않을까?"라는 두 가지 의문을 내놓았습니다. 그리고 그동안의 과학적 연구성과를 인용하여 죽음, 수명, 유전, 진화, 식물 등의 영역으로 나누어 의문에 대한 답을 정리합니다.

흥미롭게도 저자는 영국의 웨스트민스터사원에서부터 이야기를 시작합니다. 웨스트민스터사원은 영국이 낳은 불멸의 인물들이 사후에 안식을 취하는 곳입니다. 저자는 "이곳에서는 죽음과 후세가 같은 땅에 거하며, 위대한 예술과 과학적 이해가 필멸을 초월함을 우리에게 일깨운다."라고 의미를 부여하였습니다. 제프리 초서, 윌리엄 셰익스피어, 윌리엄 워즈워스, 찰스 디킨스, 제인 오스틴, 조지 엘리엇, T.S. 엘리엇, 헨리 제임스 등 영국 문학을 빛낸 이들은 물론 아이작 뉴턴, 찰스 다윈 등과 같은 불멸의 과학자, 그리고 영국의 왕들, 주교들의 무덤도 있습니다.

그런데 불멸의 인사들 사이에 필멸인 존재들도 넘치고, 심지어는 불멸을 희롱하는 이도 있는 모양입니다. 미국 작가 워싱턴 어빙은 이곳을 방문하고서 "나는 생각했다. 이 수많은 무덤들은 굴욕의 보관함이 아니면 무엇이겠는가! (…) 이름의 불멸이란 얼마나 헛된 자랑거리인지(21쪽)!"라는 소감을 적었습니다.

인간은 불멸을 꿈꾸지만, 불멸을 두려워하는 모순적 존재입니다. 2016-2017년 사이에 TV 연속극 『쓸쓸하고 찬란하神-도깨비』가 인기리에 방영되었습니다. 저는 본방을 꼭 시청하였을 뿐 아니라 요즘 하는 재방송도 챙겨보곤 합니다. 이 연속극의 주인공 도깨비는 936년을 살아온 불멸의 존재입니다. 도깨비 신부를 찾아내 불멸을 끝내는 것이 유일한 희망입니다. 호르헤 루이스 보르헤스의 단편 「죽지 않는 사람」에서도 불멸의 존재가 등장합니다. 1,700년을 살아낸 불멸의 존재는 결국 필멸의 존재가 되는 선택을 합니다.

죽을 운명인 존재들에게는 모든 것이 회복할 수 없고 불안한 가치를 지닐 수밖에 없습니다. 반면 '죽지 않는 사람들'의 행동들은 무한히 반복되는 일입니다. 일상이 지겹게 반복되는 것이라면 차라리 죽음을 선택할 수 있기를 희망할 수도 있을 것 같습니다. 게다가 삶을 같이 했던 필멸의 존재들을 먼저 보내야 하는 아픔까지 겪어야 한다면 더 말할 필요가 없겠지요.

저자가 웨스트민스터사원에서 찾아낸 불멸과 필멸의 비밀에는 두 가지 관점이 있습니다. 첫 번째는 찰스 다윈의 진화론이며, 두 번째는 세균입니다. 특히 시인구역에 묻힌 존 키츠, 브론테 자매, 엘리자베스 배럿 브라우닝, D.H. 로런스 등은 결핵으로 일찍 죽음을 맞았습니다. 저자는 병원성 세균 덕분에 수명의 진화적 의미를 깨달았습니다. 세균은 세대기간이 매우 짧아서 엄청난 속도로 번식하고 진화할 수 있습니다. 세대기간이 짧은 대신 빠르게 진화하는 능력을 갖춘 세균은 열악한 환경에서도 살아남을 수 있습니다. 극한의 상황에서 살아남는 세균을 '극한 친화성 세균(extremophiles)'이라고 합니다. 공기압보다 17,000배나 높은 압력에서도 살아남는 대장균 등의 사례가 소개됩니다.

이들이 살아남는 비결은 바로 짧은 수명과 세대기간에 있습니다. 수명이란 탄생과 죽음 사이의 평균 시간을 말하고, 세대기간은 태어나서 자식을 낳기까지의 시간을 말합니다. 세균은 분열을 통하여 번식하기 때문에 수명과 세대기간이 똑같습니다. 짧게는 30분에 불과한 경우도 있습니다. 인간의 세대기간은 약 20-25년이지만 수명은 70-80년입니다. 세대기간이 짧으면 개체증식이 빠르게 이루어진다는 장점에 진화의 수레바퀴를 빨리 돌릴 수 있는 장점이 더해집니다. 진화 경쟁에서는 후손을 많이 남기는 개체가 최종 승자가 될 확률이 높습니다. 그렇다면 생물체마다 세대기간과 수명이 다양한 이유는 무엇일까요? 나름대로 개성을 지키기 위해서일까요?

첫 번째 주제는 수명입니다. 아리스토텔레스는 동물의 몸집이 수명과 연관이 있다고 보았습니다. 그런데 이런 명제를 일반화하는데 제한점이 있습니다. 지금까지 장수마을로 알려진 곳도 과장과 맹신에 따른 허구가 드러나고 있습니다. 장수마을이 다른 곳과 비교해서 기대수명이 나을 것이 없더라는 것입니다. 기네스북 편집자는 "인간의 극단적인 장수는 허영심, 사기, 위조, 고의적 오류 등으로 얼룩졌다는 점에서 타의 추종을 불허한다(52쪽)."라고 하였습니다.

지금까지 공식적으로 확인된 장수기록은 프랑스의 할머니 장 루이스 칼망(Jeanne Louise Calment)입니다. 1977년 사망할 때까지 122세 5개월 2주를 살았습니다. 이 기록은 40년이 지나도록 깨지지 않고 있습니다. 결국 인간이 150세까지 사는 것이 쉽지 않을 것 같습니다. 그렇다면 텍사스의대의 스티븐 어스태드(Steven N. Austad) 교수와 시카고 일리노이대학의 스튜어드 제이 올샨스키(Stuart Jay Olshansky) 교수 사이에 걸린 5억 달러짜리 내기는 올샨스키 교수 쪽으로 기우는 것 아닌가 싶습니다. 34년 뒤에 끝나는 내기의 결말을 제가 볼 수 있었으면 좋겠습니다. 그러려면 저 역시 100수를 해야 한다는 결론이 나오는데, 가능할까 모르겠습니다.

장수하는 집안이 있다는 것은 누구나 알고 있는 일입니다만, 그런 집안을 골라 태어날 수 없다는 것이 문제인 것입니다. 그런데도 저자는 장수하는 부모를 마치 스스로 고른 것처럼 적고 있습니다. 우스개로 생각했지만, 후세를 위하여 장수하는 집안과 사돈을 맺을 필요가 있다는 사실을 깨닫게 됩니다. 식물의 경우 한해살이가 있는가 하면 만년이 넘도록 살아 있는 식물도 있습니다. 동물의 경우는 비교할 수 없을 정도로 짧습니다. 장수기록을 보유한 대양백합조개도 450년이 고작입니다. 대부분의 동식물 종은 수명이 훨씬 짧습니다. 가까운 종 사이에도 기대수명이 천차만별입니다. 진화를 통하여 수명을 바꿀 수 있는 능력을 얻은 결과입니다. 즉 돌연변이가 생겨 수명이 길어진 개체가 자연의 선택을 받은 결과입니다.

흔히 죽음은 신체가 노화되어 더 이상 기능하지 않는 마무리과정이라고 생각합니다. 그런데 동물이나 식물 세계에는 자손을 퍼트리기 위한 고육지책으로서의 죽음도 있습니다. 즉 후손을 번식시키기 위하여 모체가 스스로를 희생하는 선택을 하는 것입니다. 일종의 자살이라고 보아도 될 것 같습니다. 이와 같은 단회번식의 사례는 식물계나 동물계에서 흔히 볼 수 있는 현상입니다. 대나무는 꽃을 피우고 나서 말라죽습니다. 부화 후에 강을 따라 먼 바다로 내려가 성장한 다음, 모천으로 돌아온 태평양연어는 산란 후 죽음을 맞습니다. 태평양연어의 죽음은 모천을 둘러싼 동물 및 식물생태계에 어마어마하게 기여합니다. 후손은 물론 자신이 태어난 환경에 보답을 하는 셈입니다. 자손의 번성은 전혀 고려하지 않은 채 자살을 선택하기도 하는 인간과는 사뭇 비교되는 일입니다.

기타의 전설 지미 핸드릭스, 로큰롤의 여왕 제니스 조플린, 그리고 롤링스톤스의 멤버 브라이언 존스, 도어스의 짐 모리슨, 영국의 R&B 가수 에이미 와인하우스 등은 모두 27살에 죽음을 맞아 '27 클럽' 회원이 되었습니다. 록 음악을 하는 사람들의 삶의 속도와 길이 사이의 역상관 관계가 성립되는지를 확인하는 연구를 해본 통계학자도 있습니다. 당연히 관련이 없다는 결론이 나왔습니다. 20세기 초반에는 '삶의 속도 가설'이 주목을 받았습니다. '빨리 살면 일찍 죽는다'라는 생각입니다. 열정을 쏟아부어 살다 보면 일찍 기력이 다하여 죽는다는 가설입니다. 한때 활성산소로 인한 노화 이론으로 설명이 되는 듯하였습니다. 하지만 결론을 미리 말씀드리면 대사속도는 수명을 결정하는 요인이 아니었습니다. 다만 열악한 환경과 긴장 속에서 살다 보면 단명할 수도 있겠습니다.

아무래도 저자는 신기(神氣)를 받은 모양입니다. 마지막 장을 2016년에 노벨 문학상을 받은 밥 딜런의 노래 『영원한 젊음』의 한 대목을 인용하였습니다. "변화의 바람이 불어올 때 / 그대의 가슴이 늘 기쁘길 / 그대의 노래가 늘 불리길 / 그대가 영원히 젊길"이라는 대목을 인용한 것을 보면 말입니다. 밥 딜런의 이 노래는 자녀를 위해 서였다고 합니다. 늙은 부모의 처지에서 보면 자녀가 언제까지 젊었으면 하고 바랄 수 있겠습니다.

노화를 치료하는 방법을 찾아 영생을 얻거나 혹은 장수를 얻겠다는 착상은 훌륭하지만, 구체화하기까지 시간이 더 걸릴 수도 있겠습니다. 그 이유는 노화는 단일한 현상이 아니라 신체의 여러 체계가 전반적으로 부실해지면서 생기는 현상이기 때문입니다. 저자는 수명연장의 비법은 아직도 완성되지 않은 상태라는 결론을 맺었지만 또 다른 신기한 역설을 감춰두고 있었습니다. 소득 격차가 작은 인구집단일수록 집단 전체의 기대수명이 크다는 현상입니다. 그렇다면 우리는 무엇을 해야 할까요? (라포르시안: 2016년 12월 26일)

39 무엇이 가치 있는 삶인가(로버트 노직, 김영사)

소크라테스의 마지막 질문

로버트 노직 교수의『무엇이 가치 있는 삶인가』를 [양기화의 BOOK 소리]에서 소개하려고 준비하면서 많은 생각을 해보았습니다. 우선 소크라테스가 '무엇이 가치 있는 삶인가?' 하는 마지막 질문을 정말 남겼을까? 입니다. 저자의 설명이 없었기 때문입니다. 저자가 구분한 스물여섯 가지의 주제가 가치 있는 삶과 어떻게 연결되는가 하는 의문도 있습니다.

애나 로버트슨 브라운이 1893년에 쓴『무엇이 가치 있는 삶인가(What is worth while?)?』라는 제목의 책은 "단 한 번의 삶이기에 우리는 최선을 다한다(Only one life to live! We all want to do our best with it.)."라고 시작합니다. 하지만 이 책에서는 소크라테스가 단 한 차례도 언급되지 않습니다. 그래서 다시 로버트 노직 교수의『무엇이 가치 있는 삶인가』로 돌아왔습니다. 이 책의 원제는『The Examined Life』입니다. '성찰하는 삶'으로 번역될 수 있습니다. 아마도 '성찰하지 않는 삶은 살 가치가 없다'라고 한 소크라테스의 주장에서 출발한 저자의 사변(思辨)을 담으려한 것 같습니다. 그래도 비록 37쪽에 불과한 책이지만 애나 로버트슨 브라운의 『무엇이 가치 있는 삶인가?』와 헷갈릴 수도 있겠다는 고민을 해보았더라면 좋았겠습니다.

노직 교수는 '성찰하지 않는 삶은 살 가치가 없다'라고 한 소크라테스의 주장에 동의하기 어렵다고 했습니다. 지나치게 가혹하기 때문이라는 이유입니다. "삶에 대한 성찰은 당신이 쓸 수 있는 모든 것을 활용하고, 그럼으로써 당신을 완전히 구현한다. 다른 사람이 삶에 대해 내린 결론을 정확히 이해한다는 것은, 그 결론과 잘 어울리고 결론에 도달한 사람이 어떤지를 보지 않고서는 좀처럼 어려운 일이다(11쪽)."라고 설명합니다. 그러니까 '소크라테스 정도는 되어야 누군가의 삶에 대한 성찰에 대하여 논할 수 있겠다', 뭐 이런 생각이 아닐까 싶습니다.

공자, 예수, 석가와 함께 세계 4대 성인으로 꼽히는 소크라테스(그리스어: Σω κ ρ άτ η ς, Sōkrátēs; 기원전 469년 - 기원전 399년)는 고대 그리스의 철학자입니다. 그 무렵 아테네는 보수적이고 귀족적인 정신과 이에 대한 반발로 일어난 진보적이며 개인주의적인 정신이 힘을 얻어 격돌하던 시기였습니다. 자연과학에 관심을 두었던 소크라테스는 당시 그리스 철학의 이론체계가 자의적 해석을 바탕으로 한다고 보았습니다. 그래서 '사실'에 관한 명제를 고찰하기 시작했습니다. 그가 40세가 되었을 때, 제자 카이레폰(Χα ι ρ ε φ ῶν , Chairephōn)은 델포이의 아폴로 신전에 가서 "아테네에서 가장 현명한 사람이 누구입니까?"라고 물었습니다. 신전의 무녀 피티아(Π ύθ ι α , Pýthia)는 "소포클레스는 현명하다. 에우리피데스는 더욱 현명하다. 그러나 소크라테스는 모든 사람 중에서 가장 현명하다"라는 신탁을 내렸다고 합니다.

스스로는 무지하다고 생각해오던 소크라테스였기에 현명하다는 사람들을 찾아다녔고 합니다. 그런데 그들 모두 참된 지혜를 아는 척 했지만, 스스로 무지하다는 사실조차도 모르고 있더라고 했습니다. 평소에 신전에 새겨진 '너 자신을 알라(γνῶθι σεαυτόν, gnōthi seauton)'를 외고 다녔던 소크라테스였습니다. 스스로가 무지하다고 생각했던 그였기에 '가장 현명한 아테네인'이라는 신탁을 받았을 것입니다. (참고로 델피의 아폴론 신전의 현관에 있는 기둥에는 델피의 일곱 현인이 남긴 격언 가운데 "너 자신을 알라(ΓΝΩΘΙ ΣΑΥΤΟΝ, GNOTHI SAUTON), 과유불급(ΜΗΔΕΝ ΑΓΑΝ, MIDEN AGAN), 확신은 파국을 가져온다(ΕΓΓΥΑ, ΠΑΡΑ ΔΑΤΗ, ANGYA PARA DATI)" 등 세 가지를 새겼다고 합니다.)

노직 교수는 플라톤 이후의 철학은 도덕적 행동이 우리의 행복에 이바지한다는 점을 입증하려고 노력해왔다고 전제합니다. 그러려면 삶에서 무엇이 중요한지 이해하여야 합니다. 그에 의거하여 도덕적 행동의 역할과 중요성을 설명할 수 있기 때문입니다. 저자는 삶에서 중요한 것을 찾다 보니 가진 것이라고는 오직 내가 이해하는 것이 전부였다고 고백하였습니다. 그리고 이 책을 통하여 어떤 견해를 제시하려는 것은 아니고, 다만 온전한 인간 존재만이 관심의 대상이라고 하였습니다. 그리고 2차적 묘사에 기초하여 광범위한 왜곡이 발생할 것을 우려하였습니다. 한편 저자는 "어떤 독자도 이 책의 내용을 요약하거나 이 책에서 슬로건이나 표어를 끌어내 제시하지 말 것"을 당부했습니다.

그런데도 저는 [양기화의 BOOK 소리]에서 이 책에 담긴 저자의 생각을 인용하고, 요약하기로 하였습니다. 책이 되었건 글이 되었건 쓴 이의 손을 떠나는 순간부터는 읽는 이의 뜻에 따라 해석되거나 사용되는 것이기 때문입니다. 그 점을 우려하였다면 글을 쓰거나 책을 내지 말았어야 할 것입니다.

저자소개가 늦었습니다. 로버트 노직(Robert Nozick) 교수는 '20세기의 가장 독창적이고 논쟁적인 사상가로 손꼽히는 미국의 대표적 자유주의 철학자'입니다. 컬럼비아대학교를 졸업하고, 프린스턴대학교에서 철학박사 학위를 받았는데, 대학원 시절 '소크라테스적 논변'으로 기존의 철학적 입장을 논파하여, 천재 철학자로 주목받았습니다. 『소크라테스적 난제(Socratic Puzzles)』는 그의 대표적 저서입니다. 소크라테스와 그의 철학적 관점이 논쟁거리로 남은 것은 그가 글을 남기지 않았기 때문입니다. 소크라테스의 삶과 철학 이론 등은 제자들과 당대 사람들의 기록을 통해 전해지는데, 플라톤의 「대화편」과 크세노폰의 「회고록(Memorabilia)」이 주요한 출처입니다.

저자는 '죽음'이라는 화두로 시작하여 '어느 젊은 철학자의 초상'에 이르기까지 모두 26개의 주제를 설명합니다. 각 장의 주제는 독립적인 듯 보이지만, 내용이 서로 연결되고 있습니다. 그런데도 개별의 장을 떼어서 따로 읽어도 충분히 의미를 이해할 수가 있습니다. 전체를 모두 소개할 수는 없어 일부만 여러분과 공유할까 합니다.

먼저 저의 관심사인 '죽음'을 이야기해봅니다. '죽음'이라는 무거운 주제로 '가치 있는 삶'에 대하여 논의하는 것은 오히려 역설적인 듯합니다. 그러나 죽음을 삶의 완성이라고 본다면, 삶의 마지막 순간을 어떻게 맞이할 것인가를 논의함이 전혀 생뚱맞지 않을 수도 있습니다. '사람이 얼마나 죽기를 꺼리는지는 그가 이루지 못하고 남긴 것에, 그리고 일할 수 있는 여분의 능력에 좌우된다(24쪽).'라는 대목이 그렇습니다. 일할 능력을 줄여 죽는 순간에 느끼는 후회의 양을 감소시킨다는 설명으로 이해할 수 있습니다. 꿈꾸었던 것을 모두 이룬 다음에도 힘이 남았다면 새로운 꿈을 꿀 수도 있을 것 같습니다.

노화가 진행되지 않는 삶은 불멸을 꿈꿀 수도 있을 것 입니다. 특히 죽음으로 인하여 우리의 존재가 소멸할 것을 두려워하는 사람이 불멸을 꿈꿀 수 있습니다. '소멸은 음울하지만 불멸도 어두운 상상과 곧잘 어울린다.'라는 저자의 설명이 쉽게 와 닿았습니다. 『쓸쓸하고 찬란하神-도깨비』를 열심히 시청한 덕분이었습니다.

이어지는 주제 '부모와 자식'에서 '죽음' 이후의 삶의 의미를 조금은 깨달을 수 있습니다. 부모의 야망을 충족시키는 존재로 자식을 인식하는 것은 적절하지 않습니다. 하지만 자식을 통하여 자신의 삶 혹은 정신을 후세에 전할 수 있다면 이는 다른 의미의 불멸이 될 수 있을 것입니다. 후손에게 전할 수 있는 것은 부(富) 이외에도 정신적인 것도 될 수 있습니다.

'일상의 신성함'이라는 주제는 삶에 집중하고 주의하는 신실한 마음가짐을 논합니다. 먹고 숨 쉬는 것과 같은 일상생활을 신성하게 여길 때 우리는 세계와 그 안에 담긴 내용물이 우리의 탐구, 대응, 관계, 창조 활동을 무한히 받아준다는 것을 깨닫게 될 것입니다.

이어지는 주제 '성'을 통하여 다른 사람과의 소통을 설명하고, 이어서 '사랑의 유대'로 발전시켜나갑니다. 사랑은 자신과 다른 사람의 안녕을 추구하는 심리적 행위입니다. 폐쇄적 속성을 가질 수 밖에 없는 개인적 자아를 우리라는 개방적인 속성으로 전환해주는 것이 바로 사랑입니다. 사랑을 통하여 낭만적인 우리를 이루고 나면 서로를 완벽하게 소유하고 싶다는 심리가 생길 수 있습니다. 하지만 각자는 상대방에게 독립적이고 당당한 개인일 필요가 있습니다. 우리이면서도 개인적 존재를 인정해야 모두가 행복해질 수 있는 것입니다. 우리라는 열린 관계에서는 감정이라는 개념이 생겨납니다. 감정은 믿음, 평가 그리고 느낌이라는 세 가지 구성요소로 이루어집니다.

아홉 번째 주제는 '행복'입니다. 삶에서 유일하게 중요한 것이 '행복'이라고 주장하는 사람도 있습니다. 하지만 저자는 삶에서 '행복'이 중요하지만, 유일한 것이 될 수는 없다고 합니다. 삶의 서사를 올바른 방향으로 이끌고 전반적으로 향상하기 위하여 얼마간의 행복은 기꺼이 포기할 수 있기 때문입니다. 저자는 여러 개별 감정이 행복이란 이름으로 포장되곤 하지만 어떤 것은 감정이라기보다 기분이라고 하는 것이 적절해 보인다고 합니다. 그리하여 행복 감정을 첫째, 어떤 것이 사실이어서 행복한 상태, 둘째, 지금의 삶이 좋다는 느낌, 셋째, 전체적 삶에 대한 만족 등의 세 가지로 구분합니다. 각각의 행복 감정은 믿음, 긍정적 평가, 그리고 느낌이라는 3중 구조를 보이지만, 믿음과 평가의 대상이 각기 다르고, 느낌의 성격까지도 다를 수 있다고 하였습니다.

열일곱 번째 주제 '어둠과 빛'에서는 실재의 발전이 긍정적인 방향으로만 움직이는 것이 아니라는 점을 설파합니다. 때로는 고통스럽거나 비도덕적 방향을 가진 차원이 등장할 수도 있다는 것입니다. 다만 부정적인 것은 한계가 있기 때문에 비극과 고통이 상황을 완전히 압도하거나 파괴하지 않는다면 더 큰 실재로 가는 수단이 될 수 있습니다. 저자는 존중의 윤리, 대응성의 윤리, 배려의 윤리, 빛의 윤리라는 윤리의 네 층으로 이 부분을 설명합니다. 실재의 발전에 부정적인 영향을 미치는 차원이 등장하더라도 최소 훼손의 원칙으로 묶여 있는 존중과 대응성이라는 윤리의 두 층이 이를 제한하기 마련입니다. 이어진 배려의 윤리는 보살핌과 관심으로부터 친절함, 더 깊은 자비, 사랑에 이르기까지 포괄적으로 실재의 차원을 끌어올리게 됩니다. 빛의 윤리는 실재가 추구하는 궁극적인 목표에 이르도록 하는 동력이 되는 것입니다. 스무 번째 주제인 '깨달음'은 역시 동양적 배경을 가지고 있습니다. 삶의 아픔과 고통을 줄여주는 경험적 사실을 설명할 수 있습니다. 또한 실재의 최고 목표를 이르는 말입니다.

저자는 '성찰하는 삶'에 대한 철학적 사변에 더하여 개개인들이 다양한 가치를 선택할 수 있는 정치원리를 설명한다거나 새로운 목표를 향해 이성적으로 나아가기 위한 도구로서의 철학의 역할을 설명합니다. (라포르시안: 2017년 3월 6일)

제4부

/

평전

제4부 평전

40. 스티브 잡스(월터 아이작슨, 민음사)
41. 소설과 소설가(오르한 파묵, 민음사)
42. 마키아벨리(김상근, 21세기북스)
43. 밀란 쿤데라 읽기(박성창 등, 민음사)
44. 샐린저 평전(케니스 슬라웬스키, 민음사)
45. 덩샤오핑 평전(에즈라 보걸, 민음사)
46. 백석 평전(안도현, 다산책방)
47. 타인의 고통(수전 손택, 이후)
48. 세네카(조남진, 한국학술정보)
40. 청년 의사 장기려(손호규, 다산책방)
50. 젊은 스탈린(사이먼 시백 몬티피오리, 시공사)
51. 호세 무히카 조용한 혁명(마우리시오 라부페티, 부키)
52. 책과 밤을 함께 주신 아이러니(호세 카를로스 카네이로, 다락방)

40 스티브 잡스(월터 아이작슨, 민음사)

인문학과 과학기술의 교차점에 서 있던 남자 이야기

2011년 10월 초 애플이 내놓은 신제품은 소비자들을 크게 실망시켰습니다. 새로운 기능이 탑재된 아이폰5가 아니라, 아이폰4의 기능을 약간 향상한 아이폰4S이었기 때문입니다. 그런데 신제품 발매 직후에 애플의 대표 스티브 잡스가 타계하면서 상황이 갑자기 바뀌었습니다. 아이폰4S는 스티브 잡스가 생애 마지막으로 남긴 작품이 된 것입니다. 이런 인식이 확산하면서 애플은 아이폰4S에 실망한 소비자들의 관심을 되잡을 수 있었습니다. 그 무렵 갤럭시S2를 출시한 삼성전자의 입장에서는 아이폰4S에 실망한 소비자들을 끌어들일 수 있는 좋은 기회가 날아가고 말았습니다. 삼성전자 사람들은 '죽은 제갈공명이 산 사마중달을 도망치게 했다(死諸葛走生司馬 사제갈주생사마)'라는 고사가 생각났을 것 같습니다.

스티브 잡스에 대한 많은 이야기가 있었지만 대부분 그의 단편적인 면모만을 언급한 것이었습니다. 그래서 스티브 잡스가 사망할 무렵 출간된 『스티브 잡스』에 대한 세인들의 관심이 컸던 것입니다다. 자서전이 나온 직후에 사람들의 관심은 주로 스티브 잡스의 사생활에 집중되었습니다. 그의 출생의 비밀이라던가, 친부와의 관계, 스티브 역시 혼전 관계에서 얻은 아이에 냉담했다던가, 혹은 그의 냉혹한 성격이 드러나는 상황이나 사건에 주목한 기사들이 넘쳐났습니다. 그가 생전에 이룩한 남다른 점들이 주목받지 못했던 것이 아쉬웠습니다.

스티브 잡스의 전기는 「타임」의 편집장과 CNN의 대표를 역임한 월터 아이작슨의 작품입니다. 아이작슨은 『아인슈타인-그의 인생과 우주』, 『벤저민 프랭클린-한 미국인의 삶』, 『키신저 전기』 등을 써 유명한 분입니다. 작가는 『스티브 잡스』에 모두 41개의 이야기를 담았습니다. 스티브 잡스의 출생과 입양에 관한 이야기를 담은 첫 번째 장으로부터, 그의 일생을 통하여 지켜온 삶의 철학을 얻게 되는 인도 여행에 대한 이야기, 그리고 선불교 등 동양사상을 통하여 자아탐구와 깨달음으로 다가가는 과정, 그리고 애플1 개발을 시점으로 하여 애플과 픽사를 통하여 그가 구현하고자 했던 세계를 뒤쫓았습니다. 마지막 췌장암과의 투병 생활 과정을 거쳐 삶을 마무리하는 단계에 이르기까지 그의 족적을 그대로 담았습니다.

900여 쪽이나 되는 방대한 양이지만, 단계별로 잘 요약되어 있어 쉽게 읽을 수 있습니다. 한때 번역에 문제가 있다는 지적도 있었습니다. 필자도 생명과학 분야의 책을 여러 권 번역한 경험이 있습니다. 필자의 경험으로 보아 과학서적의 번역은 단어나 문맥의 의미를 정확하게 전달하는 것이 중요하므로 가급적 직역을 하는 것이 좋겠습니다. 다른 분야의 경우는 문장에 담기는 의미를 우리의 정서로 이해할 수 있도록 의역하는 편이 더 좋을 것 같다는 생각입니다.

개인적으로는 스티브 잡스가 정보통신기술 분야에서 이룩한 업적이 그의 천재성에서 비롯한 것으로 생각해왔습니다. 특히 그는 개인용 전산기(애플 컴퓨터)와 만화영화(픽사에서 제작한 영화들), 음악의 유통(아이팟), 똑똑 전화(아이폰), 명판형 개인용 전산기(아이패드), 그리고 전자식 출판 등 여섯 가지 산업 분야에서 혁명적인 성공을 일구어냈습니다. 이러한 성공이 가능했던 것은 기술 부문에서 특출한 사람들이 참여했기에 가능했다고 합니다. 스티브 잡스가 특별한 것은 기술적으로 특출한 사람들의 능력을 극대화하는 역량이었습니다. 그리고 관련 기술들을 서로 연계하여 최대한의 상승효과를 낼 수 있도록 조정하는 능력이 탁월했던 것입니다.

천하의 잡스라도 실리콘밸리라고 하는 특별한 환경이 없었더라면 그의 재능이 빛을 보지 못했을 것입니다. 특히 제록스의 팰러앨토 연구센터(PARC)는 잡스에게 여러모로 커다란 힘이 되었습니다. PARC가 가지고 있는 잠재성을 제대로 꿰뚫어 본 것도 그의 남다른 재능이라고 하겠습니다. PARC의 앨런 케이는 **"미래를 예측하는 최고의 방법은 스스로 미래를 창조하는 것이다.", "소프트웨어를 중요하게 여기는 사람은 스스로 자신의 하드웨어를 만들어야 한다."**라는 창조적인 말로 스티브 잡스를 일깨웠습니다. 스티브 잡스는 PARC 연구진이 개발한 비트맵의 효용성을 제대로 알아보았습니다. 비트맵의 표현방식을 차용하여 오늘날 대부분의 전산기에서 사용하고 있는 GUI(graphic user interface)를 개발해낸 것이 잡스의 능력인지 아니면 그의 운명인지 구별하기가 애매합니다.

정보통신기술업계에서는 애플이 PARC의 기술을 가져다 쓴 것을 일종의 도둑질이라고 한답니다. 하지만 잡스는 '좋은 예술가는 모방하고 위대한 예술가는 훔친다.'라고 한 피카소의 말을 인용합니다. 그리고 '우리는 훌륭한 아이디어를 훔치는 것을 부끄러워한 적이 없습니다(167쪽).'라고 말했답니다. 사실 역사적으로 볼 때 위대한 발명이나 발견이 한 사람의 천재에 의하여 어느 날 갑자기 등장하는 것은 아닙니다. 오랜 세월을 두고 조금씩 앎이 쌓여오다가 위대한 발명이나 발견이 이루어지는 것입니다. 그러다 보면 비슷한 시기에 여러 명의 천재가 괄목할 성과를 내놓지만 대개는 가장 먼저 이를 알린 사람만이 역사에 기록되는 것입니다. 그래서 '1등만 알아주는 더러운 세상'이라는 말이 나온 모양입니다.

잡스의 남다른 점은 숨어있는 부분까지도 아름답게 만들었다는 것입니다. 애플로부터 시작해서 애플 매킨토시, 아이폰, 아이패드에 이르기까지 잡스가 고집스럽게 고수한 철학은 '철저한 통제'입니다. 심지어는 애플 직원 외에는 누구도 애플 제품을 뜯어 내부를 들여다볼 수 없도록 설계한 것도 그의 철학이 반영된 것이라고 합니다. 잡스는 전산기가 진정 위대하려면 장비(hardware)와 운용체계(software)가 밀접하게 연결되어야 한다고 믿었습니다. 따라서 자신의 장비에 다른 운용체계를 탑재하지 않았습니다. 즉 자신의 장비를 독자적으로 운영하는 운영체계의 개발에 심혈을 기울였고, 또한 완벽하게 구현하려 노력했던 것입니다. 바로 마이크로소프트의 빌 게이츠와 차별되는 점입니다.

제가 미국에서 공부할 때 작업한 성적들을 실험실에 있던 매킨토시 전산기에 보관하였습니다. 귀국해서 그 자료들을 제대로 사용하려면 매킨토시 전산기가 필요했습니다. 어쩔 수 없이 당시로는 적지 않은 1300불이나 주고 매킨토시 전산기를 구입했습니다. 하지만, 그 무렵 국내에서 주로 사용되던 IBM 전산기에서 자료를 활용할 수 없었습니다. 힘들게 얻은 자료를 제대로 활용하지 못한 아픈 경험입니다.

스티브 잡스는 애플의 경영을 맡긴 스컬리와 갈등을 빚으면서 애플을 떠나야 했습니다. 잡스가 다시 애플로 돌아오는 과정을 보면, 스타벅스에 대한 하워드 슐츠 대표의 깊은 애정과 닮았음을 알게 됩니다. 잡스만큼 애플을 사랑하고 애플이 지향하는 방향을 잘 알고 있는 사람은 없었던 것입니다. 그가 복귀하고서 애플은 다시 애플다워질 수 있었습니다.

애플이 새로운 제품을 만들기부터 시장에 내놓은 신제품설명회에 이르기까지 모든 과정이 스티브 잡스의 세밀한 지휘 아래 이루어졌다는 점도 놀랍습니다. 마치 대규모 교향악단이 교향악을 연주하듯이 모든 영역에서 해당 분야의 최고 권위자를 초빙하고, 유명 마술사가 청중의 눈을 속여 환상으로 이끌 듯이 말입니다.

스티브 잡스가 누구보다 앞서 새로운 시대의 전자 혁명을 구상하고 이를 이룰 수 있었던 것은 다음과 같은 이유가 있었습니다. 첫째, 그가 인문학과 과학기술의 교차점에 서 있었다는 것, 둘째, 그의 완벽주의는 제품의 모든 측면을 통합하여 접근했다는 것, 셋째, 그는 본능적으로 단순미를 추구했다는 점, 넷째, 위험요인이 많아도 새로운 미래에 모든 것을 걸 의지가 충만했다는 것입니다(600쪽).

스티브 잡스의 폐쇄적인 통합체계와 빌 게이츠의 호환 가능한 공유체계를 비교하여 우열을 따지기도 합니다. 하지만 어느 것이 우월하다는 결론을 내리는 것 자체가 아직은 무의미할 것 같습니다. 그것은 스티브 잡스가 없는 애플이 통합체계를 효율적으로 유지할 수 있을지 여전히 불확실하기 때문입니다.

고대 의학은 철학과 밀접한 관계를 맺고 있었습니다. 근세 들어 의학이 빠르게 발전하면서 인문학적 요소의 비중이 점차 줄어들게 되었습니다. 아니면 현실적인 면에 대한 비중이 커진 탓일 수도 있습니다. 하지만 의료를 둘러싼 환경은 빠르게 변하고 있습니다. 의학 역시 기술 부문의 발전만으로는 도달할 수 있는 한계에 이른 듯합니다. 그렇다면 의학도 인문학과 다시 손을 잡아야 할 때라고 생각합니다.

잡스는 말기 췌장암과 싸우던 시절, "나는 21세기의 최대 혁신이 생물학과 기술의 교차점에서 이루어지리라고 생각합니다(843쪽)."라고 했습니다. 의료분야의 미래를 예측하는 말입니다. 그런데 잡스의 아내 파월은, "의료산업의 커다란 문제 중 하나는 일종의 전담자나 중재자가 각 팀을 총괄적으로 지휘하는 체계가 없다는 것이에요."라고 불만을 토로했다고 합니다. 의료분야의 스티브 잡스도 등장하지 않을까 생각해봅니다.

정리를 하면, 의학 역시 인문학과 다시 결합하여 새로운 전기를 모색해야 할 시점이라고 생각합니다. 의료계에서도 잡스와 같은 다양한 분야를 총괄적으로 지휘할 능력과 카리스마를 갖춘 지도자가 절대적으로 필요한 시점이라는 것을 말씀드리려고 이 책을 소개합니다. (라포르시안: 2011년 11월 7일)

41 소설과 소설가(오르한 파묵, 민음사)

소설을 어떻게 읽을 것인가

『소설과 소설가』는 제게 특별한 의미가 있는 책 읽기였습니다. 이 책은 노벨상 수상 작가 오르한 파묵이 2008년 하버드대학의 '찰스 엘리엇 노턴' 강연에서 밝힌 자신의 문학 여정을 담았습니다. 오르한 파묵은 현대 터키 문학을 대표하는 작가입니다. 오르한 파묵은 강연에서 소설 읽기를 바탕으로 소설 쓰기를 공부하고 마침내 세계적인 소설가로 성장하기까지 35년에 달하는 소설가로서의 삶을 소개하였습니다.

파묵은 후기에 "이 책은 나의 소설 읽기 경험도 담겨있지만 대부분 나의 소설 쓰기에 관한 내용입니다(177쪽)."라고 적었습니다. 이 책에 담긴 내용이 소설을 쓰는 사람에게 피가 되고 살이 될 이야기가 될 것입니다. 또한 소설을 어떻게 읽을 것인가 하는 의문을 가지고 있는 독자가 읽어도 크게 도움이 될 내용입니다. [양기화의 BOOK 소리]에서 이 책을 소개한 이유입니다.

호르헤 루이스 보르헤스, 움베르토 에코와 같이 엄청난 독서량을 자랑하시는 분들의 소설을 읽다보면 그분들의 독서 깊이에 놀라지 않을 수 없습니다. 오르한 파묵 역시 그림 그리기에서 소설 쓰기로 삶의 방향을 바꾸면서 많은 책을 읽었다고 합니다. “나는 열여덟 살에서 서른 살 사이에, 소설을 아주 열심히 읽었습니다. 이스탄불에 있는 내 방에서 밤을 새워 가며 읽었던 모든 소설은 나에게 우주를 선사해 주었습니다. 그 우주는 백과사전이나 박물관 못지않게 인간적이었으며, 오로지 철학이나 종교에서나 발견할 수 있을 심오하고 포괄적인 바람, 위로 그리고 약속들로 가득 차 있었습니다. 나는 세계의 본질을 알고, 인간적으로 성숙해지고, 내 정신을 구체화하기 위해서, 꿈속에 잠긴 기분으로 다른 모든 것을 잊고 소설을 읽곤 했습니다(11쪽).” 오르한 파묵의 책 읽기와 비교해보면 저의 책 읽기는 뚜렷한 목적이 없었습니다.

이 책의 원제는 ‘The Naive and the Sentimental Novelist’입니다. 프리드리히 실러의 ‘Über naive und sentimentalische Dichtung’이라는 논문에서 따온 것이라고 합니다. 국내에는 여러 개의 비슷한 의미로 번역 소개되었지만, 옮긴이는 ‘소박한 문학과 성찰적인 문학’으로 번역하였습니다. 이 책의 원제목을 소개하는 이유는 소설을 읽거나 쓰는 사람을 나누는 파묵의 기준을 소개하기 위해서입니다. 그는 소설의 기교를 인식하지 않고, 즉 소설을 쓰는(읽는) 데에 인위적인 면이 있다는 것을 전혀 의식하지 않으면 ‘소박한’ 작가(독자)로 규정합니다. 반대로 소설을 읽거나 쓸 때, 소설에 사용된 기법과 독서 과정에서 머릿속에서 일어나는 일에 관심을 두면 ‘성찰적인’ 작가(독자)라고 규정하였습니다.

사실 소설을 읽으면서 제 머릿속에서 무슨 일이 일어나는지 생각해본 적도 없습니다. 그런데 저자는 소설을 읽을 때 우리의 머릿속에서 다음과 같은 일이 일어난다고 합니다. 1. 전체 풍경을 보면서 이야기를 따라가고, 어딘가에 있을 모티프와 아이디어, 의도, 중심부를 찾습니다. 2. 머릿속에서 단어를 그림으로 전환하여 책이 말하는 것을 추적해 갑니다. 3. 소설 속 이야기가 작가의 경험인지 상상인지 궁금해집니다. 4. '현실도 이럴까?', '소설에서 설명하고, 보여주고, 묘사한 것들이 실제 삶 속에서와 같을까?'를 궁금해합니다. 5. 단어와 비유와 문장에 숨어있는 음악을 음미합니다. 6. 주인공의 선택이나 행동에 대하여 도덕적 판단을 내리고, 주인공에 대한 도덕적 판단을 통하여 작가를 판단하게 됩니다. 7. 얼마나 깊은 이해에 도달했는지를 생각하며 작가와 공범 관계를 형성합니다. 8. 읽은 것들을 떠올리면서 작가가 보여주는 의미와 독서의 즐거움을 찾기 위해 감춰진 소설의 중심부를 찾기 시작합니다. 9. 최대한 주의를 기울여 감춰진 소설의 중심부를 찾습니다. 파묵의 생각에 공감하시겠습니까?

파묵의 소설 『순수박물관』은 집착적으로 보이지만 순수한 사랑에 빠진 케말이라는 남자 주인공의 행동과 느낌을 주제로 한 이야기입니다. 『순수박물관』을 읽은 독자들은 "파묵 씨, 당신은 이 모든 것들을 정말로 경험했나요? 파묵 씨, 당신이 케말인가요(40쪽)?"라고 질문했다고 합니다. 소설에서는 소설가 파묵을 만난 케말이 자신의 이야기를 소설로 구성해달라고 요청하는 장면이 있는데도 말입니다. 주인공 케말의 사랑 이야기를 실감 나게 그렸기 때문에 독자들은 파묵의 자전적 소설이라고 믿었다고 합니다.

밀란 쿤데라는 『참을 수 없는 존재의 가벼움』에서 "소설은 작가의 고백이 아니라 함정으로 변한 이 세계에서 인간 삶을 찾아 탐사하는 것이다.”라고 했습니다. 또한 “내 이력서 속 자아로부터 그 어떤 인물도 도출되지 않았다. 내 소설의 인물들은 실현되지 않은 나 자신의 가능성이다. (『참을 수 없는 존재의 가벼움』, 355쪽 민음사)”라고 고백하였습니다. 즉 자신의 경험을 소설로 그려내고 있지는 않다는 이야기입니다. 그런가 하면, 마르셀 프루스트는 “우리의 사념, 우리의 생활, 곧 실재를 구성하는 것은, 서서히 기억에 의하여 보존된 일련의 부정확한 인상의 사슬인 바, 거기엔 우리가 실제로 겪은 바가 하나도 남아 있지 않다. 그런데 이른바 ‘체험’의 예술이란, 이와 같은 허위를 재현시킬 뿐이다(『잃어버린 시간을 찾아서 11; 되찾은 시간』, 국일미디어, 289쪽).”라고 하였습니다. 기억의 불확실성을 짚으면서도 기억에서 더 멀어져 가는 실재를 재발견, 재파악하여 우리에게 인식시킬 필요성을 소설의 기능으로 강조합니다.

파묵은 소설 『순수박물관』에서 퓌순의 아버지 타륵 씨의 벽시계를 꼬투리로 하여 시간과 기억의 관계를 설명합니다. “아리스토텔레스는 「자연학」에서 ‘지금’이라는 하나하나의 순간들과 ‘시간’을 구분한다. 아리스토텔레스의 분자처럼, 이 하나하나의 순간은 나뉠 수 없고 쪼개질 수 없다. 시간은 이런 나뉠 수 없는 순간들을 합친 선이다(『순수박물관』, 35쪽).” ‘순간’이 쌓여 만들어진 시간이 바로 기억이라는 것이고 사랑하는 이에 대한 기억이 흐려지게 될 것을 우려하여 박물관을 만들게 되었다고 합니다. 박물관이나 소설은 기억을 보완하는 장치라는 것입니다. 이와 같은 시간과 기억의 관계는 마르셀 프루스트의 『잃어버린 시간을 찾아서』에서도 읽을 수 있습니다.

파묵은 “작가는 자신을 소설 속 인물의 위치에 놓고 탐색하고 상상력을 발휘해 나가면서 자신이 서서히 변해 가는 과정을 발견(73쪽)”하는 것이라고 설명합니다. 즉 작가는 주인공과 자신을 동일시하려고 최대한 노력을 기울이게 된다는 것입니다. 등장인물들이 주변 풍경과 사건과 배경에 녹아들어 있는지가 더 중요하다고 합니다. 소설의 주인공이 거대한 풍경 속에서 배회하고, 머물고, 한데 뒤섞여 그 일부가 되는 순간, 그는 불멸의 존재가 된다는 것입니다. 밀란 쿤데라가 소설 『불멸』에서 괴테를 빌려 정의한 불멸의 존재와 일맥상통합니다. “여기서 괴테가 말하는 불멸은 영혼 불멸에 대한 믿음과는 아무 상관이 없다. 여기서 말하는 것은 다른 불멸, 사후에도 후세의 기억 속에 살아남는 자들의 세속적인 불멸이다(『불멸』, 81쪽, 민음사).”

자존감, 차별화 의식, 정치 등을 화두로 한 소설 속의 박물관이 가지는 기능에 대한 저자의 생각에도 공감되는 점이 많습니다. “소설과 박물관의 목적은, 우리의 기억을 진심으로 설명하여 우리의 행복을 다른 사람들의 행복으로 만드는 것(『순수박물관2』, 113쪽, 민음사)”이라는 대목입니다. 아마도 소설 『순수박물관』이 탄생한 배경에 대한 설명으로 볼 수도 있을 것입니다. 박물관은 사라져 가는 사물을 보존하여 후세에 전하는 기능을 가지고 있습니다. 박물관과는 전혀 연관성이 없을 듯한 소설은 일상에서 일어나는 현상을 작가의 눈을 통하여 언어의 형태로 보존하는 역할을 하게 되는 것입니다. 작가는 순수박물관의 주인공 케말을 기획하는 과정에서 5,723곳의 박물관을 직접 방문하였다고 합니다. 그 가운데는 프랑스 일리에콩브레에 있는 마르셀 프루스트 박물관이 있습니다. 프루스트의 『잃어버린 시간을 찾아서』를 읽다 보면 프루스트가 당시 프랑스 사교계에서 화제가 되었던 사건들을 다룬 방식은 물론, 살롱에 드나드는 인물들의 의상에서부터 말투 등등 상상할 수 없을 정도로 광범위한 문화적, 사회적 현상들을 기록하였던 것입니다.

차별화 의식을 설명하면서 프루스트의 『잃어버린 시간을 찾아서』를 자랑스럽게 꺼내 들어 읽었다는 이스탄불 공과대학의 신입생 이야기를 읽으면서 저 역시 이 책을 읽으면서 주변을 의식했었다는 생각이 떠올라서 저도 모르게 웃음을 깨물고 말았습니다. 국일미디어 판으로 읽었던 『잃어버린 시간을 찾아서』를 민음사 판으로 읽으면 또 다른 느낌을 얻을 것으로 기대하고 있습니다.

마지막으로 소설의 '중심부'에 대한 설명입니다. "중심부는 삶에 대한 심오한 관점, 일종의 통찰입니다. 깊은 곳에 있는 실재 또는 상상의 신비로운 어떤 지점입니다. 소설가들은 이 지점을 탐색하고 그곳이 함축하는 바를 찾아내기 위해 소설을 씁니다(147쪽)."라고 정의합니다. 소설의 중심부는 작가가 처음 소설을 쓰도록 이끄는 직감, 사고, 지식의 영향을 받기 마련입니다. 따라서 소설을 읽어나가다 보면 작가가 의도하는 중심부가 독자에게 전달되는데, 그 형식이 정해져 있는 것은 아닙니다. 따라서 중심부를 일찍 드러내어 독자들로 하여금 집중하게 만들 수도 있고, 이야기가 진행되면서 중심부가 옮겨지는 반전에 반전을 거듭하는 경우도 있습니다. 저자는 보르헤스가 쓴 『모비딕』에 대한 글을 인용하고 있습니다만, 저는 오히려 작가의 대표작 『순수박물관』에서 중심부가 반전에 반전을 거듭하고 있다는 점을 들고 싶습니다. 『순수박물관 1』에서는 제가 '약혼녀가 아닌 여성과의 관계가 순수할까?'라는 독후감의 제목을 달 정도로 순수해 보이지 않은 케말의 행적을 볼 수 있었습니다. 반면 『순수박물관 2』에서는 작가의 의도가 드러나 케말의 지순한 사랑이 제자리를 찾아가고 퓌순의 마음을 다시 얻는 데 성공합니다. 그런데 소설의 중심부는 다시 반전해서 순수박물관으로 대상이 옮겨간다는 정도로 정리해보았습니다.

정리를 해보면 독자가 소설을 읽으면서 작가의 뜻을 제대로 읽고, 더 나아가, 발전된 해석을 할 수 있도록 유념할 점들이 잘 설명되어 있다고 생각합니다. 또한 소설 읽는 즐거움을 중심부를 찾는 노력에서 시작할 수 있다는 좋은 작품들을 소개하였습니다. 앞으로의 책 읽기에 참고할 수 있는 덤을 얻었다는 점도 말씀드립니다. (라포르시안: 2012년 10월 15일)

42 마키아벨리(김상근, 21세기북스)

마키아벨 리가 약자들의 수호성자였다고요?

이 글을 쓸 무렵 [EBS 인문학 특강] 공개강좌에 참석했습니다. 연세대학교 신학대학의 김상근 교수님이 진행하시는 '인문의 시대, 르네상스'입니다. [EBS 인문학 특강] 연작의 마지막 공개강좌였습니다. 이렇게 좋은 강좌가 있다는 것을 너무 늦게 알았던 것이 아쉬웠습니다. 그날 공개강좌에서는 르네상스 미술을 완성한 엘 그레코와 카라바조의 미술 세계와 르네상스의 절정기를 살았던 마키아벨리의 삶과 철학이 주제였습니다.

김 교수님은 강의의 첫 번째 주제였던 화가 엘 그레코와 카라바조의 이름이 생소할지도 모르겠다고 걱정하셨습니다. 그리고 준비해 오신 작품들을 직접 보여주시며 두 화가에 대하여 설명하였습니다. 덕분에 그림에 문외한인 저도 작품에 담긴 화가의 뜻과 르네상스 미술의 특징을 조금은 이해할 수 있었습니다. 그림 이외에도 두 화가들의 발자취를 따라 직접 다녀오신 그리스의 크레타섬과 이탈리아의 베네치아와 피렌체 등, 그리고 스페인의 톨레도에 이르기까지 현장의 모습을 곁들인 르네상스 미술에 대한 설명을 통해 많은 것들을 이해할 수 있었습니다.

두 번째 주제, 마키아벨리는 솔직하게 말씀드려 생소했습니다. 마키아벨리가 쓴 그 유명한 『군주론』을 아직 읽어보지 않았기 때문이었습니다. 그때까지만 해도 그저 '국가를 유지하고 발전시키기 위해서는 어떠한 수단이나 방법도 허용된다는 국가 지상주의적 정치사상'을 마키아벨리즘이라고 부른다는 정도로만 알고 있었습니다. 그래서 마키아벨리가 약자들의 수호성자였다는 김상근 교수님의 재해석이 당혹스러우면서 참신하다고 생각했습니다.

김상근 교수님께서 마키아벨리에 대하여 연구를 하게 된 동기는 한 마디로 '괘씸하다'라는 이유였다고 합니다. 마키아벨리는 1469년 피렌체에서 태어나 르네상스 시대의 절정기를 살다가 1527년 사망하였습니다. 미켈란젤로와 레오나르도 다빈치와는 같은 시대에 같은 도시에서 살았던 것입니다. 그런데도 그가 남긴 그 많은 문장 가운데 피렌체예술이나 르네상스 예술가에 대한 언급이 없었다는 사실이 김상근 교수님은 이해되지 않았다고 합니다. 그래서 마키아벨리에 관한 기록은 물론 그가 살았던 피렌체에서부터 그의 족적이 남아 있는 길을 모두 뒤쫓았습니다. 그 결과 『군주론』에 담은 마키아벨리의 진심이 왜곡되어 전해진 것으로 생각하게 되었다는 것입니다. 즉 마키아벨리는 힘과 권력을 가진 강자에게 권모술수를 가르치는 음흉한 참모라는 평판이 누명이었다는 결론입니다.

김상근 교수님은 마키아벨리의 민낯을 이렇게 정리합니다. "지금까지 우리가 알고 있었던 마키아벨리는 진짜가 아니다. 마키아벨리의 정수를 이해하지 못하던 신학자들, 사회과학자들, 처세를 가르치는 사람들이 제멋대로 그를 해석해왔고, 그의 심오한 사상을 무자비하게 난도질해 온 것이다. 마키아벨리는 그런 사람이 아니다. 그는 착한 심성을 가진 선량한 사람이었고, 르네상스 정신의 근간을 제공했던 인문학의 정수에 도달한 탁월한 인문학자였으며, 무엇보다 이 세상 모든 약자들을 품에 안으며, '울지마라, 인생은 울보를 기억하지 않는다'라고 위로하고 격려하던 약자들의 진정한 수호성자였다(6~7쪽)."

니콜로 마키아벨리는 피렌체의 명망가 집안에서 태어났습니다. 하지만 법률가였던 아버지의 파산으로 힘든 어린 시절을 보냈습니다. 훗날 그는 '즐거움 이전에 인고(忍苦)를 먼저 배워야 했다'라고 고백할 정도였습니다. 그의 아버지 베르나르도는 리비우스의 『로마사』를 얻기 위하여 아홉 달 동안 색인 작업에 매달리는 힘든 노력을 기울였습니다. 그러고도 포도주 세 병과 식초 한 병을 건넨 끝에 책을 제본할 수 있었습니다. 그의 서재에는 로마 역사가 리비우스의 전집, 로마의 문법학자 마크로비우스의 책, 천문학자 프톨레마이오스의 책, 로마를 대표하는 자연 과학자 대(大) 플리니우스의 책을 비롯하여 당대 최고의 인문학자가 쓴 아리스토텔레스의 주석서 등이 소장되어 있었습니다.

어쩌면 베르나르도의 파산은 변변치 않은 수입에도 불구하고 값이 만만치 않은 책들을 구입한 것이 원인이었을 것 같습니다. 하지만 베르나르도의 풍성한 서재가 아들 마키아벨리의 인문학적 소양의 바탕이 되었을 것이라고 짐작하기 어렵지 않습니다. 마키아벨리의 이런 배경에서 조선 시대의 선비의 모습이 읽히는 것은 저만의 생각일까요? 요즘 같으면 집안 살림에 관심 없는 남편이라고 해서 쫓겨났을 것 같습니다. 조선 시대의 선비나 이탈리아의 학자들은 좋은 시절을 살았던 모양입니다.

마키아벨리는 자신의 영혼보다도 피렌체를 사랑했고, 너그러웠으며 기본적으로 신앙심이 깊은 사람이었습니다. 그런 그가 간교하고 권모술수에 능한 사람으로 매도된 특별한 이유가 있습니다. 『군주론』에서 국가를 통치하는 데 필요한 덕목을 강한 용어로 설명한 것이 직접적인 원인이었습니다. 특히 이탈리아적인 것에 대하여 부정적인 프랑스사람들에 의하여 만들어진 '마키아벨리즘'이라는 단어가 미친 영향이 컸습니다. 피렌체공화국에서 제2 서기관으로 종횡무진 활약하던 마키아벨리는 스페인과 결탁한 교황청의 음모로 공직에서 쫓겨나게 됩니다. 마키아벨리가 복귀한 메디치 가문에 헌정한 『군주론』은 일종의 취업제안서였습니다. 군주론에 담긴 내용은 체사레 보르자가 이탈리아 공국을 세워가는 과정을 지켜보면서 이상적인 군주의 모습에 대한 영감을 얻었던 것일 뿐, 보르자를 이상적 군주로 보았던 것은 아니었습니다.

김상근 교수님은 『군주론』 제3장의 내용이 마키아벨리의 진정성을 왜곡하는 대표적인 부분이라고 했습니다. "어쨌든 알아 두어야 할 것은, 대중이란 머리를 쓰다듬거나 없애버리거나 둘 중의 하나를 택해야 한다는 것이다. (…) 타인에게 해를 가할 때는 보복의 우려가 없도록 해야 한다(219쪽)." 하지만 이런 상황도 그 전제조건을 알게 되면 생각이 달라질 것이라고 했습니다. 즉 "언어, 풍습, 제도가 다른 지역의 영토를 지배할 때는 여러 가지 문제가 따르게 마련인데, 그것을 유지하는 데 많은 노력과 함께 행운이 따라야 한다."라는 논지 끝에 나온 말이라고 합니다. 하지만 이민족을 통치하는 데 있어 강압적인 방법을 써야 한다는 생각이 과연 옳을까요?

당시 이탈리아는 도시국가들이 난립하여 경쟁하고 있었습니다. 마키아벨리는 통일 이탈리아를 끌어낼 강력한 지도력을 가진 군주상을 『군주론』에 담았던 것입니다. 마키아벨리는 권좌에 복귀한 메디치 가문의 수장 로렌초 데 메디치에게 자신의 『군주론』을 헌정하였습니다. 당신을 도와 피렌체가 이탈리아를 통일하는 위대한 과업에 참여하고 싶다는 염원을 담았을 것입니다. 『군주론』의 서문에서 "군주의 은총을 받으려는 사람은 군주가 받아서 기쁜 선물을 가져가는 것이 관습인데, 자신도 '전하에 대한 보잘것없는 충성의 표시를 가지고 찾아뵙고' 싶다고 애걸"하였던 것입니다. 하지만 로렌초 데 메디치는 마키아벨리의 역작을 거들떠보지도 않았습니다.

김상근 교수님은 이탈리아의 지정학적 위치와 르네상스 시절의 시대적 상황을 강의 당시 우리나라의 정치적 상황과 비교하였습니다. 시대는 영웅을 요구하고 있지만, 운명은 마키아벨리나 우리 국민 편이 아닌 것 같다는 안타까움이 배어있다고 할까요? 우리나라의 현 상황을 500년도 넘은 르네상스 시대의 이탈리아와 비교하는 것보다는 당시 이탈리아의 상황과 비슷한 춘추전국시대의 중국을 비교해보는 것이 더 적절하지 않을까 싶습니다. 도시국가가 난립하던 이탈리아와 춘추전국시대 중국의 사회상에서 유사한 점이 있을 것 같습니다. 또한 이상주의적인 국가를 추구한 사람으로 공자를 마키아벨리와 대비시켜 비교해보는 것도 좋지 않을까 싶습니다. 두 사람이 추구했던 바나 인생행로에서 역시 비슷한 점도 있을 것 같고, 차이점도 있을 것 같습니다.

마키아벨리가 『군주론』을 통해서 피력하고 있는 이상주의적인 군주상은 "원래 인간은 은혜도 모르고, 변덕이 심하며, 위선자인 데다 뻔뻔스럽고, 신변의 위험을 피하려고만 하고, 물욕에 눈이 어두워지기 마련이다(157쪽).”라고 인간의 본성이 악하다는 견해를 기조로 하였습니다. 반면 공자 사상의 근간이 되는 유교에서는 “인간은 교화(敎化)와 발전이 가능하고 개인적 · 사회적 노력을 통해 완벽하게 될 수 있다.”라고 보고 있으니 마키아벨리의 견해와는 차이가 있다고 보겠습니다.

공자는 스스로를 ‘옛것을 살려 새로운 것을 알게 하는(溫故而知新)’ 일의 전수자라고 했습니다. 요새 말로 치면 바로 인문학에 정통하였다고 하겠습니다. 마키아벨리와 통하는 점입니다. 옛것은 배움을 통하여 익힐 수 있는 것입니다. 배우는 이유는 자신을 발전시켜 실현하는 것입니다. 공자는 사람이 살아가는 도리를 널리 펼치기 위하여 요즘으로 치면 정치판이라고 할 공직에 참여하기를 희망하였습니다. 공자는 50세를 전후하여 고국 노나라에서 최고위직에 오르기도 했습니다. 하지만 그의 도덕적 엄정성과는 다른 생각을 하는 왕의 측근들과는 잘 어울릴 수 없었습니다. 자신의 고결한 정치철학을 실현할 수 있는 나라를 찾아 천하를 주유해야 했습니다. 하지만 어디에서도 이상향을 찾지 못하고 고향으로 돌아와 제자들에게 자신의 사상을 전하게 됩니다.

마키아벨리 역시 한때 유럽 각국을 누비며 놀라운 통찰력으로 피렌체의 위상을 끌어올리는데 이바지한 유능한 외교관이었습니다. 하지만 바뀐 정국에서 변신의 계기를 찾아내지 못하고 권력으로부터 멀어지고 말았습니다. 그 역시 자신의 처지를 깨닫고 고향 산탄드레아에 머물면서 『로마사 논고』 등의 저술 작업과 루첼라이 정원 모임을 통하여 젊은이들을 가르쳤습니다. 공자의 삶과 마키아벨리의 삶에서 닮은 점이 적지 않다는 생각이 드는 부분입니다. 하지만 공자는 제환공이 관중의 권고에 따라 9차례에 걸쳐 제후들을 규합하여 동맹을 맺되 무력을 쓰지 않은 구합제후(九合諸侯)의 사례를 칭송한 바 있습니다. 무력과 간교함과는 거리를 두었던 공자의 철학은 마키아벨리의 정치철학과는 거리가 있었음이 분명합니다.

마키아벨리의 새로운 면모를 찾기 위한 책 읽기가 필요하다는 생각을 하게 되었으니 이제는 그의 『군주론』을 읽어도 좋을 것 같습니다. (라포르시안: 2013년 7월 29일)

43 밀란 쿤데라 읽기(박성창 등, 민음사)

향수, 느림, 농담, 그리고 참을 수 없는 존재의 가벼움

2012년 여름, 홍대 앞에 있는 가톨릭청년회관 CY 씨어터에서 열린 독서 대담회(book concert)에 참석했었습니다. 영화평론가 이동진 님과 문학평론가 강유정 님께서 같이 진행한 이날 행사에서는 밀란 쿤데라의 『참을 수 없는 존재의 가벼움』을 다루었습니다. 이동진 님은 『참을 수 없는 존재의 가벼움』을 바탕으로 1989년에 만든 영화 『프라하의 봄』의 한 장면을 소개하였고, 강유정 님은 쿤데라의 작품 가운데 인상적인 대목을 낭독했습니다. 무대는 두 분이 주고받는 이야기들로 끊임없이 채워졌습니다. 덕분에 책을 읽을 때는 미처 몰랐던 부분을 일깨울 수 있었습니다. 이날 행사를 계기로 민음사에서 출간한 밀란 쿤데라 작품을 모두 읽는 전작 읽기로 이어졌습니다.

쿤데라의 작품을 읽고 너무 어렵다고 하시는 분이 많습니다. 저도 그런 사람 가운데 하나입니다. 아마도 작품 말미에서 흔히 볼 수 있는 해제나 작품해설이 없기 때문은 아닐까요? 책 읽는 이가 온전히 혼자서만 느껴야만 하는 것도 크게 한몫을 하는 것 같습니

다. 쿤데라 전작출판을 기획하신 방미경 님은 "쿤데라처럼 본인의 작품에 해설이 실리는 것을 원치 않고, 잘못된 설명이나 사견이 개입되어 자신의 소설이 곡해되는 것을 싫어하는 작가(박성창 외 지음, 『밀란 쿤데라 읽기』, 192쪽, 민음사)"라면 상대하는 것이 참 무섭다고 고백하고 있습니다. 『밀란 쿤데라 읽기』는 그의 작품에 관심을 두고 있지만 쉽게 엄두를 내지 못하는 분들에게 도움이 될 것 같습니다.

『밀란 쿤데라 읽기』는 크게 작가에 대한 글과 그의 작품에 대한 글로 나뉘어 있습니다. 김연경, 정여울, 정혜윤, 김미래 님들이 쿤데라의 작품세계에 대한 글을 쓰셨고, 두 편의 대담을 기록한 글이 같이 포함되어 있습니다. 예술의 구성에 대한 살몽과 쿤데라의 대담, 그리고 작품세계에 대한 박성창 교수님과 쿤데라의 대담입니다. 그의 작품들에 대해서는 이번 전작 출판기획에서 번역을 맡아주셨던 분들이 쓰셨습니다. 다만 꼭 한 분 『참을 수 없는 존재의 가벼움』과 『정체성』을 번역하신 이재룡 교수님을 대신하여 『참을 수 없는 존재의 가벼움』은 크베토슬라프 흐바틱의 글을 박진곤 님의 번역으로, 『정체성』은 김병욱 님께서 쓰신 글을 실었습니다.

민음사에서 기획한 밀란 쿤데라 전집은 『농담』에서 『향수』까지 열 권의 장편과 단편집, 『소설의 기술』에서 『만남』까지 네 권의 수필집 그리고 마지막으로 희곡 『자크와 그의 주인』으로 구성되어 있습니다. 쿤데라의 전집으로 나온 책들에는 "체코슬로바키아에서 태어났다. 1975년 프랑스에 정착하였다."라는 작가 소개말이 전부입니다. 김영경 교수님께서는 이 점에 대하여 "아무리 문학 작품의 독자성을 고집한다고 할지라도 너무 인색한, 심지어 무례한 소개가 아닐 수 없지만 한편으로는 저 두 줄에 소설가 쿤데라의 정체성이 압축된 셈(32쪽)"이라고 정리하였습니다.

프랑수아 리카르는 쿤데라의 창작 도정을 세 개의 시기로 구분하였습니다. 첫 번째 주기는 『농담(1967)』에서 『삶은 다른 곳에(1973)』로 이어지는 '체코 시기'입니다. 작품 소재를 주로 체코라는 국가의 틀 안에서 찾았던 시기입니다. 두 번째 시기는 『웃음과 망각의 책(1979)』, 『참을 수 없는 존재의 가벼움(1984)』, 『불멸(1990)』로 이어지는 '중간 시기'입니다. 종래의 국가적 틀에서 벗어나 국제적 독자를 겨냥하여 작품을 쓴 시기입니다. 마지막 세 번째 시기는 『느림(1994)』, 『정체성(1997)』, 『향수(2000)』로 이어지는 '프랑스 시기'입니다. 그가 애용해온 7부 구성 형식을 버리고 새로운 형식에 프랑스어로 글을 쓴 시기입니다. 중간 시기의 마지막 작품 『불멸』을 발표한 뒤에 쿤데라는 잠시 문학적 위기를 맞았습니다. 작품들이 작가의 삶의 여정을 비추는 거울이라고 본다면 그의 작품의 방향은 그의 생각이 변화하는 과정을 나타내고 있습니다.

사실 쿤데라의 삶을 보면 언제나 팽팽한 긴장감 속에서 살아야만 했구나 싶습니다. 『농담』에서 서술한 것처럼, 학업에 정진할 무렵 '반공산당 활동'을 했다는 이유로 공산당에서 쫓겨난 것이 첫 번째 겪은 시련이었습니다. 그 뒤로 입당과 탈당을 반복하는 과정을 『농담』에서 그렸습니다. '프라하의 봄'을 맞아 활동을 재개하려는 순간 소련군의 침공으로 다시 위축되고 말았습니다. 결국은 프랑스로 망명을 떠나야 했습니다. 방랑하는 운명에 몸을 맡겨야만 했으니, 쿤데라의 삶은 언제나 불투명했을 것입니다. 특히 프랑스로 이주한 초기에는 마치 비탈에 서 있는 것 같은 느낌으로 살지 않았을까 싶습니다.

니체가 『차라투스트라는 이렇게 말했다』에 적은 '비탈에 선 느낌'은 아주 실감납니다. "무서운 것은 산꼭대기가 아니라 비탈이다! 눈길을 아래쪽으로 급전직하하고 손은 위를 향하여 내뻗는 비탈. 여기서 마음은 자신의 이중의지 때문에 현기증을 일으킨다. (…) 눈길은 높은 곳으로 치솟아 올라가고 내 손은 심연을 붙든 채 그 위에 몸을 지탱하고자 하는 것. 이것이, 바로 이것이 나의 비탈이며 나의 위험이다(프리드리히 니체 지음, 『차라투스트라는 이렇게 말했다』. 253쪽, 민음사, 2004년)!"

살몽과의 대담에서 쿤데라 작품의 뼈대를 헤아려 볼 수 있습니다. 물론 책을 읽을 때는 미처 깨닫지 못했던 부분입니다. 쿤데라의 소설은 쇤베르크의 '일련의 음표들'과 유사하게 몇몇 기본 단어에 기초한다고 합니다. 예를 들면, 『웃음과 망각의 책』에서는 망각, 웃음, 천사, '리토스트', 경계선 같은 주된 다섯 단어들이 줄곧 분석되고 연구되어 정의되면서 마침내 실존의 범주로 변환된다는 것입니다. ('리토스트(Litost)'란 체코 단어는 우리말 '정(情)'처럼 다른 나라의 말로 뜻을 정확하게 옮기기 어렵다고 합니다. 마치 아코디언을 늘리듯 무한한 느낌을 나타내면서도 비탄, 동정, 후회, 말할 수 없는 그리움과 같은 감정이 모두 뭉뚱그려진 말이라고 합니다.) 쿤데라의 소설은 집 한 채가 몇 개의 기둥 위에 세워진 것처럼 이와 같은 몇 개의 범주 위에 세워지게 된다는 것입니다. '소설의 건축학적 구상'이라는 것이고, 그런 이유로 작품이 일곱 부분으로 구성되는 것이 당연하다는 생각을 가졌다는 것입니다.

또한 그의 작품 속에 수학적 질서가 있다는 사실도 『밀란 쿤데라 읽기』를 통하여 알게 되었습니다. 체코의 한 비평가가 '『농담』의

기하학’이라는 글을 통하여 분석해냈습니다. 이 점에 대하여 쿤데라는 “저는 소설을 부로 나누고, 부를 장으로 나누고, 장을 다시 단락으로 나누는 것, 다시 말해 소설의 분할을 명확하게 하려고 합니다. 일곱 부는 각기 그 자체로 하나의 전체입니다. 각각의 것들은 나름대로 고유한 서술 유형에 따라 특징지어지죠. (…) 또한 각기 고유한 길이가 있지요. 『농담』의 길이의 순서는 아주 짧음, 아주 짧음, 김, 짧음, 김, 짧음, 김이죠(66쪽).”라고 말합니다. 또한 이러한 특성을 베토벤의 사중주 곡 「op. 131」과 비교하기도 합니다. 음악가였던 아버지로부터 이어진 음악적 재능이 자연스럽게 소설에 녹아든 것으로 보입니다.

『소설의 기술』에서 『만남』까지 네 권의 수필집의 성격에 대하여 김영경 교수님은 다음처럼 정리하였습니다. “대체로 그의 소설 관련 에세이는 르네상스와 18세기(세르반테스, 라블레, 스턴), 19세기-근대(발자크, 플로베르, 톨스토이, 도스토옙스키), 끝으로 그의 스승-선배격 거장들(프루스트, 카프카, 무질, 브로흐)을 아우르며 어지간한 소설론을 무색하게 할 정도로 정치하다. 이른바 쿤데라 사전이 정의하는 ‘소설’은 ‘작가가 실험적 자아(인물)를 통해 실존의 중요한 주제를 끝까지 탐사하는 위대한 산문 형식’이다. 인간 존재의 네 영역 혹은 요구(‘유희’, ‘꿈’, ‘사고’, ‘시간’)를 담아내는 장르이기도 하다(34쪽).” 그의 수필에 담긴 이런 힘은 어쩌면 학부에서 공부한 미학의 내공이 우러나온 것이 아닐까 싶습니다. 그의 에세이들을 읽다보면 그가 인용한 작품들을 읽어봐야겠다는 생각이 들었습니다.

박성창 교수님은 쿤데라와의 대담에서 『참을 수 없는 존재의 가벼움』과 『향수』를 대비시킬 수 있느냐고 물었습니다. 『참을 수 없는 존재의 가벼움』에 조국을 떠나야만 했던 인물들의 이야기를 담았다면, 『향수』에서는 프라하로 돌아가는 사람들의 이야기를 담았기 때문입니다. 특히 『향수』에서는 『농담』과 『웃음과 망각의 책』에서 주제가 되었던 기억과 망각을 다루게 된 동기를 적었습니다. 쿤데라는 기억은 무엇인가, 기억의 능력은 무엇인가, 인간에게 기억 능력은 너무나도 미약한 것이 아닐까, 기억은 망각의 한 형태는 아닐까 하는 점을 짚어보려 했다고 답했습니다.

박 교수님은 프루스트와의 차이점을 다시 물었고, 쿤데라는 다음과 같이 답했습니다. "프루스트는 잃어버린 시간을 찾을 수 있다는 생각에서 출발하고 기억을 통해 되찾은 삶의 행복과 희열을 노래하지요. 하지만 저는 그와는 다르게 생각합니다. 우리가 기억 속에 떠올리는 것은 생생한 실재가 아니라 오히려 그 부재의 모습이 아닐까 합니다. 실재가 아니라 실재의 환영(illusion)이라고나 할까요. 저는 이번 소설에서 조제프라는 인물을 통해 주로 이러한 부재, 실재의 환영, 그리고 이러한 '환'의 '멸', 즉 환멸(dés-illusion)을 이야기하고 싶었습니다(86쪽)."

프루스트는 오감이 촉발시켜 돌발적으로 떠오르는 무자의적 기억은 자의적 기억과는 달리 진실한 것이라는 전제를 바탕으로 잃어버린 기억을 되찾으려고 합니다. 과자 냄새, 수저가 접시에 부딪혀서 나는 달그락거리는 소리, 자동차의 휘발유 냄새 등을 통해 촉발되는 무자의적인 기억이 등장인물들을 과거로 이끌어가는 안내자가 됩니다. 그리고 등장인물들은 과거에 대한 의식에서 행복감을 맛보는 것입니다. 하지만 삶의 체험이란 것은 오랜 시간의 망각 속에서

숙성되는 것입니다. 그리고 새롭게 일깨워진 무자의적인 기억은 변화된 상태로 기억됩니다. 그렇기 때문에 무자의적인 기억은 망각을 전제로 하는 셈이라는 점을 기억해야 하겠습니다.

처음 가보는 곳이라도 상세한 지도와 안내서가 있으면 문제없이 돌아볼 수 있는 것처럼, 『밀란 쿤데라 읽기』는 쿤데라의 작품세계를 상세하게 설명하는 안내서입니다. 개인적으로는 선입견이 생기는 것을 피하려고 책을 먼저 읽고 작품해설을 읽는 편입니다. 하지만 때에 따라서 해설을 먼저 읽는 것이 도움이 될 수도 있습니다. 그렇다면, 『밀란 쿤데라 읽기』에서 출발해서 『소설의 기술』에서 『만남』까지 네 권의 수필집을 읽은 다음에 『농담』에서 『향수』까지 소설들을 읽으면 좋을 것 같습니다. (라포르시안: 2013년 12월 23일)

44 샐린저 평전(케니스 슬라웬스키, 민음사)

호밀밭의 파수꾼'은 죽음을 믿지 않았다…

제롬 데이비드 샐린저의 대표작 『호밀밭의 파수꾼』은 우리 청소년들에게 필독서로 추천되는 책입니다. 1951년 출간되어 대중의 관심을 모았던 책이 꾸준하게 주목을 받는 데는 나름대로 이유가 있을 것입니다. 민음사의 세계 문학 전집의 하나로 나온 책에는 작가의 이름과 책 제목만 적혀있을 뿐이었습니다. 추천의 글이나 옮긴이의 해설, 심지어는 작가의 연보마저도 생략되었습니다. 읽는 이에게 도움이 될 만한 것이라고는 눈곱만큼도 찾아볼 수 없는 불친절한 편집입니다. 읽는 이의 이해를 돕기 위한 최소한의 안내는 필요한 것 아닐까요?

위키 백과사전은 『호밀밭의 파수꾼』의 줄거리를 다음과 같이 요약하였습니다. "이 책은 크리스마스 휴가 바로 전에 펜시 고등학교에서 쫓겨난 홀든의 72시간, 3일의 생활을 다룬다. 이미 여러 학교에서 쫓겨났고 부모님을 마주 대하고 싶지 않았기 때문에 홀든은 학교를 일찍 떠나고 뉴욕 시에서 홀로 며칠을 보내기로 하지만, 뉴욕에서 자신의 꿈을 찾지 못한 채 서서히 미치광이가 되어버린다.

끝에서 독자는 홀든이 자신의 심리학자와 이야기를 나누는 것을 알게 된다.” 그런데 소설의 앞부분에 “이건 전부 형인 D. B에게 털어놓았던 이야기이다. 형은 할리우드에서 살고 있다. 그곳은 이 지저분한 곳에서 그다지 멀지 않았고, 형은 주말마다 나를 만나러 오곤 했다(10쪽)”라는 내용이 있고, 마지막 부분에는 ‘이 병원에 있는 정신과 전문의가 많은 것을 묻고 있다’라는 내용이 나옵니다. 이 점으로 보아 홀든은 지난해부터 형이 사는 할리우드 부근에 있는 정신병원에 입원하여 치료받았던 모양입니다.

제가 정신과는 잘 모르지만 이야기가 진행되는 2박 3일 동안 홀든의 행적은 정신과적으로 문제가 없어 보였습니다. 퇴학 사실이 집으로 알려지게 되면 아버지로부터 야단을 맞을 것으로 두려워하였다거나, 학교생활에 잘 적응하지 못하고 반복해서 퇴학을 당했기 때문에 홀든이 정신과 치료를 받게 된 것인지도 모르겠습니다. 일반 질병으로 치료받은 사실도 개인의 이력에 도움이 되지 않을 수도 있습니다. 하물며 정신과 진료 이력은 피하고 싶을 것 같다는 생각이 듭니다. 그런데도 정신병원에 1년 이상 입원치료를 받게 된 배경이 분명하게 설명되지 않고 있는 점이 저에게는 숙제로 남을 것 같습니다.

『호밀밭의 파수꾼』을 읽으면서 가졌던 많은 의문은 『샐린저 평전』에서 답을 구할 수 있을 것으로 기대되었습니다. 1919년 1월 1일 뉴욕에서 태어난 샐린저는 92세에 이르도록 장수하였습니다. 그럼에도 불구하고 1948년부터 1959년 사이에 발표된 1편의 장편 소설과 13편의 단편소설을 발표한 것이 전부입니다. 1965년 이후 새로운 작품을 발표하지 않고, 코니시에 은거하여 살았습니다. 자신의 삶이나 작품에 대한 세인들의 관심을 극단적으로 피했던 것입니다. 그런데도 『샐린저 평전』의 저자 케니스 슬라웬스키는 샐린저가 타계하기 이전부터 그의 삶과 작품을 소개하는 웹사이트를 운영해 왔다고 합니다. 샐린저가 데뷔할 무렵에는 신문과 잡지, 그리고 책이 정보의 흐름을 주도하던 시대였습니다. 따라서 세인의 관심을 벗어나기 위한 샐린저의 노력이 어느 정도는 통할 수 있었을 것입니다. 하지만 인터넷의 발달은 이런 노력이 불가능하게 만들었습니다. 슬라웬스키가 샐린저에 관한 누리망을 7년 동안 유지하고, 그 노력의 결실로 『샐린저 평전』을 낼 수 있게 된 것도 누리망의 확산에 힘입은 바 클 것입니다.

『호밀밭의 파수꾼』이 제롬 데이비드 샐린저의 자전적 소설이라고 흔히 말합니다. 샐린저의 학창 생활은 홀든의 그것과 흡사하기 때문입니다. 1930년대 대공황의 와중에서도 샐린저 가족은 부를 쌓아 사회적 지위를 높여갔습니다. 제롬은 웨스트사이드의 공립학교에서 YMCA가 운영하는 맥버니 학교로 전학하였고, 여기에서 연극에 대한 관심을 이어갔을 뿐 아니라 펜싱부의 주장을 맡기도 했습니다. 『호밀밭의 파수꾼』에 나오는 지하철에서 펜싱 장비를 잃어버리는 일을 직접 겪기도 했습니다. 하지만 학업을 따라가지 못하고 결국은 퇴학처분을 받게 되면서 벨리 포지라는 사관학교로 전학가게 되었습니다. 이곳은 홀든이 다니는 기숙학교의 모형이 되었습니다. 홀든과는 달리 제롬은 벨리 포지를 졸업하고 뉴욕대학교, 어시너스대학교를 거쳐 컬럼비아대학교에서 공부를 했습니다. 특히 컬럼비아대학교에서 『스토리』의 편집자인 휘트 버넷이 가르치는 단편소설 작법 수업과 시인이자 극작가였던 찰스 핸슨 타운의 시수업을 들었습니다. 버넷은 샐린저의 숨은 재능을 발견하였고, 샐린저는 휘트 버넷을 정신적 지주로 삼게 되었습니다.

버넷이 샐린저의 재능을 키워가는 과정도 주목할 만합니다. "휘트 버넷은 샐린저를 응석받이로 대하지 않았다. 자신의 월요일 수업 때 매번 뒷줄에 앉아 있던 청년에게서 문학적 천재성을 발견하고, 곧장 명성을 안겨 준 것이 아니었다는 뜻이다. 버넷은 샐린저 스스로 성공을 찾아가도록 안내했다. 정신적 지주로서 버넷은 자기 제자의 글을 발표하고 싶은 마음이 있었지만, 스승으로서는 자기 제자가 먼저 다른 방법들을 모두 시도해 보기를 바라고 있었다(53쪽)." 멘토가 멘티를 어떻게 키워야 하는지 모범을 보는 것 같습니다. 버넷의 뒷받침으로 샐린저는 1940년 1월 잡지 『스토리』에 「젊은 친구들」이라는 단편을 실었습니다. 이듬해 9월에는 남성 잡지 『에스콰이어』에 「부서진 이야기의 핵심」이 실렸고, 10월에는 그가 목표로 삼았던 『뉴요커』에 「매디슨에서 시작한 작은 반란」을 발표하게 됩니다. 홀든 모리시 콜필드라는 뉴욕 출신의 불만 가득한 청소년이 등장하는 자전적 작품이라고 하였습니다. 『호밀밭의 파수꾼』의 밑그림이 그려진 것입니다.

이 무렵 일본의 진주만 폭격으로 미국이 제2차 세계대전에 휩쓸리면서, 샐린저도 군에 입대하게 됩니다. 이 무렵만 해도 샐린저는 자신의 작품이 잡지에 실릴 수 있도록 다양한 궁리를 하였을 뿐 아니라, 심지어는 자신의 작품을 할리우드에 팔아볼 생각까지 했습니다. 당시에 관심을 두고 있던 유진 오닐의 딸 우나 오닐의 관심을 끌어서 친해지고 싶어서였답니다. 그 무렵 샐린저는 어느 정도 상업주의에 빠져들고 있었는데, 군 복무와 글쓰기를 병행하기에 가벼운 작품을 쓰는 것이 더 쉽고 고료도 좋았기 때문입니다.

1944년 1월 29일 샐린저의 부대는 조지 워싱턴호를 타고 영국의 리버풀에 도착하였습니다. 샐린저는 독일어와 프랑스어를 능숙하게 구사하여 방첩부대에 배속되었습니다. 전투 중 첩보 활동, 사병 대상 안보교육, 점령지 수색, 적군 및 민간인 탐문 등이 임무를 수행했습니다. 그런데 전투가 치열해지다 보면 전장 한복판에 서기도 했습니다. 그럴 때는 전쟁의 참혹한 모습을 고스란히 지켜봐야 했습니다. 참전경험은 그를 변하게 했습니다. 어렸을 때의 섬세한 부분이 사라지면서 더 거칠어졌습니다.

전투와 전투 사이에 작품 쓰기를 계속했습니다. 대학 시절의 은사, 휘트 버넷의 격려가 힘이 되었습니다. 그때까지 단편만 썼던 샐린저가 장편 소설에 도전한 것도 버넷의 격려에 따른 것입니다. 샐린저는 조각조각 나누어서 글을 쓰는 방법을 택하여 길이에 대한 부담을 덜 수 있었습니다. 전체를 엮으면 하나의 장편이 될 수 있는 단편을 쓰는 방식입니다. 전쟁이 끝난 다음 많은 참전용사들이 '외상 후 불안장애'에 시달렸습니다. 샐린저는 스스로 말하지 못하는 모든 참전용사들을 위해 그들의 이야기를 썼다고 했습니다. 특히 1950년 4월 『뉴요커』에 실린 「에스메를 위하여: 사랑과 누추함을 담아」라는 작품은, 제2차 세계대전 후 참전용사들이 겪고 있던 정신적 충격을 시민들에게 알리고, 참전 당사자들에게 경의를 표하고, 그들이 겪고 있는 고통을 극복할 수 있도록 도와주는 사랑의 힘을 이야기했습니다. 그는 글쓰기를 통해 전쟁 경험이 던진 질문들, 삶과 죽음의 문제, 신의 문제, 사람들 사이의 관계를 둘러싼 문제에 대한 답을 찾았던 것입니다. 그 깨달음은 바로 『호밀밭의 파수꾼』의 마지막 문장, "누구에게든, 무슨 이야기든 하지 말기를. 그러면 모든 이들이 그리워지기 시작할 테니까"에 녹아있습니다.

잡지 『뉴요커』는 샐린저의 글에서 문장의 정확함, 특히 자연스럽게 흐르며 소리 내 읽었을 때도 듣기에 좋은 대사를 써내는 능력을 알아보았습니다. 하지만 샐린저가 써낸 많은 단편들은 『뉴요커』를 비롯한 다른 잡지들에서도 거절되기 일쑤였습니다. 이렇게 거절된 작품을 손을 보아 다른 잡지사에 보내는 일이 일상이었습니다. 1944년 휘트 버넷의 격려로부터 영감을 얻은 『호밀밭의 파수꾼』은 1년여의 작업 끝에 1950년 가을 완성을 보았습니다. 그런데 베르너 풀트가 쓴 『금서의 역사』를 보면, 『호밀밭의 파수꾼』이 1951년 런던에서만 출간될 수 있었다고 합니다. 미국에 수입된 책이 더 이상 압수당하지 않게 되자 1958년에서야 뉴욕출판사가 미국판 출간에 나섰습니다. 『샐린저 평전』에서는 1951년 7월 16일 미국과 캐나다에서 동시에 출간됐다고 적었습니다.

이 책이 세계적으로 유명해졌다고 하더라도 미국 내 도덕주의자들의 잣대는 피할 수 없었습니다. 특히 열여섯 살 소년이 지나치게 음란한 언어를 구사할 뿐 아니라 우연히 만난 창녀에게 동정을 잃었다는 부분이나, 술집을 전전하면서 꽤 많은 술을 마시는 등의 행위는 청소년들에게 금지된 사항이었기 때문입니다. 그런 점에서 본다면 『호밀밭의 파수꾼』이 중학교 학생들의 필독도서로 읽도록 권장되고 있는 우리나라의 현실도 돌아봐야겠습니다.

샐린저는 홀든이 어른들뿐 아니라 또래의 젊은이들 역시 속물이라고 경멸하고 스스로를 소외시키려는 것으로 그렸습니다. 그런데도 자신과 같은 위기를 맞을 수 있는 어린이들을 보호하는 역할,

즉 어린이들의 순수함을 지켜줄 호밀밭의 파수꾼이 되고 싶다는 희망을 나타냈습니다. 하지만 뉴욕에 도착한 홀든은 자신이 비난하던 어른들의 행동을 따라 하는 모습입니다. 얼핏 보면 어른이 되기 위한 통과의례를 겪고 있는 것으로 오해할 수도 있겠습니다.

작품에서 이중적 구조를 볼 수 있습니다. 예를 들면 위선과 환상을 상징하는 상류층 기숙학교 그리고 부유한 이스트사이드 아파트와 허름한 에드먼드 호텔을 대비시키고 있습니다. 홀든이 하룻밤을 보내는 그랜드 센트럴역 대합실이나 스펜서 선생님 댁의 조촐하고 검소한 집과 동성애적 접근으로 홀든을 놀라게 하는 앤톨리니 선생님의 화려한 아파트 등도 같은 맥락입니다. 이렇듯 대조적인 상황이 교차하는 것은 아직 성장기에 있는 젊은이가 어디를 택해야 할지 혼란을 느끼는 모습을 상징적으로 보여주는 것입니다.

샐린저는 작품을 출판하는 과정에서 유난히 자신의 견해를 앞세워 편집자를 곤혹스럽게 만들었다고 합니다. '프래니와 주니'의 표지에 적은 "작가가 글을 쓰는 동안 익명성을 유지하고 세상의 눈에 띄지 않는 것은, 그에게 두 번째로 소중한 가치일 것 같습니다. 이게 저의 불온한 생각입니다."라는 글을 보면 샐린저가 뉴햄프셔주의 코니시에 은둔하게 된 이유를 알 듯합니다.

『호밀밭의 파수꾼』이 여전히 젊은 세대들에게 관심을 끄는 이유는 의심의 눈초리로 부모세대를 바라보는 그들의 눈에는 홀든이 더 이상 기이하게 보이지 않기 때문입니다. 하지만 신구세대를 가르는 이분법적 접근으로는 조화로운 사회를 이루어낼 수 없을 것입니다. 서로를 이해하기 위하여 어떻게 노력하는 것이 좋은지를 안내하는 작품은 없을까요? (라포르시안: 2014년 2월 17일)

45 덩샤오핑 평전(에즈라 보걸, 민음사)

'능력 갖춘 관리에게 권한과 책임을' 덩샤오핑의 통치술

제가 북경을 처음 방문했던 것은 2005년이었습니다. 그때만 해도 '중국이 빠르게 발전하고 있구나'하는 정도였습니다. 당시만 해도 불과 10년 뒤에 중국이 미국과 어깨를 나란히 하게 될 거라고는 생각도 못 했습니다. 중국은 한때 죽의 장막에 숨겨진 나라라고 했습니다. 철의 장막에 숨겨진 나라 소련과 비교하여 생긴 말입니다. 중국의 문을 열어 개방하고 국가의 체질을 개혁하여 오늘에 이르게 한 핵심인물은 덩샤오핑입니다.

『덩샤오핑 평전』은 미국 하버드대학교의 페어뱅크 센터와 아시아센터의 소장을 지낸 에즈라 보걸 교수가 썼습니다. 동아시아 문제 전문가로 세계적인 명성을 얻은 분입니다. 이 책을 우리말로 옮긴이들은 "이 책은 덩샤오핑에 대한 단순한 평전이나 전기가 아니라 중국 전체 역사에서 한 번도 경험하지 못했던 거대한 변혁기를 단 한 명의 위대한 지도자의 형상을 중심으로 서술하고 있다는 점에서, 덩샤오핑에 대한 기록이면서도 기존의 덩샤오핑 평전 또는 전기에 관한 저작물과 크게 다르다(1092쪽)"라고 하였습니다.

한국어 번역판의 서문에서 저자는 "중국의 변화는 한반도에 큰 영향을 끼쳤다. 중국 변화의 본질을 한국인들이 이해하는 데 이 책이 이바지할 수 있기를 바란다."라고 적었습니다. 현재도 중국은 우리나라에 큰 영향을 미치는 핵심국가 가운데 하나입니다. 따라서 그 속내를 잘 이해할 필요가 있습니다. 오랜 역사를 통하여 중국은 정치, 문화, 사회, 경제 등 모든 방면에서 한반도에 가장 큰 영향을 미친 나라였습니다. 중국에 인접한 민족 가운데 유일하게 우리 민족이 독립을 유지해 온 것이 이채롭습니다. 아마도 문화적으로 맞상대할 수 있었기 때문일 듯 합니다.

『덩샤오핑 평전』은 1,116쪽이나 되는 방대한 분량입니다. 옮긴이들이 정리한 전체의 얼개를 인용합니다. "이 책은 전체 24장으로 구성되어 있는데, 구체적으로 덩샤오핑의 인생 경력, 정상에 오르기까지의 험난한 여정, 덩샤오핑 시대 개막, 덩샤오핑 시대, 덩샤오핑 시대에의 도전, 덩샤오핑의 역사적 위치 등 여섯 부분으로 나누어져 있다. 하지만 본격적으로 덩샤오핑 주도하에 개혁 개방이 시작된 1978년 전후 두 부분으로 나누는 것도 의미가 있을 듯하다."

죽의 장막에 가려져 잘 알려지지 않았습니다만, 중국 공산당의 혁명 1세대를 이끌었던 마오쩌둥은 변덕이 심하고 누구도 믿지 못했다고 합니다. 사실 마오쩌둥은 매력적이고 거시적 안목과 지혜를 갖춘 탁월한 전략가였습니다. 그렇기 때문에 재능 있는 군인 장제스와 대륙을 놓고, 그것도 불리하게 시작한 싸움을 승리로 이끌었던 것입니다. 마오쩌둥은 또한 영리하고 교활한 권모술수의 대가였습니다. 마오쩌둥 같은 스타일의 지도자를 모시려면 불가근불가원(不可近不可遠) 하는 고도의 생존기술이 필요했을 것 같습니다. 반대의견을 내놓는 것은 물론, 과공비례(過恭非禮)라는 말처럼 지나치게 엎드려도 의심을 샀다고 합니다.

마오쩌둥에게 충성을 다한 덩샤오핑도 세 차례나 마오쩌둥의 눈밖에 나서 실각하였습니다. 하지만 사지로 내몰리는 위기를 극복하고 마오쩌둥 사후에 대권을 장악하는 뚝심을 보였습니다. 그래서 오뚝이를 의미하는 부도옹(不倒翁)이라는 별명을 얻었습니다. 덩샤오핑은 위기상황에서 분노하거나, 달아나거나, 포기함으로써 자멸의 길을 밟았던 다른 사람들과는 다른 행보를 취했습니다.

마오쩌둥은 중국 공산당을 이끌고 장제스와의 대결에서 승리를 쟁취하였습니다. 그리고 1949년에는 청나라 말기에 외국에 할양되었던 대부분의 영토를 되찾았습니다. 이후 소련의 도움으로 현대적인 공업건설에 착수하여 1956년에는 안정기에 접어들었습니다.

그런데 1966년부터 마오쩌둥이 사망한 1976년까지 이어진 문화대혁명은 중국을 정체와 혼돈상태로 몰아넣었습니다. 마오쩌둥은 중국 공산당을 지배하는 부르주아 계급의 자본주의와 봉건주의 요소를 제거해야 한다고 주장했습니다. 소련의 수정주의가 중국으로 확산되는 것을 차단하여 이상적인 사회주의 국가를 건설하기 위해서였습니다. 그 결과 자본가와 지주는 물론이고 지식인들까지도 모조리 제거되어 국가운영의 동력이 꺼질 위기에 봉착했습니다.

덩샤오핑은 문화대혁명이 시작되던 1967년부터 1973년까지 장시(江西)로 하방(下放)되었습니다. 그곳에서 지내는 동안 중국사회의 모든 체제에 근본적인 변혁이 필요하다는 생각을 가다듬었습니다. 그러는 한편 마오쩌둥에게 진심을 보여주기 위한 노력을 이어갔습니다. 결국 문화대혁명으로 야기된 사회적 혼란을 정돈

할 임무를 맡게 되었습니다. 덩샤오핑의 국정 운영에 관한 철학 가운데 주목할 점이 있습니다.

"덩샤오핑은 효과적인 국가 정부를 조직하는 데 가장 중요한 문제는 법률이나 규칙을 바꾸는 것이 아니라 모든 행정 부처에 지도자를 배치하고 그들에게 실권을 부여하는 것으로 생각했다(155쪽)." 각급 기관장에게 권한과 책임을 동시에 부여함으로써 현안에 대한 의사결정이 빨리 이루어질 것으로 기대했습니다. 중국은 영토가 넓기 때문에 하향식 의사결정체계를 운용하다보면 손쓸 수 없는 상황에 도달할 수 있다는 점을 잘 이해하고 있었습니다.

마오쩌둥의 죽음에 임박해서는 국정을 정돈하는 임무를 맡아 당 지도부를 강화하였습니다. 그리고 군대와 지역을 정돈하여 서로 유기적으로 연결시켰습니다. 하지만 교육제도의 개편을 추진하는 과정에서 칭화대학을 둘러싸고 기득권을 장악하고 있던 세력과 충돌을 빚으면서 다시 실각하고 말았습니다. 1976년 4월 5일 톈안먼 광장에서 일어난 저우언라이를 추모하고 덩샤오핑을 지지하는 시위가 상황을 나쁘게 만들었습니다. 다행히 덩샤오핑의 자리를 차지한 화궈펑이 마오쩌둥 사후에 사인방을 체포하면서 덩샤오핑은 재기할 수 있었습니다. 그리고 당 원로들의 요구에 따라 1977년 현업에 복귀하였습니다. 이때 덩샤오핑의 나이는 일흔 두 살이었습니다. 지금은 많이 젊어졌습니다만, 원로들이 중국 공산당 권력의 핵심을 차지할 때입니다. 오랫동안 쌓인 경험을 바탕으로 정책들을 결정하였던 것인데, 아무래도 보수적인 성향이 강했을 것입니다.

다시 실권을 장악한 덩샤오핑이 처음 착안한 것은 지식계층의 확대였습니다. 낙후된 중국의 과학을 발전시키기 위하여 젊은 지식인들의 양성을 시급한 과제로 추진하였습니다. 그는 과학 선진국, 특히 미국으로 젊은이들을 유학을 보냈습니다. 국내에서도 출신 성분에 따라 입학이 결정되던 관행을 무너뜨리고 대학입학시험을 부활시켰습니다. 1975년 덩샤오핑은 중국의 지도자로서는 처음으로 프랑스를 방문하였습니다. 다양한 분야에서의 발전한 모습들이 중국과는 극적으로 대비되고 있음을 확인하였습니다. 자본주의 자체의 모순으로 몰락해 있어야 할 서구가 비약적으로 발전하고 있는 모습을 본 덩샤오핑은 결국 국정의 방향을 개방으로 잡았습니다. 덩샤오핑은 각급 지도자들이 외국 방문을 추진하여 자연스럽게 개혁 개방의 필요성을 절감하도록 하였습니다.

한편으로는 베트남을 통하여 중국을 포위하려는 소련의 위협을 차단하려는 노력을 기울였습니다. 동남아국가 순방을 통하여 베트남을 견제하는 한편 단기간 베트남을 침공하여 경종을 울리는 강수를 두었습니다. 덩샤오핑의 개방정책의 꽃은 1972년 닉슨의 중국방문입니다. 이를 계기로 미온적이던 미국과 중국 사이의 관계를 발전시켜 1979년에는 수교를 맺었습니다. 소련의 위협을 방어하고 경제발전을 위한 다각적 포석으로 내린 결정이었습니다.

저자가 별도 항목으로 다루고 있는 덩샤오핑의 통치술도 눈길을 끌었습니다. 그는 기본적으로 권위 있는 말과 행동을 근본으로 삼았습니다. 치밀하게 계산된 정책이 반대에 부딪히게 되면, 보다 상세하게 설명하여 이해를 시키려 노력하였습니다. 결국 대중의 지지를 얻어 반대에 부딪힌 정책을 다시 추진하는 끈질긴 면모를 보였습니다. 또한 조직이 일사불란하게 움직이는 것을 최우선으로 삼았습니다. 단결을 강화하고 분열을 최소화했습니다. 특히 문화대혁명으로 인하여 쌓인 사회적 갈등 요인에 대하여 '지나간 일은 지나간 것으로 묻어 두고 자기 일에 전념하자'라고 했습니다. 또한 '쟁론의 여지가 있는 문제는 일단 제쳐두고, 난제는 우리보다 총명하여 더 나은 방법을 생각해낼 수 있는 후세들이 해결하는 것도 괜찮다고 말하곤 했다(521쪽).'라고 합니다. 역시 연륜이 묻어나는 사고방식이 아닐 수 없습니다.

덩샤오핑의 성공적 조직관리 철학의 핵심은 계파를 지양하고 능력을 갖춘 관리를 선발한 것이었습니다. 어느 사회나 계파가 조직을 무너뜨리는 최악의 요건입니다. 안으로 굽게 되는 팔을 제대로 운용할 수 있었던 것도 덩샤오핑의 돋보이는 통치술입니다. 덩샤오핑은 죽음에 이를 때까지 권력을 쥐고 있었던 마오쩌둥과는 다른 행보를 택하였습니다. 정치적 목표를 달성한 다음에 홀연히 정치 일선에서 물러났습니다. 뿐만 아니라 원로들 역시 자신과 동반하여 권력에서 물러나도록 하고, 차세대의 지도자들에게 권력을 넘겨 원로정치를 종식시킨 것입니다.

덩샤오핑의 통치 기간에 일어난 톈안먼 사건은 평가가 엇갈리는 부분입니다. 후야오방이 사망한 1989년 4월 15일부터 5월 17일까지를 '베이징의 봄'이라고 합니다. 저우언라이에 대한 추모와 덩샤오핑의 복귀를 요구한 1976년 톈안먼 광장의 시위와 비슷하게 시작하였습니다. 베이징의 봄은 초반에 후야오방에 대한 추모와 민주주의에 대한 열망을 보였습니다. 그러다가 요구수준이 확대되고 시위내용도 과격해졌습니다. 결국은 중국 정부가 6월 4일 군대를 동원하여 비무장 시민들을 향해 총격을 가하고서야 질서를 회복한 불행한 사건입니다. 덩샤오핑은 시위 초기부터 강력하게 대응하여 수습하기를 바랐습니다. 하지만 책임을 맡은 자오쯔양이 소극적으로 대처하여 사태를 키운 느낌도 없지 않습니다.

덩샤오핑은 평생 무력진압이라는 카드를 사용한 것에 대하여 후회하지 않았습니다. 당시 그는 소련과 동유럽에서 공산주의가 몰락하는 과정을 보면서 그 여파가 중국에까지 미칠 가능성을 점치고 있었기 때문입니다. 강경 진압만이 국가단결을 유지하고 보호할 수 있는 유일한 선택이었다고 보았던 것입니다. 결론적으로 톈안먼 사건 이후 20여 년이 흐른 뒤에, 중국인들은 상대적으로 안정된 사회와 기적 같은 성장을 누리게 되었습니다. 그래서 베이징의 봄을 강경 진압한 것을 긍정적으로 평가하는 것 같습니다. 하지만 역사에 대한 평가는 세월이 지나면서 변할 수 있습니다. 지금도 중국 내에서는 소규모 항의가 부지기수로 일어나고 있어, 중국 정부는 톈안먼 사건의 재발에 신경을 곤두세우고 있습니다.

덩샤오핑은 1992년 정치무대에서 물러났습니다. 그렇지만 지난 150년간 중국을 지배한 어떤 영도자도 이루지 못했던 사명을 이루었다고 평가받고 있습니다. 그와 동료들은 중국 인민을 부유하게 만들고 나라를 부강하게 만들었던 것입니다. 저자는 이를 이렇게 해석하기도 합니다. “차라리 덩샤오핑은 전환 과정에서 전면적인 영도력을 발휘한 총지배인이라고 표현하는 것이 나을 것이다(898쪽).” 이제 중국은 아시아 문명의 중심에서 세계 속의 한 나라로 발돋움하게 되었습니다. 덩샤오핑의 후계자들은 사회보장의 확대, 환경보호, 부패 척결, 자유에 대한 한계설정, 그리고 통치의 합법성을 유지해야 한다는 문제에 직면하고 있습니다. (라포르시안: 2014년 4월 28일)

46 백석 평전(안도현, 다산책방)

시인이 들려주는 '모던보이' 백석(白石) 이야기

1988년 정부의 납·월북 문인 해금 조치를 계기로 이들의 작품들에 대한 문학사적 조명이 시작되었습니다. 시인이자 국문학자인 이동순 교수께서는 1989년 백석의 시를 수집 정리하여 『백석 시 전집』을 발간하였습니다. 이후로 불붙은 백석 문학에 대한 학계의 관심은 상상을 초월할 지경입니다. 각종 연구논문과 비평이 1천 편을 넘어섰습니다. 안도현 시인을 비롯한 여러 시인들이 시적 상상력을 수련하는 과정에서 백석의 영향을 받았다고 고백하였습니다. 그 안도현 시인께서 백석의 삶의 발자취와 작품세계를 정리한 『백석 평전』을 내놓았습니다.

안도현 시인께서 백석의 시 「모닥불」을 처음 만난 것은 스무 살 무렵으로 사회과학적 열정과 기운이 문학을 견인하던 시절이었다고 합니다. 「모닥불」은 "새끼오리도 헌신짝도 소똥도 갓신창도 개니빠디도 너울쪽도 짚검불도 가랑잎도 머리카락도 헝겊 조각도 막대 꼬치도 기왓장도 닭의 짓도 개 터럭도 타는 모닥불"로 시작합니다. '서울의 봄'이라고 부르던 시절, 암울한 사회적 분위기를 모두 태워 새롭게 시작하려는 젊은 열정을 끌어올리는 무엇이 시에 있었습니다.

안도현 시인은 두 번째 시집의 제목을 『모닥불』로 하고, 심지어 생사조차 모르는 백석을 만나러 가는 상상을 해보았다고 합니다. "백석 선생을 만나러 간다 / 흰 붕대 같은 산길을 밤새 걸어…(「백석 선생의 마을에 가서」의 일부)" 안도현 시인께서 『백석 평전』을 준비한 것은 백석의 생애를 복원하다보면 그를 직접 만나는 느낌이 들거라 생각했습니다. "시를 쓰면서 백석의 어투, 시어는 물론 시를 전개하고 마무리 짓는 방식과 세계에 반응하는 시인으로서의 태도까지 닮아 보려 했던" 안도현 시인이 마음의 빚을 덜어내려는 의도가 있었는지도 모를 일입니다. 하지만 이 또한 백석을 베끼는 일이라고 하였습니다.

『나와 나타샤와 흰 당나귀』에 실려 있는 백석의 시들이 제게는 무척이나 생소하게 느껴졌습니다. 시가 가지고 있는 멋과 맛을 제대로 느끼지 못한 탓일 것입니다. 또한 백석이 시어로 즐겨 써온 평안도 사투리가 전혀 익숙하지 않은 탓도 있습니다. 그럼에도 불구하고 평안도 사투리들은 백석의 작품을 통하여 오랫동안 살아남을 것 같습니다.

언어 역시 살아있는 생물처럼 세월의 흐름을 통해서 변할 뿐 아니라 심지어는 사라질 수도 있기 때문입니다. 마르셀 프루스트가 존 러스킨의 『참깨와 백합』의 역자 서문에 적은 문학작품에 쓰인 언어의 의미를 새겨보면 쉽게 이해할 수 있습니다. "고전 작품은 동시대 작품들과 달리 그것을 창조한 정신이 아름다움만을 불어넣은 것은 아니다. 고전 작품들은 그보다 더 감동적인 다른 것을 간직하고 있는데 바로 그 작품을 구성하는 재질, 그것이 쓰인 언어이다. (…) 그 작가들의 책은 더 이상 존재하지 않는 어법이나 느끼는 방식을 간직하고 있는 잃어버린 언어의 아름다운 형태를 그래도 보존하고 있기 때문이다.”(마르셀 프루스트 지음, 『독서에 관하여』 53쪽, 은행나무, 2014)

시인은 1945년 8월 25일, 소련군 사령부가 경성에서 신의주를 운행하는 경의선 철도를 차단한 시점에서 이야기를 시작합니다. 백석은 해방 5년 전부터 만주를 유랑하다가, 해방 무렵에는 신의주에 머물렀습니다. 그러던 백석이 경성이 아닌 고향 정주로 귀향한 것을 경의선 철도의 운행중단과 연결지은 것이 묘합니다. 특히 함흥에서 만나 깊은 정을 나누던 자야라는 여인이 사는 경성으로 돌아오지 않은 다른 이유가 있었던 것은 아닐까요?

자야라는 여성 이야기가 나온 김에 백석의 시에 등장하는 나타샤에 대한 생각을 적어보려 합니다. 「나와 나타샤와 흰 당나귀」를 읽고 ‘나타샤가 누구일까?’ 하는 의문을 가졌던 것은 저급한 호기심이었을 것입니다. 부모님의 강요로 치른 결혼식으로 부부의 연을 맺은 여성이었던 것 같지는 않습니다. ‘그렇다면 백석의 짝사랑이기도 했고, 한때는 난(蘭)이라고 부르던 통영의 박경련이었을까? 아니면 함흥에서 만난 자야라는 이름의 기생이었을까?’라고 생각했던 것입니다. 백석으로부터 「나와 나타샤와 흰 당나귀」라는 제목의 시를 건네받은 것은 자야라는 여인과 소설가 최정희가 있다고 합니다. 하지만 최정희가 잡지의 편집을 맡고 있었다는 점을 고려한다면 자가발전일 가능성도 없지 않을 듯합니다. 어떻든 「나와 나타샤와 흰 당나귀」의 시 구절만 두고 생각해본다면 박경련과 자야라는 여인 모두 가능성이 있을 것 같습니다.

“가난한 내가 / 아름다운 나타샤를 사랑해서 / 오늘 밤은 푹푹 눈이 나린다."라는 첫 연을 생각해보면 박경련일 수도 있겠습니다. 하지만 세 번째 연에서 "눈은 푹푹 나리고 / 나는 나타샤를 생각하고 / 나타샤가 아니 올 리 없다"라는 대목에서는 자야라는 여인일 수도 있겠습니다. 다만 함흥 영생고보에서 교편을 잡고 있을 때부터 만주에서 지낼 때 백석은 꾸준하게 러시아어를 공부하고 있었던 점을 새겨볼 필요가 있습니다. 나타샤는 러시아 여성들 사이에 가장 흔한 이름이기도 하고, 톨스토이의 소설 『전쟁과 평화』의 주인공 이름이기도 합니다. 통영의 박경련을 애모할 무렵, 백석은 사모하던 이상의 여인을 난(蘭)이라고 불렀습니다. 그렇기 때문에 나타샤는 백석이 꿈꾸는 이상형일 뿐 특히 누구를 지칭하는 것은 아닐 수도 있습니다.

안도현 시인은 『백석 평전』을 통하여 백석이 태어난 평안북도 정주군은 물론 백석의 집안 내력, 백석이 수학한 오산학교, 유학한 일본의 아오야마 학원 시절, 유학에서 돌아와 일하게 된 조선일보사, 함흥 영생고보 시설, 만주 신정에서 하던 일은 물론, 해방 후 북한에서 활동하다가 삼수로 쫓겨 가게 된 내력 등 백석과 관련된 일이라면 모조리 섭렵하여 정리하였습니다.

백석은 아오야마학원 영어 사범과를 다녔습니다. 중등학교 영어교사를 양성하는 과정입니다. 훗날 함흥 시절에는 러시아어를 공부하여 러시아문학을 번역 소개한 것을 보면 백석은 어학에 탁월한 재능이 있었던 것 같습니다. 백석은 영어 과목을 공부하는 틈틈이 시(詩)를 공부하였습니다. 당시 일본 문학계를 풍미하던 모더니즘 운동을 수용하면서도 가장 조선적인 것을 어떻게 결합할 것인가를 고민했다고 합니다. 그 결과가 초기 작품에서 나타나는 것처럼 평안도 사투리를 과감하게 사용하여 향토색을 진하게 드러낸 것입니다.

일본에 유학하던 선배 문인들이 일본어로 된 시를 발표하기도 했습니다. 하지만 백석은 일본어로 쓴 시를 단 한 편도 발표한 바 없습니다. 백석의 성향에 대하여 이동순 교수는 이렇게 요약합니다. "백석 시인의 가치관과 그 방향성은 좌파 문학인의 이념성과 전혀 일치하지 않는다. 그렇다고 부르주아 민족주의 계열의 문학인들과도 그리 밀접한 관계를 갖지 않았던 것으로 보인다. (…) 사상적으로는 온건 중도파, 문학적으로는 이미지스트와 민족주의를 결합한 상태로 설명해낼 수 있을 것이다(134쪽)." 안도현 시인에게는 백석의 독특한 시 세계는 물론 그의 민족주의적 사상까지도 흠모의 대상이 되었던 것 같습니다.

일제강점기, 특히 만주사변을 일으킬 무렵부터 국내에서 활동하던 대표적 인사들이 일제의 강압에 굴복하는 모습을 보였습니다. 일제 강점 이후 적지 않은 세월이 흐른 탓에 그들의 친일 행적에는 겉으로 보이는 것 말고 속사정도 있었을 것입니다. 어찌 되었건 일제강점기에 국내에서 활동하던 많은 지식인들의 친일 행적이 비판의 대상이 되고 있습니다. 35년이라는 짧지 않은 세월이 흐르는 동안 일제의 강압을 수용할 수 없었던 행동파들은 해외로 거점을 옮겨 항일운동에 나섰습니다.

하지만 국내에 머물고 있던 분들은 일정 부분 행동의 제약을 받았을 것입니다. 백석은 항일운동까지는 나서지 않았지만 경성에서 함흥으로, 그리고 만주로 정처 없이 떠돌면서도 일제의 강압에 굴복하지 않은 굳건한 모습을 지켰습니다. 그랬던 백석도 해방 후 북한체제에서는 어쩔 수 없었던 모양입니다. 분단 초기 백석은 러시아문학을 번역 소개하는 정도로 활동하였습니다. 이어 동시 작가로 시작(詩作)을 재개한 뒤로도 문학의 순수성을 고수하기 위하여 노력했습니다. 북한당국의 눈 밖에 나 함경도 삼수로 내쳐졌습니다. 종국에는 평양의 압력에 굴복하여 김일성을 찬양하는 글을 발표할 수밖에 없었다고 합니다. 그래도 북한 문화계의 주류로 되돌아갈 수는 없었던 모양입니다.

문화계 인사들의 정치적 성향에 대한 안도현 시인의 입장은 상당히 유연하다는 느낌입니다. 『백석 평전』에서도 일제에 협력한 문화계 인사들의 행적을 특별한 논평 없이 소개하는 정도에 그쳤습니다. 나아가 "역사문제연구소 등에서 미당 등 문학계 인사들의 친일 행적을 지적하고 분명하게 하는 것은 분명히 옳은 일이라고 하겠으나, 이들이 문학계에 남긴 자산까지도 마다할 이유는 없을 것으로 생각한다."라는 입장입니다.

백석이 문학적으로 가장 빛났던 시기는 1935년부터 1941년까지 7년 동안이었습니다. 1935년 8월 30일 조선일보에 시 「정주성(定州城)」을 발표했는데, 백석의 생애 최초로 세상에 내놓은 시였습니다. "산턱 원두막은 뷔였나 불빛이 외롭다 / 헝겊 심지에 아즈까리 기름의 쪼는 소리가 들리는 듯하다 // 잠자려 조을든 문허진 성터 / 반딧불이 난다 파란 혼들 같다 / 어데서 말 있는 듯이 크다란 산새 한 마리 어두운 골짜기로 난다 // 헐리다 남은 성문이 / 한울빛같이 훤하다 / 날이 밝으면 또 메기수염의 늙은이가 청배를 팔러 올 것이다." 백석은 고향 정주에 있는 쇠락한 옛 성의 풍경을 묘사하는데 그치지 않았습니다. 말미에 그 풍경을 배경으로 하여 살아가고 있는 '사람'을 등장시키고 있는 점이 바로 백석의 특징입니다. 백석은 시를 통하여 과거의 기억을 환기하면서도 풍속과 사람을 겹쳐 보여주므로 시에 생생한 활기를 불어넣어 주었습니다.

백석이 세상에 내놓은 유일한 시집 『사슴』은 1936년 1월 20일 100부 한정판으로 제작되었습니다. 시집에는 그의 대표작 「여우난골족」을 비롯하여 모두 33편의 시가 담겨있습니다. 시집에 대한 첫 번째 주석은 조선일보 학예부 김기림 기자가 썼습니다. "백석의 시가 기억 속의 동화와 전설에 나오는 소재, 그리고 향토적인 분위기를 취하고 있지만 거기에 따른 감상주의와 복고주의를 일체 배격하고 있음에 주목(97쪽)"하였다고 합니다.

안도현 시인은 백석이 고향의 방언을 시어로 차용한 것을 이렇게 평가합니다. "고향의 말인 방언이야말로 몰락의 길로 치닫고 있는 조선의 현실을 지켜낼 수 있는 하나의 시적인 역설로 작용할 수 있으리라고 그는 판단했다(99쪽)." 하지만 카프의 열성 지지자였던 임화 시인은 "이 난삽한 방언은 시집 『사슴』의 예술적 가치를 의심할 것도 없이 저하한 것이라 믿으며, 내용으로서도 이 시들은 보편성을 가진 전 조선적인 문학과 원거리의 것이다(127쪽)."라고 비판하였습니다. 그런데도 시집 『사슴』은 많은 문인들의 주목을 받았습니다. 특히 윤동주 시인은 백석의 시집을 구하지 못하여 발을 동동 굴렀다고 합니다.

1938년 1월에 발표된 노천명 시인의 첫 번째 시집 『산호림』에는 "모가지가 길어서 슬픈 짐승이여 / 언제나 점잖은 편 말이 없구나…"로 시작하는 시인의 대표작 「사슴」이 실려 있습니다. 「사슴」을 읽으면서 백석을 떠올리는 것은 이들의 친분관계를 보아 자연스러운 일입니다.

1947년 말부터 1948년 가을에 걸쳐 서울의 잡지에 백석의 시가 발표되었습니다. 그런데 이 시들은 오래 전에 쓴 것들이라고 합니다. 백석은 해방 5년 전부터 일제의 강압이 극에 달하면서 붓을 꺾어 시작(詩作)을 중단한 상태였기 때문입니다. 해방 후 북한에 머물면서도 러시아문학의 번역에 치중하였습니다. 1956년에 동화 시라는 형식으로 시작(詩作)을 재개하지만 작가 동맹 아동문학 분과는 '벅찬 현실'이 그려지지 않은 실패작이라 규정하였습니다. 결국 논란 끝에 백석은 함경도 삼수로 내쳐졌던 것입니다. 「나와 나타샤와 흰 당나귀」에서 "산골로 가는 것은 세상한테 지는 것이 아니다 / 세상 같은 건 더러워 버리는 것이다"라고 노래했던 것은 자신의 운명을 예견한 것이었을까요? 안도현 시인의 『백석 평전』이 백석에 대한 일반 독자들에게 특별한 의미가 되기를 기대해봅니다. (라포르시안: 2014년 6월 23일)

47 타인의 고통(수전 손택, 이후)

타인의 고통에 대한 '관음증'… 그 연민과 메스꺼움

이진숙 님은 『위대한 미술책』에서 수전 손택을 사진예술 분야의 대표적 저술가로 지목했습니다. "예술작품을 감상하고 이해하는 일은 세상과 만나는 통로가 될 수 있다."라고 서문에 적은 것을 보면 손택과 공감하는 무엇이 있었던 것 같습니다. 이진숙 님은 수전 손택의 『사진에 관하여』가 '사진이 어떻게 근대적 시각을 만들어 갔는가, 또 자본주의 사회와 공모했는가?'에 천착하고 있다면, 『타인의 고통』은 '어떻게 사진이 전쟁 미학을 위해 복무하게 되었는가?'에 집중하였다고 보았습니다.

이진숙 님의 이러한 시각이 불편하시다면 1826년 최초의 사진으로부터 현대의 사진에 이르기까지 사진예술의 발전과정을 뒤쫓고 있는 진동선 님의 『사진예술의 풍경들』을 읽어보시는 것도 좋겠습니다. 저는 수전 손택의 『타인의 고통』을 『위대한 미술책』에서 소개를 받아 '꼬리를 무는 책 읽기'로 읽었습니다. 특히 [양기화의 BOOK 소리]에서 소개한 것은 로버트 베번의 『집단 기억의 파괴』와 함께 읽으시면 좋을 것 같아서입니다.

수전 손택의 『타인의 고통』은 『사진에 관하여』처럼 사진을 주제로 합니다. 특히 9·11사건 이후에 지구촌 곳곳에서 일어나고 있는 국지전쟁과 테러에 대한 사유의 결과를 담았습니다. 전쟁과 테러와 같이 잔혹한 상황을 담은 사진 역시 외설 사진처럼 중독성이 있습니다. 같은 수준의 사진을 거듭 보면 시시한 느낌이 들기 때문에 더 자극적인 장면을 찾는 경향이 있습니다.

손택은 평생 기계로 대량 복제되는 이미지가 문화의 감수성을 어떻게 바꾸어 놓는지를 일관되게 추적했습니다. 뿐만 아니라 개인적 관심에 그치지 않고 적극적인 현실참여로 발전시켰습니다. 베트남 전쟁이 한참 진행되던 1966년에 『파르티잔 리뷰』에 기고한 글을 보면, '미국은 대량학살 위에 세워졌다', '미국적 삶의 특성은 인간의 성장 가능성을 향한 모독이다', '백인은 역사의 암이다'와 같은 날 선 구절들을 읽을 수 있습니다. 미국의 은폐된 역사와 베트남전쟁의 그림자, 미국의 건국이념의 실상 등을 폭로했습니다.

『타인의 고통』에서는 인간들의 끝 모를 잔혹함 때문에 지구촌이 전쟁과 테러로 점철되고 있다고 지적했습니다. 그런데도 연민을 현장부재증명 삼아 타인의 고통을 무덤덤하게 받아들이는 '우리'가 문제라고 하였습니다. 손택은 한국의 독자에게 보내는 글을 통하여 "『타인의 고통』은 사진 영상을 다룬 책이라기보다는 전쟁을 다룬 책입니다. 제게 있어서 이 책은 압도될 만큼 엄청나고 굉장한 상황이 아닌 실제의 세계를 지켜나가야 한다는 논증입니다. 저는 이 책의 도움을 받아서 사람들이 이미지의 용도와 의미뿐만 아니라 전쟁의 본성, 연민의 한계, 그리고 양심의 명령까지 훨씬 더 진실하게 생각해볼 수 있었으면 좋겠습니다(14쪽)."라고 당부하였습니다.

저자가 『타인의 고통』에서 인용하는 자료들은 중세에서 현대까지, 유럽은 물론 아프리카, 중동 그리고 아시아에 이르기까지 다양합니다. 특히 저자에게 직접 영향을 미친 사건은 보스니아 내전이었습니다. 1992년부터 1995년까지 발칸반도를 무대로 벌어진 보스니아 내전은 제2차 세계대전 이후 유럽에서 대규모학살이 벌어진 치명적 전쟁으로 규정됩니다. 1991년 슬로베니아와 크로아티아의 연방탈퇴로 유고슬라비아 사회주의 연방공화국이 붕괴하였습니다. 이 과정에서 정작 잔인한 전쟁이 벌어진 장소는 힘없는 보스니아였습니다. 보스니아는 이슬람을 믿는 보스니아계, (동방) 정교회를 믿는 세르비아계 그리고 가톨릭을 믿는 크로아티아계의 세 민족으로 복잡하게 구성된 나라입니다. 슬로베니아와 크로아티아에 이어 보스니아가 독립을 선언하면서 유고연방의 전 지역에서 서로에 대한 인종청소가 벌어진 것입니다. 결과적으로 모두 27만 명 이상이 희생되고 230만 명의 난민이 발생한 전쟁이었습니다. 전쟁 초기에 UN은 적극적인 군사개입을 주저하였습니다. 뿐만 아니라 3만 명이나 투입된 평화유지군의 역할 역시 미미해서 휴전과 확전이 반복되는 악순환이 거듭되었습니다.

세르비아계가 보스니아에서 저지른 잔악한 행위는 사진에 담겨 외부에 알려졌는데도 커다란 반향을 불러오지 못했습니다. '보스니아 전쟁이 끝날 기미가 보이지도 않으며, 자국의 지도자들이 이 전쟁은 도저히 손쓸 수 없는 지경까지 이르렀다고 주장했기 때문(153쪽)'이었다고 손택은 지적하였습니다. 그들의 문제로 싸우는데 우리가 할 수 있는 '무엇'이 없기 때문에 강 건너 불일 수밖에 없었다는 것입니다. 세르비아군은 승기를 잡기 위하여 크로아티아의 항구도시 두브로브니크에 대하여 대규모 포격을 감행했습니다. 이때 서야 유엔과 유럽연합 그리고 서구 언론은 보스니아 전쟁을 세계적인 집단건축 유산에 대한 공격으로 인식하게 되었습니다. 그리고 두브로브니크에 대한 포격을 멈출 것을 세르비아에 요구하며 적극 대응에 나섰습니다. 발칸반도의 다른 지역에서 벌어진 이슬람 유산이 파괴될 때 상대적으로 미온적이었던 것과 비교되는 일입니다. 아마도 두브로브니크에 들어서 있는 후기 르네상스 양식의 건축물들이 서구 시청자들의 눈에 친숙했기 때문일지도 모릅니다.

오늘날에는 먼 곳에서 일어난 자연재해와 전쟁을 안방에서 실시간으로 볼 수 있습니다. 과거에는 사진, 더 이전에는 그림 등을 통해서 그 끔찍한 현장이 전해질 수 있었습니다. 그래서 저자는 '카메라가 발명된 1839년 이래로, 사진은 죽음을 길동무로 삼아왔다(46쪽).'라고 하였을 것입니다. 전쟁의 참상을 그림으로 기록한 걸작들이 있습니다. 손택은 자크칼로의 『전쟁의 비참함과 불운(1633년)』과 고야의 『전쟁의 참화(1820년)』를 대표작으로 꼽았습니다. 자크칼로는 1630년대 초 로렌지방을 점령한 프랑스군대가 민간에 저지른 잔혹한 행위를 18장의 동판화로 제작하였습니다. 고야는 1808년 프랑스의 지배에 맞서 봉기한 스페인에 진주한 나폴레옹의 군인들이 저지른 잔악한 행위를 83장의 동판화로 제작하였습니다.

사진으로 기록된 최초의 전쟁은 크림전쟁(1853～1856)입니다. 로저 팬턴은 영국 정부가 파견한 크림전쟁의 '공식' 사진작가였습니다. 영국정부는 전쟁을 수습하기 위하여 영국군이 겪는 위험과 결핍을 부각하고, 전쟁 상황이 긍정적으로 전해지기를 기대했습니다. 사진 기술의 문제와 정부의 요구를 맞추기 위하여 사진작가의 연출에 따라 포즈를 취한 장병들의 모습만 담을 수 있었습니다.

전쟁터의 참상을 사진에 처음 담은 것은 펠리체 베아토였습니다. 그는 영국의 지배에 항거하여 일어난 세포이 반란(1857~1858)에 참전하였습니다. 인도 군인들의 도전을 무자비하게 진압한 영국군의 승리를 찬양하기 위한 목적이었습니다.

하지만 그는 영국군의 포격으로 산산조각이 난 럭나우의 시칸다바그 궁전의 안마당이 반란자들의 뼈로 뒤덮여 있는 모습을 사진에 담았습니다. 전쟁의 참상을 본격적으로 사진에 담기 시작한 것은 남북전쟁(1861~1865)에 참전한 매튜 브래디가 이끌던 북부의 사진작가들이었습니다. 그들은 잔혹하기 이를 데 없는 사진들을 찍어 대중에게 전달하였습니다. 그들은 이런 행동을 정당화하기 위하여 '우리는 기록해야 할 의무를 다했을 뿐'이라고 주장하였습니다. "카메라는 역사의 눈이다"라고 말한 것도 브래디로 추정된다고 합니다.

전쟁터의 사진들, 심지어 걸작이라고 칭송을 받는 것들까지도 대부분 연출되거나 피사체에 손을 댄 흔적이 있습니다. 제2차 세계대전 당시 미군이 점령한 이오섬에 성조기를 게양하는 유명한 사진도 실제 상황이 아닌 것으로 드러났습니다. 시간이 지난 뒤에 더 큰 성조기로 재현하도록 해서 찍은 것이었습니다. 이오섬은 우리식으로는 유황도라고 읽어 유명한 섬입니다.

전쟁 사진들이 연출되지 않은 채 찍히게 된 것은 베트남전쟁부터입니다. 그래서 손탁은 "이 점이야말로 한 세대의 의식에 아로새겨지게 된 이미지들이 지닌 도덕적 진정성의 핵심이다(90쪽)."라고 평가했습니다. 이 무렵 사진작가들이 지닌 언론의 성실성은 높은 수준이었습니다. 전쟁의 영상을 보여주는 결정적 매체의 지위를

TV가 차지하게 되었기 때문입니다. TV 제작진과 경쟁에서 밀린 사진작가들은 TV와 차별화된 무엇을 찾아야만 했기 때문입니다.

그런데도 누군가의 의도에 의하여 연출된 장면이 사진에 담길 수도 있습니다. 캄보디아의 크메르루주가 저지른 학살현장에서 찍은 사진들이 대표적 사례입니다. 필자 역시 2014년 캄보디아를 여행하면서 찾은 왓트마이 사원에서 희생자들의 유골과 함께 전시하고 있는 사진들을 보면서 충격을 받았습니다. 사진에 찍혀 있는 희생자들이 마치 저를 응시하는 것처럼 느껴졌기 때문입니다. 손택은 이 사진들이 "영원히 죽음을 응시하고 있으며, 영원히 살해당하기 일보 직전에 처해 있고, 영원히 학대받고 있다(96쪽)."라고 했습니다. 이 사진을 보는 사람은 사진을 찍은 사람과 같은 위치에 놓여 있는 듯하여 정말 구역질 나는 경험이었다고 했습니다.

전쟁터의 참상을 어떻게 전하는가 하는 문제는 전사(戰史)를 통하여 다양하게 해석되어 왔습니다. 죽은 자들을 전장에 효수하는 일이 아군의 사기를 높이고 적군의 사기를 떨어트린다고 해석합니다. 때로는 적이 복수의 칼을 가는 계기가 될 수도 있습니다. 요즈음에는 전쟁터와 후방의 개념이 모호해지고 있습니다. 따라서 전쟁 지휘부는 대중들에게 무엇을 보여주고 무엇을 보여주지 말아야 할 것인가를 고민해야 합니다. 이런 문제는 언제나 미묘하고 복잡할 수밖에 없습니다. 특히 피해자의 가족들에게는 잔인한 일이 아닐 수 없습니다. 그렇기 때문에 전쟁의 참상을 담은 영상들이 지나치게 구체적이거나 메스꺼우면 안 된다고 생각하는 것입니다.

그런데도 전쟁박물관들이 집단학살을 담은 사진들을 전시하고 보존하고 있는 것은 이런 자료들이 기록한 범죄를 사람들의 의식 속에 새겨놓기 위해서입니다. 예루살렘의 「야드바셈」, 워싱턴 D.C.의 「홀로코스트 기념관」 그리고 베를린의 「유대인 기념관」이 대표적인 예입니다. 모든 기억은 개인적이고 재현될 수는 있습니다. 하지만 개인의 기억은 그 사람이 죽으면 함께 사라집니다. 물론 집단의 기억으로 전해질 수는 있겠습니다. 그래서 사진이야말로 개인의 기억을 집단의 정신으로 바꾸어주는데 매우 효과적인 매체입니다. 손택은 "시간이 흐를수록 기억한다는 것은 어떤 이야기를 떠올린다는 것이 아니라 어떤 사진을 불러낼 수 있다는 것이 되어버렸다(135쪽)."라고 지적합니다. 사진 이외의 형태로 이해하고 기억하는 것은 퇴색되는 결과를 가져올 수도 있다는 생각입니다.

글을 마무리하면서 손택은 "사람들이 끊임없이 전쟁에 매혹되는 것을 막을 수 있는 대책이 있을까(178쪽)?"라고 물었습니다. 그리고 '어떤 하나의 이미지를 보여줘서 사람들을 능동적으로 전쟁에 반대하도록 움직일 수 있을까?'라는 질문이 이어집니다. 저자는 캐나다의 사진작가 제프 월이 아프가니스탄에서 벌어진 전쟁을 주제로 스튜디오에서 찍은 『죽은 군대는 말한다(1992년)』를 반전(反戰)의 대표적 영상으로 인용하였습니다. 전장의 실제 상황을 찍은 사진이 아니라는 점이 의외였습니다. 전장에서 죽어 쓰러져 있는 병사는 말하지 않지만, 이 사진 속의 인물들은 말한다고 느낄 수 있다는 것입니다. 마치 사진 속의 병사들이 우리 쪽으로 몸을 돌려 말을 거는 듯한 상상에 빠져들 수도 있습니다. 그 전쟁을 직접 겪어보지 못한 우리에게 전쟁의 참혹함이 어떤지 깨달을 수 있겠느냐고 말입니다. 결국 사진은 우리에게 중요한 역할을 하는 셈입니다.
(라포르시안: 2014년 10월 20일)

48 세네카(조남진, 한국학술정보)

스토아 철학과 현자(賢者) 세네카

2015년 을미년을 여는 [양기화의 BOOK 소리]에서는 후기 스토아 철학을 대표하는 세네카를 공부하기로 하였습니다. 스페인의 코르도바를 여행하면서 세네카의 동상을 만난 인연도 한몫했습니다. 또한 도덕에 대한 인식을 새롭게 하고 싶었기 때문입니다. 물론 세네카의 시대는 천년도 넘은 옛날이라서 지금과는 시대적 배경이 많이 다릅니다. 하지만 도덕 가치, 의무, 정의, 굳센 정신 등의 덕목을 중심에 두고, 보편적인 우애와 신처럼 넓은 자비심을 강조한 스토아 도덕철학에서 우리 사회가 당면하고 있는 문제를 해결할 수 있는 답을 얻을 수 있지 않을까 싶습니다.

다음 백과사전에 요약된 스토아 철학의 핵심내용입니다. "스토아 철학자들이 보기에 영원한 우주질서와 불변적인 가치의 근원을 드러내는 일은 이성만이 할 수 있기 때문에 이성은 곧 인간 존재가 따라야 할 모범이었다. 그들에 따르면 이성의 빛이란 세계 전체에 경이로운 질서를 부여하며 인간이 스스로를 통제하여 질서 있게 살아가는 기준이다. 스토아 도덕철학도 세계가 통일을 이루고 있는 하나의 커다란 도시라는 생각에 바탕을 두고 있다. 인간은 이 도시의 충성스러운 시민으로서 덕과 올바른 행위에 대한 믿음을 가지고 세상일에 적극적이어야 할 의무가 있다." 앞부분은 쉽게 이해되지만 뒷부분은 다소 거부감이 드는 분도 계실 것 같습니다.

루키우스 안나이우스 세네카(Lucius Annaeus Seneca)는 기원전 4년에 지금의 스페인 코르도바에서 태어났습니다. 로마의 철학자·정치가·연설가·비극작가로 활동하였으며, 로마의 황제 네로의 스승으로 기억되는 인물입니다. 세네카의 국적은 로마로 표기됩니다. 당시 이베리아반도는 속주가 아니라 로마의 영토였기 때문입니다. 어릴 때 로마로 간 세네카는 연설가 훈련을 받았으며, 스토아주의와 금욕주의적 신피타고라스주의적 성향을 추구한 섹스티의 학교에서 철학을 공부했습니다. 이후 병에 걸린 세네카는 건강을 회복하기 위해 이집트로 갔다가 기원 31년경 로마로 돌아와 활동을 시작했습니다. 그런데 황제 칼리굴라(재위 기원 37~41년), 클라우디우스(재위 기원 41~54년)와는 불편한 관계였던 것 같습니다. 심지어 황제 클라우디우스는 41년에 조카딸 율리아 리빌라 공주와 간통했다는 혐의로 세네카를 코르시카로 추방하였습니다.

세네카는 거칠고 어려운 환경에서 자연과학과 철학을 공부했고, 49년에는 황제의 부인 아그리피나가 힘을 써 로마로 다시 돌아왔습니다. 이어서 50년에 집정관이 되었고, 돈 많은 여자 폼페이아 파울리나와 결혼했으며, 근위대장이 된 섹스투스 아프라니우스 부루스 등과 막강한 교우관계를 맺었습니다. 훗날 황제가 되는 네로의 스승이 되었는데, 덕분에 네로 황제 재위 초기인 54~62년에 동료들과 함께 로마를 실질적으로 통치하기에 이르렀습니다. 하지만 반정부 음모 사건에 연루된 그는 스스로 목숨을 끊으라는 황제 네로의 명령을 받아 자살하고 말았습니다.

『세네카』는 서양 고대사를 전공하신 조남진 교수님이 세네카의 삶과 철학을 정리한 책입니다. 저자는 그리스에서 스토아 철학이 태동하게 된 배경을 다음과 같이 적었습니다. "그리스 세계가 정치적 혼돈에 빠졌을 때 개인이 가야 할 길은 본분을 다하는 것과 세계법칙과 우주의 섭리에 따르는 이른바 금욕적 삶이었다. 그것은 개인의 의무와 내면을 강조하는 스토아 철학이었다." 지금 우리가 한 번 생각해보아야 할 점이 아닌가 싶습니다. 세네카와 같은 로마의 지배계층이 스토아 철학의 윤리학에 매혹된 것은 당시 로마 지배계층의 타락이 극에 달하고 있었기 때문입니다. 세네카는 로마의 수도원에서 행하는 금욕주의보다 훨씬 능가할 정도로 개인적인 욕구를 억제했습니다. 인간의 도덕적 타락은 철학적 사유와 훈련의 빈곤에서 오는 것이라 믿었기 때문입니다.

모두 7장으로 구성된 『세네카』는 먼저 '세네카의 삶과 그에 대한 역사적 평가'를 다루고, 이어서 세네카에 있어서 '미덕과 현자'의 의미, 세계국가 사상과 인간의 사회적 관계에 대한 사유, '영혼과 양심'의 의미, '죽음과 자살'의 의미를 논하였습니다. 그리고 세네카의 작품 『행복한 삶』과 『도덕의 편지』를 토대로 한 노예관과 재산과 부를 논하였습니다. 마지막으로는 스토아 철학과 세네카의 자연학과 범신론을 정리하여 마무리합니다. 머리말은 "명망 있는 현자와 도덕론자라도 그에 대한 역사적 평가는 빛과 그림자가 있기 마련이다."라고 시작됩니다. 세네카에 대한 평판이 극에서 극으로 나뉘기 때문인 듯합니다.

키프로스 키티온 출신인 제논(기원전 333~262)은 에피쿠로스학파가 정한 쾌락의 윤리적 표준이 자연계의 재난과 위험을 초래한다고 생각하였습니다. 그리하여 쾌락보다는 이성의 표준에 기초한 도덕체계를 확립하였습니다. 스토아 철학의 시작입니다. 제논은 또한 도시 국가적 의식이 완고한 플라톤과 아리스토텔레스의 사상체계에 반대하여 특정한 도시국가나 지방 제도에서 벗어나 세계를 지향하는 인류의 보편적 윤리를 강조하였습니다. "우리가 고유한 국법을 가진 개별국가의 규범에 따라 사는 것을 원치 않는 것은 세계 모든 사람들이 동포이며 같은 시민이기 때문이다(51쪽)."라는 말에서 그 이유를 찾을 수 있습니다. 스토아 철학의 이상세계인 세계국가는 로마의 지배계층에 의하여 성립되었습니다. 제논의 이상이 제대로 구현되었을까 하는 의문은 남습니다.

스토아 철학의 기본명제는 최고의 선입니다. 이를 자제의 덕과 미혹으로부터 벗어나는 행복이라고 본다면 불교의 기본 사상과 매우 흡사한 것 같습니다. 열정이나 격정 또는 충동으로 마음이 불안해지거나 방해받지 않는 '냉담과 무관심의 경지', 아파테이아(Aphatheia)에 이른 현자는 최고 선에 도달한 것이라 하였습니다. 참 행복을 이룬 자로 신과 동등하다고 여겼다는 것입니다. 이는 깨달음을 얻는 모든 이가 부처가 된다고 한 불교의 사상과 크게 달라보이지 않습니다. 어떻든 스토아 철학은 지고한 하느님이 자신들을 신의 존재로 만든 것이 아니라, 스스로에 의하여 만들어진 신이라고 보았습니다. 초기와 중기 스토아 철학은 그리스 시대를 배경으로 발전하였습니다. 초기 스토아 철학이 위선과 형식주의였다면 중기 스토아 철학은 관대한 인간적인 포용력과 보다 자유주의적이고, 보다 인간적인 의무를 강조한 규범과 법칙의 확립을 중시했습니다.

로마로 건너간 스토아 철학은 영국 역사가 기번이 '인류역사상 가장 행복한 시대'라고 한 철인(哲人) 5현제 시대의 주요 통치이념이 되었습니다. 후기 스토아 철학이라고 부르는 이 시기는 윤리학의 시대로 새로운 세계국가와 인류애 사상을 기치로 내세웠습니다. 실질적으로는 도덕적 목적을 정치적 수단으로 쉽게 이용하려는 의도가 있었던 것으로 해석하기도 합니다.

스토아 철학자들은 '불행한 처지의 생활에서도' 자신의 노력에 따라 행복에 도달할 수 있다고 확신했습니다. '생의 목적은 곧 미덕의 삶이며 진정한 선은 도덕적 선이며 도덕적 선만이 행복에 도달할 수 있다'라고 생각했습니다. 완전한 미덕이란 욕망은 억제되어야 하고, 공포는 억눌러야 하며, 올바른 행위는 정렬되어야 하고, 부채는 청산되어야 했습니다. 이렇게 절제된 길을 따라감으로써 행복한 인생을 이룰 수 있다고 믿었습니다. 완전한 미덕을 갖춘 사람은 불운을 슬퍼하지도, 자신의 운명을 비탄하지도 않고, 오직 탁월함과 위대함을 보일 뿐이며, 많은 사람들에게 자기의 확고한 신념을 보이는 어둠 속의 빛과 같이 비치는 존재였습니다.

미덕은 필연적으로 끊임없는 훈련과 교육, 그 실제적 적용을 기본으로 하며, 인간만이 이룰 수 있다고 하였습니다. 미덕이 가능한 이유는 인간만이 신적 기원을 가지는 존재라고 인식하였기 때문입니다. 미덕이 교육의 후천적인 결과물이며, 통찰의 문제라고 한다면, 악의 원천은 잘못된 판단, 즉 판단의 과오에서 오는 것입니다. 세네카는 "도대체 선은 무엇인가? 사실에 대한 인식이다. 악이란 무엇인가? 사실에 대한 인식의 결여이다(92쪽)."라고 했습니다. 사실을 있는 그대로 인식하고 수용하지 못하고 왜곡하여 수용하고 자의적으로 판단하는 것이야말로 악의 원천이 되는 것이며, 그로 인하여 사회가 혼란에 빠지게 됩니다. 사회로부터 악의 원천을 배제하기 위한 다양한 노력을 경주해야 하겠습니다만, 가장 중요한 것은 역시 교육인 것 같습니다.

세네카는 바오로 성인과 같은 시대를 살았고, 서로 교감하고 있었다는 다양한 증거가 있습니다. 그런데도 세네카는 인간은 스스로에 의해 만들어지는 것이며, 행복 또한 그러한 것으로 믿었고, 행복에 필요한 것을 소유하고 있는 인간은 행복을 신에게 요구하거나 호소할 필요가 없다고 믿었던 것 같습니다. 현재 불행하다고 해서 누구를 원망할 필요가 없다는 것입니다. 미덕은 우리로 하여금 끈기 있게 고난을 이겨나가도록 하는 힘이기에, 고통을 단순히 참고 견뎌내는 것이 아니라 용감한 인내인 것입니다. 현자는 우연한 사건으로 생긴 성공과 실패를 자만하거나 좌절하지도 않는 용기의 미덕에 만족하는 존재입니다.

미덕의 가치가 이러했기 때문에 세네카는 자유의사에 따라 자의적으로 결정한다면 자살은 장렬한 영웅적 행위이며 미덕의 삶의 일부라고 강조하였습니다. 하지만 스스로를 죽이는 행위가 고통을 감내하지 않고 회피하기 위한 선택이라고 한다면 결코 영웅적 행위가 될 수 없으며, 현자로서 택할 결정은 아니라고 할 것입니다. 자살을 예찬한 세네카 역시 “나는 고통 때문에 자살하지 않을 것이다. 고통을 극복하지 못하고 자살한다는 것은 패배이기 때문이다. … 고통 때문에 죽는 자는 나약하고 비겁하다. 그렇다고 아픔을 이기며 용감하게 산다고 뽐내는 자 또한 어리석은 자(211쪽)”라고 말했습니다. 세네카는 생명을 지킨 행위를 용기로 이해했고, 자살을 결정하기 위해서는 자신의 책임감을 통찰해야 할 것이라고 했습니다.

민족, 종교, 이념의 차이로 국가가 분열되는 경향이 확산하면서도 서로 섞여 사는 사람들이 늘고 있습니다. 스토아 철학이 추구하던 세계국가 사상의 의미를 다시 생각해보아야 하겠습니다. 스토아 철학이 내세우던 세계국가 사상은 민족과 국가이성의 일반으로부터 보편적 인간의 문제, 혹은 인간 상호문제를 천착했기 때문입니다.

세네카는 육체와 영혼은 동반자이지만 영혼이 육체에 예속되어 있는 것은 아니라고 보았습니다. 죽음은 영혼이 육체로부터 분리되는 순간이지만, 죽음 이후의 삶에 대하여 분명한 입장을 정리하지는 않았습니다. 그런데도 일체 만물이 주기적인 순환이 반복되면서 영원히 사멸하지 않는다고 생각했습니다. 한 시대와 한 무리의 생명체가 가면 또 한 시대와 또 한 무리의 생명체의 시대가 순환하여 등장합니다. 그래서 일체 만상은 새로워진다는 것입니다.

"철학은 정신세계를 도야하고, 인간의 행위를 인도하며, 우리가 해야 할 것과 해서는 안 될 것을 가르쳐 준다. 어떻게 철학을 수학하지 않은 사람이 행복한 삶을 살 수 있으며, 어떻게 그가 다른 사람을 도울 수 있는 삶을 살 수 있다고 생각할 수 있겠는가(249쪽)" 라고 말하였듯이, 세네카는 인간의 삶에 신보다는 철학이 더 중요하다고 믿었습니다. 다만 철학은 대중을 사로잡기 위한 계략이나 보이기 위하여 고안된 것은 아닙니다. 말이 아닌 사실에 대한 문제이며, 영혼을 맑게 하고 도야하는 것이 되어야 할 것입니다. (라포르시안: 2015년 1월 5일)

49 청년 의사 장기려(손호규, 다산책방)

"이 환자에게 닭 두 마리 값을 내주시오"

2014년 말 대학동아리 후배들로부터 반가운 소식을 전해 듣고는 감개무량하고, 감사하는 마음이 들었습니다. 가톨릭의대 진료 봉사 동아리 성우회가 제14회 [MSD 청년슈바이처상]의 사회 활동 의대생 부문을 수상한 것입니다. 한국의료윤리학회와 청년의사신문이 주최하는 [MSD 청년슈바이처상]은 '한국의 의대생 및 전공의들이 슈바이처 박사의 정신을 이어받아 사회적 책임을 다하는 치료자 및 연구자로 성장토록 하고자' 제정된 것입니다. 2년 전에는 작은아들이 사회 활동 의대생 부문상을 수상하여 같이 기뻐한 적도 있습니다.

성우회는 필자가 의과대학에 다니던 1977년 창설하여 초대회장을 맡았던 진료 봉사 동아리입니다. 가톨릭의대 학생들을 주축으로 하지만 이화의대, 경희의대 학생들도 참여하였습니다. 진료 봉사 활동을 하는 동아리는 많습니다. 그런데 졸업을 하면 동아리 활동이 뜸해지는 것이 일반적입니다. 하지만 필자가 졸업을 하고 34년이 된 지금까지도 연회비를 거르지 않고 내는 것처럼 이백 명에 가까운 성우회 졸업 선배들은 회비는 물론 진료 봉사에 참여하여 후배들의 봉사 활동을 지원해주고 있습니다. 성우회가 출범할 당시만 해도 40여 년을 면면히 이어져 올 것이라고는 생각하지 못했습니다. 이 상을 받게 된 것은 성우회의 맥을 이어온 후배들이 있어서 가능했던 것이라 더욱 감사한 것입니다.

진료 봉사 활동은 주로 종교동아리나 학생회 활동의 학생들이 주된 활동에 더하여 부차적으로 하는 경우가 많습니다. 하지만 성우회는 진료 봉사가 주요 활동입니다. 그런 점이 선후배 사이의 관계를 긴밀하게 만들어주지 않았나 싶습니다. 하계 봉사 활동에는 졸업한 선배들이 대거 참여합니다. 선배와 후배가 한솥밥을 먹으면서 마음을 터놓는 기회였습니다. 물론 사회보장체계가 갖추어지면서 진료 봉사 활동을 펼칠 수 있는 공간이 사라지고 있습니다. 그래도 의료의 사각지대는 여전히 존재하는 것 같습니다. 의과대학을 다니면서 의료의 손길을 기다리는 이런 분들을 위하여 봉사하는 마음을 가다듬는 것도 좋은 자세라는 생각을 합니다.

의학은 질병으로 고통받는 사람을 치료하는 학문입니다. 아픈 사람이라면 누구나 의학의 돌봄을 받을 수 있어야 합니다. 우리 의료계에도 타인을 위한 선행을 베푸는 분들이 많은 것으로 알고 있습니다. 그런데 그분들은 자신이 한 행동을 남에게 알리려 하지 않으려는 편입니다. 그와 같은 미담을 발굴해서 사회에 전하는 역할을 하는 분들이 제 역할을 다하지 않는 것 같습니다. 세상 사람들의 관심을 끌 수 있다고 생각하는 사건과 사고만을 발굴하여 전하는데 주력하는 것 같습니다. 그러다 보니 의료계가 세인들의 비난의 대상으로 전락하고 있는지도 모릅니다. 그래서 아픈 사람들을 위한 삶을 실천하신 장기려 선생님의 일대기를 다룬 손홍규 작가의 『청년 의사 장기려』를 소개합니다. 평전이나 위인전이 아닌 소설이라서 딱딱한 책을 별로 좋아하지 않는 젊은이들도 쉽게 읽을 수 있습니다. 장기려 선생님께서 우리 곁을 떠나신 지 벌써 10년이 넘어서 그분의 정신이 의료계에 면면히 살아있기를 기대하는 마음도 있습니다.

1911년 평안북도 용천에서 태어난 장기려 선생님은 송도 고보를 졸업하고 경성의학전문학교에 진학하여 1928년 졸업하였습니다. 졸업 후에 백인제 교수님을 사사하여 외과를 공부하였습니다. 박사학위를 받은 뒤 백인제 교수님의 뒤를 이어 경성의전에서 교수직을 맡을 것이라고 예상하였습니다. 그런데 선생님은 평양에 있는 연합기독병원에서 진료를 시작하였습니다. 장기려 선생님의 청장년기는 일제 강점과 해방, 6.25전쟁 등 우리 사회가 격동하는 시기였습니다. 특히 남북이 서로 다른 이념으로 충돌을 빚기까지 했습니다. 그 와중에서도 환자를 우선 생각하는 그의 원칙은 변함이 없었습니다. 때로 좌, 우 양쪽의 오해를 받기도 했습니다. 작가 역시 쉽지 않았을 이야기를 잘 정리해냈습니다.

선생님은 학문적으로도 진료와 학문을 병행하여 1940년 나고야 제국대학교에서 의학박사 학위를 받았습니다. 1943년 우리나라에서는 처음으로 간암 환자에게서 간의 일부를 절제하여 치료하는 수술에 성공하였습니다. 1959년에는 역시 간암 환자에서 간 대량 절제술에 성공했습니다. 1947년에는 평양의과대학에서 그리고 김일성종합대학에서 외과 교수를 맡았지만, 1950년 12월, 전쟁의 혼란 중에 처자를 두고 차남 장가용(張家鏞)과 함께 월남하였습니다. 피난지 부산에서 서울대학교 의과대학 외과 교수가 되었습니다.

의료를 통하여 사람에게 봉사하는 삶은 의과대학을 졸업하고 바로 시작하였습니다. 특히 1951년 1월 부산 서구 암남동에 현 고신의료원의 전신인 복음병원을 세우면서 그의 봉사는 꽃을 피웠습니다. 1976년 6월까지 25년간 복음병원 원장으로서 인술을 베풀면서 피난민 등 가난한 사람에게는 무료로 진료해주었습니다. 1968년 한국 최초의 사설 의료보험 조합인 부산 청십자 의료협동조합을 설립하였고, 1976년에는 청십자 의료원을 설립하였습니다.

소설 『청년 의사 장기려』는 6.25전쟁이 발발하기 전까지의 그의 삶을 집중 조명하였습니다. 외과 의사로 활동한 선생님의 발자취를 뒤쫓는 작업이었기에 그가 처음으로 맡은 단독수술을 성공리에 마치는데서 이야기를 시작합니다. 담석에 의한 통증을 한약으로 다스리던 환자가 급성 담낭염으로 발전하면서야 병원을 찾았습니다. 목숨을 잃을 수도 있는 응급상황이었습니다. 당시 의료계는 "아무리 한의학이 수천 년의 역사를 지녔다 해도, 결국 이성이 결여된 미신에 지나지 않는다(8쪽)."라는 분위기였습니다. 하지만 장기려 선생님은 한의학의 근본이 자연과 인간의 조화를 추구하는 것이라고 믿었습니다. 따라서 만성적인 질병에는 효과적이지만 이런 급성환자에게는 맥을 못 춘다고 생각했던 것 같습니다. 근래 한의계에서도 의과의 의료기기를 사용할 수 있어야 한다고 주장합니다. 하지만 의료기기를 통하여 얻은 정보를 한의학적으로 어떻게 해석하는지, 그 원리가 무엇인지 분명하게 제시되어야 할 것입니다.

송도고보 시절 조만식 선생이 주창한 산업 입국론에 마음을 두었던 선생은 여순 공과대학에 입학원서를 넣었지만, 낙방을 하고 말았습니다. 이 무렵 선생 집안의 주치의였던 종기의(腫氣醫) 박 의원이 전해준 함경도 영흥의 에메틴 사건은 청년 장기려의 마음에 의학에 관심을 둔 계기가 되었습니다. 함경남도 영흥에서 페디스토마가 퍼졌을 때 일본인 공의가 치료를 담당했습니다. 그는 환자 상태를 면밀하게 관찰하면서 투여해야 할 에메틴을 마구잡이로 주사했습니다. 결과적으로 6명이 사망하고 93명이 심한 약물중독 증세를 보이고 말았습니다. 총독부 위생과에서는 감기로 인한 폐렴이라고 발표해서 사건을 덮으려 했습니다. 다행히 한성의사회 소속 의사들이 파고드는 바람에 백일하에 드러나고 말았습니다.

결정적으로 선생님을 의학의 길로 인도한 사람은 송도고보 동창 김주필이었습니다. 당시만 해도 가난한 사람들은 의사의 얼굴도 보지 못하고 죽음을 맞는 경우가 많았습니다. 김주필 역시 같은 상황에서 어머니의 죽음을 맞았던 것 같습니다. 김주필은 어머니의 죽음을 지킨 장기려 선생에게 의사가 되면 '가난한 사람들을 모른 척하지 않겠다(79쪽)'라는 약조를 하도록 했습니다. 김주필에게 약속한 대로 장기려 선생님은 의사가 되려고 작정하였습니다. 그리고 "만약 제가 의사가 된다면 의사를 한 번도 보지 못하고 죽어가는 사람들을 위해 평생을 바치겠습니다."라는 서원을 세웠습니다. 이 서원은 그로 하여금 경성의전의 외과학 교실 교수직을 맡아달라는 백인제 교수의 은근한 제안이나, 고등관에 해당하는 대전 도립병원 외과과장직을 사양하고 평양의 기독연합병원 외과를 선택하게 했습니다. 이런 장기려 선생님의 선택을 두고 백인제 교수님은 이렇게 말했답니다. "열 명의 제자를 키웠으면 가난한 사람들 속으로 들어가 평생을 바치겠다는 녀석도 한 놈쯤은 있어야 정상이야. 그 녀석이 바로 자네라서 더욱 좋아. (…)좋은 자리를 내팽개치고 좋아하는 녀석도 아마 자네가 유일할 걸세(161-2쪽).”

당시 평양은 배급제가 시행되고 하루가 다르게 물가가 뛰고 있었습니다. 일부 일본군과 관청에 줄을 대 호의호식하는 사람들도 있었지만, 도시 곳곳에 빈민굴이 넘치고 있었습니다. 선생은 병원을 쉬는 날이면 자원봉사자들과 함께 칠성문 밖 빈민촌과 용산면의 빈민촌을 찾아 무료로 진료를 했습니다. 이곳에 사는 사람들은 도성 안 사람들과는 달리 줏대와 자존심을 지키고 있었습니다. 조선왕조 내내 버린 자식 취급을 받던 평양사람들은 손으로 대동강 물을 거슬러 떠먹었다고 합니다. 그들이 스스로를 ‘강물을 거슬러 떠먹는 사람들’이라고 일컬었던 것은 스스로에 대한 연민과 자부심을 담은 것이었습니다.

일본이 저지른 전쟁이 막바지에 이르면서 평양은 많은 것들이 부족해졌고, 죽음이 일상처럼 되었습니다. 그리하여 죽음을 자연스럽게 받아들이는 차원을 넘어 생명을 가볍게 여기는 세상이 되어버렸습니다. 그 무렵 선생에게 황달이 찾아왔습니다. 신병요양을 위해 평양을 떠나 묘향산에 머물던 중에 해방을 맞았습니다. 선생님은 완쾌되지 않은 몸으로 평양으로 돌아왔고, 소련군이 진주한 가운데 현준혁이 주도하는 평남인민정치위원회의 위생과장을 맡았습니다.

정치와 담을 쌓고 살아온 선생님의 명성이 필요했던 조선공산당 북조선분국은 선생님에게 제1 인민병원의 원장을 맡겼습니다. 하지만 기독교도였던 선생이 병원장을 맡는 것이 부담스러웠던 당국의 속셈대로 병원장직을 물러났습니다. 그런데 이번에는 김일성대학에서 외과학 강좌장을 맡겼습니다. 선생님이 평양에서 진료를 시작할 때부터 교류하던 함석헌 선생께서 학생들을 선동했다는 이유로 투옥되었다가 풀려나 월남하기 직전에 만난 것이 그 무렵입니다.

평양이 급박한데도 선생님이 다른 선택을 하지 않은 이유가 있었을 것입니다. 어쩌면 "어떤 사상이나 주의에 너무 신경을 쓰지 마세요. 인민들이 장 선생을 원하고 있는데, (…) 사람들의 가슴속이 바로 장 선생의 고향이요 머물 곳입니다(303쪽)."라고 한 함석헌 선생의 조언처럼 자신을 찾는 환자들도 한몫을 했을 것입니다.

선생님의 대범함은 북한에서 이미 권력의 입지를 다진 김일성의 충수돌기염을 수술하는 과정에서 엿볼 수 있습니다. 김일성의 주치의는 태연하게 수술을 마친 선생에게 '수술하는 동안 손이 떨려 죽는 줄 알았다'라고 고백했답니다. 선생님은 그런 주치의에게 "그건 아마도 선생님께서 환자를 환자로 보지 않고 권력자로 보셨기 때문일 겁니다(318쪽)."라고 덤덤하게 답변했다고 합니다. 환자 중심의 생각을 하신 선생이었기에 6.25전쟁이 일어나고 국군이 평양을 점령했을 때는 국군 야전병원과 유엔 민사처 병원에서 진료하게 되었습니다. 결국은 평양에서 철수하는 국군을 따라 부산까지 내려갔습니다. 부산 제3 육군병원에서 근무하던 시절의 일화나 특무대의 감시를 받던 이야기는 간략하게 마무리하였습니다.

손홍규 작가는 장기려 선생님의 삶 가운데 어려운 사람들을 안타깝게 여기는 마음에 무게를 두었습니다. 제가 [양기화의 BOOK 소리]에서 이 이야기를 소개하는 이유이기도 합니다. 소명의식이 사라져가고 있는 이 시대의 의료인들이 그의 삶과 정신을 제대로 읽을 필요가 있겠다 싶어서입니다. (라포르시안: 2015년 1월 12일)

50 젊은 스탈린(사이먼 시백 몬티피오리, 시공사)

신학생, 시인, 은행 강도…우리가 모르는 '젊은 스탈린'

구소련의 독재자, 스탈린(1879년 12월 21일~1953년 3월 5일)은 1922년부터 사망할 때까지 소련 공산당 서기장이었고, 1941년부터 1953년까지 국가평의회 주석을 지냈기 때문에 우리나라와도 아주 밀접한 연관이 있습니다. 제2차 세계대전이 끝난 다음 한반도를 양분한 것이나, 6.25동란의 발발과정에 관여하였을 것입니다.

스탈린은 서구를 지향한 공업화와 농업을 강제로 집단화시켜 낙후된 소련의 사회구조를 개조시킴으로써 소련을 강대국으로 끌어올렸다는 평가를 받습니다. 이를 이행하는 과정에서 드러나는 불만을 잠재우기 위하여 비밀경찰을 동원하여 수많은 사람들을 죽음으로 몰아넣는 공포정치를 서슴지 않았습니다. 소련 사회의 구조개혁의 성공으로 제2차 세계대전에서 독일의 패전에 기여하였습니다. 그리고 전후 동유럽 국가들에 대한 소련의 지배가 가능하도록 만들었습니다. 로버트 C. 터커는 스탈린을 20세기의 이반 뇌제(雷帝)로 묘사하였습니다. 25년여에 걸쳐 누구의 간섭도 받지 않은 철권통치를 통하여 국민에게 극단적인 공포를 기억하게 만들었기 때문입니다.

1937~1838년 사이에 소련에서는 대략 150만 명이 총살되었다고 합니다. 스탈린이 직접 사형선고장에 서명한 것만도 거의 3만9천 명에 달했습니다. 그 가운데는 스탈린의 지인도 적지 않았다고 합니다. 대략 2,000만에서 3,000만 명의 죽음에 책임이 있는 스탈린을 '겨룰 자 없는 정치가, 편집증적인 과대망상가, 히틀러를 제외하고는 짝을 찾을 수 없을 정도로 어마어마한 참상을 저지른 정신이상의 대가'였다고 규정합니다. 사이먼 시백 몬티피오리는 『젊은 스탈린』에 스탈린이 저지른 철권정치의 내막을 기록했습니다.

스탈린에 관한 수천 권의 책이 서구에서 출간되었지만, 젊은 시절을 다룬 것은 거의 없습니다. 참고할 만한 자료가 없기 때문입니다. 새로 공개된 그루지야의 기록보관소에서는 어린 시절, 혁명가로서의 경력을 쌓아가는 과정, 폭력단의 일원이고, 시인이고, 수습 사제이던 시절, 한 여자의 남편이자 혈기방장한 연인의 남자. 사생아를 낳게 하고 여자와 아이들을 저버리는 남자로 살아온 과정에 대해 생생하게 말해줄 새 자료가 숨어있었습니다.

『젊은 스탈린』에서 저자는 진짜 기록을 바탕으로 비밀에 싸여있던 스탈린의 성장과정을 기술했습니다. 스탈린 숭배나 반스탈린 음모론의 어느 편으로도 기울지 않은 원본 그대로의 기록을 다루려 노력했다는 것입니다. 젊은 스탈린 주변에 모여든 캅카스 남자들의 폭력성과 부족주의는 라트비아, 폴란드, 유대인, 심지어는 러시아인들에 못지않았습니다. 이들은 길거리에서 자랐기 때문에 폭력단들의 전쟁, 부족들 간의 경쟁, 민족학살을 함께 겪고, 동일한 폭력의 문화를 수용하였던 것입니다. 즉 스탈린을 형성한 것은 비참했던 어린 시절보다 훨씬 더한 것이 기여했다고 보았습니다. 소련을 형성한 것이 마르크스주의 이념보다 훨씬 더 많은 것들이 개입되었던 것입니다.

소련의 성립이 마르크스주의에 기반을 두었음에도, 역설적으로 마르크스주의가 몰락하는 계기가 되었습니다. 일찍이 유럽의 지식인들은 마르크스주의에 대한 환상을 가지고 있었습니다. 이는 자본주의에 내재한 모순에 의하여 필연적으로 붕괴하고 프롤레타리아트가 주도하는 사회주의로 이행할 것이라는 예언 때문은 아니었습니다. 오히려 마르크스주의가 프로메테우스의 낭만적 환상과 완고한 역사적 유물론이 독특하게 혼합되어 있었기 때문입니다(토니 주트 지음, 『재평가』 195-196쪽, 열린책들, 2014년).

유럽의 지식인들은 공산주의자들이 보인 행태가 진정한 마르크스주의와는 다르다는 것을 알게 되었습니다. 1930년대 말 런던의 이스트엔드에서는 공산당 조직가들이 주도한 반전체주의 시위가 열렸습니다. 이때 조직가들은 사람들을 내보내 전체주의자들과 맞서 싸우게 하고는 자신들은 식당에 앉아 결과를 기다리더라는 것입니다. 결과적으로 공산주의자들은 노동자들을 밖으로 내보내 자신들의 이름으로 죽게 만들고 뒤따르는 이익을 거두는 사람들로 인식되었습니다. 그래서 영국 사람들은 소련의 공산주의자들은 진정한 마르크스주의자가 아닌걸 알게 되었습니다(토니 주트와 티머니 스나이더 지음, 『20세기를 생각한다』 113-114쪽, 열린책들, 2015년). 초기의 레닌주의에 매료되었던 지식인들도 1936년 스탈린의 시범 재판이나 1939년의 몰로토프-리벤트로프 조약을 보고서는 소련 공산주의에 환멸을 느꼈습니다. 그리고는 서구 마르크스주의자들은 스탈린과 레닌의 손에서 왜곡된 마르크스를 구출하기 위하여 마르크스주의와 공산주의의 사이의 연계를 최소화하려 노력했습니다.

러시아혁명은 1905년과 1917년 두 단계에 걸쳐 진행되었습니다. 1905년 굴욕적인 러일전쟁의 패배 이후에 300년 이상 지속된 로마노프왕조의 실정에 불만을 품은 시민들이 시위를 벌였습니다. 군대가 동원되어 평화적 시위를 하는 시민들을 무차별적으로 살상하였습니다. 시위대가 엄청난 규모의 파업으로 맞대응하면서 사태는 절정으로 치달았습니다. 철도노동자들의 파업과 시베리아철도 주변 부대의 부대들이 반기를 들면서 황제는 헌법제정과 의회의 창설을 약속하는 것으로 철도와 군대를 다시 장악하고 혁명을 수습했습니다.

이렇게 구성된 의회도 걸핏하면 해산시키는 등 반동정책이 계속되었습니다. 1914년 일어난 제1차 세계대전 기간에 러시아군이 보여준 무기력함에 더하여 경제가 파탄지경에 이르자 1917년 3월 8일 제국의 수도 페트로그라드에서 시민봉기가 일어나고 대다수의 수도경비대가 여기에 동조하기에 이르렀습니다. 니콜라이 2세 황제가 퇴위를 결정하고 임시정부가 들어섰습니다. 권력은 '페트로그라드 노동자·병사 대표 소비에트'로 넘어갔습니다. 소비에트는 페트로그라드 시내와 외곽지역의 공장 및 군부대에서 선출된 2,500명의 대표자들로 구성되었습니다. 소비에트는 소련의 전역으로 확산하였고, 6월 16일에는 제1차 전(全) 러시아 소비에트 대회가 열렸습니다. 이때 사회혁명당이 최다석을 차지하였고, 멘셰비키와 볼셰비키 순이었습니다. 7월에 케렌스키를 총리로 하는 임시정부가 출범하였습니다. 하지만 좌익의 탈퇴로 사회적 혼란이 가중되었습니다. 9월 무렵에는 볼셰비키와 제휴세력인 좌파 사회혁명당원들이 사회혁명당과 멘셰비키를 제압하게 됩니다. 그리고 10월 24~

25일(신력 11. 6~7) 사이에 봉기하여 정권을 장악하였습니다.

저자는 『젊은 스탈린』에서 볼셰비키 혁명의 과정이나 이념적 배경은 전혀 언급을 하지 않고, 단순하게 스탈린의 삶에 초점을 맞추었습니다. 그 대부분도 혁명 이전의 행적에 맞추어져 있습니다. 앞서도 말씀드렸습니다만, 스탈린에게 영향을 미친 캅카스의 사회적 분위기가 중요하다고 보았기 때문입니다. 서문은 1907년 6월 26일 지금의 그루지야공화국의 수도인 트빌리시의 중앙광장에서 일어난 은행 강도 사건에서 시작합니다. 이 사건은 29살의 스탈린이 주도하였고, 강탈한 돈은 레닌에게 보내졌습니다. 이 사건에서 카자크, 은행 직원, 무고한 보행자 등 40여 명이 사망했습니다. 스탈린은 뻔뻔한 은행 강도, 살인자, 해적, 방화범 등으로 점철된 경력을 쌓기 시작한 것입니다.

스탈린은 1878년 12월 6일 그루지야의 작은 도시 고리에서 젊은 제화공 베소 주가시빌리와 예카테리나 케케 겔라제 사이에서 세 번째 아들로 태어났습니다. 스탈린의 두 형은 홍역 등으로 태어나자마자 사망했고, 그로 인해 아버지 베소는 알코올 중독에 빠졌습니다. 어렸을 적에 소소라고 불렸던 스탈린이 다섯 살이 되었을 무렵 베소는 편집증에 시달리는 알코올 중독자였고, 걸핏하면 폭력을 휘둘렀다고 합니다. 이런 상황에서 아들이 주교가 되기를 바란 케케는 소소를 성직자의 자녀만 입학할 수 있는 교회학교에 입학시켰습니다. 어떻게 가능했는지는 비밀이라고 하네요.

교회학교에서의 소소는 공부를 잘하는 합창단 소년인 동시에 길거리의 싸움꾼이었습니다. 반은 옷을 잘 입은 마마보이이며 나머지 반쪽은 부랑아인 이중적인 모습으로 성장했습니다. 아버지의 폭력성과 형편없는 처신, 열정적인 어머니의 사랑, 그리고 타고난 영리함과 거만함이 복합적으로 작용하였기 때문입니다. 평소에는 침착하고 신중했지만, 화가 나면 잔인해져 마구 욕을 하면서 극단으로 치달았다고 합니다. 다른 사람보다 잃을 것이 없었고 감정적인 애착 대상이 별로 없었기 때문으로 해석합니다.

그런데도 전교에서 가장 뛰어난 학생인 소소는 그림, 연극, 합창 등 다양한 재능을 보였습니다. 1890년 1월 6일 합창단원들이 교회 밖 행사에 나갔을 때, 통제를 잃은 마차에 소소가 치어 큰 부상을 당하고 병원에 입원하였습니다. 이때 베소가 등장해서 소소를 자신이 일하는 구두공장에 도제로 등록시켰습니다. 물론 케케가 후원자들을 동원하여 소소를 다시 교회학교로 돌려놓을 때까지 힘겹게 일하면서 쥐꼬리만 한 임금을 받았습니다. 베소의 납치사건 이후로 소소는 폐렴을 심하게 앓았고, 학교에서도 점점 반항아로 변해 갔습니다.

교회학교를 졸업하고 소소는 뛰어난 성적으로 트빌리시의 신학교에 진학하였습니다. 그 무렵 트빌리시는 그루지야 민족주의와 마르크스주의로 열광하고 있었습니다. 학교의 엄격한 통제에도 불구하고 소소는 금지된 사회주의 문헌을 읽는 비밀 독서회에 가입하였습니다. 그리고 이때 마르크스와 엥겔스의 저서를 읽게 됩니다. 그리고 봄에는 신학교 밖으로 몰래 나가 철도노동자들의 모임에 참석합니다. 낭만적인 시인이었던 스탈린은 '반쯤 신비주의적인 신앙'을 가진 '독실한 광신주의자'가 되어 갔습니다.

소소는 결국 신학교를 떠나게 됩니다. 그리고 기상관측소에 일자리를 얻으면서 급진적인 동료들과 함께 조직적인 행동을 시작합니다. 트빌리시의 헌병대 장교를 살해할 계획을 세우는 등 직업적인 비밀 투사의 길을 밟았습니다. 파업선동, 시위와 파괴를 주도하면서 경찰과 헌병대의 감시를 받고, 체포되지 않기 위하여 끊임없이 몸을 피해야 하는 고단한 삶이 이어졌습니다. 붙잡혀서 시베리아 유형을 당했지만 이내 탈출해서 새로운 투쟁을 시작했습니다.

1905년 스탈린은 볼셰비키 당 대회에 참석할 캅카스 대의원으로 선출되었고, 제국의 수도에서 레닌을 처음 만났습니다. 양쪽 부모가 모두 세습 귀족인 레닌은 볼품없이 생겼지만 그의 삶은 마르크스주의 혁명에 대한 광신적인 헌신으로 일관되었습니다. 스탈린은 이때 만난 레닌에 대하여 "'입만 살아있는 수많은 사람들 중'에서 그토록 뛰어나게 만드는 것은 그의 지성의 힘과 완전한 실용성의 융합이었다(287쪽)."라고 평했다고 합니다.

이후 스탈린은 레닌에게 경도되어 갔고, 스탈린의 강한 추진력에 매료된 레닌 역시 스탈린을 중시하여 결국에는 후계자로 지목하였던 것입니다. 스탈린 역시 모든 활동이 레닌을 중심으로 이루어졌습니다. 『젊은 스탈린』을 통해서 저자가 밝히고자 한 것은 스탈린의 냉혹한 성격이 어떻게 형성되었는가 하는 것입니다. 스탈린의 성장 배경에 더하여 러시아제국 시절부터 운용해온 비밀경찰들의 은밀한 활동으로 어느 조직이나 배신자가 끼어들 가능성이 있어 조금이라도 의심스러운 구석이 있으면 단호하게 쳐내는 전략을 구사해야만 했던 것도 중요한 요소였습니다. 스탈린의 그런 냉혹한 성격은 수없이 등장하는 여성들과의 관계를 맺고 상황이 바뀌면 관심을 두지 않은 데서도 읽히는 것 같습니다. (라포르시안: 2015년 10월 5일)

51 호세 무히카 조용한 혁명(마우리시오 라부페티, 부키)

'세계에서 가장 가난한 대통령'으로 사랑받았던 호세 무히카

연전에 중남미 국가들을 여행할 기회가 있었습니다. 그 무렵 중남미에 관한 다양한 책들을 읽었습니다. 마우리시오 라부페티의 『호세 무히카 조용한 혁명』은 우연히 읽게 된 책입니다. 이것도 인연이라면 묘한 인연입니다. 남미국가들은 우리나라에서는 가장 먼 지구 반대편에 있습니다. 그래서인지 관심을 많이 두지 못한 점이 있습니다. 하지만 최근 2014년 브라질에서 월드컵대회가 열리고, 2016년에는 역시 브라질에서 올림픽경기가 열리는 등 다양한 이유로 남미에 대한 관심이 커졌습니다. 필자 역시 그런 분위기에 편승하여 남미를 여행하게 되었습니다.

1986년 9월 우루과이의 푼타델에스테에서 열린 관세 및 무역에 관한 일반협정(GATT) 각료회담에서 논의가 시작되었습니다. 협상은 몬트리올, 제네바, 브뤼셀, 워싱턴, 도쿄로 이어졌습니다. 오랜 산통 끝에 1993년 12월 모로코의 마라케시에서 최종 타결을 보았습니다. 우루과이에서 논의를 시작했다고 해서 '우루과이 라운드'라고 부릅니다. 브라질과 아르헨티나의 사이에 끼어 있는 우루과이

는 남대서양의 해안을 밑변으로 하는 삼각형 모양의 나라입니다. 약 17만㎢(한반도의 0.798배)의 면적에 인구 334만 명의 작은 나라로 수도는 대서양 해안에 있는 몬테비데오입니다.

호세 무히카는 도시 게릴라로 활동한 극단적인 행동주의자입니다. 이런 분이 대통령을 지낼 수 있었던 배경을 이해하려면 아무래도 우루과이의 역사적 배경을 알아야 하겠습니다. 1536년 정복을 시작한 스페인 사람들은 파라과이의 아순시온과 아르헨티나의 부에노스아이레스를 중심으로 한 지역만 통치했습니다. 우루과이 지역은 1680년 포르투갈 사람들이 정착할 때까지 외부세력의 유입이 없었습니다. 1726년에는 스페인 사람들이 포르투갈 사람들을 몰아내고 몬테비데오를 세웠습니다. 라틴아메리카에서 우루과이는 독특한 위치에 있습니다. 이 지역에는 원주민들이 많지 않았을 뿐 아니라 유럽의 이주민들과 접촉이 거의 없었습니다. 19세기 중반 20세기 초까지 백인들이 이탈리아와 스페인으로부터 이주해오면서 우루과이는 인종적으로 라틴아메리카의 백인국가가 된 것입니다.

파라과이는 1811년 독립을 선언하고, 스페인의 지배를 받던 부에노스아이레스와 결별하였습니다. 반면 우루과이는 1816년 포르투갈계인 브라질제국에 합병되었습니다. 1828년까지 시스블라티네 지방으로 유지되다가 1830년에는 브라질과 아르헨티나의 완충국가로 독립하였습니다. 독립 후 우루과이는 까우디오(caudillo)라고 하는 정치 엘리트들이 블랑꼬스(Blancos, 보수주의, 백색당)와 꼴로라도스(Colorados, 자유주의, 홍색당)라는 전통적인 두 정당에 참여하여 공동참여와 타협이라는 과정을 통하여 이끌어왔습니다.

20세기 초반 집권한 홍색당은 공익회사와 외국은행을 국유화하고, 연금법을 제정하였으며 노동자의 권리를 보장하는 등 진보적인 정책을 펼쳤습니다. 수출과 수입대체를 통하여 꾸준한 성장을 이끌었습니다. 하지만 1950년대까지 확장 일로에 있던 수출과 극심한 보호무역에 기댄 산업화에 지나치게 의존하였던 것이 부메랑이 되고 말았습니다. 수출이 부진해지면서 시작된 외화 부족으로 국가의 위기가 초래된 것입니다.

20세기 중반 경제적 난관에 봉착하면서 백색당이 집권에 성공하였습니다. 하지만 이에 대한 반동으로 자본주의 체제 철폐를 내세운 뚜빠마로 민족해방운동이라는 도시 유격대가 등장하였습니다. 중산층 직장인, 젊은 지식인, 학생들로 구성된 뚜빠마로는 폭력과 살인, 약탈을 저질렀습니다. 외국의 외교관을 납치하거나 살해하기도 했습니다. 군부 요인이 살해되는 사건이 나자 결국 군부가 나서서 무장게릴라들을 완벽하게 소탕하였습니다. 이 과정에서 무장유격대와 무관한 사람들까지 피해를 보는 일도 많았습니다.

뚜빠마로의 극단적인 행동주의는 결국 군부독재를 불러왔습니다. 1980년대 초반까지 군부가 정권을 통제하였습니다. 뚜빠마로로부터 입수한 정보를 바탕으로 부패 척결에 나선 군부는 초기 경제 상황이 호전되면서 민심을 얻을 수 있었습니다. 하지만 80년대 들어 경제 상황이 다시 악화하면서 민주주의로의 회귀를 열망하는 국민의 궐기가 시작되었습니다. 결국 1984년 선거에서 홍색당의 훌리오 마리아 산귀네따가 대통령이 당선되어 민주주의 체제를 공고히 하게 되었습니다(잰 니퍼스 블랙 편저, 『라틴아메리카 문제와 전망』 801-835, 이담출판사, 2012년).

본론으로 돌아가서 호세 무히카 전 우루과이 대통령의 삶을 조명한 『호세 무히카 조용한 혁명』을 읽어보겠습니다. 비록 '조용한 혁명(La Revolución Tranquila)'이라는 제목이지만, 그의 삶은 결코 조용한 것은 아니었습니다. 열네 살에 정치에 뛰어든 것도 범상치 않습니다. 젊은 시절 뚜빠마로의 지도자로 활동한 것이나, 대통령직에서 물러나 몬테비데오 근교에 있는 농장주택에서 살고 있지만, 전 세계 언론의 관심을 끄는 것도 마찬가지입니다. 퇴임한 대통령이 언론의 주목을 받는 것은 재임 시절에 감추었던 불미스러운 사건이 불거졌거나, 무언가 이야깃거리를 만들어내는 경우입니다. 그런 점에서 본다면 무히카 대통령은 후자의 경우입니다.

소탈하며 무소유의 삶을 주장하는 그의 철학이 세인들의 이야깃거리가 되고 있습니다. 세인들의 관심을 떨쳐내지 못하는 것은 어쩌면 그가 스타의식에 사로잡혀 있거나 대통령직에 대한 미련이 남아 있기 때문은 아닐까요? 남미국가의 경우는 선거에서 져 물러났던 대통령이 다시 권좌에 복귀하는 경우가 많습니다.

『호세 무히카 조용한 혁명』을 쓴 마우리시오 라부페티는 우루과이의 기자이며 정치 칼럼니스트입니다. 다양한 해외 매체와 무히카의 인터뷰를 진행하는 등 무히카와 접촉할 기회가 많았던 것이 이 책을 쓴 배경이 되었을 것입니다. 저자는 무히카 대통령이 가지고 있는 장점을 잘 파악하여 부각시키고 있습니다. 그런데 무히카의 삶의 궤적 가운데 문제가 있다고 보이는 점까지도 잘 포장해 냈습니다. 한 사람의 전기를 기록할 때는 객관적 태도를 유지해야 합니다. 그런데 저자는 그렇지 못한 것 같습니다. 그래서인지 도시유격대 출신 무히카 대통령에 대한 용비어천가처럼 읽혔습니다.

저자는 무히카가 평화주의자라는 점에 의심의 여지가 없다고 주장합니다. 그렇다고 해서 그의 뚜빠마로 경력이 지워지는 것은 아닐 것입니다. 우루과이의 도시유격대 운동이 저지른 잘못은 군부가 정치에 개입하는 꼬투리를 제공한 것입니다. 두 번째는 활동과정에서 살인을 저질렀다는 점입니다. 유격대 요원을 고발한 사람이나, 정치적 표적을 제거하기 위한 살인도 용납할 수 없는 일입니다. 하물며 투쟁과정에서 무고한 민간인까지 살해한 것은 어떤 변명으로도 용서받을 수 없습니다. 무히카는 민간인의 죽음에 대하여 '변명의 여지가 없다'라고 말했습니다. 하지만 '어떻게 결정된 일이었는지 나는 모르겠다'라고 면피성 변명을 내놓았습니다.

마지막으로 활동비를 확보하기 위하여 은행 등, 있는 자들을 약탈한 것 역시 윤리적이지 못한 일입니다. 이와 같은 불법단체에서 지도자 역할을 한 사람이 한 국가의 대통령이 될 수 있는 나라가 정말 이해되지 않는 것입니다. 목적을 위해서는 수단은 문제가 될 수 없다는 인식은 절대로 받아들여져서는 안 될 일입니다. 만약에 뚜빠마로의 행적을 문제 삼지 않는다고 한다면 군부가 독재를 펴는 동안 저지른 잘못을 추궁할 논리가 사라지는 것입니다.

동성애자의 결혼 허용이나 임신중절수술 그리고 대마초의 재배 유통을 합법화한 것이 대통령 재임 중 이룩한 특별한 성과라고 합니다. 동성애자에 대한 차별이 없는 것으로 충분한 일을 굳이 결혼까지 허용하는 것이 옳은가 하는 생각입니다. 대마초를 합법화한 것을 라틴아메리카지역의 고질적인 문제인 마약의 밀거래를 분쇄하기 위한 획기적인 조처라고 칭송하는 것도 과연 옳은가 싶습니다. 바늘도둑이 소도둑 된다는 우리네 옛말처럼 합법화된 대마초를 사용하여 얻은 일탈적인 쾌감을 맛본 사람들이 쾌감의 강도를 높이기 위하여 마약을 찾게 될 수도 있지 않을까요?

한 걸음 더 나아가 미국의 관타나모 수용소에 수감 되어 있는 사람들을 받아들이거나, 시리아 내전의 소용돌이에서 부모를 잃은 고아들을 받아들이는 결정을 내렸습니다. 나아가 콜롬비아 유격대와 정부 사이의 협상중재에도 나섰습니다. 이러한 국제정치 행보는 2013년부터 노벨평화상의 후보자 명단에 이름을 올리면서 시작된 것으로 순수성이 의심된다는 점을 밝혀둡니다. 실제로 저자 역시 무히카가 노벨평화상에 야망을 품고 있음을 감추지 않습니다.

그밖에 내정 운용에 있어서 별로 내세울 업적이 없는 것 같습니다. 정부 정책은 민간부문이나 정부 부문의 노동자들의 귀족적 행태로 인하여 개혁적으로 추진할 수 없는 좌절을 겪어야 했습니다. 좌파세력이 지배하고 있는 노동부문이 국가 발전을 가로막는 최대의 적이었습니다. 그러나 '좋지만 불확실한 변화보다는, 나쁘지만 잘 아는 현상유지가 더 낫다'라는 해괴한 논리에 맞설 대책을 내놓지 못했던 것입니다. 그런가 하면 신중하지 못한 말로 벌어지는 구설수도 적지 않았습니다. 그래서 무히카 전 대통령은 전형적인 대중주의자(populist)가 아닌가 싶은 생각이 들었습니다.

은퇴한 대통령 무히카가 즐기는 소탈한 삶이나 그가 주장해온 삶에 관한 철학은 분명 배울 점이 있습니다. 2013년 9월 유엔총회에서 무히카 대통령이 한 연설의 한 대목입니다. "우리는 비물질적인 오래된 신들을 희생시키고, '시장 신'을 사원에 모시고 있다. '시장 신'은 우리에게 경제, 정치, 습관, 삶을 설계해 주고, 할부금과 카드로 외적인 행복까지 융자해준다. 우리는 소비하고 또 소비하기 위해 태어난 것처럼 느끼고, 그렇게 못할 경우 좌절과 가난을 짊어지고 급기야 스스로를 소외시킨다(51쪽).” 소비 자체가 잘못된 것은 아닙니다. 다만 그가 경계하는 소비주의는 소비 자체보다는 낭비가 잘못된 것이라는 점을 분명히 합니다.

남들과 비교해서 가진 것이 없기 때문에 가난하다고 인식하는 것이라고 그는 말합니다. 가난하다고 느끼는 사람은 필요한 것이 많아서 만족할 줄 모르는 사람인 것입니다. 물질적인 것에 얽매이지 않으면 삶이 여유로워지는 것입니다. 사실은 사회의 문제는 남의 삶에 간섭하기 좋아하는 사람들이 불어넣는 바람 때문에 사람들이 점점 더 갈증을 느끼게 되고, 사회에 대한 불만이 쌓여가는 것 같습니다. 노력하지 않으면서도 땀 흘린 사람들이 쌓은 것들을 부러워하고 뺏을 궁리를 하는 것은 아닌가 돌아볼 일입니다. 그런 점에서 무히카의 절제하고 자족하는 삶은 분명 배울 점이라고 생각합니다. (라포르시안: 2016년 2월 22일)

52 책과 밤을 함께 주신 아이러니(호세 카를로스 카네이로, 다락방)

불행히도 그는 보르헤스였다

[양기화의 BOOK 소리]에서 호르헤 루이스 보르헤스의 『픽션들』을 소개해드린 바 있습니다. 「기억의 천재 푸네스」라는 단편 때문에 읽었습니다. 이 책에 실린 열여덟 개의 단편을 읽으면서 이야기가 전개되는 시간적 공간적 배경의 다양함에 놀랐습니다. 그리고 이야기 전개의 기술적 요소로 사용하고 있는 '미로'라는 개념이 공간적인 이미지에서 시간적 이미지에 이르기까지 다양하게 활용하고 있는 점도 매력적이었습니다.

『픽션들』 읽기는 『알레프』 읽기로 이어졌습니다. 그 무렵 참석했던 민음 아카데미의 '보르헤스 강좌'에서 다룬 두 번째 교재였기 때문입니다. 결국 보르헤스의 환상 문학에 빠지고 말았습니다. 그에 대한 공부를 더 깊이 하지 않았던가 하는 안타까운 마음이 들었습니다. 『픽션들』이나 『알레프』에 실린 단편들을 제대로 이해하기에는 미진한 구석이 남았기 때문입니다. 호세 카를로스 카네이로의 『책과 밤을 함께 주신 신의 아이러니』는 그때 읽었어야 할 책입니다. 늦었지만 지금이라도 이 책을 소개할 수 있어서 참 다행입니다. 혹시 이 책을 읽으시려면 『픽션들』과 『알렉스』를 먼저 읽으시기를 권합니다. 이 책을 이해하는 데 도움이 될 것이기 때문입니다. 이 책을 읽으신 다음에는 『픽션들』과 『알렉스』를 다시 읽어봐야겠다는 생각이 들 것입니다.

스페인의 갈리시아 출신의 소설가이자 시인인 호세 카를로스 카네이로는 많은 문학상을 수상했다고 합니다. 우리나라에는 『책과 밤을 함께 주신 신의 아이러니』만 소개되었을 뿐이며 작가 소개도 소략하다 싶습니다. 이 책을 우리말로 옮긴 김현균 교수님은 『책과 밤을 함께 주신 신의 아이러니』야 말로 '평생 문학에 헌신한 보르헤스의 삶에 바치는 헌정작(오마주, hommage)'라고 정의합니다. '보르헤스는 문학을 통해 끊임없이 자신을 탈개성화하고 복수화하고 종국에는 보이지 않는 사람으로 자신의 얼굴을 감춘다. 그러나 이 책은 복잡한 추상과 심오한 형이상학 속에 투영된 보르헤스의 맨얼굴을 들추어 보여준다(253쪽)'라고 설명합니다.

보르헤스는 도서관과 떼어낼 수 없는 삶을 살았습니다. 그의 독서 편력은 기호학, 해체주의, 환상적 사실주의, 후기구조주의, 포스트모더니즘 등 20세기 문학사는 물론 지성사의 핵심을 섭렵하기에 이르렀습니다. 이와 같은 풍부한 책 읽기는 그의 작품세계를 풍요롭게 만들었습니다. 약관 무렵 시작한 글쓰기는 시, 평론, 수필, 단편소설 등 광범위하였지만 장편 소설은 없었습니다. 그는 20세기 세계 문학의 지배자로 탈근대주의(postmodernism)를 창시한 인물입니다. 특히 라틴아메리카 문학은 보르헤스 전과 후로 나눈다고 평가됩니다.

저자는 부에노스아이레스에서 태어나 제네바에 묻힐 때까지 호르헤 루이스 보르헤스의 삶을 18개의 시기로 구분하였습니다. 저자는 특히 보르헤스의 작품으로 그의 삶을 정의하였습니다. 즉 '문학이 된 삶이자 삶이 된 문학'을 논하는 셈입니다. 작가 스스로도 이 책을 한 편의 이야기라고 정의합니다. 따라서 보르헤스를 마치 가공의 인물인 것처럼 느끼며 읽어도 좋을 수 있겠다고 합니다. 한편 저자는 보르헤스의 전기를 구성하면서 기억할 만한 구절을 『모래의 책』에 있는 「울리카」에서 가져왔습니다. "나의 이야기는 사실에 충실할 것이다. 적어도 사실에 대한 나의 개인적인 기억에 충실할 것이다. 사실이나 사실에 대한 나의 기억이나 매한가지다(12쪽)."

『책과 밤을 함께 주신 신의 아이러니』의 18개의 주제 가운데 첫 번째와 마지막 이야기는 서문과 후기로 가름할 수 있습니다. 따라서 보르헤스의 삶에 대한 이야기는 모두 16개의 장으로 구성된 셈입니다. 18개의 이야기가 모두 재미있게 읽히지만, 특히 공감이 가는 부분을 중심으로 발췌해봅니다. 먼저 시간과 영원성에 관한 일련의 에세이를 담은 『영원의 역사』를 소개하면서 저자는 "보르헤스를 읽는 것은 삶 그리고 문학과의 화해의 몸짓이다. 보르헤스는 종종 이해할 수 없는 말을 던진다. 그러나 바로 그 순간 우리는 그의 말을 이해하고 발가벗기고 상상하는 과정에 있다는 것을 깨닫게 된다(60쪽)."라고 했습니다. 그리고 쉽게 이해하기 위해서 보르헤스를 큰 소리로 읽어야 한다고 했습니다.

『픽션들』에서 읽을 수 있는 「바벨의 도서관」이야말로 문학에 관한 최상의 은유라고 저자는 말합니다. 보르헤스는 미겔 카네 도서관에서 보조 사서로 일하던 1941년에 이 단편을 썼습니다. 바벨탑은 노아의 후예들이 하늘에 오르기 위하여 쌓다가 신의 노여움을 사 무너진 탑입니다. 바벨탑 쌓기는 애초에 불가능한 일이었습니다. 하지만 보르헤스는 모두가 불가능하다고 생각하는 책의 불멸을 의미하는 도서관을 세웠습니다. 그리고 과학은 그런 도서관이 가능하게 하는 것 같습니다. 움베르토 에코는 『장미의 이름』에서 보르헤스와 그의 도서관을 등장시키기도 합니다. 뿐만 아니라 랄프 이자우는 『비밀의 도서관』에서 「바벨의 도서관」의 개념을 확장했습니다. 알렉산드리아 도서관에서처럼 불에 타서 세상에서 사라진 책은 물론 저자가 기획하는 단계에 있는 책의 내용을 담고 있는 책들까지도 소장되어 있는 환상의 도서관을 구상한 것입니다. 랄프 이자우의 『비밀의 도서관』 수준까지는 몰라도 보르헤스가 그렸던 「바벨의 도서관」은 전자 기술의 발전에 힘입어 조만간 구현이 가능하지 않을까 생각도 해봅니다.

남미 여행길에 아르헨티나를 방문했을 때 페론과 에비타에 대하여 여전히 긍정적으로 인식하는 아르헨티나 국민이 적지 않다는 느낌이 들었습니다. 아마도 산업화와 적극적인 부의 재분배정책을 폈기 때문인 것 같습니다. 그런데도 보르헤스는 페론에 반대하는 입장을 견지하였습니다. 대중주의적 정책의 이면에 숨은 페론의 독재정치에 반발하였기 때문입니다. 1954년 페론은 초심을 버리고 대중적 반발을 불러온 전체주의적 협동조합주의를 내세웠습니다. 뿐만 아니라 이혼법 개정으로 사제단과 갈등이 불거지면서 입지가 무너지기 시작했습니다. 부정부패, 반복되는 정변(政變) 기도, 심각해진 경제 상황, 극단적 보수주의자들에 의하여 저질러지는 폭력 행위 등으로 페론은 대통령직에서 물러나게 됩니다. 페론의 퇴장과 함께 보르헤스는 국립도서관장으로 임명되어 그의 천직이라고 할 도서관으로 복귀하였습니다.

도서관으로 돌아와 80만 권이나 되는 책들을 탐사할 수 있었지만, 기쁨은 오래 가지 못했습니다. 시력이 나빠지기 시작한 것입니다. 이 무렵의 심정을 담은 시가 시집 『창조자』에 실린 「축복의 시」입니다. 옮긴이는 "어느 누구도 탄식이나 비난쯤으로 폄하하지 않기를, / 기막힌 아이러니로 내게 / 책과 밤을 동시에 주신 / 신의 오묘함에 대한 나의 소회를(109쪽)."이라는 첫 번째 연에서 이 책의 제목을 따왔다고 했습니다.

실명도 문학에 대한 그의 열정을 잠재우지는 못했습니다. 보르헤스에게 책을 읽어주고 그를 대신해 글을 써줄 사람들이 많았던 것입니다. 그의 어머니 레오노르 아세베도 데 보르헤스가 가장 핵심적인 역할을 했습니다. 그녀는 보르헤스의 삶에서 가장 능률적이고 가장 성실한 후원자였습니다. 어머니의 사랑은 그 어떤 사랑보다도 위대한 것입니다. 그녀로 인하여 보르헤스의 새로운 신화가 탄생하게 됩니다. 다른 사람의 눈을 통하여 책을 읽는 사이 그의 마음속에서는 생겨난 빛이 아름다운 시어들을 만들어낸 것입니다. 책과 밤을 함께 주신 신의 아이러니가 아닐 수 없습니다.

『픽션들』에 수록된 단편들과는 달리 『알레프』에 실린 단편들은 별도의 장으로 구분하여 설명을 하고 있습니다. 그래서 이해가 미진했던 부분들을 집중적으로 들여다볼 수 있습니다. 보르헤스는 항상 가장 좋은 작품으로 단편집을 시작하고 끝내기를 좋아했다는 점도 기억해 둘 필요가 있습니다. 『알레프』의 경우는 「죽지 않는 사람」으로 시작해서 표제작 「알레프」로 마무리됩니다. 「죽지 않는 사람」의 주인공, 즉 나는 로마제국의 디오클레티아누스 시절의 군단

사령관입니다. 갠지스강 너머에서 온 기병으로부터 서쪽 끝에 가면 인간을 죽음에서 깨끗하게 하는 비밀의 강이 있다는 사실을 전해 듣습니다. 나는 그 강변에 있다는 원형극장과 사원이 즐비한 '죽지 않는 사람들의 도시'를 찾아 나섰습니다. 결국 그 강을 찾아 물을 마신 나는 불멸의 존재가 되어 20세기 초반까지 세상을 떠돌며 살다가 20세기 초 에리트레아 해안의 어느 도시 외곽에서 샘물을 마시고는 다시 죽는 존재가 되었습니다.

죽지 않는 존재와 죽는 존재로 거듭 살아본 주인공은 두 가지 형태의 삶에 대하여 이런 생각을 합니다. 죽을 운명의 모든 존재들에게는 모든 것이 회복할 수 없고 불안한 가치를 지니는 데 반하여, '죽지 않는 사람들'에게 각각의 행동은 무한히 반복되는 일이 될 수 있다는 것입니다. 영화 『사랑의 블랙홀』에서처럼 말입니다. 반복되는 일상이라면 지겨워서 차라리 죽음을 선택할 수 있기를 희망할 수도 있겠습니다. 이런 의미를 담아가면서도 보르헤스는 호메로스를 등장시켜 자신을 호메로스와 동일시하는 느낌을 줍니다. 그러면서도 자신은 보르헤스일 뿐으로 율리시스처럼 죽는 존재가 될 것이라는 점을 확인합니다.

보르헤스는 젊은 시절 썼던 시로 인하여 공산주의자로 몰리기도 했습니다. 하지만 체 게바라나 카스트로 등과 불화를 빚을 정도의 반공주의적 열정을 가지고 있었습니다. 이런 입장은 당시 사회주의 및 공산주의의 좌파에 철저하게 경도된 많은 젊은 작가 혹은 기성 작가들과 달리 정치적 대세에 맞서는 것이었습니다. 그는 때로 인신공격과 심지어는 죽이겠다는 협박까지도 받았습니다. 젊은 시절에 썼던 수필 때문에 매카시 열풍이 일었을 때 미국 비자를 받지 못한 적도 있습니다. 훗날에는 비교적 친미적 성향을 보였습니다.

많은 나라에서 훈장과 문학상을 수도 없이 받았습니다. 그리고 많은 대학에서 명예박사학위도 받은 보르헤스였습니다. 하지만 노벨 문학상만큼은 끝내 그를 외면했습니다. 스웨덴 학술원은 노벨상을 수여하고 50년이 경과하면 선정 과정에서 논의된 기록을 공개한다고 합니다. 이제 그의 수상이 점쳐지던 1970년대 후반부터 그가 죽은 1986년까지의 기간이 얼마 남지 않았으니 그 사연을 알게 될 날도 멀지 않았습니다. 혹자는 보르헤스가 단 한 편의 소설도 쓰지 않았던 것이 약점이라고 합니다. 시인이 수상한 경우도 많다는 점을 보면 딱히 약점이랄 것도 아닐 듯합니다. 1976년 칠레 정부가 수여하는 훈장을 받기 위하여 산티아고를 방문하였을 때, 독재자 피노체트와 포옹한 것 때문에 노벨상 수상이 물 건너갔다는 주장도 있습니다. 그런가 하면 스웨덴의 스톡홀름에서 열린 어느 작가들의 모임에 참석했을 때의 보르헤스의 행적도 지적됩니다. 어느 시인이 낭송하는 시가 마음에 들지 않았던 그는 특유의 빈정거림으로 자신의 느낌을 나타냈다고 합니다. 공교롭게도 훗날 그 시인이 스웨덴 학술원의 사무총장이 되었다는 것입니다.

그리고 보면 문학을 하시는 분들 가운데는 호불호를 솔직하게 표현하는 경향이 있는 모양입니다. 저자는 헤밍웨이와 보르헤스 사이에 있었던 사연도 소개합니다. 굳이 그럴 까닭까지는 없었을 터인데, 보르헤스를 혐오했다는 헤밍웨이는 1950년에 다음과 같은 엽서를 보르헤스에게 보냈다고 합니다. “친애하는 보르헤스여, 다이키리의 대성당인 이곳 엘 플로리다에서 쿠바 친구 리노 칼보가 나에게 『알레프』를 건네주었네. 분명 지랄같이 좋은 책일세. 여기서는 자네가 스페인어권 최고의 작가라고들 한다네. 그러나 엿 먹으시라. 그대는 평생 운동장 밖으로 공을 차내지 못할 걸세, (…) 엘토레 블랑코 만세. 마음으로부터 아빠가(150-151쪽)" 보르헤스도 그냥 있지만은 않았다고 합니다. 헤밍웨이가 자살했을 때 묘비명 형식으로 이렇게 썼다고 합니다. "다소 허세를 부리던 헤밍웨이는 자신이 위대한 작가가 아니라는 사실을 깨닫고 나서 마침내 자살했다. 어느 정도 자업자득인 셈이다." 장군에 멍군을 부른 셈입니다.

정리를 해보면, 저자는 '보르헤스의 문학은 포괄적 개념과 영원을 위해 글을 쓰겠다는 바람에서 배태되었기 때문에 그 높이는 엄밀성을 초월한다.'라고 평합니다. (라포르시안: 2016년 8월 1일)

양기화

의학박사, 전문의(병리학 및 진단검사의학)
가톨릭대학교 의과대학을 졸업하고 동 대학원에서 박사학위를 취득했다. 동 대학 조교수를 거쳐 을지의과대학교에서 교수를 역임했다. 미국 미네소타 대학교 의과대학 신경병리실험실에서 방문교수로 치매병리를 공부했다.

식품의약품안전청 국립독성연구원 일반독성부장, 대한의사협회 의료정책연구소 연구조정실장, 건강보험심사평가원 평가위원을 거쳐 현재는 유성선병원 병리과장으로 재직하고 있다.

어려서부터 책읽기를 좋아했고, 2015년부터는 본격적으로 책을 읽고 독후감쓰기를 시작하여 최근까지 2,500권의 책을 읽고 2,300편의 독후감을 썼다.

저서로는 『치매 바로 알면 잡는다(1996년, 동아일보)』를 낸 뒤에 『치매 당신도 고칠 수 있다(2017, 중앙생활사)』까지 두 차례 개정판을 냈다. 『우리 일상에 숨어있는 유해물질(2018, 지식서재)』에 이어, 인문학적 책읽기 연작으로 『양기화의 BOOK 소리(2020, 이담북스)』와 『아내가 고른 양기화의 BOOK 소리(2021, 이담북스)』 등 8권을 세상에 내놓았다.

아내가 고른

양기화의 BOOK 소리

초판인쇄 2021년 2월 19일
초판발행 2021년 2월 19일

지은이 양기화
펴낸이 채종준
펴낸곳 한국학술정보(주)
주소 경기도 파주시 회동길 230(문발동)
전화 031) 908-3181(대표)
팩스 031) 908-3189
홈페이지 http://ebook.kstudy.com
전자우편 출판사업부 publish@kstudy.com
등록 제일산-115호(2000. 6. 19)

ISBN 979-11-6603-326-1 13810